如幽女怨怼之物

[日]三津田信三 / 著
邵懿 / 译

幽女の如き怨むもの

YUJO NO GOTOKI URAMU MONO

文化发展出版社
Cultural Development Press

◇千本樱文库◇

◇前言 PREFACE

文库，原本是指收纳书物的仓库和书库，也指收纳书与记事簿，以及不常用物品的小箱子。以前者为例，京浜急行线的“金泽文库站”就是以前镰仓时代北条氏用来收藏汉书用的，“金泽文库”名字的由来便是如此。东京都的世田谷区也存在着收集着珍贵汉书的“静嘉堂文库”。后者则更多地被称为“手文库”。

江户时代以来，可以放入袖袂的小开本书籍逐渐流行起来，被称为“袖珍本”。明治三十六年（1903 年），富山房发行了小开本的丛书，起名“袖珍名著文库”。随后，明治四十四年（1911 年），讲述战国时代的猿飞佐助和雾隐才藏系列故事的讲谈社“立川文库”发行出版。讲谈是日本民间艺术，以口语化的方式讲述历史故事的形式。而“立川文库”则是将讲谈收录成册集中出版的丛书，据统计，当时刊行量为 200 册左右。从那时起，文库就脱离了原本的释意，逐渐演变成了现在的类书集丛。

文库说法借鉴了日本出版业界的传统说法。而千本樱源自日本奈良县吉野山樱花盛开的奇景，世人皆称“一目千本樱”来形容樱花美景。千本樱文库的纳入作品皆为日系作品，题材包括推理、悬疑、幻想、青春、文化等类型，正如千本樱满山盛开的绝景。

现代日本，以“文库”命名刊行的丛书系列有200种以上，所谓“文库本”只不过是统称而已。日本传统的“文库本”常用的是A6尺寸的148mm×105mm，也叫“A6判”。千本樱文库的所有书籍将在“文库本”的基础上提升，达到148mm×210mm的开本标准。追求还原的前提下，力图带给读者更清晰的阅读体验。

从二十世纪七十年代以来，日系推理小说逐步进入中国读者的视野。随着时代更替，涌现出了各种不同风格的作家。日系推理能够长久不衰的原因之一在于设立的各种新人奖，这些新人奖能为日本文坛输送新鲜血液，不断地创作优秀作品。但是，新人出道的条件并非只有获奖这一条途径。多样的文学新人奖具备相当完善的审查机制，即便是没能获奖的作家，也有机会出道。比如东京创元社的“鲇川哲也奖”，有不少作家在当届没能获得大奖，只是止步候选阶段，后来却都成为了人气作家。另外，不急于出道的作家也是有的。1994年，东京创元社创立了“创元推理短篇奖”，第一届的赛事中收到了123篇投稿作品，其中名为《子喰鬼缘起》的作品晋级到了最终候选阶段。同年，由光文社公募投稿作品进行出版，鲇川哲也主编的《本格推理3迷宫的杀人者们》中也收录了一篇名为《雾之馆》的作品。而这两部投稿作品都出自一人之手——三津田信三。

早在二十世纪九十年代，三津田信三的投稿作品就已经被刊登在出版物上，也可以视为出道。但普遍被认为是出道的标志作品，还要等上七年。2001年，讲谈社出版了三津田信三的第一本书，他的作家人生正式起步。出道作即为“作家三部曲”的第一作《恐怖小说作家栖息的家》，该系列被归为怪奇小说，作者的独特风格已经初见端倪。

前言

“作家系列”完结之后，三津田信三便打破常规，创作出了怪异谭式的推理小说“刀城言耶系列”。该作是以作家刀城言耶为主角，解决各种不可思议的犯罪事件的故事。作者巧妙地将乡土民俗学，本格推理写作技巧，以及惊悚恐怖氛围相乘组合，辅以二战前后的独特时代背景加以呈现。创造出了前所未有，无与伦比的文学魅力。“刀城言耶系列”在日本是由原书房和讲谈社两家出版社出版发行，因此引进整个系列的过程也并非一帆风顺。今后，千本樱文库将陆续出版整个系列的全部作品，还请各位读者尽情感受“刀城言耶”的怪异之谜。

千本樱文库编辑部

◇三津田信三

刀城言耶系列

◇《如厌魅附体之物》
◇《如凶鸟忌讳之物》
◇《如首无作祟之物》
◇《如山魔嗤笑之物》
◇《如密室自闭之物》
◇《如水魑沉没之物》
◇《如生灵双身之物》
◇《如幽女怨怼之物》
◇《如碆灵供祭之物》
◇《如魔偶招致之物》

作家系列

◇《忌馆·恐怖作家的居所》
◇《作者不详·推理小说家的读本》
◇《蛇棺葬》
◇《百蛇堂》

SA 行系列

◇《避难所·杀人告终》
◇《废园杀人事件》

非 系列

◇《赫眼》

家 系列

◇《祸家》
◇《灾园》

物理波矢多系列

◇《黑面之狐》
◇《白魔之塔》

幽灵屋敷系列

◇《家中是否有可怕的事情》
◇《特意在忌讳之家居住》
◇《被邀请到不存在之家》

其他长篇

◇《七人捉迷藏》
◇《窥视之眼》

幽女の如き怨むもの
YUJO NO GOTOKI URAMU MONO

三津田信三

将此书献给

妻子·

小柳津绘里

目录

CONTENTS

金瓶梅楼一楼　平面图

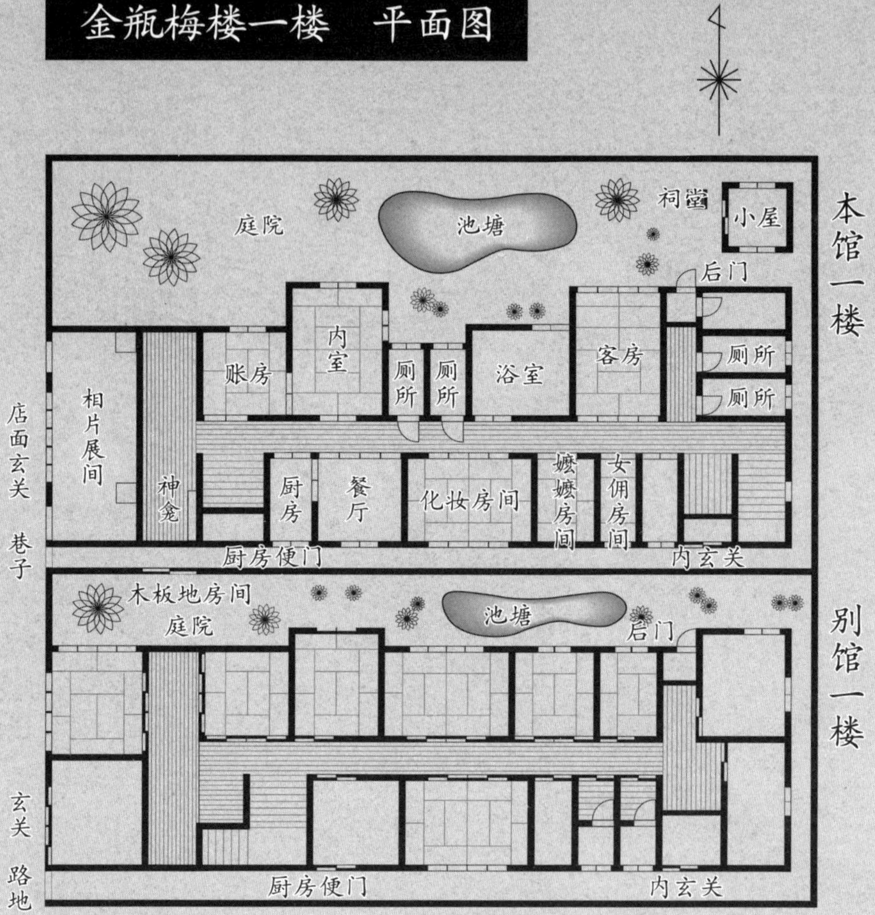

本馆一楼
庭院
池塘
祠堂
小屋
后门
内室
账房
厕所
厕所
浴室
客房
厕所
厕所
相片展间
神龛
厨房
餐厅
化妆房间
嬷嬷房间
女佣房间
店面玄关
巷子
厨房便门
内玄关
别馆一楼
木板地房间
庭院
池塘
后门
玄关
路地
厨房便门
内玄关

金瓶梅楼二、三楼　平面图

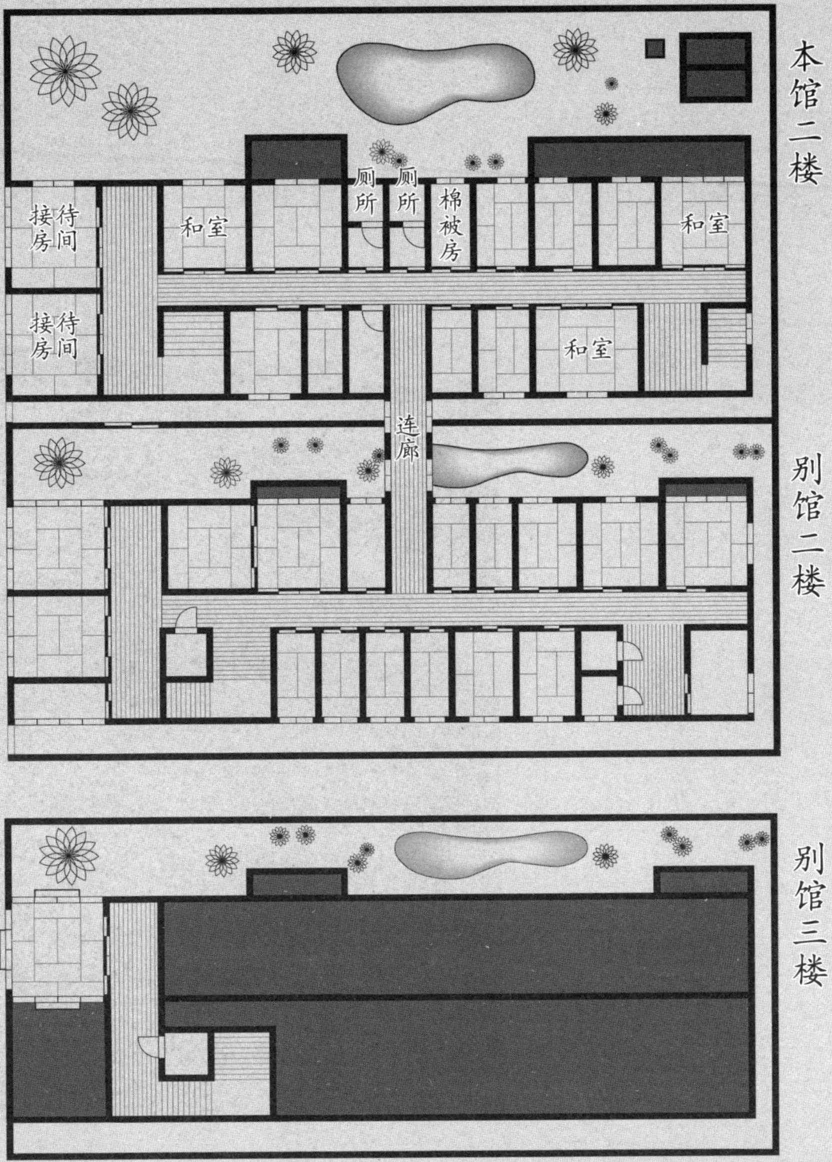

序言

语言诞生于大地之中，田野工作是读懂人与乡土关系的基本。——柳田国男

目前，我在记录整理本次事件的第一部到第三部，我觉得脑中始终都被一股混沌感所支配。究其原因？我认为可归结于两点。

首先，通读三部记录之后，浑身像被某种不可描述的阴郁环绕，对于眼前这个谜题，我仍无法作出完美的解答。至今为止，被冠以“怪奇事件”的谜案，不仅有我的自身体验，还有第三者撰写的手记、口述实录，以及小说等，我将上述资料整理之后保留下来，并在记录的最后，附上我对于每一起“怪奇事件”的解说。当然，这并不意味着我解开了所有的谜团，但至少给出了适合当时情况的解决方向。比喻成小说的话，可以说是汇聚“起承转合”的全部要素。

但是，本次事件并非如此。我只是收集了记录所需的贵重资料，以及必需的个人取材和调查。而最为关键的谜题部分，我至今仍未作出任何解答。要说就是仅有“起承转”，还没有最后的“合”。尽管我已经汇总了所有的记录。要说原因？关键就在于第二点。

我平时主要执笔写作怪奇小说和变格侦探小说，为了兼顾趣味和实利，还在进行奇闻异事的搜集。时至今日，我始终都在日本各地进行民俗风情的采访。虽然以后我也打算继续下去，但不知为何总是处处碰壁，每到一地，便会遭遇与当地奇风异俗相关的，各种奇奇怪怪的现象和事件，而且经常会演变成由我担任侦探的角色，屡屡上演推理好戏。当我意识到的时候，事件往往已经解决。说起来或许令人难以置信，时至今日，不知不觉比起我的作家身份，侦探形象反而更加深入人心。虽然苦恼，事到如今我也无可奈何。最近，我也在想，如果是为了报答帮助过我的那些当地人，无论以何种方式出力，只要产生了好的结果，也算是一桩美事吧？

但是，我要声明，我只是业余侦探。即使表面上解决了事件，但缘起于这方土地，自古便扎根之物——超出人类理解范畴的未知所引起的诡异现象，依然有很多仍没能找到答案。不，即便是被大家称为名侦探的那些人物，能不能对那些未明之物作出合理解释，对此我持保留意见。

我所遭遇的怪异和怪奇事件，通常都会伴随某种未明之物。诚然它们是阻碍思考的壁垒，事件常常会因此变得更加复杂离奇，也是不争的事实。然而，若是杀人事件，就必定会出现被害者。像什么密室犯罪现场、异样尸体装饰、疑似模仿杀人、凶器消失之谜、嫌疑人全体有不在场证明等的现实问题会不断地涌现出来。话说回来，需要解决的问题，难易度也是各不相同，有些案件的线索是很明确的，所以即便是业余侦探的我，也能将之解开。

但是，这起幽女事件则完全不同。原因在于这次事件发生在“战前”“战时”和“战后”三个时期。分别发生在“金瓶梅楼”“梅游记楼”和“梅园楼”三间青楼，涉及三名同样叫作“绯樱”这种源氏名[1]的花魁。正是一而再再而三地反复出现的坠楼谜团，模糊了现实案件与非现实怪异之间的边界，让案件变得扑朔迷离。

也不是说不能通过逻辑性思考去推理，从而给出合理的解释，解决事件。但是，某种无法形容的疑惑和令人背脊发凉的恶意却挥之不去。不过，这份违和感倒也不至于彻底颠覆现实推理。

尽管如此，还是留下了如鲠在喉的疑点。事件真的解决了吗？

1　源氏名是从事风俗行业的业者取的假名，或者称为花名。

我的解答到底有没有错？是否还存在其他的解答？那种——人类的理性无法认同、我们的语言无法说明、超越我们人智的恐怖无比的真相……

我至今为止记录的事件，各位读者尚可当作本格推理小说阅读。甚至将我记录下的各种惨绝人寰的悲剧性去掉，仍然还会让各位读者觉得有趣。然而，这起事件却做不到了。在这次的事件中，没有密室和人间蒸发，也没有连续杀人和模仿杀人，没有通过反复验证带来的多重解答和逆转结局，我说的这些要素全都没有。

对于能否写出本次事件的“合”当作事件记录的第四部，我现在依然没有答案。但是，再次整理第一部到第三部的记录，加上个人取材和调查后所取得的资料，以及不久之后与某人约好的谈话，这些能否化为黑暗中的希望之光？我也只能寄望于这虚无缥缈的幻想。怀着上述的心情，我决定在此记录和整理本次事件的经过。

追加：整理记录之时，特别留意以下几点。

一、为了避免曝光发生此次事件舞台的地域、地名，以及部分固有名词将被隐藏。原来名称里有几个字，全部用“××”统一代替。

二、全国实行市町村合并政策之后消失的地名，予以保留。

三、人物名可能会造成影响的场合则使用假名。

四、所谓“花街暗语”，有可能会让读者将此次事件的舞台与某地联系起来，但考虑到这些暗语在不久的将来即将消失，本文对于这些暗语予以保留。

五、关于方言，我刻意进行了改动。因此，从方言来推测事件发生的地域是难以实现的。

六、初代绯樱的日记里用的是旧假名[2]，是故将其进行了转换便于阅读。而且，日期方面只保留月份，隐藏具体日期。虽然不知道会不会影响阅读，但至少能起到避免找出文中人物身份的效果。

最后，对于本事件中不可或缺的八位前青楼女子，谨以此文向你们表示深深的谢意。

昭和某年神无月（阴历十月）东城雅哉即刀城言耶记录

---

2 旧假名是日语历史假名的用法，如“ヰヱゐゑ”。现代假名根据昭和二十一年（1946 年）内阁颁布的《现代假名用法》使用。

1 第一部 花魁

——初代绯樱的日记

她们就像某些星辰，陨落时和初升时一样黯淡无光。——《茶花女》

三月 × 日

小女自从来到这里，已快经历三年时光。

漫长。实在是太漫长的三年时光。在此期间，未曾一次回归故乡。未见过一次奶奶、爹娘、弟弟和妹妹。我思念着故乡，我深爱着家人。可是，在我成为优秀的花魁之前，只能忍受这所有的一切。

再过几天，小女成为花魁的心愿即将得以实现。终将迎来这一天了。

每每想到这里便喜上眉梢，难以入眠。当然，这是发自内心的喜悦，然而开心的同时，也伴随着难以言明的不安。就好似取得花魁头衔的瞬间，出乎意料的灾难就会降临。这种讨厌的预感到底是什么时候出现的？

一旦成为了花魁，就可以像姐姐们一样打扮得漂漂亮亮，受到客人们的盛情款待，小女载歌载舞讨客人们开心，在歌舞声中赚到金钱，寄送给故乡的奶奶和爹娘，弟弟和妹妹们也可以吃到白米饭，再也不用挨饿了。那种梦幻般的生活，就要来了。至今所受的苦难与委屈，也终于要开花结果了。因此，我本应该开心地享受喜悦，但却无论怎么也摆脱不了那份不安。

至今所听所闻，莫非与现实相差甚远？

随着在此间生活的时间日益增长，那种体会和感悟也越来越多。姐姐们不是只要讨客人欢心就能赚取金钱吗？为何还会屡次在小女面前表现出时而愤怒与悲伤，时而焦虑和死心这样充满矛盾的感情呢？

当然，既然服务于那些客人，怎么可能事事顺心顺意。讨人厌的客人一定不少。小女也都明白。但是姐姐们背后的酸楚可能不止于此，实际上经常会联想到些别的。特别是这一年以来，疑惑越来越深。一想到令姐姐们万分痛苦的原因，就不由得恐惧起来。

但是，事到如今临阵脱逃是不行的……小女若赚不到钱，故乡的家人们就会挨饿。大家都会饿死的吧。

小女在被窝里几度翻身，愁闷难眠。时间随着漫长的夜晚流逝，距离成为花魁的那一天近在眼前。急切期盼那一天的到来，又希望那一天永远不要到来。就在被这种矛盾的心情搞得束手无策的时候，忽地想起绫小姐送小女日记的事。

跟绫小姐相约写日记虽然已经是很久以前的事。要不就趁着这个机会，从今天开始写日记吧。

小女要去城里的花街[1]当花魁！就在小女如此报告之际，绫小姐满脸惊讶，沉默良久。

“若是能够帮上你就好了……”

小女听到绫小姐轻轻地嘟哝一句。为了不让她担心，便精神抖擞地说道：

“没事的，等我赚到了钱，我要带很多土特产回来。当然，给小姐的，一定是最上等的、最好的礼物。”

听了这话的绫小姐，露出悲伤的笑容。温柔的笑容之下似是含着泪水一般，难以形容的表情。

绫小姐只是直直地凝视小女，从抽屉里取出了这本日记。

“你到那里生活之后，无论是开心还是悲伤的事情，快乐还是辛苦的事，无论什么都可以，把你真实的心情写在这本日记之中。不可以欺骗自己哦。要记录下你那时的切身感受。要是能将心情如实持续地记录下来，我想你就不会迷失自我。好吗？神与你同在，主会保佑你的。”

最后那句是什么意思，小女并不明白。绫小姐信奉基督教，因此她说的话小女才无法理解吧。不过，小女非常信赖绫小姐，紧紧地握住了那本日记。

华族[2]的宫之内公修建别墅的时候，小女尚处于懵懂记事的时候，那巨大建筑主体建造起来的印象，只在小女脑海中留下残影。记得当时村民们都聚集在一起，议论纷纷。

“为什么要在荒山野岭的乡下建造别墅……”

“又没有什么出名的景色，说起来也没有美味的特产可供采摘。”

“喔唷，贵族老爷们的事，咱们这些穷苦百姓怎么会知道？”

不过，村里的人们对于宫之内公在村庄里建别墅的事，还是挺自豪的。而且，因为别墅内的杂务需要处理，贵族老爷经常雇佣村民们，于是，起初的自豪逐渐转化成了感恩。农闲期间的杂役工作更是村民们的至爱，也因此成了支撑村民们平时生活的重要收入。

小女七岁的时候，受雇于宫之内公的别墅之中，工作是负责照看少爷。家主似乎是在村子里进行遴选，从而选中了小女。这倒成了小女的奶奶时常挂在嘴边的谈资，不知跟村里的人炫耀过多少次，大家的耳朵都听得长茧了。

小女要照顾的婴儿是宫之内公太太的长子，绫姐姐的外甥。由于太太体弱多病，这才雇佣小女代为照顾。不过，这份工钱比村里其他工作的回报都要丰厚，好到足以让小女惊讶。老爷也非常好，从未对家人，不，甚至都没对佣人们大声呵斥，更令小女惊讶。更令人吃惊的还在后面，绫小姐还经常过来帮忙。从小女照顾婴儿开始直至被辞退，绫小姐几乎都陪伴在身边。

最初，小女误以为绫小姐是不放心把可爱的外甥交给外人照顾，后来才知道大小姐本人就很喜欢小孩。绫小姐常说自己是在哥哥和姐姐们的身旁长大的，因此总想要一个弟弟或者妹妹。

“我家跟绫小姐相反，我是家里最大的孩子。”

言毕，绫小姐冲我温柔地一笑，接着说出令小女难以置信的话。

“那这样吧，在这里你就是我的妹妹了。”

小女听了这话，有如幸福升天的感觉，当然要把那时的心情记录在此。每日照顾婴儿本已令小女很是开心。从小在村里做过各种工作，尝尽了辛苦和心酸。与那些辛劳比起来，这份工作如同受到恩惠一般，不，能够被绫小姐当作妹妹，简直就像做梦似的。

话虽如此，小女也不敢有半分越界之举，也不敢招摇。而且，奶奶也常严厉地教导小女，切不可忘记自己的身份，绝不可得意忘形。

“在这里不用那么拘谨，你是我的妹妹啊。”

这句话绫小姐已经讲了多次，每每听到此话，小女总会害羞地低下头，不敢正视。只是轻轻地说句“是，我知道了”，谨慎地避免多余的亲昵举动。

对于小女的回应，绫小姐显得有些落寞。每当小女见到绫小姐那样的表情，心如刀割。不过绫小姐马上就会换回笑颜。说她最喜欢小宝宝，以及我们三个人一起共度的时光。

在这段时光里，绫小姐还教我读书写字。村里佃农的孩子们大多没读过小学。有读书的时间，还不如去工作赚钱补贴家用。小女也是一样。

“读书、写字非常重要，对你将来一定会有用的。”

最初，小女是为了让绫小姐开心才学习的。不久，小女就体会到了学习的乐趣。以至阅读的时候，遇到不认识的汉字，就会积极地向绫小姐请教拼写、意思、表现手法，有种难以形容的喜悦。

“你很聪明，接受能力也强。像你这种情况，也许都可以跟小学高年级的学生们一起学习了。”

受到绫小姐的夸奖，使得小女更加愿意全身心投入到学习之中，循环反复。眼下再回顾这段时光，那是多么“奢侈”的时光……

如果说小女崇拜的对象是绫小姐。那么对于小女的亲友阿照来说，她家的幸代伯母对她也是一样的存在。幸代伯母十二岁的时候被卖到了花街，她是阿照父亲的大妹。从那以后，每个月从未间断地往家里寄钱。

小女只见过幸代伯母一次，是在十岁的那一年，正值盂兰盆节[3]期间。幸代伯母乘坐着村里极其罕见的出租车回来的。穿着就算是正月[4]都未曾见过的华丽和服，不仅是给自家，还挨家挨户给所有街坊邻居送上各种特产，大家都非常惊奇。回到本家的幸代伯母，仅仅只停留了一盏茶的时间。

幸代伯母放下茶杯，从花哨的袋子里取出化妆品，轻柔地“嘭嘭嘭”地往脸上施以白色香粉，轻巧地将嘴唇涂抹成娇艳的红色，然后突然站起身来。

“我回去了，哥哥，母亲就交给你了。”

随着留下毫无乡音的一句话，坐上等在外头的出租车，如风般扬长而去。

“上苍保佑，上苍保佑。”

阿照的奶奶直到幸代伯母离开，一直在两手合十不断地祈祷。目睹了这一切的阿照，事后原原本本地告诉了小女。

“幸代伯母一定是个不得了的大人物。”

就在幸代伯母离开的次日，村里的女孩子间流行起了“化妆”游戏。她们摘下河川边盛开的淡桃色的花，将其当作白色香粉轻柔地“嘭嘭嘭”涂抹在脸上。于是，飘散出好似桃子的甘甜香味，酝酿出幸福的心境。

“化妆”的花每逢夜晚便会枯萎，而次日清晨，又会在阳光下开放。怎么想都不可思议。宛如幸代伯母一样。那个夏天，幸代伯母成了女孩子们的憧憬，大家也很热衷于“化妆”游戏。

但是，不和谐的声音却在脑中挥之不去。有不少大人都在背地里咒骂幸代伯母。

“不过是个卖淫女，有什么了不起的……”

“靠出卖身体换来的特产谁稀罕？”

“恬不知耻的货色，还有脸回来。”

还有些听不太懂的话，从说这话的人的表情和语气来看，也能知道他们在说幸代伯母的坏话。

当然，阿照听了也是非常生气。说那些人是因为嫉妒才出言不逊的。然后，大多数的人都面带不快地沉默下来，但还是有几个男人脸上挂着令人生厌的笑容，仿佛等着看阿照出丑似的。其中还有人说着奇怪的话。

“不久之后，你是不是也要去做你伯母那样的工作啊？等到那时，你就会明白那位伯母的伟大之处咯。嘿嘿。”

小女也问过奶奶，可是没能得到满意的答案。

“幸代啊，她可是个孝顺的女儿。都是受她的恩惠，阿照家才有东西可以吃。他们没有资格说幸代的坏话。那些人会受到惩罚，天神是不会原谅他们的。”

因为奶奶站在幸代这边，小女和阿照别提有多开心。果然，幸代伯母很伟大，我们也松了一口气。

正因村里有着这样一位幸代伯母，即使父亲接连不断地债台高筑，十三岁那年小女在听闻自己被卖到青楼之时，也没有产生厌恶的情绪。虽然，小女不忍离开奶奶、爹娘还有年幼的弟妹，也对即将到来的独自生活感到孤单。但听说只要等到契约年满，就能赚到一大笔钱回乡，反而有种跃跃欲试的干劲儿。

人贩子阿叔的话也是背后的推手之一。

“花街的花魁呢，也不是那么难做的。就是穿着华丽的和服、服务客人的工作而已。不过，不学点唱歌、跳舞可不行。话说回来，女孩子不是本来就喜欢唱歌、跳舞什么的嘛。”

拜绫小姐所赐，小女很喜欢学习，所以对于学习新鲜事物从不抗拒。听了此话的阿叔，双眼圆睁，更是赞不绝口。

“喔唷，这可厉害了啊。这样的话，花街教的东西，你马上就能学会，很快就能取得成功。”

小女听言欣喜若狂，脑中浮现出从未见过的繁花似锦。想到就要在那样的花街生活就异常地兴奋，还有能够赚钱养家的成就感。

但是，无论奶奶还是爹娘，他们的脸上没有哪怕一丝一毫的喜悦。本就少言寡语的父亲不怎么说话，母亲更是煮了只有在新年正月才能吃到的白米饭给小女。弟弟和妹妹也吵着想吃，母亲完全没有理会他们。大概是母亲这样的举动不同以往，平日里纠缠不休的弟妹很快就安静下来。

结果，对于小女要去花街这件事感到开心的，只有相信他们的姐姐会出人头地的弟妹，以及阿照她们几个女孩子而已。

“你一定要买城里的特产回来哦。”

阿照她们的脑中一定浮现出幸代伯母的影子。所以，小女自然是明白那种一半喜悦一半羡慕的心情，因为都写在她们的脸上了。

“嗯，盂兰盆节的时候，我也会坐出租车回来的，而且还会塞满特产。”

小女离开故乡是在四月初，那天非常暖和，风轻云淡。

前一晚奶奶搂着小女一起睡觉，像是回到幼儿时代。那时母亲出去工作的时候，小女就被奶奶搂在怀中。这样的场景渐渐地唤起了幼时的记忆，无法言语的温暖从心而生，小女就这样在奶奶怀中沉沉地睡去。

小女离开家时，跟奶奶和爹娘道别。弟弟和妹妹们哭喊着，还追着人贩子阿叔后面。

“姐姐，别走！”

明明前几天他们都还没什么感觉，将要临别之际是感到寂寞了吧。不过，他们追到村口就停下了脚步，目送小女远去，直至小女的身影消失不见。

至于小女，倒不觉得离开故乡和家人有多么悲伤。此时，小女已完全倾倒于城里花街的欢声笑语。

与人贩子阿叔一同离开村子，他在山下的店家买糖果给自己吃的欢喜，第一次乘坐蒸汽火车的兴奋，好似已是很久远的过去了。那时候只有一个念想，就是要像阿照的伯母那样，在盂兰盆节衣锦还乡。

但是，当蒸汽火车抵达这座城镇后，尽是小女从没见过、从没听过的事物，让小女震惊不已。生长在村里的小女，所见所闻都只有乡下那点东西，以至于眼前的这个地方城镇宛如生机勃勃的大都会。环顾四周，没有田园农舍，顿时无法抑制的不可思议遍及全身。

可是，这种惊讶只是序章而已。小女穿过桃苑花街大门的那一刻，只能张大嘴巴，差点当场瘫坐在地上。

这里一定是龙宫城。

小女当时是发自内心这么想的。当然，龙宫城在海底，不可能在陆地上见到。可是对于涉世未深的小女来说，只有从奶奶那里听来的传说故事，才能解释眼前的这片梦幻新天地。

花街大门的正前方是一栋栋绵延不绝的奢华建筑物，那些人家的屋檐下都悬挂着铺张奢华的彩色灯笼。街道正中排列着华贵的樱花树，飘散着异国风情的街灯早已点亮……诸如此般的风景近在眼前，除了震惊再无其他想法。从蒸汽火车下来进到城里，再到眼前的一切，内心的震惊程度成百倍增长。

“金瓶梅楼”是小女被带去那所豪宅的名字。这座建筑比村里地主的屋子，以及华族宫之内公的别墅更加豪华。二层还有回廊相通，起初小女还以为是他宅，当被告知是一户人家的时候，不禁仰头观望那座右邻的三层别馆。

跟着阿叔通过本馆的玄关大门，走入右手边的一条通道，小女随着他的步伐，突然眼前两眼一抹黑。已是日暮时刻，外面的道路已早早地点亮灯光，哪里都是一片明亮。现在猛然钻进两栋建筑之间的狭窄通道，视线自然会变得黑暗。

也许是阿叔已经适应了，只顾往里面走去。行进途中，小女见左手边有露出灯光的窗户，似是一间厨房。只见阿叔打开门，向着腰系红围裙的女佣自报家门，像是叫她去通报嬷嬷[5]。

那名女佣长得人高马大，手脚粗壮，貌似比小女年长两三岁。但是，她的肤色可谓是晶莹剔透。强健的体魄和雪白的肌肤显得很不协调。可是，当她面向站在光线昏暗的通道中的自己时，完全就是涉世未深的少女脸蛋，所以，小女又觉得她与自己年龄相仿。

“请，请等一下。”

她坑坑巴巴地说了一句，便慌张地离开了厨房。

“笨蛋！怎么不请他们去前边！”

从走廊的方向传来一句骂声，听起来是上了年纪、颇具气势的女声。她似乎在冲着女佣发怒。

“哦哟！这不是山边先生嘛。”

就在厨房门打开的霎那，那位嬷嬷的语气和声音立刻发生了变化。

“您来啦，快，快，请到前面去吧。”

“不必麻烦，就在这里说吧。”

“哦哟，快别这么说，我们到前面说吧。要是让我家老板娘知道我让您从厨房进来，可是要骂我的。”

两人你一言我一语地寒暄过后，阿叔执拗不过对方，只得折回前门。

金瓶梅楼有两扇玄关门，中间装着宽广的格子窗户，大概是效仿城里客栈的那种样式。

小女紧跟阿叔的步伐，进入毗邻通道右侧玄关门的瞬间，小女就被扑面而来的气势压倒。眼前是一张张排在一起的穿着雍容华贵服装的花魁照片。极具奢华的照片，将小女震慑得精神恍惚了。

玄关三合土[6]的中央竖着一块巨大的板墙，墙上装饰着每一位花魁的照片，从格子窗户外边就能看到。

为什么不把格子窗换成玻璃窗呢？那样的话，客人在外面也能看清楚了。就在这么想着的时候，嬷嬷迎了出来。

阿叔也再次寒暄起来，嬷嬷冲着小女微笑。

“哦哟，来啦。哦哟，来啦。”

但是，她皮笑肉不笑的表情好像要看透小女似的，死死地盯着小女的脸，有如品尝食物般从头到脚往复舔舐着小女。因此，小女战战兢兢地鞠了一躬，然后像根棒子一样杵在那里。

那天，小女穿着家里太婆留下的朴素条纹样夹和服[7]，母亲缝补之后，又系上红色三尺腰带。此时嬷嬷的目光就像剥下了我的衣服，带着有种说不出来的厌恶。

嬷嬷看起来没有奶奶那么老，却不知为何要年迈许多。其实无论从长相、身体的灵活性、身着的和服式样，她哪方面都要比奶奶年轻，但就是会让人产生这样的感觉。她不同于村里任何的老人。或许是第一次见到有这种气质的女人，让人根本看不清她的本来面目。

她莫不是已经数百岁的老妖怪？

第一次正式见到嬷嬷，小女就是这么怀疑的。被老妖怪死死地盯着，小女仿佛在逐渐失去意识。

“嘿，真是不错的孩子啊。”

阿叔流露出一副自豪的样子，用手抚摸着小女的脑袋，但小女依然身体僵硬。

“山边先生选中的人，错不了。”

“哦哟，您可别这么说，这不还得倚靠您的调教，相比之下，俺这点本事不算什么。”

随着两人你一言我一语，更加深了小女的疑惑。小女会不会被这座金瓶梅楼的妖怪吃掉？恐怖感油然而生，那时真是如坐针毡。

现在想想好笑，没见过世面的乡下小女孩，突然从偏僻的故乡被带到了热闹的城里。而且，还是花街这样特殊的场所。见到嬷嬷前的亢奋心情，瞬间就被些许的不安取代，随之萎缩，转而变成畏惧和战栗也是没有缘由。毕竟那个时候小女还只是小孩子。

小女怎么到了如此骇人的地方啊……

嬷嬷催促着我进去，直到进入内室面见老板娘的瞬间，小女一直在后悔。

是不是哪里搞错了？

小女本想询问阿叔，回头看他，只见他急急忙忙地挺直了身体。他们形成了前后夹击之势，小女哪里都逃不掉了。

此时想起了绫小姐悲伤的笑容，她是否已经预见到事情会发展成这样？

小女的脑中乱作一团，一片空白，心里想的只有回家，祈求再见到奶奶和母亲。

等小女反应过来，已经坐在了内室的角落，听到老板娘向小女问话。

“别躲在角落呀，靠近一点。这孩子缩在那个角落里，好像被我逮到会被吃掉一样。”

“逮”“吃”，听到这几个词，小女不禁打着寒战，抬起头来。终于，小女从正面看清了老板娘的容姿。

眼前的老板娘，跟小女在城里见过好几次的妇人没有差别。不，那些妇人们身上并没有此等的威严。不过再怎么看她也不像是妖怪，心里一下子平静许多。

“名字？”

即便如此，仍然无法即刻对老板娘的提问作出反应。就在小女扭扭捏捏的时候，坐在身旁的嬷嬷拧了小女左臂一下，小女不自觉地开口答道：

“樱、樱、樱子……”

“几岁？”

“十三……”

老板娘向着嬷嬷使了个眼色。只见嬷嬷点了点头。

“好好表现。”

视线再次转向小女，老板娘用教导般的语气说道：

“只要你拼命努力，就可以帮助故乡的家人。赚大钱，敬孝心。”

小女不知如何作答，只得默默地点头。嬷嬷再次拧了小女的左臂，发怒道：

“你对老板娘是什么态度，好好回答！”

“……是、是、明白。”

“问你叫什么名字，就说‘我叫樱子’。问你多大，要说‘我今年十三岁’。要完整地回答，懂吗？”

“嗯，我叫……十三岁。”

“笨蛋，‘我叫’与‘十三岁’不能放在一起。”[8]

受到惊吓的身体又变得僵硬起来，就在小女感觉身体紧绷着的时候，老板娘笑逐颜开地说道：

“这位喜久代从今天起就负责对你的教育。好好听从她的话。若想尽早成为独当一面的花魁，不拼死地努力可不行哦。”

小女原以为只要进入花街，就可以当上花魁赚钱。听到这话，不禁吃惊，脸上也表露出了失望之情。

“看来这孩子想马上接客嘛。”

嬷嬷的语气中夹带着惊讶，然后继续说道：

“你听好了，想要接客得先做好准备，礼仪作法、语言应酬、跳舞唱歌什么的都要学，要记的东西多了去了。你要把这些全都学会，才有资格成为花魁。所以要是不想学习规矩礼仪，不知道要何年马月才……”

话音未落，走廊一边的纸门突然被打开了，有一个男人探出头来。

“啊，来新人了？”

小女和阿叔看着纸门就要关闭之时，嬷嬷忙不迭地出声阻止。

“老爷，您请进来。”

“啊，不，不，也没什么急事，等你们聊完了吧。”

“这怎么行，让老爷等我们成何体统？”

“没关系的，工作第一。”

此时，老板娘并不关心嬷嬷和被称为老爷的男人之间的谈话，而是转身向后走去，像是要做什么。

“老爷，给。”

结果，只见老板娘掏出一个纸包后起身。就在这时，一直气定神闲闲聊的老爷迅速走进内室，以迅雷不及掩耳之势接过纸包放入怀里。

“哎呀，哎呀，惊扰到各位了。”

说完他对着嬷嬷和阿叔笑笑，接着，视线又转到了小女身上。

“这孩子挺清纯的啊。绝对会成为一等一的美人。你叫什么名字？”

“樱……我叫樱子。”

“哦，樱子啊，嗯，好名字。”

此时的老爷像是反复在思考什么。

“你要听老板娘和喜久代的话，成为大家的小可爱哦。”

“是的……”

说完此话老爷转身欲出，嬷嬷又叫住了他。或许是小女多心，嬷嬷的话语里多少带有嘲讽之味。

“这不，您既然都回来了，我们这边的事马上就完，请您就坐一会儿吧。”

“不了，就这样吧。我现在也是诸多事务缠身。”

“哦哟，那就不强行挽留您了。”

老爷面对嬷嬷说的嘲讽话，施以和蔼的笑容，又向阿叔轻轻地低下头，迅速地消失在视野里。

明明是金瓶梅楼的男主人，感觉却不住在这里，让小女感到不可思议。而且，嬷嬷的态度也是非常的微妙。要说老爷和嬷嬷的关系，放在故乡，难道不是地主和自己父亲的关系吗？

老板娘和嬷嬷、阿叔三人谈话的时候，小女又开始胡思乱想起来。在村里被认为是常识，在这里好像并不通用。虽说小女现在已经不再认为这里是妖怪的住所，但也再次认识到这里仍是龙宫城般的所在。

老板娘将买我的价款递给阿叔时，还递出了一个和纸包裹的东西。这是外观很薄、细长的东西，能闻到海的香味扑鼻而来。只见阿叔接过后，用手压一压，像是在确认这东西的厚度。

嬷嬷将阿叔送出玄关，又折返回屋内，领着小女向着走廊的深处——嬷嬷的房间走去。

“从今天开始，樱子你就跟着我住。”

忽地想起左臂被拧时的痛，想到接下来的日子能否不让嬷嬷发怒，能否和睦相处，心里就很是不安。

“只要你听话，照我说的做，很快就可以成为花魁，挣大钱了，好了，你也不要太过担心。”

小女听闻此言，不禁惊讶她竟然看透了小女的心思。

“把行李放好，跟我出来。”

眼见嬷嬷刚进来就要出去，小女只得慌忙地跟在后面。

“要跟大家好好打招呼哦。”

这次，嬷嬷打开房间右边的纸门，瞬间，无以言表的璀璨光景一下飞入眼帘。

从小女眼前到另一端，整齐并列着梳妆台。原来这是一间宽敞的化妆间。在一面接一面的化妆镜前，花魁们盘结着优美的头发，满是娇艳动人的妆容，穿着花哨艳丽的服装。她们背对着小女正在忙碌着。

何等美丽……

小女看得心荡神驰，甚至都恍惚了。小女再次想着这里一定就是龙宫城，不会有错。

“都打扮好了吗？”

嬷嬷的声音仿佛从远方传来似的。

“好啦。”

“×× 姐还没好。”

“预料之中。总是她最慢。”

花魁你一句我一句地聊了起来，她们中有一个人察觉到了小女。

“啊？新人？”

接下来一瞬间，所有化妆台前的花魁们齐刷刷地转过头来望向小女，直直地盯着小女。

“喂，还不跟大家打招呼？”

“……请、请多多关照。”

听到嬷嬷的提示，小女赶紧慌慌张张地低下头来。

“有站着行礼的人吗？规规矩矩地坐下，双手五指放在榻榻米上，然后再低头行礼。”

小女被嬷嬷击打着屁股，顺势坐了下来，刚一坐下，花魁们就齐声哄笑起来。嘈杂的说话声响彻整个房间。

“这是从哪座山里跑出来的吧。”

“嬷嬷，调教这种人想必非常辛苦呢。”

“这跟你们刚到这里的时候很像呐。”

“哪有！”

“不，×× 来的时候更差劲。”

“哪里来的野人？”

“哼，要是小女子是野人，×× 姐就是棕熊！”

“你说什么！”

不知不觉间，花魁们把小女撂在一边，开始了好似吵架的争论。虽然提及了几个花魁的名字，但我完全不知道分别对应哪个花魁。在这样喧嚣的场合，也不是记名字的时候。

说起来，并非所有的花魁都加入了争论。有对我投以温柔微笑的人，有略带悲伤表情、偷偷窥视我的人，还有不带任何表情、撇了小女一眼就没了兴趣的人。与大家反应不同的花魁也有不少。

但是，此情此景却让小女很是困惑。明明被所有人嘲笑是乡下人，却反而感觉挺爽快的。

“好了好了，聊天结束。”

随着嬷嬷的催促，因为聊天而有所耽误的花魁迅速整装，所有人都步入走廊。这时，就像算准了时间的老板娘从内室里走出，往放置在玄关旁边隔板上的神龛走去。茶壶和门房[9]已在候着，等待所有人参拜神龛。

“保佑今日宾客盈门，花魁一切顺当。”

随着老板娘说出的祈祷的话，所有人都低垂着头。小女见势也在心里默念同样的话，无意中瞥见了神龛里供奉的神体。

那就是神啊!

那是一个形似细长的蘑菇，坚挺而有力地杵在那里的木雕品。与村里祭祀着的，还有从奶奶那里听到的神，也相去太远了吧。

就在小女目不转睛地盯着那个奇妙的神像之时，人群中突然爆发出一阵疯癫的大笑。

“哟！那个孩子是第一次看到这神吧，眼睛都直了。”

所有人都看向小女的脸，过于害羞的小女马上低下头去。但是，她们似乎并不在意，又开始了喧闹。

“这也难怪，毕竟是第一次见这东西。”

“哎，我们都已经看厌了。”

“说起来你最近不是都没见到吗？”

“什么！你说什么！”

眼看就要掀起一场新的争论，其他的花魁操着悠闲的口气说道：

“也没错啊，说起来为什么这里的神如此栩栩如生地矗立在那里？”

“讨厌啦，姐姐说这种话真是讨厌。”

“这神要是无精打采，我们也不好做生意嘛。”

“对，对，对。没错。”

面对着齐声欢笑的花魁，嬷嬷有意收拾场面似的一本正经地说道：

“如果客人们的神物失去了元气，使他们再现雄风，不正是你们这些花魁该努力的事嘛。”

在笑声愈加猛烈之时，嬷嬷将她们赶回了原来的化妆间。那一天，首位客人是在十几分钟之后出现的。

然而，小女直到最近才知晓神像的真面目。但是，究竟为何要供奉此物，实际上直到现在小女依然无从知晓。

三月 × 日

昨晚完全沉浸在写日记之中，回过神来，已是破晓时分。

其实最开始记录日记的时候，还很担心能否写出像样的文字。绫小姐教小女认字和写作，还有和这里的优子小姐共同学习，不经意间就领悟掌握了所学的知识，小女也十分惊讶自己的学习能力，这令小女开心无比。若是把昨晚写的日记给绫小姐阅览，她一定也会为我高兴。

对了，干脆把这个日记作为书信寄给绫小姐吧。在成为花魁之日定下来之后，学习各种技艺的时间会减少很多。当然，各位花魁姐姐吩咐的杂事依然络绎不绝，不过写日记的空余时间还是有的。如果成了花魁，一定会变得更加忙碌。要挽回溜走的三年时光，那就只剩如今了。

说起一开始在金瓶梅楼的生活，那是何等令人震惊。

首先，匪夷所思的是一日三餐都可以吃到米饭。而且，是白米饭啊，一日三餐都有！不仅仅是花魁，女佣也是一样的待遇。小女切身体会到，住在乡下的我们，一直过着底层的卑贱生活。然而即使这样，花魁却还经常抱怨食物。

“肉呢？要是再不吃点好东西，可招待不了客人们！”

“煮芋头和魔芋，又这么清淡。这里有点味道的只有咸海带！”

“啊，好想吃烤鱼。想吃那种两面烤到焦黄鲜嫩的鱼。”

每天有三顿白饭吃就该感恩戴德了，不过没有人有这种感激的心情。她们觉得有白米饭吃是理所当然，还要为了吃什么菜不断地发牢骚。

这些姐姐，与小女的奶奶、爹娘绝不是同一类人。二者的生活方式完全不同，可以说是有着决定性的差异。

简单汇总一下金瓶梅楼一天的起居生活——

上午七点半到八点，店内小厮[10]开始打扫，女佣则负责准备早餐。在这期间，昨晚滞留的客人将会离开。

八点，老板娘向神龛内点灯，供奉神酒、米饭、水、盐。

九点到九点半，所有人吃早餐。若是昨晚留宿的客人，则由外面的饭馆送早餐过来，再由花魁服侍用餐。

十点到下午两点，大部分的花魁会去补觉。嬷嬷[10]也会在此时休息。

两点到两点半，所有人吃午饭。

两点半到四点半，花魁进入澡堂洗澡，然后进行梳头、化妆，以及整理衣物等打扮工作。

五点，所有人聚拢在神龛前参拜。

五点半，接待第一位光顾的客人。

七点到八点，除了正在接客以外的花魁，所有人吃晚餐。

十点，晚餐时间。在接客的花魁，吃一点饭团什么的食物充饥。

凌晨零点，门卫会将大门、中门、小门全部关闭。若是在这个时间以后出入的客人，可走大门边上的便门。

一点，嬷嬷入寝。夜里交给接班的茶壶在店内巡视，直到早上嬷嬷起床。

四点到五点，早起的客人回去。

乍一看这样的记录，就能明白这绝非普通的生活。小女老家那样的偏僻乡下自不用说，即使是城里居民的生活，也与之几乎没有共同点。这个行业就是如此特殊。

的确与花魁接触得越多，越能体会到她们这个群体的与众不同。小女从前只知道自己出生的村子，到此的三年间，学到了很多东西。其中不仅有这里的人教小女的，还有小女通过读书、看电影学到的。小女越来越想知道这个世界到底是什么样的。随着小女知识和阅历的增长，认识到花街是怎样的世界，花魁又是怎样的存在。当小女再次审视这些事实，由内而外地产生了不安且厌恶的情绪。

花魁实在是太可怕了……

到头来，小女萌生出这样的想法。可能还是因为她们明明什么都没有做，却能赚大笔的钱。

早上睡到自然醒，吃个饭又回房睡觉。睡到下午很晚才起来吃午饭，悠闲地洗个澡。然后，一边叫来做头发的去梳头，一边与姐妹们聊天，打扮，更衣。傍晚去神龛前参拜，要是没有被客人点名，就可以去吃晚饭。随着夜晚的到来，无论再怎么没人气的花魁也有客人接待。如此一来，她们可算是忙碌起来，要说她们干什么呢，无非就是在客人面前跳舞、唱歌，说说无聊的废话，陪伴客人们喝酒玩乐而已。

当然，小女认为只做这些很难持续到深夜。但是，歌舞升平、寻欢作乐之后，大部分的花魁好像要陪客人就寝。换句话说，她们的生活是就寝、吃饭、打扮，还有游艺，除此之外都跟她们毫无关系。只需如此就能赚到钱，实在是非常的不可思议。这个世界上竟然还有这么开心和轻松的工作，小女惊讶得目瞪口呆。

尽管如此，花魁的喜怒哀愁为何又是如此激烈呢？

为何要那般恶意地咒骂客人？

房间里传来花魁和客人奇妙的喘息声是怎么回事？

身体状况变差又是什么原因？

随着在这里生活的时间日益增长，有关花魁的谜团也愈发难懂。明明花魁是自己的目标，然而却对她们的事一无所知。深入地去思考，却又会害怕起来。由于店内其他人的分工明确，反而凸显出她们的特殊性。

老板娘也称领家，是金瓶梅楼的经营者。老爷似乎什么都不管，由老板娘独自经营管理着这家店。老爷和孩子一起住在花街外的别邸，通常一星期能见到他一次，目的就是来要点零花钱。听说老板娘给他的钱，都被他赌博花掉了。

虽然乡下也有不怎么工作的父亲，只靠母亲拼命工作撑起一个家的情况，但也不会有像老爷一样的人。因为老家的男人要是这样，一家人都得饿死。说明这里有的是供老爷游玩挥霍的金钱。

实际上，老板娘对钱是非常计较的。花魁私下也会骂她“守财奴”“贪婪”“顽固”“吝啬鬼”。且不提花魁欠她的借款，老板娘无论何时对金钱都不会做出任何让步。

嬷嬷，说起来就像是一个管家，或者说中间协调人。她是介入老板娘和花魁、花魁和客人之间进行周旋的角色，确保店内生意能够欣欣向荣。像是给客人安排花魁，完全是由嬷嬷决定的。

不过小女有一点始终无法理解。大部分的客人都会先看玄关处的花魁照片，看上哪位就点名这位花魁，如果被点名的花魁正好在陪客人，那就没办法了。不过有时即便这名花魁有空，嬷嬷也会直接安排别的花魁给客人。为什么要这么做呢?

不过倒也没有几位客人不满，说来这不是大问题。从开始就别这么做不是更好？很多花魁得知自己并不是客人点名要的，第二天就会不停地抱怨“不公平”“不满”，岂不是会增加矛盾吗?

“完全没有好感的客人，简直像死了一回。”

“每一次都塞给我讨厌的客人，能不能收敛一点？”

“烦死了，那种货色再来小女子不接！”

小女若是嬷嬷，一定会遵从客人的意愿。花魁心情舒畅，陪客人们玩得开心，客人自然愿意拿出大把的金钱。要是被点名的花魁在接待其他客人，那也只好换别人。所以，优先考虑客人的喜好，同时也要兼顾花魁好恶的客人类型。起码照顾下花魁的心情吧，至少不要给她们安排讨厌的客人。

小女已经来到这里三年有余，已能想到这些。再怎么说，原本花魁出身、做了数十年的嬷嬷，不可能不知道这一点。

但是，每当花魁有这种抱怨时，她总是会这样说：

“照老娘说的做，绝对不会错的。动动脑筋想想，这些客人们也算替你们还了点钱，能早点赎身不好吗？”

话里的意思就是为了花魁着想。嬷嬷是不是有不得不这么做的苦衷？但小女一点也想不明白。这也是关于花魁的谜团之一，令小女百思不解。

茶壶的工作是揽客和充当店内的保镖。他们性情冷漠，哄骗揽客、察言观色，若不具备这些条件便无法胜任。

茶壶穿着朴素，外出时就像从哪里来的商人。与穿着花哨的花魁形成鲜明对比。起初小女觉得因为他们收入很低，所以贫穷，不过貌似并非如此，而是在店内招揽生意的茶壶，不能比客人们打扮得阔气。

“要说俺们，那可是非常讲究的。你看，和服面料、木屐、烟草、挂饰、金表这样的随身物件哪样都不差。和服外褂的长度也比普通商人的要稍微长那么一点。”

小女当然不可能当着他们的面询问有关衣物的问题。这是有次名叫朝先生的茶壶对小女说的，小女是打心底感到惊讶。现在小女算是懂了，一流的茶壶能够读懂对方的想法。像小女这样毫不掩饰好奇心、直勾勾盯着人家衣服的企图，早就在他面前暴露无遗了吧。

茶壶从开大门、开始营业便盘踞在玄关照片墙右手边的柜台，陆续招呼透过格子窗户向墙上张望的客人们。这时候他不可跨出自家门外揽客，只得外呼内应。所以，不是口才佼佼者是无法胜任的。对于话术要求颇高。通过与客人们的谈话交流，读透对方的心思。因此，猜出一个乡下孩子的想法，简直易如反掌。

茶壶负责与站在店内照片墙前的客人们谈价格。根据接待房间的规格与玩乐时间长短的不同，支付的钱也不同。不过，在这里谈拢的价格，也并非就是最终价格。客人会被带到二层的接待室，再经由嬷嬷的一番花言巧语的洗礼，客人就会掏出更多的钱。总之，在花街，每个人都要上阵，轮番使用各种招数让客人掏钱。此种手段更是小女前所未见的。

照片墙正中央装饰着花魁们的照片，左右两边各设一个柜台。右边为茶壶，左边是门房，门房是茶壶的见习人员，穿着素色条纹和服，腰上系着一条角带，再绑着与和服同一种条纹的围裙。同时他们也兼有保镖的功能，茶壶不在的时候，便会坐在右边的柜台进行揽客。

茶壶的手下，俗称小厮，下身穿着藏青色的细筒裤，上身则是藏青色的法被[11]，足蹬草鞋，好似工匠的打扮。天气寒冷的时候外面加一件藏青色无花纹的棉外衣，不穿袜子。到了冬季，将和服的后襟翻起来掖在腰带里是小厮的特征之一。

他们就是常说的万金油，从店内清扫、床单替换，到花魁吩咐的各种杂事什么都做。掌握不到这份工作要领的话，干再多的时间也只能是小厮，不能升格为门房。店门打开迎客后，小厮便坐在店内的楼梯下，主要负责领客人们到二层的接待室。

在绝大部分都是女人的青楼之内，茶壶、门房、小厮是为数不多的男性。不过，茶壶和门房都不在岗的时候，常驻就是小厮一人。他偶尔能从老爷那里得到一些赏钱。

对了，差点忘了，还有优子小姐的哥哥——大学生周作少爷。少爷与老爷完全不一样，他是一个沉着从容的人。虽然看上去有点病弱，但反而增添了他身上的奇妙魅力，实际上他在花魁之中也颇有人气。

老爷通常一周只出现一次，但这对兄妹经常来玩。本馆他们是不会去的，只去别馆。虽说别馆的二层和三层也被用作营业，但听说一层原来是老板娘的起居室。他们放学回来，经常会绕远路过来，可能是有点怀念这里吧。又或者是想在老板娘——他们自己母亲的身边多待一会儿。

傍晚是营业的时间，刚好是老板娘忙碌的时候，就算他们来了老板娘也没有时间到别馆去。即使这样，两人能在离母亲比较近的地方待着，就满足了吧。周作少爷通常在别馆的一层辅导妹妹学习，优子小姐一边接受立志成为教师的哥哥的辅导，一边等着老板娘空出时间。

小女与他们两人相遇，是在这里四个半月的时候。嬷嬷按老板娘的吩咐叫小女去做事，因而去了别馆。穿过走廊要进入某间屋内之时，小女不经意间瞥见了庭院里盛开的花，情不自禁地叫出声来。

“啊！绣球花！”

老家的河岸边，随风摇摆的，那个淡淡桃色的化妆花，就盛开在庭院里小池塘边。忽地想起以前玩过的“化妆”游戏，还有阿照和小伙伴的脸，已经过去多少年了？就在思乡之愁涌起的瞬间，小女心里变得空寂起来。

“那个叫合之木。”

从身后传来搭话的声音，吓得小女几乎跳了起来，回头查看，那里站着一位穿着漂亮洋服的可爱少女。

“是一种豆。”

“啊？啊？真的？能吃吗？”

望着小女吃惊的样子，少女“噗嗤噗嗤”地笑着说道：

“属于豆科植物，肯定是不会错的。不过像普通豆子那样吃是不行的。”

“还好，还好，要是拿能吃的东西来玩，那可是会遭到严厉的惩罚。”

“诶？玩？用那个花？”

于是小女就向少女讲述起了关于“化妆”游戏的事情，少女饶有兴趣地走到庭院之中，采了一朵花回来。

“示范给我看一下。”

“像这样，嘭嘭嘭地在脸颊上拍几下。”

“嘭、嘭、嘭……”

小女边做着示范，边看着她微笑的眼睛，心里软绵绵的，却变得温暖起来。但是，想到这种花盛开的时候，小女本该带着特产返乡的，突然情绪又消沉下来。

“怎么了？”

可能是脸上流露出了情绪，少女见状脸色也阴沉下来。

“没、没、没事，没事。”

小女终于察觉到，眼前的这位少女正是老板娘的千金。她岂是小女能够亲密交谈的对象？小女实在太笨了。因此，匆匆行过一礼，正欲慌张返回本馆之时，背后传来的声音叫住了小女。

“小姐们，你们在干什么呢？”

回头一看，那是一位穿着纯白开襟衬衣、双手叉腰站姿挺拔的青年。他似乎一直在关注小女与小姐的对话。

怎……怎么办？

察觉到他是老板娘家少爷的同时，就做好了被骂的准备。

“哥，你这样可不行哦，这是女孩子间的游戏。”

青年听过这话，又微微一瞥少女，笑了出来。

“说错话的妹妹，还是少说几句吧。”

“嗯？我说错什么了？豆科没错吧，还是哥哥你教我的。”

“豆科没错。但是，不是合之木。”

“骗人，是哥哥……”

“我教你的是——合欢之木。”

“真的吗？”

少女不太相信，试探地向青年投去目光，忽地转向小女。

“从现在开始，叫化妆花之木吧！”

“是、是，嗯、嗯。”

虽然是反射性的回答，但是看着笑逐颜开的她，小女心中再次被温暖包围。

“化妆肚子[12]或是其他任何叫法都好，随便你喜欢叫什么就叫什么。”

“这不变成狸子鼓腹[13]了嘛。”

这句话把青年逗乐了，只见少女的脸颊微微鼓起。

“休息结束。回去学习！”

此话一出，气氛变得落寞起来。

“那、那，小女告辞。”

小女看准时机，施以一礼想回本馆。

“等一下，再等一下可以吗？”

然而，少女过来挽起小女的手臂，将小女拖去最里面的房间。屋内有一张黑得发亮的大桌子，上面摊放着书和记事本。

“你叫什么名字？几岁了？”

“我叫樱子。今年十三岁。”

“啊呀，只比我小一岁。我叫优子，这是我哥，周作。”

说着，优子小姐的喜悦溢于言表。

“我们一起学习吧。”

像是即刻就要小女坐在她旁边的样子，这令小女非常为难。

“优子，快别这样。你看，为难人家了。”

“啊？为难吗？”

对于周作少爷的话，她脸上写满惊讶，又转向小女。

“不、不是……”

小女摇了摇头，心里很是高兴。当然，跟小姐一起学习是不可能的。因此，仅仅是被邀请一起学习，就足以让小女感激。

“你看，樱子没说……”

“她在金瓶梅楼学艺。”

“跳舞唱歌的话，我也……”

“优子，你们学的东西不一样。”

周作少爷的态度很明确，优子似乎很不服气。

“好，就算技艺方面的内容不同，学校的内容总归一样了吧。”

“嗯，我也认为学校里的教育，每个人都有平等接受的资格。”

“所以……”

“但是，事实上很多孩子甚至没读过小学。因此，学习能力就会产生巨大的差距。优子，就算你们一起学习，我也做不到同时教你们两个。”

那时，小女刚好瞥到了桌上放着的那本书，也不知为何竟然朗读起了正打开的一页文章。其实，直到今日，小女都还没搞明白自己为何这么做。绝不是自尊心的问题，也许是不想让绫小姐教会小女的知识白费，不想忘记以前学过的东西吧。

“哦！不错！”

周作少爷非常惊讶。他急急忙忙从桌上拿起一本书，打开，翻了一会儿，停下。

“读读这一页。”

他指了指翻到的那页的一个段落，将书递给小女。

“好的。”

接过书来的瞬间，因为紧张，手在颤抖。绫小姐给小女的书，所有的汉字都有假名注音。所以，只要记住平假名就没有问题了。可是优子小姐的书不一样。

若是有不会读的汉字……

即使这样，也不会有什么问题，但就是抑制不住读不出来的恐惧。

“怎么了？果然读不出来吧。”

“不、不，我读。”

在优子小姐充满期待的注视下，小女双手捧书，专心致志地开始朗读起来。

刚开始读得有点不顺，读着读着感觉便好起来，也读得顺畅了。不过，完全没有理解文章内容的闲暇。小女只得聚精会神地把一个个冒出头的文字读出来。最后还算流畅地读完了整篇文章。

“以前在哪里学习的？”

周作少爷这么询问，小女跟他讲了绫小姐的事。他稍稍的考虑一下。

“想不想多学一点？”

“嗯，想。”

想都没想的回答，因为是出于内心。能够与优子小姐一起，接受周作少爷的辅导，在那个时候想都不敢想。

于是，完全忘记了老板娘交代的工作。回到本馆，小女被嬷嬷一顿臭骂，扒下裤子被揍了一顿。想到可能再也不能跟这两个人说话了，小女只得叹息不已。

数日后，小女被老板娘叫去内室，说是每周可以接受周作少爷的三次教导，小女着实惊讶不已。

“花魁中有能读书的，也有不能读书的。要是没学过的，即使现在开始学，也是白费功夫。樱子你好像还会那么一点，就让小儿教你吧。”

“谢、谢谢，太感谢了。”

又可以跟那两个人说话了，仅仅如此就让小女开心不已，而且还让小女一起学习，自己更是欣喜若狂。

但是，嬷嬷却不这么认为，我们两个人独处的时候，她总是有点“苦口婆心”地说道：

“能认清卖身契上的字就行了。学问多了，对于花魁来说反而是妨碍。”

“可是，那为何老板娘还……”

“这不因为周作少爷想当学校的老师嘛，多一个学生也无所谓。优子小姐估计就是想找个同龄的玩伴。不用说让你跟他们一起学习这事，肯定是他们恳求老板娘的。”

“唔……”

小女无言以对。无论对于他们两人怀有多少谢意，好像都不够的感觉。

“话说回来，你要是敢懈怠我这里的学习！我可不会客气……明白了吧！”

被嬷嬷恶狠狠地盯着，小女情不自禁地点点头。可是，就在这时，一个简单的问题脱口而出。

“为啥他俩跟老爷不住在别馆的一层？”

“为何少爷、小姐，还有老爷，不一起住在别馆的一层？要这么说。”

纠正小女的用词之后，嬷嬷告诉小女：

“周作少爷上小学之前，搬去了现在居住的宅邸。”

“为何要搬家？”

嬷嬷的脸色虽说依然嫌恶，但小女此时已经敢于提出这样的问题。可能也是因为平日里嬷嬷说的，有不懂的地方就问，不要吞进肚子。

“要说为什么嘛，我认为是要远离这条花街的小学。不让他人知道家业在此。若是被人知道，少爷也会脸上无光的。”

嬷嬷一副自然而然的表情，可小女还是无法理解。

“老板娘将穷人家的孩子买来，还给爹娘金钱，这不是好事吗？那为什么……”

嬷嬷重重地叹了口气。

“那些孩子有抱怨的，有痛苦的，要是都像你那样考虑问题，我倒省事多了。”

“嬷嬷指的是花魁姐姐……的事？”

“啊、啊，是的。”

正说着，嬷嬷眼睛眨巴眨巴地盯着小女。

“听好了，你呀，保持现在的想法就好。”

嬷嬷像是已经预料到小女会背负起花魁那样的怨恨，脱口而出说了出来，也以此终止了这个话题。

虽然嬷嬷这些话有点闪烁其辞，但小女和优子小姐、周作少爷在一起之后，很快就将它抛之脑后了。开始在别馆接受周作少爷的辅导，还能陪优子小姐在庭院里玩。别馆庭院的北侧有一堵围墙，所以从本馆的一层看不见别馆庭院。而且这墙还挡住了二层的视线。因此，即使从二层展望，也看不全庭院的全貌。所以，只需留意别被居住在别馆二层的花魁发现就好。而且，需要提防的也就是会向老板娘和嬷嬷打小报告的红姐而已。住在三层的小町姐，即使看到小女，也没有任何的兴趣。而牡丹姐一看到小女就会露出微笑。至于其他花魁也都乐得清闲，从不多管闲事。

那个时候的小女心向未来，思绪过去。未来是指接受周作少爷的辅导，过去则是陪优子小姐在庭院玩耍。因为小女深信勤学就有回报，而在庭院里玩，会让小女想起在乡下嬉戏的孩童时光。

除了绣球花，还有很多其他的花草生长在别馆的庭院里。用那些花草能有很多玩法。像是用紫云英和三叶草编织花冠和头饰，用狗尾草和柿子的叶子做成小狗和人的样子，堇菜花和紫云英束在一起之后，可以做一个手抛球，蒲公英和野菊花则可装模作样地占卜……随着不同季节来做不同的事。

“樱子，你知道得很多啊。”

每次小女用新的花草来玩，优子小姐总会这么感慨。明明是故乡里再普通不过的玩法，所以起初我还认为小姐在嘲笑小女。不过，她看上去是发自内心的喜悦，小女也就得意起来。然后，趁着得意忘形爬上了一棵李子树，这可让优子小姐慌张起来。

别馆的庭院里种植着数量众多的柿子树、李子树、金桔树等能结果子的树。其中就属李子树最高，高度直达三层。小女爬上这点高度并非难事，不过小姐都要急晕过去了。另外，小女将和服撩起来掖在腰带里的举动，也让她很是吃惊。

“危险！不要再爬了！注意点形象啊！”

一直非常温柔的优子小姐，只有在这时候会生气。即使这样，依然无法阻止小女爬树的脚步，这可比玩花草更有故乡的亲近感。

脑中回想起了故乡寺庙的楠树，与阿照一起光着脚丫比赛爬树的情景。如果不是因为好奇偷窥了小町姐的房内，喜欢爬树的小女是不会放弃的。

那天，正好优子小姐和周作少爷还在屋内讲话。小女就独自来到庭院里，趁小姐还没有来，迅速爬上李子树。爬了一会儿之后，终于爬到了树顶，就在小女环视四周的时候，心中突然涌出了窥视三层房间的想法。被称为金瓶梅楼的贵宾房间，诱惑着我忍不住想看一眼。

小女轻轻地翻到作为装饰的狭小露台，用手拉住窗户，打开一条细缝，从窗帘的缝隙之间往屋内窥视。心都提到嗓子眼儿，紧张得差点叫出声来。因为小町姐正在屋内。

不能再偷看了！要悄无声息地关上窗户，从露台返回到李子树上，再爬下去，脑袋里只有如何逃开的想法。

但是，小女正要关窗的瞬间，注意到姐姐不太寻常。从窗帘缝中望去，跪坐在那里的姐姐，低着头，小女只能望见她的左半边脸，但怎么看她都是在流泪。

小町姐在哭泣……

小女简直不敢相信自己的眼睛。然后，姐姐的视线落在膝盖上的一封信上，小女再次差点弄出声响。

读了那封信才哭的吧……

小女轻轻地拉上窗户，蹑手蹑脚地从李子树上爬了回去。比起偷窥被发现挨骂，小女更怕她躲在屋里哭泣的样子被别人看到，那样内心会受到伤害吧。无论是谁都不该擅自偷窥他人忧伤的模样。自此之后，小女再也没有爬过树。

“樱子终于变得淑女了。”

比起优子小姐的喜悦，小女感受更多的是愧疚。不过，听到妹妹说我会爬树的周作少爷，说出了截然不同的话。

“啊呀，可惜了。我还想亲眼见见樱子站在树顶上的英姿。”

“哎，哥哥真讨厌。”

小姐不失时机地说着俏皮话，小女羞红了脸。时至今日，这都是小女甜美的回忆。

最近两人都不怎么来别馆了。即使来了，气氛也是莫名的沉寂。总觉得他们提不起精神。特别是周作少爷经常沉着脸，在为什么事情而烦恼。小女认为绝对不是身体病弱的原因。

打理别馆的女佣雪江也持同样的意见。店里除了老板娘和小女以外，就属她跟两人接触得最多了。所以，雪江是不会信口胡言的。

女佣有三人，主要负责厨卫工作、洗涤清扫等杂务。她们是与母亲年龄相仿的安美、与阿照的幸代伯母差不多年龄的友子，还有比我小两岁的雪江。安美和友子都是通勤工作，只有雪江住在店里。小女初到金瓶梅楼，那个在厨房和人贩子阿叔说话的正是雪江。那时从她的体格看，肯定要比小女年长许多，后来那张稚嫩的脸让小女认识到，实际上她的年龄更小。

我们在不经意间，发展成了只要见到就会聊天的关系。但是，小女也意识到我们并非朋友。小女初来乍到，她是店里地位最低微的，我们仅仅是境遇有些相似而已。

但当小女这样跟雪江讲时，没想到她立刻摇了摇头，强烈地表示否定。

“樱子姐姐是新人……跟咱这个女佣可不一样。”

“哪里不一样？”

“新人总有一天会成为花魁，而女佣永远都是女佣……绝对无法成为花魁的。”

小女入楼一年多的时候，曾跟雪江约定绝对不会说出去，雪江才向小女吐露心声。

“咱，真的很想成为花魁。”

她的故乡在××地方的山坳坳里。父亲是伐木工，奶奶和母亲貌似是采集樟蚕虫（蚕的一种）吐出的丝来织布的。有次她的父亲被一棵大树压在下面，造成半身不遂。光靠她母亲一个人连治疗费都付不起，转眼间就债台高筑了。原本就不是很宽裕的生活更是雪上加霜。她的弟弟妹妹们饿得面黄肌瘦，哭着闹着。

“家里最好吃的就是蚕蛹了。奶奶在坑炉上烤蚕蛹给我们吃，嘴里慢慢地溢出脂油，甜甜的很好吃。”

就在这个时候，山脚下的村落里来了人贩子阿叔，将她和村里的几个姑娘一起卖到了花街。

“刚到这里吃白米饭的时候，咱还腹泻了呢。大概是咱以前吃过的东西不太一样吧。”

到了金瓶梅楼之后，她才意识到山坳坳里的日子简直不能称为生活。

“这里可以赚钱，能给父亲治病，还能给奶奶、母亲、弟弟和妹妹吃上好吃的东西。咱就是这么考虑的。”

但是，事与愿违。

“你啊，要说这雪白的肌肤可真是一等品，就是你这个体形……可惜啊，你当不上花魁。”

就因为嬷嬷的一句话，雪江就成了女佣。

“虽说如此，但我绝不轻易放弃。”

只要在店里工作的话，还是有可能踏上花魁之路的——仅仅就凭人贩子的这句话，支撑着她努力到了现在。不过小女最近在想，这个希望其实早就破灭了吧？跟她一起被卖到花街的村里姑娘，除了她以外的其他人全都成为了这条花街的新人。貌似有的人早就当上花魁在店里接客呢。

“当村里的女孩子集结出山的时候，人贩子看到咱就知道了吧，咱是做不来新人的，只能去做女佣。”

听到这样的告白心声，虽然对不住雪江，但小女也是这么认为的。她是非常辛劳的仆役，绝不是个坏孩子。但她无法成为花魁，小女有着强烈的预感。无论来自哪个偏远乡下的女孩，在花街上待得久了，就会得到蜕变。这变化跟容貌关系不大，就算是土里土气的女孩也会变成妖媚的女人。但雪江却没有任何的变化。反而随着时间的推移，总有种说不清的气氛围绕在她身上。也许，这与她生长在山坳坳里的经历有关呢？

以上，就是在金瓶梅楼工作的人们。工作内容就如我记录的一样，大家都在做普通的工作。虽然也有像嬷嬷和茶壶那样，平日里见不到的营业相关事务的工作。

但是，思前想后，嬷嬷和茶壶都是为花魁服务的。人贩子也是一样。当然，经营者老板娘也是如此。总之，一切一切的中心，就是花魁。当然，让客人掏出更多钱的是花魁，所以这一切也是理所当然的。不过，最重要的姐姐们，却好似没在工作的样子。这个事实一直都让小女不安。

而且，从嬷嬷的话语里，能推测出花魁对老板娘和金瓶梅楼抱有不寻常的感情。

怨恨与痛苦……

对于客人的厌恶也好，对于嬷嬷的反感也罢，寻根问底不都是相近的原因吗？姐姐们所怨恨的是被卖到这条花街工作的命运吗？

但是，为什么？

大家不是都被这间金瓶梅楼帮过吗？

越想脑袋越混乱。心心念念成为花魁的日子就在眼前，小女未料到竟会如此的烦恼。前几天，小女还想着早一天成为花魁，赚很多钱，让故乡的家人过得好一点，然后把借款还了，带着满满的特产荣归故乡。然而，回想起这几年的点点滴滴，陡增不安。

就这样成为花魁，是好事吗？

但是，如果不迎来这一天，小女就一直是新人，即使想寄钱回家，也只是见习花魁，生手而已，赚不到钱。偶尔有客人会打赏钱，无论多少都必须交给老板娘，绝对不允许私自存钱。

回想起来自己作为新人期间，若是无意中想到，唔，好像也没有空闲去想呢。说来受到嬷嬷严格教育的时候，也许是最幸福的呢。

在即将成为花魁的当下，小女预感到会有什么恐怖的事降临在自己身上。这种想法无论如何也挥之不去。

三月 × 日

今天小女就要去拍花魁照，成像后的照片会挂上照片墙。

首先在化妆室，让姐姐们平时请的梳头师傅帮小女盘好头发。然后，由嬷嬷帮小女化妆，再换上漂亮艳丽的和服，被带去花街上的照相馆。

这条街上什么店都有。杂货店、鱼店、外送饭馆、酒家、药店、绸布店、家具店、人力车屋，连医院都有。即使不出这条街，也可以满足日常生活所需，令小女惊叹。

说起拍照片，小女还是头一次。据说以前的人害怕这东西会把人的魂魄收走了，小女其实也有同样的不安。可又担心说出来会惹人嘲笑，便一直强忍着。结果，照相馆的伯伯说我的表情太僵硬了。好不容易挤出一丝笑容，这次，又被说那叫强颜欢笑。

“露出淡淡的微笑就好。”

嬷嬷从一旁横插一句，实在是强人所难的要求。这回脸部肌肉好似完全石化了一般，连微微抽动都不能了。

“真是个没用的孩子。”

“不、不、不，这种表情，也许反而能衬托出一种未经世故的羞涩。”

嬷嬷的脸已经拉得很长，不过照相馆的伯伯却用熟练的口吻安抚着我。就这样开始照相。

拍完照之后，小女感到身体不听使唤。只不过是一动不动地盯着照相机看，却像是干了一整天农活般，疲劳不堪。

“之后就交给我们了，老规矩，等我这边洗好照片。”

在照相馆的伯伯目送我们返回金瓶梅楼的途中，小女听见自己的心声，告诉小女离花魁更近了一步。

若是初来乍到的时候，小女一定会喜上眉梢。事到如今，不是说没有喜悦的心情，而是不安压过了喜悦。

在这篇日记里，小女还没有很具体地描写过最重要的花魁。明明她们才是金瓶梅楼的主角，只是笼统地提到了第一天来到这里所遇到的花魁姐姐，几乎没用太多的笔墨具体介绍她们。既然连小厮和女佣的工作都描述过了，为何花街最重要的主角花魁们却没去触碰？

为何？

因为小女害怕……

小女对于花魁，当初只有羡慕和憧憬。随着在店内生活时间的增加，小女逐步觉察到花魁们身上充满着神秘。这种神秘，既有魅力的存在，也有不安的感觉。终于，这种不安越来越大，甚至令小女对于花魁产生恐惧。

由于开始写这篇日记，似乎让小女再次认清自己这样的心境变化。从这层意义上来说，可能是件好事。但再怎么说也已经无法回头。小女只能静静地等待自己成为花魁的那一天。

不，这么想反而增加了自己的恐惧。总之，现在就来介绍小女印象深刻的五位花魁，试着分散一下小女的思考。顺便说一下，以下所述并不都是小女一个人的观察。是以小女所知为主，兼有从嬷嬷和女佣雪江那里听来的。

说到花魁，也分三六九等，林林总总。绝非从容貌、性格和技艺的差别来区分。要论她们最重要的评判标准，仅仅是一晚上能赚多少钱。像金瓶梅楼这样常驻十几名花魁的地方，这种差别一目了然。有意思的是，店内最会赚钱的人，不一定是最漂亮的。相对的，赚钱最少的人，也不一定就没有魅力。

在小女初入金瓶梅楼之前，最会赚钱的是十九岁的小町姐。因此，她一直使用别馆三层的房间。金瓶梅楼内的花魁们，只有一位可以使用这个房间。故而也称贵宾室，客人们要使用这个房间就必须掏出一笔不菲的数额。

小町姐，通小町的简称，大家都称呼她为小町。肤色白皙，长着一张瓜子脸，确实也是金瓶梅楼里排名前三的美人。但是，她对于客人的态度可谓冷若冰霜。给别人的印象就是装腔作势，脸上难得露出笑容，不把别人放在眼里。她无论对谁都是如此。

据说小町姐的老家是她们那里的财主，然而一场原因不明的火灾将其所有的房子烧毁殆尽，更要命的是，整个村子用以交付的米也付之一炬。家业一夜之间倾倒而下。作为家族长女的她，主动只身一人来到花街卖身。当然，这事实真相小女也不得而知。不去探究花魁们的过去，这是大家心照不宣的规矩。

只是，小町姐原本是旧财主家的千金小姐，因此就算成了花街上的花魁，接客也绝不陪笑，绝不对客人妩媚撒娇，这样的传言倒是传得有模有样。

“只有那个孩子，让人束手无策。”

嬷嬷直到现在依然牢骚满腹。

“虽然她比任何人学东西都快，不过对于她接客的态度，我苦口婆心地劝了多少次，她就是顽固地左耳进右耳出。令人头痛极了。”

尽管如此，客人们的评价却是赞誉有加，她向来是店里最会赚钱的，令其他花魁无法企及，小女感到非常不可思议。

“小町啊，虽然她那高傲的态度让人生气，不过对男人不献媚的态度，就是叫人欲罢不能。”

说出这种话的客人非常多，更加让小女不解。明明花了大价钱来玩，为什么还要点名待人冷冰冰的花魁，这有什么好玩的？无法理解。

“读懂男人的想法也是花魁的修行。了解客人的需求和愿望，再多的钱也能从他们的口袋里抽出来。”

嬷嬷带着洞悉一切的表情说教，小女垂头聆听。但小町姐也许并非刻意追求这样的感觉，可能根本就没考虑那么多，只是让别人看到一个真实的自己。不仅仅是面对客人，而是面对所有人。小女就是这么认为的。

对于一切视若无睹……

只要见到小町姐，小女就会产生这样的感觉。这人是不是赚不赚钱都无所谓？

小女初入店里的那一天，第一次去化妆室跟大家打招呼的时候，没有流露出任何表情、只是瞥了小女一眼的，正是这位小町姐。

接着，有两位与通小町形成强烈反差的花魁，分别名为红千鸟和浮牡丹。其中，红姐二十三岁，牡丹姐二十一岁。两位在店里都已经工作了很长时间。“她们都是经验丰富的花魁。”这话要是传到红姐的耳朵里，肯定又要被她捏大腿了。这二位接客都非常熟练。只是对客人的态度截然不同。

红姐好热闹，性格爽朗，从没露出过丝毫的阴郁和悲伤。她总是扯着嗓子，甚至有点烦人。也许正是因为这种个性，花魁的和服也好，妆容也好，穿在她身上比任何人都要更加光彩照人。奢华艳丽，这样的词汇用在她身上正好。

“饮酒喧闹一番，一扫白天的郁闷，就找红千鸟！”

放出这种话的客人不在少数。当然饮酒喧闹会增加他们的费用，不过也没什么不满之声，这就是红姐厉害的地方吧。红姐让客人们额外掏钱的本领，花魁中再无人能出其右。

“这孩子的本事，真是了不起。”

这可是发自那位每天都要同客人交涉、哪怕让客人多掏出一分钱的嬷嬷的心里话。

但是，姐妹并不怎么待见她，甚至排挤她。小町姐也是被排挤的对象，不过小町姐是因为最会赚钱，所以招来嫉妒。对于客人的冷淡态度，反而让她更加抢手，这也是让其他姐姐忿忿不平的原因之一。她们大概会觉得自己陪笑接客，在她眼里就像个傻子。

话虽如此，小町姐的冷若冰霜，不仅仅是对客人们，对于其他人、其他花魁也是一样。正因如此，据说起初因为高傲的态度，她还被别人欺负了，逐渐地变得没人理睬她，大概是觉得她不会对自己造成威胁。取得店内头牌的位置，让其他人既心有不甘，又不得不承认其当之无愧。结果，大家似乎就转变成了这样的心态。

然而红姐又不一样。她每天都会问个不停，像是其他姐妹接待客人的身份，客人对自己的评价，给了多少赏钱，还会问到卖身借款的金额，以及不能触碰的过去和出身。甚至就连其他人的身体状况也非常关心，若是真的关心也就算了，她只是跟自己比较之后，确立自身的优势图个安心。要是姐妹比自己强，她会突然风云变色、脏话连篇，也难怪大家不喜欢她。

“要是她那个喜欢收集别人情报的性子往好的方向发展，倒是可以成为花魁大姐头了。”

嬷嬷无比惋惜地喃喃自语过好几次。嬷嬷想说的是，红姐对于姐妹那份强烈的好奇心，如果发挥在乐于助人上该有多好。

说到金瓶梅楼的花魁大姐头，这个角色正是牡丹姐。她的举止温文尔雅，从不急躁。没有人看到过她吵闹、发怒或哭泣的样子。小女也觉得非常不可思议。她是那种处变不惊、镇定自若的人。

传言说，牡丹姐的出身要比小町姐更好。

“好像是没落贵族家的千金小姐。”

这是女佣雪江告诉小女的，真伪不得而知。但是，从牡丹姐身上散发出的高贵气质和翩翩风度，若非是那样的出身，还真有点难以解释。从某种意义上来说，她有点像故乡的绫小姐。

要说相似，牡丹姐似乎与绫小姐一样，是基督教的信徒。她不会向他人传教，但非常的虔诚。小女起初认为信教的人成为花魁一定很痛苦吧。不过现在小女有了不同的见解，也许正是这份信仰帮助了牡丹姐。绫小姐也因信仰而得到了力量。

因为牡丹姐对任何人都很温柔亲切，不仅仅是客人、花魁，还有店里工作的其他人都很喜欢她。所以，为什么她不是店里最会赚钱的，这让小女百思不得其解。

“找浮牡丹驱除烦恼的客人，可是数不胜数。”

嬷嬷对于牡丹姐的人气程度也是给予了充分的认可。

“在工作中遭遇到烦恼问题的男人们，回到家也没办法从老婆身上得到安慰。只能到这里来找花魁们治愈，开心了又会再来的。”

嬷嬷是这么说的，然后她又追加了如下的话：

“说是这么说，毕竟这里是花街，是男人们来玩的地方。只是温柔的抚慰，客人会变得越来越不满足。客人们要的是宣泄玩闹到高潮的瞬间。对于我们来说，虽然浮牡丹是很重要的花魁，不过要是全像她一样，是生存不下去的。”

听了这样的说明，小女心想男人真是麻烦的东西。也多少有点理解姐姐的辛劳。

“作为花魁的大姐头，浮牡丹温柔过头了。让她汇总意见，也没什么人提出异议。但是，因为她没有将大家凝聚起来的行动力，所以，无论过了多少时间，大家都还是各自为政。唉，不过话又说回来，花魁归根结底还是个人的买卖。”

听了嬷嬷的话，结果无论哪位姐姐都是金瓶梅楼不可或缺的。概括起来，就是其他青楼找不到的、唯独金瓶梅楼独有的特别花魁。或许无论花魁好坏，只有个性鲜明的花魁，才能长久受到客人的光顾。

虽这么说，不过有时特色却适得其反。月影姐就是这样。

“月影也让人伤脑筋，一年到头不停地哭哭啼啼。虽然也有客人喜欢她的温顺，但大部分客人都不喜欢阴郁、昏暗的表情，觉得晦气。”

据说月影姐进楼的那一刻，就已经开始泪流满面。被老板娘训斥，被嬷嬷教训，被花魁欺负，被茶壶挑逗，被客人调戏。总之，不管遇见什么事她就是哭。

“她和小町同岁，新人时期其实差不太多。不过，小町对于任何事物都无动于衷，而那孩子是畏惧任何事物只能哭泣。”

就如同嬷嬷所言，对于月影姐来说，花街的生活只有悲伤。说到以前的生活，可是连白饭都吃不到，继而想起过去贫穷的生活，眼泪又在眼眶里打转，说着说着就要哭出来了。小女目瞪口呆。她的心情我可以理解，不过她未免也太爱哭了吧。

“这孩子实在是毫无存在感。有时候众人都不知道她在不在场。即使在化妆室内，也是埋没在姐妹之中。‘哦哟，你在呀？’大家经常突然发现她在。说起来她进花街之前，是在客人面前表演杂技的。”

月影姐的经历确实有点奇特。她是在杂技团表演走钢丝和跳火圈特技的孩子。她的双亲不是杂技团的成员，从她记事起就跟其他孩子们一起住在帐篷里，接受艰苦的杂技训练。所以，月影姐觉得自己可能是某地富豪的千金，小时候外出时与家人失散，被杂技团的人抱走了。她想着总有一天，自己的亲生父母会回来接她。这种想法，对她来说还算个念想。但是，在杂技团老板将她卖到花街以后，连做梦的资格也被剥夺了。

“工作太辛苦了……实在忍受不了如此辛劳的工作。”

当上花魁在店里接客之后，已经完全没有梦想可言，月影姐说着便潸然泪下。小女并不明白她说的是什么意思。要说工作辛苦，小厮和女佣不是更辛苦吗？月影姐可是花魁，跟工作辛苦不沾边吧。

即使小女问了嬷嬷，也没有得到确切的回答。

“要说工作的艰辛，有很多啊。等你成了花魁，自然就明白了，没必要担心。”

小女偷偷地问过月影姐，她只是泪珠盈睫地说：

“再过几年，那就是小樱的工作……”

“是，是什么工作呢？”

“……小樱，你现在还是不知道的好。”

这句话一说完，月影姐就又泪流满面。虽然很在意那工作究竟是什么内容，但在痛哭的月影姐面前，小女显得手足无措。

不过小女还是很喜欢月影姐。因为她是个爱哭鼻子的人，所以她对还是见习的自己，遭遇的辛苦体验记忆犹新。当小女遇到相同的困难时，她总会不动声色地安慰我。牡丹姐也很温柔，不过因为出身和生长环境的差异巨大，月影姐更能让小女安心。小女觉得月影姐同自己一样，来自贫困的农民家庭。

“再不努力一点，这个月的最后一名又是那个孩子了。”

嬷嬷认为以月影姐那样的个性，不具备当花魁的条件。不，不如说她的性格会妨碍赚钱。

“你看，像雏云这种拥有灵异能力的人，起码还有客人点名。”

嬷嬷口中的雏云，二十六岁，是店里的老资格花魁了。这么描写她的话，若是被她知道肯定会生气。她的气度和性格绝对称不上好，在店里工作了那么久，接客依然不够熟练。相反地，她在客人的面前，经常会出现不明所以，甚至略显狂乱的举动，吓到客人。

据说第一次发作的时候，雏姐自己也吓坏了。她自己说这种感觉就像突然起身后的晕眩，两眼发黑。脑中闪现出什么人临终前的景象。下个瞬间，雏姐就会有板有眼地跟客人叙述起来。

“您现在即刻回家为好。你们家即将遭遇不幸。要是马上走还来得及，快，快回去吧。”

客人这下可生气了，谁听了这话都不舒服，于是引发了一阵骚动。就见嬷嬷如闪电般降临，但雏姐依然在重复相同的话。

“客官，您就回去一次看看？宁可信其有，不可信其无。如果没有发生任何事情，下次请您免费来玩一次。”

在嬷嬷的劝说下，客人拉着脸回去了。然而，两个星期以后，这位客人再次来到店里，说他老家的祖父在那天突然辞世。嬷嬷和雏姐听了也是吃惊不小。

这件事情就在花街里扩散开了，点名雏姐的客人也越来越多。

“那个传言中的雏云在吗？”

像这样点名雏姐的人，都对“巫妓”抱有某种期待。不过她本人也不知道什么时候会发作，以谁为对象发作。她时常会流露出狂乱的语言和行为，结果却也没得到任何的启示。

撇开这些不管，还是有客人点名要她。不说来客络绎不绝，反正比月影姐多，小女很难判断对她来说是幸运还是不幸。

“巫妓这种称呼……”

老板娘貌似很厌恶这样的说法，不过嬷嬷苦笑着告诉小女，老板娘得知客人接连不断地点名，也就什么闲话都不说了。

“我是处理了地狱肚的鬼孩子以后，才变成这样的。”

姐妹问雏姐为什么会突然有这种奇妙的能力，她考虑了一下如此回答。

怀上客人的孩子，在花街被称为“地狱肚”“河豚踩水”等。鬼孩子，指的就是肚子里的孩子。小女认为这是非常残酷难听的叫法，不过在花街很正常。

为什么花魁会怀孕？为什么客人会是父亲？小女一头雾水。有种称为套子的东西，像是细长的橡皮套，如果使用那种东西，就不会怀孕，但似乎也不是万无一失。那么这东西究竟用在什么时候？什么地方？怎么使用呢？说起牌子有“心爱美人”，还有“敷岛套”等，虽然小女看到过实物，却不知道这东西有什么意义。套子到底是什么？

说起这个，就想到嬷嬷经常会对出手阔绰的客人溜须拍马地说：

“啊呀，您二位缠绵悱恻的样子，怎么看都是如胶似漆的恩爱夫妻啊。”

确实，结为夫妻之后会有孩子，但是，花魁和客人之间的关系是不一样的。花魁也被称为“一夜妻”，要说就连假夫妻都不是。

不过，老家村里有一家的阿姨，怀上了别的男人的孩子……这消息在村里传开了。大人们似乎都是私下在传，可是小女和阿照也都知道了。但是，那个阿姨的肚子一点都没有变大的样子，到头来连怀上孩子的传言都烟消云散了。倒有几次看到那个阿姨大病初愈、体弱无力的身影。就在不经意间，村子里就像没有发生过这件事一般，回到了原本安稳的状态。

花魁可能遇到了跟那个阿姨相同的情况。对于阿姨的怀孕，村子里没有一个人表示欢迎的，这点小女也能感受到。被花魁们称为“鬼孩子”而遭憎恨的孩子，一定也是这样的。

但是，肚子里的孩子呢？到底消失去哪里了？那个阿姨和雏姐的孩子，后来怎样了？

再次遇到花魁身上的谜题，不由得停下了笔。花魁果然还隐藏着诸多小女所不知道的恐怖秘密？

对了，说起“恐怖”，雏姐成为巫妓的时候，好像非常害怕别馆三层的房间，说那房间好可怕。小町姐入驻金瓶梅楼出道之前，这个房间的前主人是已经跳槽的花魁福寿。

当时福寿姐是店里的头号红牌。

“自己没有客人，倒是挑剔起来店里最好的房间，雏姐你胆子也够大的。”

福寿姐作为最卖钱的花魁，当然不会保持沉默的。可雏姐绝对不是出于嫉妒，只是将自己的感觉如实地说出口而已。

“要说理由我说不清楚。就是害怕那间房间。不，不仅是那间房间，正下方二层的房间也……”

“雏姐，你到底在害怕什么？”

面对福寿姐质问的口气，雏姐只嘟哝了一个单词。

“窗……”

位于别馆三层的房间，南侧与西北两侧都有开窗。而且三扇窗户的中央，有一个狭长的露台。露台只是个摆设，但其他房间都没有。

就在雏姐说出奇怪的话的数天之后，每到夕阳落下，福寿姐就会赶紧拉上三扇窗户中朝西向的窗户帘子。

“天色还早呢！”

面对的嬷嬷的提醒、客人们的疑惑、姐妹们的询问，福寿姐依旧三缄其口，还是在这个时刻拉上窗帘。还有，不知她在寻思什么，竟然用毛笔在窗框正中写上“南无阿弥陀佛”几个字。数周以后，她突然离开金瓶梅楼跳槽去了其他楼。

当然，无论老板娘还是嬷嬷都极力挽留，问她在这里有什么不满意的，如果有什么意见尽管提出来。毕竟是金瓶梅楼的头牌，她们当然不想放手。而且，花魁是不能随便在花街里移籍的，否则要背上巨额的赔款。因此对于双方来说，简直是两败俱伤。

但福寿姐却坚持什么都不说，她去意已决。很明显她是在害怕。福寿姐移籍的第二天傍晚，大家在化妆室说起福寿姐，才知道每个人都有这样的感觉。

“都是因为你说了那些奇怪的话，吓到她了。”

“店内头牌让她膨胀了吧，正好给她点颜色看看。”

“那个房间，真的有什么东西吗？”

无论是姐姐辈花魁的训斥，还是称赞声，或是听起来背脊凉飕飕的疑问，绯姐始终低着头，沉默不语。

“难道……”

就在花魁热闹的交谈声中，嬷嬷有些茫然地低语，忽地飘进了绯姐的耳朵。

“……”

瞬间，绯姐望向嬷嬷。但是，嬷嬷很快回过神来，扭过头去，绯姐也不便追问什么。

数天之后的一个夜晚，点名绯姐的客人被领到别馆的二层。就是位于三层贵宾室正下方的那个房间。绯姐乞求嬷嬷替换其他房间。可是那天夜里店里盛况空前，房都满了。

“又不过夜，你将就将就吧。”

“可是，这房间……”

“哦哟，好了，好了。快去！让客人等急了怎么办？”

在嬷嬷软硬兼施的攻势下，雏妲只得乖乖地进入房间。但是，恐怖气息不断地向身上袭来。尤其是客人背后的那扇窗，让雏妲毛骨悚然、不住颤抖。

对方也察觉到了雏妲怪异的举动。

“喂，喂，你怎么了？哪里不舒服吗？”

虽说客人马上恢复了常态。他以为眼下雏妲那奇妙的样子，是触发巫妓的前兆。

要将双眸充满期待的客人丢下，夺门而出是不可能的。要是这么做的话，将会受到嬷嬷的严厉责罚。可就这样等待下去，也不可能变成巫妓吧。若继续待在这间屋子，可能真的会疯掉。

不！才不要疯掉！

也许受到嬷嬷的责罚反而要好一些，雏妲试着改变想法，就在马上起身准备跑出房间、视线移开窗户的那一瞬间，突然，一张上下颠倒的脸正朝着房里窥视着……

从窗框的上部倒垂下来的那张脸，梳着花魁的发型，化着花魁的妆容。容貌美丽得令人发寒，这是从未见过的脸。不，说起来那是怒目而视的眼神，来回扫视着房间内，实在无法想象那是属于人类的眼神。

再则，要以这样的姿势窥视房内，就得从正上方三层那间贵宾室的窗户走到露台上，再像壁虎吸住外墙一般，沿着墙壁外侧向下爬，方能从窗户外露出脸来。而且，还是一身花魁的装扮。

不是人……

就在察觉到的瞬间，已与那个东西四目相对。后颈部就像突然被浇了冰水一般，让人不寒而栗。想抽离视线却无法做到。雏姐的视线被紧紧地定在那里，无论怎样使力，就是无法逃离那个东西直勾勾地盯着自己的眼神。全身就像被紧紧地捆绑一般，完全无法动弹。她意识到这就像被蛇盯住的青蛙一般，她忍不住地哆嗦起来。

这时，窗外的那张脸诡异地笑了起来。

像是能够感觉到雏姐所体验到的恐惧，那个东西浮现出邪恶的笑。这张倒脸在窗外那狰狞的笑容，令人魂飞魄散。

救、救我……

雏姐寻求坐在窗户和自己之间的客人帮助，却发不出声音，只能在心里拼命祈祷。

可是客人眼中那充满期待的眼神依旧没变，迫切地等待眼前巫妓降临。

“你怎么了？”

从后面传来声音，雏姐转过头去，嬷嬷将纸门打开了一半。事后听说，嬷嬷放心不下雏姐的异样，过来查看，因为房间太过安静，觉得事有蹊跷，便向屋内窥视。只见雏姐杵在原地，房内的气氛非常诡异，忍不住就发声了。

看到嬷嬷的脸，雏姐一下子安下心来，慌忙回望窗户，倒脸已经消失得无影无踪。

后来事态就变得严重起来。雏姐一下子站起身来，离开房间，无论嬷嬷说什么都坚持不进那屋。客人对她的态度非常恼火。嬷嬷只得居中调解，向客人赔礼，返还花酒钱，并对雏姐处以罚金，终于收拾了局面。

不过，从此以后，雏姐再也没有使用过别馆那间有问题的房间。假若就只剩那间房间可以使用，雏姐宁可支付罚金也拒绝进入。

没过多久，其他花魁也开始说一些奇怪的话。

“那里即使在大夏天，也会突然感到寒意。”

“明明屋里只有自己和客人两人，总觉得被什么人盯着……”

“好几次看到窗户外面有黑色的东西往下掉。”

“我还听到楼下有什么东西发出‘嘶嘶’的声音，爬上楼来。”

这里说明一下，听到这些话的时候，雏姐还没有将自己的体验跟任何人说过，而姐妹那里就已经流出可怕的传言了。

“都是你引起了大家的骚动和不安。”

“这样下去就要再考虑一下巫妓的问题了。”

虽然面对着嬷嬷的愤怒、老板娘的抱怨，但是雏姐认为这根本不是她的错。

因为，别馆的三层有古怪……

不过，再怎么主张也没有用。嬷嬷看似早已胸有成竹，完全闭口不谈。莫非，老板娘也知道原因？既然她们不认为有问题，那无论怎样的警告都没有意义。

过不了多久，随着小町姐成为花魁，一眨眼成了花魁头牌，被安排进了别馆的三层。

雏姐踌躇良久，最后还是决定提醒小町姐。

“那间房间，你还是小心为好。”

“哦？是吗？”

不过，小町姐完全把雏姐的话当耳旁风，坦然地使用那个房间。一周，一个月，半年都相安无事。她就这样主宰了别馆的三层。

雏姐至今还做着巫妓。她依然不会踏进小町姐正下方的那房间。嬷嬷看似已经死心，无论店里多么满员，也不再将那房间分给雏姐。但是，她绝不接受其他花魁的抗议。

“冷？大夏天反而更舒服啊！要是冬天的话，躲在客人的怀抱里，甜蜜地撒娇多好。说被什么人盯着，是你的心理作用。如果真是这样，岂不更刺激兴奋？”

“真讨厌啦。”

这个话题很快就在花魁的笑声中划上句号。只是小女不明白什么叫更刺激兴奋。在此之后，没有人像雏姐那样见过窗外有人，大家也就不再提及此事。

除了别馆三层，还有其他雏姐忌讳的地方——这栋建筑北侧庭院角落的一间像是库房的小屋。

“最初就造错位置了，不该建在鬼门的方位。”

也许比起别馆三层，这里更令雏姐讨厌。不过，花魁没事也不会去庭院，不接近那里就行。

“无论我们再怎么避之唯恐不及，还是会陷入进去……”

雏姐使用了这句意味深长的话。小女问她什么意思。她回答了一句“还是不知道为好”就搪塞过去了。接着，她又说了一句更令人背脊发凉的话。

“我总感觉有什么东西在那间小屋和别馆三层之间徘徊。”

那个东西的真面目是什么，雏姐与其说不知道，倒不如说是不想知道。小女也抱有同感，不再多问。

以上五人，就是金瓶梅楼中令小女印象最为深刻的花魁。

很难说憧憬哪一位。浮牡丹姐的形象最初就很高大，遥不可及，根本无法奢望。小町姐坚持自我的态度，要是能够模仿，可是非常厉害的，不过也不可能做到。再说，小女最近发现小町姐似乎背负着什么，才使她这么做的。红姐不谈。小女也不想成为雏姐那样的人。那么就剩下月影姐了。

小女还不至于像月影姐那样哭成泪人，但五人之中距离小女最近的，可能还是月影姐。现在虽然还不懂，等到成为花魁，尝到各种心酸痛苦，小女也会陷入哭泣的窘境吧。如此说来，跟月影姐拉近距离的同时，好像也找到了再苦都可以撑下去的案例。

嬷嬷告诉小女，在明天成为花魁之前，要进行极为重要的仪式。因此今晚就此搁笔。

三月 × 日

到底发生了什么？直到现在小女都不明白。总之，羞耻、愤怒、悲痛、恐惧，还有那痛彻心扉的撕裂痛将整个人捣得乱七八糟。

吃完午饭就被嬷嬷叫住。

“现在去医院。”

小女以为要陪嬷嬷去医院。

“别说不吉利的话，老身可健康着呢。”

当小女得知检查对象是自己之后，非常吃惊。小女又没有哪里不舒服，但也不能违抗嬷嬷的指示。

“因为要成为花魁，不去检查身体可不行。”

嬷嬷都这么说了，即使心里不愿意，也只得乖乖地跟去医院。

桃苑医院建在花街町的南端，紧挨着与北大门相对的南小门，进出医院的人都在这里通行。花街的客人们则不会从此地通行。有的时候这里可以说是人迹罕至，气氛显得冷冷清清。小门右边倒有不少人力车出租屋在营业，增添了一丝生机。虽然小女陪同花魁们来过几次，但无论如何都无法习惯这里的氛围。这里真是一个奇怪的地方。

究其原因，恐怕就因为这是医院。冲入鼻腔的消毒水气味、检查完毕前都满脸不安的姐姐们、探望入院姐妹的花魁那阴暗的表情等，都给小女留下很坏的印象。然而，这次轮到小女自己了。

进入医院的诊室，躺上检查台。护士将小女和服的下摆卷起，立起小女的双膝，又迅速将小女的两腿向左右分开。小女一惊，同时，羞耻感涌上心头，就想坐起身来。

“笨蛋！老实点！”

结果招来了嬷嬷的怒骂，小女只得畏缩不动。就在这时医生进来了。

“好了，别用力，放松。很快就结束了。”

小女害怕得不行了，但也只能听从医生的。还没等小女多想，一个冰冷的东西触碰到股间，从下而上的寒气令小女哆嗦起来。伴随有点痛痒的感觉，腹部感觉像是被搅来搅去，令人作呕。就在这样的厌恶感中检查结束了。

“没事吧？谢谢您。”

听到嬷嬷言谢的话，小女心想没事就好，还略有点开心。但是，实际上事情还没有结束。

回到店里，花魁们都已经进入化妆室了。

“过来。”

嬷嬷吩咐小女，她的表情甚是严肃。

“听好，接客之前，要将花魁的重要仪式完成。到二层的公共房间来。”

她是这么说的。小女这才知道医院的检查，只不过是为即将开始的仪式而做的准备，不由得非常紧张。

进入公共房间，嬷嬷让小女换上一件长摆和服，在坐垫前面坐下。

“这东西叫作忍棒。”

嬷嬷拿出一根不怎么长的木棒。

“这是用桐木做的，仿效男人的缘起之物。”

“缘起？神龛内的神体吗？”

小女直到最近才知道，玄关神龛所祭祀的像蘑菇般的神体，似乎就是男人们的某个物件。但是，供奉的理由始终还是不清楚。此时，小女误认为嬷嬷要告诉自己那个理由。

“嗯，嗯，没错。同尊贵的神体一样。不要害怕，不必担心。”

“好，明白了。”

想明白后就顺势点了点头。接着，嬷嬷吩咐小女躺下。

“把膝盖抬起来。”

和医院一样的姿势。

“两腿分开。”

嬷嬷的双手按住小女的双膝，用力向下一按。

“喂，再分得开一点。”

被这样一按，双腿左右分得更开了。

小女非常羞耻，又因无法理解眼前发生的事情而恐惧，差点就尿裤子了。

“听好，这根忍棒就要放入你最重要的地方，忍住啊。要撑住。”

“诶？”

完全不知道是什么意思。

“没有什么可怕的。只是走个过场而已。这也是一种技艺。坚持……忍住。”

“啥……”

完全不明白嬷嬷要干什么。

“从明天起，客人们如忍棒般的缘起，就会这样，好好感觉一下。”

“嗯……”

哑口无言。

“脚别用力，放松。对，对。吸气。看着我，吸气。对，就是这样。”

那，那个，莫非……就在小女还没来得及反应的时候，就有一阵剧痛袭来。从小女的下半身蔓延开来，又迅速冲到脑顶，这是人生至今从未体验过的剧烈疼痛。激烈的冲击让小女不禁放声哀嚎起来。

“好了，完成。结束了。”

忍棒被拔了出来，伴随着剧烈的痛苦，温热的液体同时流泻而出。

“从现在起，你就是一名正式的花魁了。”嬷嬷用布一般的东西帮小女擦拭，说道。

“这样一来，你就可以胜任这里的工作了。”

难以忍受的疼痛，以至于精神都快崩溃。

“从明天开始，好好地赚钱吧。”

虽然精神恍惚，忍受疼痛，但嬷嬷的一言一语仍旧在脑中回绕。

“疼痛仅仅就在开始阶段，后面习惯就好了。不必担心。”

突然间泪如涌泉。比起刚才的哀嚎，此刻的泪水更是止不住的大颗大颗地往下掉。

“嗯，哭也就是刚开始的时候。大家都是这么过来的。”

被嬷嬷搀扶着起来，整理好了和服，小女离开公共房间。之后，被带入了没有专属房间的花魁的屋子。直到夜里，小女是如何度过的，已经记不清楚了。

总而言之，见谁都会反感。尤为不想见到姐姐们的脸。女佣雪江悄悄地过来探视小女，小女也是屏气凝神，没有搭理。于是，雪江轻轻地拉开一点纸门，将放着饭团的盘子递了进来，似乎是因为小女没来吃晚饭。不过，肚子一点都不饿。只有身体不断地像被刺痛一样。

怎么会遇到如此糟糕的事……

小女是被骗了吧。人贩子阿叔是知道的吧。就是陪客人开心地玩乐，完全是个谎言吧。

眼下只有这么考虑。亲眼见到店里的姐姐们的一言一行，就非常清楚了。花街到底是怎样的地方，没有人会告诉你，大家都是被骗来、被卖掉的。但是，因为债务的关系，大家都只能无奈地坚持下去。这一点不会错的。

工作……底层工作……底层工作很辛苦……是这个意思啊。

小町姐的冷漠，或许是出于内心的抗拒吧。工作是为了偿还债务，其他的事一概不管，她向外界传达出这样的信号。然而，没想到很多客人就喜欢她冷若冰霜的态度。对于小町姐来说，不主动配合青楼是她唯一能做的事。

同小町姐相反的，大概就是月影姐吧。无论当了多久花魁，还是无法习惯这种生活，只得以泪洗面。不仅仅是工作艰辛，更多是在感叹自己命途多舛而发出的哀叹。

小女又当如何呢？

想到这里，突然意识到了一件事。不知不觉之间，自己竟然接受了这样的命运。被骗的事实已经无法挽回，但要逆来顺受地去做吗？

但是，毕竟背负着债务呢……

父债女还，还有奶奶、爹娘、年幼的弟妹所必需的生活开销。事到如今，怎么也回不去了。被卖到店里工作赚钱还债，这是最初就决定好的，小女也很清楚，只是直至今日才知晓工作内容而已。

奶奶早就知道吧？爹娘呢？绫小姐？

随着回忆的深入，大人们的样子都很奇怪。花街是什么地方，他们一定都是知道的。

小女不想去恨谁。奶奶也好，爹娘也罢，他们没有选择。大小姐即便是华族，也不可能帮我们家还债。人贩子阿叔、老板娘、嬷嬷都只是在完成自己的工作。

而属于小女的那份工作，明天即将开始。偿还完所有的债务、赎身之前，花魁的工作就要一直干下去。想着想着，意识逐渐模糊起来，眼泪又要落下来了。

小女下定决心，不管以后怎么样，像小町姐一样，关上心扉。只有这样才能抚平情绪。

四月 × 日

作为花魁在金瓶梅楼接客已经过了一周。就如字面的意思，仅仅过了一周？

漫长的一周，每一天都是如地狱般的日子，怎么会不漫长呢？接客的前一晚，刚下定的渺小决心已经完全灰飞烟灭。工作远比预想得更加艰辛。在领悟到自己以前有多么天真之后，更是彻底地被打垮了。如果说月影姐是哭鼻虫，那小女则会被嘲笑为大哭鼻虫。

一周前的接客首日，小女在下午稍晚时候进入澡堂，像嬷嬷吩咐得那样清洗身体。姐姐们陆陆续续也都来了，然后就听到了各种嘲笑。

“什么嘛，这不还是个孩子。”

“毛差不多都长好了啊。”

“看那腰已经是不折不扣的女人了。”

小女顿时连羞带气，无地自容。然而，某位姐姐大腿上的刺青却吸引了小女的注意力。不好意思直勾勾地盯着看，只能暗中观察，有好几位姐姐的大腿上都有差不多的刺青。共同点在于刺青几乎都是男人的名字。

有一个姐姐刺的是“定良”，另外一个则是“敏命”，还有刺的是“辰也命”。起初小女还不明白“命”是什么意思，感觉不像是名字的一部分，因此推测是“生命”的意思。也就是对她们来说，叫作“敏”和“辰也”的男人，等同于她们的生命一般。

这让小女一阵头晕目眩。居然把男人的名字刻在自己的身体上，无论怎么说都太糟糕了。小女绝不会这么做的。难道成为花魁之后，这种事就变会得稀松平常？

离开澡堂之后，提心吊胆地进入化妆室。坐在最里端角落旁的位子上，身旁是月影姐，总算稍稍心安。

“从今天起，你就是花魁绯樱了。”

嬷嬷告诉小女花名的时候，还发下一件绯色打底，花纹如白梅散落的长款和服换上，所见所闻让小女不由地生出自己正在消失的错觉。

小女本名小畠樱子，以后就要变成没有姓氏的绯樱，宛如自己正在从世界上消失一样。

“都是老爷取的，只有取名字的功夫依然了得。”

“是啊，这个花名跟本人也很搭。”

小女还在穿着小褂，姐姐们火速聊了起来。

“貌似是与梅花有关的名字，都是老爷取的……”

“啊？不是吧，这孩子不是叫绯樱嘛！”

“笨蛋。梅花的名字里面也有带樱字的。”

“可是，为什么要用梅花呢？”

“这种事情谁知道啊？”

“金瓶梅楼不是有个梅吗？”

“啊，原来如此。那么，‘金’和‘瓶’又怎么解释？”

从姐姐们一如既往的吵闹声中，竟然意外地知道了给花魁们取名字的是老爷。小女本名樱子，所以变成了绯樱，但好像也并非如此。

坐在镜子前面，负责头发的人在帮小女整理发型，自己则在嬷嬷和月影姐的指导下化妆。

小女早就做好了被调侃的心理准备，就像在澡堂的时候一样，在化妆室里难免也会被嘲笑。然而，却没有人那样做。即使是红姐，也完全没有来捉弄小女。她们与其说是装作无视，更像是有意让自己独处，小女还真有点惊讶。

店里的照片墙上，早早就挂上了小女在照相馆拍的照片。

“客官们，来看一看，今天有一位初次登场的雏儿哟！”

嬷嬷早就告诉过小女，茶壶朝永会对着探看格子窗的客人吆喝。小女的脸刷地红了起来。有客人看着小女的照片点名自己，简直难以置信，心里祈祷着这一切都是梦，但却是无法逃避的现实。

花魁全员整装完毕，跟着老板娘聚集在玄关的神龛前祈祷。就在前一天，自己作为新人还站在距离姐姐们一两步的身后。如今，小女也加入了花魁之列。这是许久以前的梦想……然而，从梦想诞生的那刻就已是噩梦的延续。

参拜结束后，大家便又回到了化妆室。为了触发花魁们的竞争意识将她们聚在一起，即使是有专属房间的人，也要回到化妆室待机。这样一来，谁最先被点名便一目了然。

客人点名以后，花魁会被带去自己的房间，不过有的人是没有房间的。通小町、浮牡丹、红千鸟都有房间，像是雏云和月影姐姐就没有。

当然，小女也没有自己的房间。若是有了人气，就会分到自己的房间。不过那就意味着接待了众多的客人。所以，小女不想要自己的房间，即便赎身延期也在所不惜。不过赎身延期也就意味着要当更久的花魁。在此期间，还是要不间断地工作。

想来想去，还真是人间惨剧……

不经意间察觉到目光，小女抬起头来，只见月影姐悲伤地盯着小女。恐怕她是在同情初次接客的新人花魁。正在感慨月影姐的性格就是如此的时候，小女忽然察觉一事。

姐姐们除了在澡堂里调侃了几句之外，再没有任何捉弄小女的行为。也许她们想起了自己初次接客时候的情景。

偷偷地扫视了一圈，正巧与牡丹姐四目相接，见她微微一笑，小女慌张地赶紧垂下头去。

随后悄悄地抬起头再次扫视所有的人，细细地观察她们每一个人。但是，再也没有眼神与自己相撞。不，她们是主动地不往这边看。

若是往常，还是新人的小女盯着红姐看上两眼，她会马上大声叫道："看！看！看！有什么好看的！对我有意见啊！"

突然怒骂声响起，还会恶狠狠地瞪着小女。眼下她似乎在有意无视小女，也许是我想多了也不一定。

小町姐看上去没什么不同。但是，她没有理睬小女，反而有些不自然。往常她瞥见小女之后，都是一副"我对你没兴趣"的表情，然后移开眼神。像现在这样完全无视小女，也不像平时的小町姐。

化妆室里的异样气氛，令小女不停地颤抖。初次接客之日，是不是还有什么无法想象的恐怖在前方等待？忍棒洗礼难道只是前序，还有超出想象的痛苦和屈辱？小女的不安再次加深。

嬷嬷进来叫名字的时候，小女害怕极了。

“有客人点你了，快点过来吧。”

随着嬷嬷的催促，在浮牡丹和月影两人的目送之下，小女离开了化妆室，走向二层的接待房间。

“喔唷！这不是还没破瓜的小姑娘嘛！”

那里坐着一个肥胖的老年人，比父亲的年龄还要大。

“这位老爷是——”

虽然嬷嬷毕恭毕敬地介绍老人是哪家大铺子的前老板，小女却完全没听进去。

“能被这位经验丰富的老爷点到，咱们绯樱可真有福气。”

“哪有，哪有，老夫啊，还差得远了。”

“哦哟，您谦虚了。您狩猎新人的那些战果，咱可是非常了解。”

“还是瞒不过你啊，老夫投降。”

老人虽然像个傻瓜一般地笑出声来，但眼睛却一动不动，好似蛇眼。令人恐惧的眼神，像是要将小女全身舔了个遍。

嬷嬷使出谄媚的语言攻势，屡次劝说老人使用别馆的房间。那个房间里的设施，还有被褥也是极尽奢华，但要花上高于本馆公用房间几倍的价钱，甚至刻意媲美贵宾房间。

“毕竟是绯樱的第一次。而且，又是老爷您的点名，要是不给您准备匹配的房间，咱可是要被老板娘骂的。”

“话是这么说，可是茶壶……”

“您在说什么呢？为了不给老爷的战绩抹黑，使用上等的房间才配得上您。”

“说是这么说，那个……”

“谢谢老爷！这姑娘就卖给您啦！绯樱可真是好运气。”

他根本敌不过嬷嬷的嘴皮子，一眨眼就谈好了。

“喂，过来，还不快来跟老爷道谢。”

被心情极佳的嬷嬷训斥，小女反射性地低下头去。但是，眼前所发生的一切，小女还是没有实感。

离开接待室，小女领着老人前往别馆的房间。这一路上，小女回望了好几次，倒不是担心老人跟不上，而是总有一种芒刺在背的感觉。尤其是屁股周围，被厌恶的眼神盯得直起鸡皮疙瘩，无论如何都定不下心来。

总算到了房间，松了口气。当时要是知道将在这间房间里发生什么，别说松一口气，小女甚至可能会窒息。

嬷嬷告诉小女等客人在房间坐定，就要招呼客人点菜点酒。酒菜都是由花街上的饭馆外送来的，比在饮食店里用餐的价格要高很多。当然店里是要抽成的。即使让客人多花一点钱，对于自家和花魁都是好事。小女认为这话没错。不过眼下没有那个心思，也不可能有的。

幸好老人没等小女开口，就已经点好了酒菜。他显然是个老手。然后，在等待菜肴上桌之前，老人一直握着小女的手，刨根问底地追问小女故乡的事情。

在花街里，明令禁止打探花魁的过去。即便姐妹间除非有人主动提起，否则绝不会公开过去的事，这是大家心照不宣的事。难道告诉客人没关系吗？不过，面对初次接客的小女，老人的行为也有点过分了吧。

话说回来，客人是不能拒绝的。小女只好勉强地说起，说着说着，难免又怀念起了故乡。

终于，菜肴备齐上桌，小女便与老人酌起酒来。即使此刻，老人也没有放开小女的手还时不时地抚摸抚摸，然后又握住。对于这种反反复复的动作，小女只得拼命忍耐。

数杯酒下肚，老人也打开了话匣，开始喋喋不休地炫耀自己是怎么擅长经营，在这一代扩大了店铺。小女虽然随声附和，却根本没有听进去。只是觉得不用再说故乡的事情太好了。

小女留意着往空酒盅里倒酒，附和着老人的话。由于这两个动作都是下意识做的，当注意到老人既不动筷，也不喝酒，早已沉默不语的时候，不知已经过了多长时间。

小女立刻慌张地抬起头来，发现老人那种舔舐的眼神在自己身上不断游走。

“不、不要……”

情不自禁脱口而出的话，已经听不出是小女的声音。

“不用担心，交给老夫，绝对没有问题。”

微不足道的抵抗是徒劳的，一眨眼的功夫，身上就只剩下一件和服小褂，老人将小女拖到铺盖上，正要撩起小女的下摆，小女赶紧翻身，爬着逃了出去。

“吼，吼吼。”

背后发出奇妙的声音，紧接着，屋内的氛围也诡异起来。小女可管不了那么多，径直地向走廊的纸门爬去，急急忙忙地拉住门把，迅速地往旁边扯起。

“你这是要去哪啊？”

嬷嬷跪坐在门外的走廊上。只见她正襟危坐，表情凶狠地盯着小女。

“喔唷，果然是鸨母啊！”

小女听到背后传来老人的声音，再看嬷嬷抿嘴一笑。

“还请慢慢享用。”

说着，嬷嬷轻轻地，却非常用力地拉上门来。眼前的纸门就这样被关闭了。

在紧闭的门前，小女战战兢兢地回过头。老人同小女一样，四肢趴在地上的样子印入眼帘。他似乎是以同样的姿势追了过来。

比起那滑稽的样子，还是恐惧更胜一筹。

小女迅速离开纸门前，就这样沿着屋子的墙壁向屋内爬逃。老人的气息也随着小女追了过来。他还是维持那个姿势，爬了过来。

倘若不是在这个场合，可能更像是温柔的祖父在陪孙女玩乐。可是如今哪有什么温情，只令人毛骨悚然。

小女只想着逃跑，却根本没想站起来。也许自己心里已经认定在房间内是绝对逃不了的。如此残酷的事实，自己其实已经接受了。虽说是贵宾房间，也不过只有十叠[14]左右。小女爬行的逃跑姿势，无疑是最后的抵抗。

起初觉得好玩的老人，很快就气喘吁吁了。

“呼，酒劲儿上来了。”

听了这话，小女依然是趴着的姿势，回头张望，见老人色眯眯地盯着小女的屁股。

“怎么样？差不多可以了吧。”

突然，老人站起身来，向小女冲过来，小女也想起身欲逃。不过，腰带被老人一把抓住了。

花魁与普通妇人用的腰带不一样，主要不会打结，只是将布缠绕在腰间，然后塞进前端的腹部位置。所以说花魁的腰带不是系的，而是缠的。这是为了避免品行恶劣的客人——比如拉着花魁一起殉情的客人轻易地抓到花魁。即使腰带被客人抓住，也可以通过转身来逃脱。平常睡觉的时候经常翻身，无意间练习过了。所以，小女就这么逃脱了。

“呼，呼，呵呵，有点意思。”

小女拼命反抗，老人却像孩子一样开心。小女就像猫逮到的老鼠，进食之前还要被玩弄一番。

“有趣是有趣，不过也够了。”

话音刚落，老人使出了不像是老年人的力气抓住小女，瞬间就把小女推倒在铺盖上。

“你啊，要学会认命啊。”

小女一下子火冒三丈，这家伙说的什么话，正欲抗争。

“故乡的奶奶、爹娘、弟妹，可都等着你赚钱回去呢！”

话音一落，小女顿时觉得浑身无力，连抵抗意识都丧失掉了。

“好，对、对，就是这样，不要那么用力嘛。然后，轻轻松松地服从客人，钱自然就来了。这世上可没有比这更轻松的买卖了。”

老人信口开河地说着，撩起小女的和服下摆，开始抚摸小女。

脸部变得滚烫。全身传来痛感，豆大的泪滴夺眶而出。羞耻、愤怒、悲伤的情绪令小女不住地颤抖、哆嗦、抽泣。而此刻唯一的希望，就是祈祷眼前的一切尽快结束。

但是，当老人接下来得寸进尺的时候，小女发出了比用忍棒那时更加大声的哀嚎。而且，这还只是开始。

小女依然无法理解对方的行为，只觉得内脏被不停地搅动，毛骨悚然的痛苦，以及强烈的厌恶感近乎将小女击溃，自己仿佛就在疯狂的边缘。若是这种状态再持续一会儿，也许小女就会真的疯掉。就在强烈的疼痛中，小女逐渐丧失了意识。

当意识恢复的时候，老人软弱无力地瘫坐在地，喘着粗气。眼前发生了什么？小女到底怎么样了？什么也不知道。只觉得自己遭受了前所未有的侮辱，接着嚎啕大哭起来。

初次接客的夜晚，小女接待了三位客人，都是上了年纪的老人，他们都说庆祝，全都选了别馆的房间，酒菜也都极尽丰盛。三人也都赏给了小女一大笔钱。不过，赏钱都被嬷嬷拿走了，据说这也是花街的规矩。

但是，小女没有丝毫发怒的力气。工作的严酷远远超过想象，小女剩下的就只有绝望了。

第二天，依然打着新人的招牌。第三天、第四天、第五天，这一周，小女都是新人。

“对第一次接待的客人，就说自己是新人。”

嬷嬷说得轻松，但对于花街上的欺诈，小女只觉得恶心。

“据说花魁要是配合得好，卖上半个月也是有的。这就要看嬷嬷的本事了。”

嬷嬷盯着小女，咧开嘴笑了起来。

“像你这样的，有可能卖上一年。”

害怕男人、讨厌工作、浑身都痛，被推倒的时候就一直哭——基本就是初次接客的花魁反应，那些喜欢狩猎新人的客人就好这口，嬷嬷欢天喜地地说明着。

“放心好了。”

嬷嬷见小女满脸生无可恋的表情。

“不可能一直害怕和厌恶的，很快就不会痛了。大概一年，你就会成为出色的花魁。三年之后，就会财源滚滚地一个劲儿赚钱了。”

嬷嬷摆出像是早已看透人生的姿态，继续说着。

可恶……实在是太难受了。

工作艰辛得干不下去，但想到自己以后都只能作为花魁活下去，又是一阵莫名的恐怖，根本无法想象以后会变成什么样。

但是，从嬷嬷嘴里所说的话，到目前为止有错的吗？至少花街里的事，她没有不知道的。要说小女会积极地去赚钱，大概也不会有错吧。

不，再怎么瞎想也没有用。原本小女就没有选择。除了继续做花魁以外，根本没有其他道路可以选择。

每天、每日，年复一年，直到赎身那天到来，小女只有不断地接客。

五月 × 日

接客以来已经过了一个月。在这期间，小女一直在卖初夜。初次接客那天是三位客人，接下来的一周接待十九人，而这个月的数量则是八十一人。

“这可不算多啊。”

嬷嬷似乎很不满似的。无论她怎么说，小女都无法发自内心地干活，所以经常抗拒，甚至放弃花魁的使命，客人数量多不起来便是因此。

然而，能够摆出这样的态度，就连小女自己也很惊讶。自从进入青楼，就遭到了嬷嬷的各种刁难和折磨。所以，小女觉得她比什么都可怕。现在，小女敢于正面反抗她。第一次斗胆反抗。难道还不够说明工作有多艰辛吗?

在开始的那一周，小女会将自己关在高野[15]中哭泣，当小女还在见习的时候，看到从高野内出来的花魁，很多都是哭过的模样，那时小女还不明白缘由。现在终于搞清了原因。她们不想让别人看到或是知道，才躲在高野里痛哭。也许比起正常如厕，用来排解情绪的人还多一些。

要说小女怎么产生的反抗意识，也没有特别的契机，就是很自然而然。硬要说起理由，偿还债务固然是小女的责任，但逼迫小女接客是不是有点说不过去？不知是不是受了绫小姐的影响，又或是源于周作少爷的教导？无论是哪个原因，都令小女对于自己做出的反抗感到惊讶。

但是，小女每次进行反抗，都会被抓去澡堂跪坐，或是被铺盖被褥包裹得严严实实闷着，又或是在储藏室里被木板敲打屁股，拧胳膊和大腿，这些都是小女受到过的责罚。嬷嬷绝对会避开客人看得到的地方。即使留下淤青，也只会选在客人不太会注意的几个部位。花魁也是一种商品，既然是商品就不能有痕迹，惩罚只要点到为止就可以了。比起处罚的内容，异样的冷酷手段更让小女胆战心惊。

然而，嬷嬷还说过一句更可怕的话。

“不过客人数量少，也未必不是好事。虽说赚钱要趁早，抓住青春年少尽量多赚一点没有错，但你无需担心。你以后赚多少钱都不成问题。要是开始接客太多，搞坏身体，那可就全完了。装成未经世故的清纯姑娘，保持现状也行。说到拿捏尺度，长久以来也是叫人头疼的问题。”

“搞坏身体……”

看着小女有点胆怯的脸，嬷嬷的表情突然严肃起来。

“嗯。完事之后，尽快到澡堂洗净身体，当然也要警惕不要怀上‘鬼孩子’，保持身体的清洁卫生也是你的责任。听好，你明白吧，身体就是花魁的谋生工具。如果不知道爱惜，那受影响的还是你自己。”

“好。”小女无意识间回了这么一个字。

“从前，咱认识的一个年轻的花魁，名叫千代子。一天接待十人那是常事，最多可以接到十七人。”

小女完全不知怎么接话，嬷嬷盯着小女继续说道：

“不过她连一个半月都没有撑到。”

小女很想知道那个千代子的下文，不过，却又不想知道。嬷嬷也没继续说下去，这件事也就没再提起。果然当时该追问下，小女现在相当后悔。

花魁的工作非常痛苦，然而只有这样才能偿还债务。而且，身体搞坏的话，也不能再当花魁赚钱了吧。

无论怎么考虑，都只有“绝望”二字。平安无事做到赎身，回到怀念的故乡，现在是想也不敢想。恐怕在此之前，小女就会身心崩溃，孤苦伶仃地死去。千代子是不是也是这样，早已死去了吧。

不过，想到她是怎样透支身体的，小女就不住地害怕。

晚上工作以后，身体就会变得干燥。虽说作为花魁，毕竟也有极限。接客的时候也会不在状态。但是，嬷嬷有她的处理方法。她会用小锅煮一种海藻，然后，涂在花魁的身体上。据说每个鸨母都有自己的独家秘方。小女很想自己煮来试试，要是煮得过火海藻就会变成液体，将其敷在身体上会流淌下去，火候的掌控还是需要一定的经验积累。千代子也许就是用了海藻，才能一天接待数十人。

化妆室内难得只有通小町和月影姐两人，小女便试着问她们千代子的事。当然是问月影姐。

“不知道诶，是哪家青楼的人？”

小女告知月影姐是从嬷嬷那里听来的，月影姐马上露出悲伤的表情。

“是嬷嬷过去的姐妹吧。”

“啊？嬷嬷以前也是花魁？”

“据说还很走红呢。”

她浅笑了一声，好似在安慰小女。

“不过，也不是所有的花魁都会那样。运气好的能嫁给大户人家做后妻，人家会从店里给她赎身。也有人做到期满，潇潇洒洒地离开花街。”

“被赎出去做妾吗？”

“有人是这样的。还有被娶为正妻的呢。”

“像是普通的新娘那样，将花魁娶回去当妻子，怎么可能会有这样的客人？”

就在小女被震惊到的时候，小町姐出人意料地接话了。

“即使是我们这样的世界，也有情投意合、约定三生，最后走到一起的情况。而且，也不一定就是客人。我曾听说某家青楼的红牌花魁，期满赎身之后，嫁给了没有前途的小厮，两人结为夫妻，厮守终生。”

“诶，有这种事啊？”

月影姐比小女的反应更快。

“话说回来，怎么会选小厮呢，那位花魁也太随便了吧。”

“只要两人心甘情愿，外界什么看法都无所谓吧。”

“是吧……这么说也可以。”

对于小町姐那毅然决然的态度，月影姐看似有点招架不住了。能跟平时冷若冰霜的姐姐说上话，似乎还是挺开心的。

“这是哪家青楼的事？什么时候呀？从哪里听来的？”

连珠炮般的三个问题。但是，小町姐没有回答，而是迅速走出了化妆室。

“哎呀，又变回老样子了。”

月影姐呆呆地目送着小町姐离去的背影，嘴里念叨着。

“莫非通小町也有那样的对象？”

“啥？有好感的小厮吗？”

月影姐摆出了一副思考状，不一会儿，摇了摇头。

“应该不是我们这里的。你看，通小町对客人的那个态度，很像有心上人的样子。怎么样，很感动吧？”

“嗯，是吧。”

小女一边搭腔，一边偷偷地观察月影姐的样子。她似乎发现了小町姐的什么秘密。

“要是如我所说，我可要哭出声了。”

对着已经眼眶湿润的月影姐，小女下定决心追问到底。

“关于小町姐的对象，月影姐是不是注意到了什么？”

“实际上啊……”

踌躇，不过一瞬间之后，话匣子又打开了。

“我在她的屋内发现了千草结。”

“千草结？是什么东西？”

“听说在细细的纸绳上写出自己和男人的名字。然后，将两个名字像拥抱一般揉成螺旋状，再系到神社的树上，就像护身符一样。要是能请结缘神保佑，当然最好。不过，花街上通常没有这种神社，就祭祀在神龛或者祠堂里面。”

“那，小町姐也……？”

“想着心上人结了一个千草结吧。”

“没看到纸绳里的男人名字吗？”

小女饶有兴致地发问，月影姐夸张地连续摇头。

“如果那样做的话，千草结的效用就消失了。若是被别人看到里面的名字，所有的祈愿就会全部作废。”

“只被看到一次就会这样？”

“嗯、嗯，作废。她已经做了数百个。绯樱，你就不要触及此事了，在旁边看着就好。”

与两位姐姐进行的对话，意外地使小女打起了一点精神。当然，小女既不寄望遥不可及的赎身梦，也并非期望嫁给店里的男人当新娘，更不是想要找到让小女制作千草结的对象。即便是生存在最底层的花魁，也有可能被幸福砸中。就是这样微不足道的可能，抚慰了小女的内心。

可是，被老板娘叫去内室，告知小女不可置信的事之后，这点慰藉便已灰飞烟灭。

“绯樱，从初次接客到现在，已经过了一个月。”

小女和嬷嬷刚坐在老板娘身前，话音就传来了。由于小女没有接老板娘的话，嬷嬷拧了一把小女的大腿，小女越发倔强，就是不开口搭话。

“你辛苦了。”

不过，老板娘根本不在意小女会否回应，接着说了一句慰劳的话。只是一句客套话而已，她正忙着翻阅眼前的账簿。

老板娘正在翻阅一本横版的账簿，记录着每个月的一日到月末，从几点到几点的时间段，客人的姓名、年龄和职业，接待的花魁名字，花费与赏金数额。如果客人点了外送饭馆的饮食，那么这笔费用也会加上去。也就是说，这是记录着所有花魁营业所得的账簿。

“作为初次接客的新人来说，这一个月干得还不错。”

“打着初夜的招牌，价格会比较高，酒菜钱和打赏还算不错。”

嬷嬷不失时机地补充说明，老板娘点点头，接过话去。

“嗯，虽然如此，但接客数量有点不尽如人意。要是再加把劲，追上通小町和浮牡丹不太可能，超过红千鸟这样的倒是问题不大。”

“您说得是，我也是这么想的。”

嬷嬷略显夸张地附和，眼神却盯着小女，像是在说“你听到了吧”。

“靠卖初夜赚钱可不是长久之计。”

老板娘从账簿移开眼神。

“绯樱的话，卖个半年，甚至一年都没问题。不趁着这段时间赚一大笔，可就没有第二次了。”

“老板娘说得有理。”

“好不容易能赚大钱，就要努力。赚得越多可就能越早赎身。”

小女依然保持沉默，老板娘取出了另一本账簿，视线缓缓地落在上面，然后开始翻阅。

“要偿还这些债务，一天要接待多少客人呢？聪明伶俐的小樱应该会算吧。”

说着，老板娘将账簿在小女的眼前摊开。

起初小女以为老板娘搞错了。以为她将别的花魁的债务给小女看了。但是，右边的那栏清清楚楚地写着父亲和小女的名字，还有三年零一个月以来，每一天的日期记录。与记忆发生偏差的是，左边那栏所写的小女当初被卖到金瓶梅楼的债务总额，如今已经大幅增加。

“金额不对。”

非常不祥的预感降临，小女赶紧用普通话提出异议。顺带提一句，嬷嬷告诫过在老板娘和客人面前不能使用方言。

“不，就是这些。”

接着，老板娘没有丝毫犹豫，指着小女认为有误的数字。

“但是，小女的债务是写在这边的数字。”

这次轮到小女指向账簿右边记录的数字。老板娘摇了摇头。

“是的，这是你刚来的时候的债务。但是，作为新人，这三年来在我这里吃的、穿的，学习技艺的学费等，加起来就是现在的金额。”

从没有听过这样的事。但是，账簿上清楚地记录着小女所花费的每一项费用。

“要把绯樱培养成为独当一面的花魁，就要花掉这么多的钱，这些钱当然是你自己出。”

一股怒气冲上脑门，小女心里骂道，为什么不早说呢？如果当初知道会是这样，心态也会不一样的。但是，在借款总额增加的数字中，小女又发现了奇怪的地方，原来也不是这样。

“为什么这里又出现了父亲的名字和金额？”

“嗯嗯，没错啊。”

老板娘理直气壮地回应小女。

“还有这里，也有签名。”

“嗯，是啊，没错。”

“重复出现了这么多次，不奇怪吗？父亲只有在小女被卖来的时候借过钱吧。”

“对啊，那时候他是第一次借款。后来又追加了借款呀。”

话音一落，小女没能马上明白老板娘的意思。但是，很快就被一股巨大的冲击力，重重地锤击在小女的胸口处。

“父亲，自那以后，借款……而且不止一次……”

“绯樱你那个时候还是新人。所以呢，也不能借给他很多钱。只能尽可能地借给他。”

小女完全被蒙在鼓里，老板娘和父亲两人私下做了交易。

“花魁的话，每个月末都会结算入账金额，也能知道剩余借款。要是出现追加借款也会通知。但是对于还只是新人的你不会这样做。所以，直到现在才告诉你。”

“啊？就算当上花魁，也只有到月末结账，才能知道亲人是不是又来借款了吗？”

小女不只吃惊，已经是目瞪口呆了。

“明明借款算在花魁身上，却不会告知本人吗？”

伴随着老板娘的一声叹息，接着她说了一句令人难以置信的话。

“如果亲戚来追加借款的时候，拜托我们要对女儿保密，我们也无可奈何啊。”

“这……这样也太……”

怎么可以有这样的事？但是，从老板娘的表情来看，不像是胡编乱造的样子。

“所以到了月底结算，数额什么的就清楚了。”

“那些姐姐……”

有多少人的亲人追加过借款了。本想追问一下，却又打消了念头。老板娘也没有理由告诉小女，也许所有的花魁都遭遇过同样的事。小女突然领悟到了什么。

为了家人被卖到花街，为了偿还债务向客人出卖青春，牺牲自己的身体和灵魂，而亲人却在本人完全不知情的情况下又追加借款，花魁的卖身契被继续延长。

然而，小女同时也意识到残酷的不仅如此。弟弟升学、哥哥从事新的买卖、姐姐妹妹要嫁人等，都是借款的理由，然而背负这些债务的花魁本人，绝对不可能被邀请参加入学仪式、开店仪式或者结婚仪式。为什么？因为花魁本人是整个家族的耻辱。在光鲜夺目的正式场合，邀请青楼女子来参加算什么样子。

花魁拼命地工作到底是为了什么……

姐姐们又是为了什么而还债……

我们只能永远在这名为地狱的花街里徘徊吗？

八月 × 日

从别馆二层的房间，可以俯瞰庭院内池塘里盛开的绣球花。虽然周作少爷曾告诉小女，此物名为合欢木，不过小女认为家乡的化妆花就是这种绣球花。

生养小女的家，如今已经不能称之为家。当然，当初住的房间肯定也没有了。不过，就在小女成为花魁的第四个月，在店里有了属于自己的房间。可以眺望到别馆庭院的这个房间，位于二层，是只属于小女的。

但是，小女并未因此开心。这个房间不同于绫小姐的房间、老板娘的卧房，还有优子小姐的房间，功能是完全不同的。这里只是小女进行工作的场地而已。

房间内有崭新的梳妆台、衣柜和日式书桌，全部都是客人送给小女的，小女绝无强求。

“绯樱承蒙您的关照，现在也有了自己的房间。不过，生活家具什么都没有，多煞风景，这孩子也够可怜的吧。承蒙您的偏爱，要不，您就意思意思？”

在嬷嬷巧舌如簧的攻势之下，有几个客人买来了家具。当然，这些家具都是在花街上的家具屋那里购入的，价格比起外面的要贵很多。不过，话说回来，能够出得起钱买家具的客人，也不会在乎这点差价。

“喂，你自己也开口呀！”

小女的沉默似乎触怒了嬷嬷。就算小女想要什么也绝不开口。嬷嬷和客人说话的时候，小女总是事不关己地看向别处。

“你想让这位老爷给你买什么？”

但就在说到这句“老爷给你买什么”的时候，小女接了一句任性的话：“想要一张书桌。”

“这孩子可真是毫无情趣。”嬷嬷板着个脸，驳回小女的请求。

“如果是绯樱自己想要的东西，好，书桌，我买给你。”

反而，客人站在小女这一边的比较多。几乎所有客人都会被嬷嬷的花言巧语哄骗，导致小女这间房里早就堆满了高级家具。最后，嬷嬷只得同意买了书桌。

小女想要书桌，就是为了书写这本日记。成为花魁之前，最初的四天还想着要认真地记录，后来就不定期地写，不管怎样都是弥足珍贵的记录。

“把你真实的心情写在这本日记之中，不可以欺骗自己哦。要记录下你那时的切身感受。要是能将心情如实持续地记录下来，我想你就不会迷失自我。”

最近，绫小姐说的话，让小女有了实感。虽然小女认为基督这样的神也不会一直守护自己。不过，持续书写日记就不会迷失自我，可能还是有用的。

打开小女的日记，除了最初的那四天，写的都是难以忍受的艰辛痛苦，小女靠着日记勉强维系着正常的情绪。不过最近心绪却越来越难以保持。

现今，小女已是金瓶梅楼最受欢迎的三位花魁之一。虽不敌小町姐，但已经可以与牡丹姐交替顺位了。小女自己都不敢相信。不，该说自己受到男人们的喜爱，是完全无法理解的。

小女能在客人里受欢迎，并非因效仿小町姐般的冷漠，与其说是冷漠，不如说是害羞。小町姐的性格本来就冷漠，小女的性格特色也许是矜持吧，让客人们有些无法抗拒。

“傻乎乎的，她是个白痴吗？”

这是从嬷嬷那里听来的关于花魁绯樱的风评，小女其实兴味索然。小女也没有刻意装作冷漠，而是本能地讨厌花魁，忍受不了工作的残酷，都是自然流露出来的表现。

“男人啊，实际上都是单纯、脆弱的动物。”

嬷嬷看着小女的反应，苦笑着，继续说道：

“抓住客人喜欢你的这一点，多利用这一点，从他身上赚取更多的钱，这才是出色的一流花魁。”

像这样的说教，小女当然不会放在心上。迄今为止，小女未曾对接待过的客人有任何的献媚，仅仅是普通地进行工作而已。

当然，还是该如实地记录。实际上，怎么会普通呢？普通不过是小女期许的精神底线而已。不给身体造成负担，也不给心理更重的负担，客人一个接一个走马灯般地过去。这是最理想的状态，真要实行起来，可不是那么容易的事。何况，对象是客人们。

在花街上，有许多独特的语言，俗称花街用语。男人的部位称之为“缘起”，店里点名的费用称为“吃花酒钱”，就和菜肴称为“狂气水”，而便所则呼为“高野”一样，换了另一种词汇表达。小女作为新人的时候还不能理解其中的意义，随着花魁生涯开启，能够理解的词汇也越来越多。像是“忍棒”和“初夜”是最具代表性的。还有那种只在各自店里流通的词汇，小女要记住也是花了一番功夫。

其中，有一种叫法称为“色鬼”。具体说法有“昨晚遇到了色鬼”，“要是碰到色鬼就惨了”“嬷嬷居然给我塞了一个色鬼”。

当初还不知道是什么意思，也不明白姐姐们为何这么反感。在自己成为花魁，在第一次碰到“色鬼”之后，才真正体会到了怎么会有这么讨厌的客人。

碰到好的客人，完事之后，或是速速打道回府，或是继续饮酒留宿。但是，“色鬼”们不一样。一言以蔽之，就是纠缠不休。他们嘴里反复念叨着“老子可是花了钱来的，要把本赚回来”，所有的时间都会用在触碰花魁的身体。这种行为不仅会造成肉体上的疲惫，精神上也是一种折磨。

但是，比起“色鬼”更难应付的是“水獭”。用雏姐的话来说，水獭就是淫兽。只要看见人类女性，就会抱住对方的腰，再也不放开，最终变幻成男人，跑到女人的身边。被称作“水獭”的令人厌恶的客人几乎就是这种德行。若是“色鬼”，只是不厌其烦地纠缠着花魁的身体，而“水獭”是如挑衅般不讲理地出难题。不容分说要求花魁顺从他的意思，流露出下流卑鄙的笑容，是令人恶心的好色淫乱之徒。而且，“水獭”喜欢性情刚烈的女人，或是有点装腔作势的冷漠女人。他们喜欢征服有个性的花魁。当这些女人听到自己被强行点名，又受到对方下流卑鄙的对待，就只能屈从于他，而此时“水獭”就有了一种至高无上的快感，这种男人就是人渣。

“要说‘水獭’，一定是因为有什么把柄被老婆捏在手里，而产生出了自卑感，这种男人的内心一定非常空虚。”

这是嬷嬷对于这类懦夫的说法。

“因此，随他大放厥词，顺从对方。对方就会像提不起精神一样老老实实的。你要是能应付他们了，那才是独当一面的花魁啊。”

话虽如此，在皮肉生意场上，没办法做到的就是没办法。通小町和浮牡丹，还有红千鸟这些姐姐说不定还能应付，对于小女来说，负担实在太重了。

所以说，面对“色鬼”和“水獭”这样的人，小女再怎么冷漠也无济于事。无论小女采用什么样的态度，在他们花钱买下的时间内，可以为所欲为。这种时间可不会很快就能熬过去。那样令人生厌的客人，还经常回头光顾小女。要是小女违反规矩，不接此类客人，还要接受责罚，嬷嬷会伺机给予小女这样的机会。

嬷嬷本来就是花魁出身，又有常年累积的经验，看客人的眼光和预测还是很准的。如果姐姐之中有人反抗，嬷嬷便会选容貌不端或性格讨厌的客人，故意让这类客人点她的名。不管客人点不点名，分配哪个花魁，还是嬷嬷一个人说了算。因为要是产生恋爱的萌芽，会惹来各种麻烦。因此，这样的分配制度，大家也都是心知肚明，这也是作为资深鸨母的证据。

顶撞这等的人物，想想，小女也是够傻的。但小女也意识到只能这么干下去。要是不再抵抗，小女的心可能也就死了。为了不迷失自我，仅靠写日记是不够的。

但是，接待了一波又一波的“色鬼”和“水獭”之后，拜这些人渣所赐，小女突觉寒气缠身，患上淫腹病卧床不起。

“喔唷，喔唷，绯樱也终于成了独当一面的花魁了呀。”

夏天时节，小女躲在被窝里发抖，突然，发现了红姐从门外伸出脑袋窥视小女的房间。

“干咱们这行的，早晚都会得这种病。反之，也证明你迅速成为花魁中的红人了。要是你一直很健康，就说明没什么客人点名啊。你啊，时间上也算不早不晚。”

也不知道红姐是不是来探望小女的，她只是低头看着小女的脸，一个人在那里喋喋不休几句。然后，又静悄悄地走了，很有她的作风。

接着来探望小女的是牡丹姐。

“你怎么了？刚才听红千鸟说了，身体不舒服吗？”

“这么热的天却觉得冷，腿和腰好酸。”

“下半身什么感觉？痛不痛？”

“嗯，痛，非常难受。生孩子时候的痛，是不是就是这样的？非常非常的痛……”

听了小女关于症状的叙述之后，牡丹姐让小厮跑了一次药店，熬了一碗温热的药汤，给小女服了下去。

“这事跟嬷嬷说过了，你就安心躺下好好休息。”

只要有姐姐在身边，就不需要嬷嬷来了，小女刚想说出口，可是连说这话的力气都没有。

“啊呀，这是得了淫腹病啦。”

嬷嬷适时出现，确认了症状之后，转身出门。回来的时候，手上拿着一块布巾，里面包裹着焙过的盐，放在小女的腹部之上，小女顿感一股暖流在腹部传开。

不一会儿，痛感有所缓解，小女觉得还是牡丹姐的药汤起了作用。不过，无视嬷嬷的照顾和护理，似乎有点忘恩负义。直到三天后，小女可以起身，其实一直都是嬷嬷照料着小女。

抱病期间露脸最频繁的是月影姐。她挂着忧伤的表情，坐在小女的枕边，时而哭泣，像是来探望小女的，但其实什么都没做，也很符合这位姐姐的作风。由于第一次患这种病，无依无靠的小女还是相当感激这个姐姐的陪伴。

在卧床三天之后的傍晚，小女从被窝里面爬了出来，想去找本书读。在衣柜的旁边，放置着一个与花魁房间布置完全不相称的书橱。上面摆放着周作少爷拿来的书，大部分都是优子小姐的。

自从小女成为花魁以来，基本就没在别馆的一层见过两人。事实上，小女即将成为花魁前的那段日子，他们过来的次数已经有所减少，三月份几乎就没来。那时，小女还在寻思，现如今大概已经懂了。

周作少爷已经是大学生，势必理所当然地了解家业范畴。但是，优子小姐可能依然不太明白。趁着这次小女荣登花魁之际，有人告诉了她。所以她对花街的事产生了兴趣，有可能接触到花街的生态，隐约察觉到了工作内容。就像小女当时一样，受到了剧烈的精神冲击。因此，开始远离这栋楼。妹妹的举止和心态都被周作少爷看在眼里，他也变得消极起来。当然，这些只是小女自己的想象，不过，现实也许并没有太多的偏差。

自从成为花魁以来，也没有顾及他们的空暇。但是，这反而是件好事。小女要是经常念及他们，一定会让自己心生怨恨。相比姐姐们卖身赚钱，同样生活在花街里却不用吃苦的少爷和小姐，可能会激起怨恨和痛苦的情绪吧。你们所有的一切，都是靠数十个花魁们的血汗与泪水换来的，小女可能会当着他们的面大声地喊出来。

明明是同龄的女孩子，一位在学校里读书，想着怎样成为新娘，被当作大小姐养育起来。另一位则为了偿还家里的借债，而被卖到花街，作为花魁每天接客，赚取印子钱[16]。优子小姐和小女的境遇就是如此天差地别。

不过，怨恨小姐是不合情理的。在花街经营青楼的老板娘和贫苦佃农家的母亲，身份本就不一样，小姐和小女都无法选择自己的出身。而且，优子小姐和周作少爷也都因家业而苦恼过。要不要来别馆再见面，他们应该也有自己的考量。送小女书橱和书籍，是否也是出于愧疚呢？

写到此处，打住。小女记录的心情是真实的吗？小女突然有所动摇。内心真的是这样想的吗？

小女莫不是妒嫉优子小姐？是不是在羡慕花街经营者的女儿身份？是不是还在妒嫉周作少爷？是不是憎恨着花街经营者的少爷？虽

然小女理解这并非他们的责任，但是，小女真的可以接受吗？

说实话，没有把握，应该说没有自信。当然，小女不可能忘记他们二人的善意。但是，随着艰辛的工作，接待客人的茶壶、引领客人到接待房间的门房、分配接客对象的嬷嬷、经营金瓶梅楼的老板娘、诓骗小女的人贩子、追加借款的父亲，所有的人，小女逐渐都在怨恨起来。而且，想把他们加入这堆人里的心情越来越强烈。

小女合上正在读的书，有点心不在焉地将视线移到了窗外。接着，小女看到了庭院池塘边缘盛开着的绣球花。当淡桃色的花印入眼帘的时候，忽然，小女惊讶地意识到一点。

被卖至此处的那一年盂兰盆节，初见这花开放。直至今夏，绣球花已经开了四回。虽说如此，小女所见此花盛开也就是第一年和今天两次。而且，若不是因为患病，今年也一定不会注意到。这么想着的时候，胸口像被紧紧地抓住。同时，又感觉能够预见到自己未来的样子。

忘记了绣球花的开放时间，在金瓶梅楼持续工作。某个夏日，偶然瞥见庭院池塘边上盛开的花朵，忽然想起故乡。那个时候，已经多少年没有回过故乡，如此场景在脑中浮现出来。但是，那个时候，奶奶已经离世，有可能连爹娘都已过世，弟妹离开家去了远方，至亲谁都没有留在故乡。阿照也离开了村子。村子里只留下小时候关系浅薄的人们住着。也许，小女熟知的故乡也不再存在了。

忽地，一阵寒气袭来。不是因为淫腹病。在花街上，自己已经没了留意绣球花开放的心情，只能痛苦地工作，想象一下未来仍会如此，因恐惧而生的寒战就爬上身体。

当然，无须考虑过多，事实就摆在眼前。小女本来也都明白。但是，因为看到了绣球花，再次想到自己那无可逃避的黑暗从未离开。不，绣球花让小女再次认清了现实。

就这样永远在花街上工作下去，慢慢地凋零、腐烂。这就是花魁的命运吧。

九月 × 日

在不足一个月的时间里，发生了太多难以言表的事件。

小女该如何应对？完全没有思路。

淫腹病痊愈之后，飞白屋的织介先生是第一个点名小女的男客，他是邻县一家和服批发商的三少爷，良好的出生家庭和成长环境，造就了他的洁白肤色、纤瘦身材，这位三少爷实在看不出已经二十六岁的年龄。

织介先生听了嬷嬷的话，点了高档的酒菜，让外送饭馆送了过来，住宿费也付得很干脆。从这些行为举止来看，他几乎是初来花街的新手。小女斟酒他就喝，可能是不胜酒力，没喝多少脸就渐渐泛红。然后开始闲话家常，全然没有上床入寝的意思。

对于大病初愈的小女来说，可说幸运。当然这也多亏嬷嬷的特别关照，小女还是有点感激她的。今晚就这样逃脱体力工作吧。与这位客人聊天，随声附和几句，实在是太好了。没有比这更轻松的了，心中想着，稍稍宽下了心。

就在小女倾听的时候，竟然对眼前的人产生了兴趣。虽然他说的都是无关紧要的闲话，却反映出了他朴实的性格。不知不觉间，小女便与他聊了起来。

但是，为什么这样的人会跑来花街？到青楼来寻欢作乐？

小女委婉地向织介先生提出了疑问，他的眉宇间浮现出了羞涩。

“我是那种后知后觉的人。不过，有位叫阿吉的朋友跟我很合得来，他的全名叫漆田大吉，他经常带我去各种地方。最近，阿吉在我们当地闹了点事……不，他绝对不是坏人。只不过有些事做过头了。因此，他就打算换个没人认识的地方，这不就远征到了这里。”

哎呀，小女顿时明白了。这个叫漆田的男人是把织介先生当成是行走的钱包了。小女虽然只干了半年左右的花魁，但阅历已经足以认清这件事。这世间的丑恶，已经见过十二分了。

“那吃花酒的钱都是您付的吗？”

“嗯嗯，是啊，阿吉是向导啊。他人脉广，能够出入很多罕见的场所。所以，我来出资也是正常的。”

果然如小女所料。那个漆田根本就是蒙骗吃喝之徒，看起来人脉很广的样子，其实都是利用织介先生的金钱力量狐假虎威。小女想着要不要提醒织介先生注意，不过看他本人好像挺开心，还是不要泼凉水的好。但是，又觉得织介先生可怜看不过去，只得委婉地点到为止。

次日上午，小女和姐妹们在晒太阳。天气很好，也没有热得像蒸笼。于是，便找了一间南向的空闲房间，在阳光的照射下，张开双腿躺在地上。

小女初次见到姐姐们这么做时，当场吓了一跳。何等难堪的姿势，怎么做得出来？据说像这样经常晒太阳是保持健康的方法之一，小女也是最近才听说这个说法。经常这么做的话，即使是寒冷的冬天也不会感冒，而且身体也不会再感到湿冷。

然而，起初小女是抗拒的。但亲自尝试之后，春天就体现出了效果。因此，只要天气不错，小女都会去晒太阳。今天，小女也像往常一样找了一间空房晒着。

恍恍惚惚之间，天气由晴转阴，外面变得阴沉起来。不经意间光线暗了下来。刚才还是晴空万里，怎么突然就被乌云覆盖了？正在纳闷的瞬间，身体传来一阵剧烈的钝痛。

“呜哇！”

伴随痛苦的呻吟声，小女睁开眼睛，红姐正站在铺盖旁，她的右脚踩在小女身上。

短时间内根本就不知道是什么情况。到底发生了什么事情？

即使如此，要想办法站起来。红姐的表情非同寻常，怒睁双眼，就像丧失理智般的样子，非常恐怖。小女首先想到的是发生了误会。但在小女的印象中，似乎找不到惹她发这么大火的原因。

但是，红姐的动作越来越猛，开始踩踏小女的身体。每一脚踩下去，都像带着满腔怨恨，力量充分传递到了脚上。

剧烈的痛感让小女忍不住地叫喊，红姐赶紧用被褥蒙住小女的头，然后对着背部又是一阵猛踢。尚未发现逃脱机会的小女，拼命地将身体蜷成一团，拼死地忍住呻吟声。要是再发出声，谁知道红姐会做出什么。为何当时瞬间就能察觉到这一点呢？这大概也是花魁的经验吧。

红姐一言不发，只顾对着小女实施暴力。这令小女异常恐惧。不过，打到中途的时候，红姐便扯着她本就不怎么高亢的声音喊道：

“偷别人的客人，你以为就没事了？不就是初夜卖得好了点，就得意忘形起来？敢小看我红千鸟，就让你尝尝厉害。”

小女算是明白了，红姐果然误会了。小女好像从没偷过她的客人。再说分配客人的不是嬷嬷嘛！小女自己又做不了主。

虽然这么想着，不过目前也没有辩驳的机会。只能忍耐着红姐的虐待，期盼着早点结束。

红姐的力量逐步减弱，不一会儿便大口地喘着粗气。

“下次……要是再有下次……就别怪我！”

余音绕梁空惆怅。就像来时一样，红姐离开时也毫无征兆。

小女暂时偷偷地观察一圈周围的动静，从被褥里悄悄地伸出头来，扫视了整个房间，确认红姐已经不在屋内之后，勉强坐起身来。

坐起来的瞬间，背部传来了剧烈的疼痛。被她踢的时候还好，也许是精神方面受到的冲击更大，没有感到疼痛。然而，就在起身的同时，痛感就一股脑地袭来。

在那之后，无论在午饭桌上、澡堂、化妆间，或是参拜神龛的时候，红姐的表情宛如没有发生任何事一样。不过，她一眼也没看过小女，明显是有意为之。

而我们两人之间的不自然关系，也没有人会注意到。红姐的表情一如既往，小女也是大病初愈，即使精神状态有些异样，也不会引人怀疑。

“身体还是不舒服吗？”

突然被月影姐问到，还是有点吃惊。她可能是发现小女老是紧锁眉头，有所担心。因为只要微微动一下身体，背部就会疼痛，所以小女才会做出那种表情。

“嗯，不要紧的。”

被害者在这边，加害者就在那边，小女非常害怕姐姐们知道这事。要说为什么呢？即便大家是同处一楼工作的姐妹，本质上还是孤身一人，这就是花魁。

小女也没有跟嬷嬷提起。要是随性地告诉她自己受到欺凌，嬷嬷应该会相信并采取行动。这样一来，小女必然会遭到红姐的报复，这种事情能避免还是尽量避免。

可是，小女也不会放任不管。我找了个红姐不在的场合，然后谨慎地措辞，拐弯抹角地向嬷嬷打听起整件事情。

“昨晚的客人可真是个怪人。”

“你是说和服批发商的公子爷吧。啊呀，叫他公子爷好像显大呢。据说他的家境和教育都很好。”

“他非常老实。而且，花了大价钱留宿，却什么都没做……”

“什么都没做？”

嬷嬷瞪大了眼睛，有些惊讶。

“难道他就盯着你看了一晚？”

偶尔也会碰到不要求上工、只摸摸身体就满足的奇妙客人，好像是叫“赏玩”，这些人多是“墨汁鬼伞菇”，而且是年老者居多。

第一次听到“墨汁鬼伞菇”，完全不明白它的意思，只见嬷嬷浮现出嘲笑的笑容。

“墨汁鬼伞菇偶尔会从地上探出头来。不过，只要被人一碰就会变色，软趴趴地腐烂，一天的时间都撑不到。是不是像老人一样？”

不用干活也可以赚到钱，这样的客人照理说本该很有人气，但实际上恰恰相反。特别是年轻的花魁，很排斥“赏玩”的客人。

如果客人是年轻人，只要完事，就会迅速离开。但是，那群人可不会轻易满足。退隐老人不缺时间和金钱，他们会赖在房间不走。其中也不乏自己身体已经不太中用，而使用代替物品的情况。花魁就会被当作玩具一般对待。比起上工干活还要更加屈辱。对于年轻的花魁来说，就要忍耐肉体和精神上的双重折磨。

“不，也不是，他甚至没让小女脱去小褂。”

小女对嬷嬷的话摇头否认。

“啊，哦，那可能是来之前经历过什么……”

嬷嬷想起什么似的，冲着小女笑了起来。

“不是第一次来我们这儿吗？”

小女已经猜到了一部分，不好的预感也愈加强烈。

“差不多十天前，这位客人也来过，跟朋友一起来的。另一个看着就是常客，非点名小町不可。但是，小町那天被别的客人捷足先登了，就把正好有空的浮牡丹派给他了。当然，他很满意浮牡丹。不过他还是想要通小町，就提出了预约，让人为难。”

在金瓶梅楼享有预约特权的只能是熟客。

“不过，他说钱不是问题，才有了昨晚的情形。”

“最初接待另一位客人的是谁？”

“看他涉世未深的少爷样，就把红千鸟派给了他。”

果然，心中一声叹息，不好的预感正中靶心。

“那种初来乍到的少爷羔子，红千鸟再合适不过。不需要客人做任何事，花魁会一步一步地引导，就这样顺理成章了。”

说着，嬷嬷突然换成发怒的表情，眼睛直盯着小女。

“他对你什么都不做，不是说你没有魅力，都是因为前面那个花魁，也就是在红千鸟那里尝到苦头了。面对那个羔子，红千鸟有点积极过头了。让人家有点畏手畏脚，怕了。当然，没想到这位公子爷竟然也是红千鸟的……哎呀，看走眼了。”

小女又忍不住询问极少自我反省和叹气的嬷嬷，为何接下来又选了小女做他的对象。

“因为第一次指派了红千鸟。客人第一次点的那位花魁，通常再度光临的时候，还会点名同一个花魁。但是，那位公子爷第二次光顾的时候嘴上没说，但是委婉地表示想要其他花魁。他想找一个话不多的温顺花魁，当时支支吾吾地嘀咕了半天。”

最先想到的是小町姐和牡丹姐，之后才是小女吧。

“所以细究之下才发现他不喜欢红千鸟。正在犹豫不决的时候，想到了你。你刚刚大病初愈，他这种人对你的身体也不会造成太大负担。什么都没做也好，反正钱没少出。你也得到了休息，这不挺好的吗？”

小女知道嬷嬷是在借花献佛，虽说工作轻松了一回，但也被揍了一顿，正负相抵。

话到此处，谜题已经解开，这果然是一场误会。红姐认为小女偷了客人，是她搞错了。不，该说是她错怪小女了吧。织介先生不想找红千鸟作陪，嬷嬷才推给了小女。红姐却迁怒于小女。

话说回来，熟客的确非常重要。店里的当红花魁，基本都有很多回头客。让熟客花钱也比较容易，毕竟都知根知底了。比起初次光顾的客人，嬷嬷和花魁的负担都要小很多。因此，嬷嬷会尽量将回头客派给同一个花魁，也有让花魁与客人熟络起来的作用。

不过毕竟是在做客人的生意，当然不能无视客人的意愿。如果客人不要上一次的花魁，也不能硬要培养感情。然而矛盾就在于此，青楼其实不希望客人与花魁过度亲近，这是行业内都想极力避免的情况。因为花魁可能会因此减少接待其他客人，最坏的结果还会逃跑，甚至殉情都是有可能的。

夸张地说，嬷嬷可称得上是只手遮天，青楼的荣枯盛衰尽在她的掌握之中。小女再次见识到了嬷嬷的手段，可是作为受害人，小女满腹的牢骚却又不能倾诉，如果说了就是在打小报告。所以小女还是忍住了，尽管小女非常的气愤。

结果，一起突发事件浇灭了小女的满腔怒火。上述对话发生没过多久——

月影姐怀上了“地狱肚”。

其实，最开始注意到月影姐异样的正是小女。她总是买很多青梅，而且还避开大家偷着吃。要说青梅有多好吃，看起来也不像。明明就是很酸涩的味道，月影姐就像硬逼着自己吃。最近，她的脸色甚至变得像青梅一样，经常把自己锁在高野，小女不免有点慌张。

“月影怎么了？闹肚子吗？”

嬷嬷表情诧异地侧头问道：

“是不是吃了跟大家不一样的东西？”

虽然小女不想告密，不过因为月影姐的状况实在不同寻常，便将青梅的事告知嬷嬷。话音刚落，嬷嬷马上连珠炮似的说道：

“这是怀上‘鬼孩子’了。‘地狱肚’。她是要驱逐‘鬼孩子’，结果没能成功，所以才整天去高野啊。”

据嬷嬷所言，青梅貌似有毒。因此，经常用于堕胎。但是，毕竟是外行人的偏方，要是使用不当，甚至会威胁到生命。

“为何月影姐要铤而走险使用这么危险的方法？”

小女担心之余夹带着惊慌的表情。嬷嬷见状，露出嘲讽的笑容。

“虽说驱逐‘鬼孩子’是鸨母的工作，但要支付一定的费用。要是手头不宽裕，那么就只有借款。驱逐‘鬼孩子’的借款，可是十一。也就是过十天利息就翻一倍。月影大概是不想借款吧，所以，才自己去想办法堕胎的吧。”

嬷嬷没有放过脸色苍白回到化妆室里的月影姐，当着众多姐妹们的面质问她，让她自己亲口承认怀孕的事。然后一顿谩骂，得出以下结论。

“早就警告过你们，不要只顾自己兴奋，要让客人们满意！”

嬷嬷说怀上“鬼孩子”是因为花魁工作期间过于兴奋。这种说法让姐姐们无法接受。她以前真的做过花魁吗？大家都在私底下议论纷纷。姐姐们说怀上“地狱肚”多是因为工作前后处理不当，以及运气不好而已。

花街的特性是极度厌恶怀孕的花魁，而且还会遭到鄙视。所以，除了牡丹姐和小女以外，月影姐周围的视线，都是异常冷漠。

“从今天开始减少食量。喝用石榴皮煎的药，早中晚都得喝。晚上必须要坐浴。”

狠狠地斥责了月影姐，嬷嬷就着手准备堕胎的事宜。她自信地表示这些方法就能解决。然而，过了数日，煎药却没能发挥效果。

“这方法不行吗？看来，只能制作秘药了。”

嬷嬷小声嘟哝着，搜集起奇怪的蘑菇，汇集了好几种草木的根、叶、蔓等，将这些放入研钵捣碎后，装在一个布袋里扎紧。然后，再将布袋放入水壶中煮，煮出来的汁水，给月影姐一天服用几次。

“若是再行不通，就只有那么做了。”

虽然不知嬷嬷的话是什么意思，不知为何却涌起一股寒气。从嬷嬷的语气来看，那么做绝对没什么好事。浮牡丹和红千鸟，还有雏云等姐姐的脸色，也都闻声而变，可能这也是我发冷的原因。

不过，小女也不能只顾着担心月影姐。和服店飞白屋的织介先生和他的恶友漆田大吉一起，第三次光临金瓶梅楼。这次他从进楼起就点名说想要绯樱。

小女理所当然予以回绝。要是再接待他一次，也许就要被红姐活活踢死。但是，嬷嬷不知道小女的处境又发火了。

“客人愿意掏钱出来，比你以前的客人出手阔绰多了。如此上等的客人都不接，你想怎样？”

“但是，这不是红姐的客人吗？”

小女反驳，嬷嬷摆出“你居然还介意这种事”的口气说道：

“第二次光临的时候，人家自己主动说要换花魁，这才把你派给他了。”

“可您说过本店禁止更换……”

“没错，但我都点头应允了，而且，这也是客人的希望。你有什么理由拒绝……”

话到一半，嬷嬷直勾勾地盯着小女。

“你难不成跟红千鸟发生了什么事？”

小女虽然拼命摇头，嬷嬷依然一脸狐疑。

“就这样吧。我这就让客人到你的房间去。要上更多的菜肴和酒。”

嬷嬷这么说，大概是认为小女不会让客人花钱。在织介先生进入房间以前，便暗中全部安排妥当。

“啊呀呀，公子啊，您跟绯樱坐在一起，简直就是成双成对，绝配啊。好了，我就不打搅二位了，请慢慢享受这漫漫长夜。”

嬷嬷啰里啰嗦一通，就退下了。此刻，从没正面看过小女的织介先生，羞答答地望向小女。

“我又来了。”

“少爷，您真有钱。”小女卯足了劲回了一句嘲讽。

“呃，也不能说都是我赚来的钱。”他一本正经地回答，小女几乎笑出声来。

“但是，即便如此，我对家业也不是完全没有帮助，至少这些钱可以说是我赚来的。”

他从容不迫地说出这番话，让小女颇为惊讶。因此，脱口而出了这样的话：

“不管怎么说，都是飞白屋家的钱，任凭您的朋友挥霍，这样好吗？”

“嗯，前几天你也提醒过我。我后来对祖母说了你的事，她说你是个坚强的姑娘。”

小女听了这话又吃一惊，竟然向祖母报告吃花酒的事，这不是正常人所为吧。而且，居然相信花魁的祖母又是怎样的人？可能只是随意附和孙子吧，这位祖母有点古怪。

也许是瞥见小女脸上的好奇表情，织介先生开始讲述自己的事。

“我是祖母带大的。织介这个名字是寓意在织物上编织出飞白的花纹，也是祖母取的。”

飞白家的长男——也就是织介先生的父亲，与邻县嫁过来的母亲，在他年幼的时候相继去世。而同织介先生年龄相差很大的两位兄长不屑于继承家业，就由叔父接管了织介父母的飞白屋。不过，实际的经营者，貌似是已经隐退的祖父。

几年前，织介先生的妹妹嫁到他县，对方同样是和服批发商。两位兄长也早已各自独立。不久之后，祖父突然亡故，商店就被叔婶接管，祖母和织介先生就被从家业中剥离了出来。

“被您的叔婶强占了吗？”小女不由得担心地问道。

“没有，我也参与经营。但是，叔婶说我不谙世事。所以，为了让我见见世面，在玩乐中学点东西，能够对经营有所帮助，他们介绍了阿吉给我。”

听了这话，即使不懂生意经的小女，也能知道叔婶是准备赶走这个侄子，又给了他多余的忠告。即便这样，织介先生也没有怀疑别人。他不把小女的话当真。

想来也是，小女进入花街之前，也有不谙世事的经历。但是，自从工作以来，已经见到太多人性的肮脏、狡猾、卑劣。尤其成为花魁之后，虽然尚未到半年时间，却接触到远比三年见习期间更多的丑恶人性。说起来真是一言难尽啊。

织介先生倾听着小女说完。话题一转问起故乡的事。

“绯樱小姐出生的故乡，是怎样的？如果愿意的话，能不能说说你家里的事，还有儿时的记忆。”

小女通常不会对客人吐露半句。而且，追溯花魁的过去也是明令禁止的。也就是织介先生问的，要是换了别人小女绝对会大发雷霆。所以，小女没有犹豫，竟自开口说了起来。

除了述说故乡的事，其他皆与上次相同。小女为他斟酒，织介先生小口啜饮。不一会儿，脸便红了。他没有任何触碰小女的意思。小女追问过几次是否就寝，织介先生只是摇摇头，又催促着小女讲下去。

小女叙述完毕，织介先生便絮叨起他孩提时代的事。当然，比起自己居住生活的贫瘠田地，他的经历简直是两个世界的事情。因此，反而都生不出嫉妒的心情。不可思议的是，小女怀念起幼年时听奶奶讲起传说故事的场景。总之，织介先生的话，使得小女非常愉快。

就在这个时候，纸门被突然拉开。

“喂！我在找你呢！”

探进来的是略有些英气的脸。

“阿吉，怎么了？”

织介先生叫他名字之前，小女已经猜出他就是那位织介先生的叔父介绍给他、叫作漆田大吉的恶友。因为，他打开门的瞬间，就向小女投来打量的目光。

“回去了！这种鬼地方，还是快点走吧。”

“啊？可、可是，你不是来找通小町小姐的吗？”

无视满脸困惑的织介先生，漆田毫不客气地闯进屋来。

“那个小町就是个怪人。无论我做什么，她都一声不吭，一点反应都没有，简直就是木头人偶。”

“阿吉，你不是说别有一番乐趣吗？”

“嗯，是啊，我是说过。可是，装作对男人不感兴趣和真的没有任何反应，完全是两码事！”

“上次，是装的吗？”

漆田夸张地叹了口气说道：

“通小町本能上讨厌男人，把客人当傻瓜是真的。但毕竟是个年轻女人，对她爱抚什么的，不可能完全没有反应，只是拼命地忍耐。这种状态传递给了客人，才让人欲罢不能！通小町越是冷漠，越能燃起客人的兴致。所以，她这个花魁才这么有人气。”

卑鄙下流的畜生！小女心中咒骂起来。就因为有你们这群畜生，花魁才会受到犹如地狱般的煎熬。

后来小女才知道漆田大吉还有偷窥的恶习。当他点名的花魁正在接待其他客人，若是其他客人会不高兴。但是，这个男人正相反。他最喜欢偷窥自己关系密切的花魁陪伴其他客人。完全就是变态！

“啊？这样啊。”

不过，对于织介先生的回应，小女情不自禁地苦笑起来，但又不能表露得过于明显。

“以后再找机会教你怎么应付女人，今天就快点走吧。”

“阿吉，要走的话，就请你先走吧。”

听了这个回答，漆田貌似大吃一惊。他一眨不眨地看着织介先生，又转而盯着小女。

“喔唷，这事稀奇了。你对这个花魁很中意嘛。啊，上次点的也是她吧。原来如此，原来如此。”

漆田大吉露出下流的笑容，眼神就像要舔舐小女全身。

“嗯，你是叫绯樱吧，似乎有跟通小町不同的倔强。”

伴随着漆田大吉向小女投以蔑视的视线，他傻笑起来说道：

“怎么样，要不，咱们轮流来吧。哦，不，当然，我去公共房间等着。你在这里慢慢来也无妨。反正你也不可能抱着不放，哪怕休息的间隙也行，换我玩玩。”

“啊呀，不太好吧。绯樱小姐的今晚已经被我包了。”

说着，织介先生站起身来，叫漆田到走廊里。不过，他很快就折身返回屋内，织介先生大概是用钱打发走了漆田。

当日小女与织介先生一直聊到深夜，然后上床就寝。没有任何工作，只是普通就寝，这感觉还真是奇怪。这意味着自己已经习惯了青楼的生活。

早晨起床，织介先生开始整理衣物，准备回去。小女问他是否需要叫人送早饭过来，他回答不用，回家要跟祖母一起吃。

“因为是祖母带大的。”

对于这句，小女也自然地莞尔一笑。

从别馆的房间出来，穿过连廊，回到本馆，下到一层的玄关，嬷嬷就像算准了似的过来为织介先生送行。老实说小女非常钦佩嬷嬷这个反应。

嬷嬷的道谢声传来，正待送织介先生出楼，刚拉开玄关大门的时候，别馆那边上方掉下了什么东西，“咚”的一声巨响，响彻整个空间，接下来的一瞬间，店里轰然响起尖叫声。

映入小女眼帘的是以扭曲的形态倒在别馆前，颈部弯成不可能的角度，头部不断地溢出鲜血的景象，倒在那里的无疑是小町姐。

九月 × 日

这天早上，小町姐从别馆三层的房间跳楼自杀。小女和织介先生那时刚好在场。

小町姐好像是头部直接着地，颈部折断当场毙命。她似乎没有受到太多痛苦，也算是微不足道的安慰了。

事发前夜，不止漆田觉察到了小町姐的异样，还有好几个客人也有同感。不过，小町姐对客人本来就很冷漠，尽管跟平时不一样，也没有人深究。客人不声不响地就离开了，换另一家青楼快活去了。如果当时，哪怕有一个人向嬷嬷抱怨，小町姐可能就不会死了。

通常来说，花魁有一点情绪上的波动，嬷嬷都能敏感地察觉。可是，这段时间嬷嬷都在忙活着月影姐的“地狱肚”，因此才没有发现小町姐的异样，从这个角度来说，受打击最大的是嬷嬷。

“难以置信……那个通小町竟然会寻短见。”

嬷嬷茫然失措，几度摇头。

“不管发生什么事，金瓶梅楼最不可能自杀的花魁就是通小町。这孩子，到底出了什么事？”

姐妹们或多或少都会这样哀叹。即使花魁之间存在嫉妒、妒恨，至少大家同病相怜。所谓兔死狐悲，难免心生哀怜之情。可是令众人无法理解的是小町姐为何会跳楼？店里就只有小町姐，找不出非自杀不可的理由。

警察判定小町姐是自杀之后，案件就到此为止。

“青楼女自杀，那还需要理由吗？”

负责调查案件的警官理所当然地对老板娘说道。事后，嬷嬷又转达给了小女。

“什么嘛！有什么了不起！”

化妆室里第一个发怒的是红姐。

“他就高我们一等吗？我们这些被说成死了也是活该的女人，他也花钱买过吧。”

“要说起来，为了家人和兄弟姐妹卖身赚钱的你们才更了不起。”

嬷嬷打算借此安抚大家的情绪。不过，红姐丝毫没有收敛火气。

“那样的话，警察不该认真地调查下通小町的死因吗？”

“死了还要被别人那样说，小町姐太可怜了……”

第二个发声的是月影姐，正在哭泣的她对于红姐来说更是火上浇油。

“你就知道哭、哭、哭，再怎么哭，小町也不可能复生，死得也不明不白啊。”

“但是，没有人为她流泪的话……”

“可恶，烦死了。要哭的话，你一个人去高野哭！”

“话说回来——”

嬷嬷像是故意打断姐姐们的交谈插进话来。

“你们就没有人发现点什么？且不说自杀的理由，通小町跟平常有什么不一样吗？”

言毕，嬷嬷扫视着在场的所有人，化妆室内变得鸦雀无声。

“连嬷嬷都没有注意到她的异样，我们能知道什么？”

过了一会儿，红姐话带讽刺回了一句。嬷嬷却没有搭理她。

“只有姐妹之间才会注意到的事，没有吗？”

化妆室再次安静下来。

“……被招去了。”

雏姐的嘴里嘀咕出一句像是硬挤出来的声音。

“什，什么？”

发声的是月影姐，但所有的姐妹都探出身来，看向雏姐那边。

“……被那个房间的某物。”

“物、某物是……”

“我还不知道是什么，但那个房间里有什么东西。”

“你又在说什么鬼话！”

嬷嬷责备了雏姐，但这次语气明显比以往弱了很多。也许红姐也有相同的想法，忍不住好奇心，她将脸转向嬷嬷。

“关于那个别馆的三层，其实我从以前就很在意。嬷嬷，你是不是知道什么？老板娘貌似也知道吧。我不管雏姐有没有灵力，但好像其他花魁也在害怕那个房间。”

“说什么蠢话……通小町在那房间不是挺舒坦的吗？花魁之间流传着那种谣言，都是雏云这个巫妓搞的事。”

“可是通小町从那个房间跳下去了！”

“所以啊，才要找出原因呀！”

“通小町怎么可能会被传言动摇，她不可能因此自杀吧？”

“会的。”

雏姐再度发声。

“那是因为，她被三层的某物招走了……然后，心神恍惚之间才从窗口跳下。”

“好了！够了！”

嬷嬷的怒吼声还未平复。

“要说奇怪的事……”

牡丹姐像是回想起事发当日，语调温和地插话进来。

“她收到了故乡的信。但是，她每个季度都会收到故乡的来信。所以，也说不上特别奇怪。”

“哦，哦，那些信啊。”

嬷嬷无视红千鸟和雏云，转而向牡丹姐搭话。

“在通小町的屋里没有找到盖着新邮戳的信。柜子里倒是整整齐齐地收着一大堆以前的信。”

“她身上也没有吗？”

“是，长衬和服是没有袖兜的。”

“她就穿了那一件吗？”

牡丹姐悲痛的声音引起了小女的共鸣，听到那封信的时候，小女似乎灵光一现，但又说不清是什么。

“从通小町的穿着分析，警察说她是由于一时冲动跳楼自杀。”

嬷嬷语气平淡，牡丹姐却疑惑地回答：

“就算是一时冲动，那也有冲动的原因啊。屋内没有遗书吗？”

“没有。别说遗书，根本就没找到任何与自杀相关之物。”

嬷嬷列举出了协助警察办案时看到的所有私人物品。

“她的衣服怎么处理？”

红姐反应神速。刚才还在互相挖苦，眼下已经忘得干干净净。

“她有一件绉绸和服吧。那件和服可是不错呢。”

“怎么处理那些东西，老板娘说了算！”

嬷嬷生硬地打发了红姐。然后，再次讨论起小町姐跳楼的原因。不过，无论怎么思考，都想不出小町姐跳楼的理由。

两天后，警察送还了小町姐的遗体。小女以为店内头号红牌的葬礼会非常隆重。然而，只有葬礼屋的人悄无声息地送来棺材，小厮轻手轻脚地把遗体放入，就这样送去火葬场。遗骨放置在了花街边上××寺内，如此结束。没有一位姐妹送行，简直不能称为葬礼。

这就是最能给店里赚钱的花魁之首……

比起悲痛，小女更加恐惧。无论多么有人气、价格多高，即便能给店里赚来大笔的钱，只要死了就全无关系。就像处理死在路边、没有任何亲属的亡灵一般。

即使是在故乡，人死之后也要举行葬礼，尽管只有简单的告别仪式。但是，全村的人都会来送行。就算是遭到大家排挤的人家，也会郑重地下葬死者。

然而，在这里却要孤单地前往那个世界。生前过着故乡无法企及的锦衣玉食般的生活。死了之后，就像舍弃一只野狗尸骸，什么都留不下。名为通小町的花魁，宛如被风吹散一般。她的名字只残存于老板娘收在内室的账簿之中。说不出的寂寥。无法逃避的恐惧。

姐姐们是不是也想早点抹去花魁通小町在金瓶梅楼的记忆？通小町是不是也在期许忘记那份工作？

××寺是专门收纳青楼女遗骨的寺院，此时距离小町姐跳楼已经过了一周的时间。

“那座寺庙有祭祀着她们灵魂的墓碑。”

小町姐头七的那天，小女问嬷嬷要不要做点什么？然后嬷嬷如此回答。

“通小町有以前的那些姑娘们陪伴，所以不用担心什么。”

“她故乡那边就没有联系说要领回遗体吗？”

这么久了我才想起这个疑问，嬷嬷露出苦涩的表情说道：

“这么说吧。女儿活着就是赚钱工具，死了就是不值一文的青楼亡骸。即使故乡有人领回遗体，也难免会遭周围白眼。女儿被卖到花街，最终落个跳楼自杀的结局，他们脸上挂不住的。即使举办隆重的葬礼，家里人也不会出席。所以，就算通知他们家里人，也只会说你们看着处理好了。差不多就是这样。”

小女的心情跌到谷底，然而更令小女惊诧不已的话接踵而至。

“通小町的死法倒也算是解脱。”

“什么！这是什么话！”

愤怒之情溢于言表，小女的声音都拔高了几度，嬷嬷将视线别开继续说道：

“因为跳楼或者上吊失败，导致半身不遂的花魁，你知道她们最后的结局吗？她们会被扔到末无下楼町。那里也是花街，不过聚集的都是脑子不太好使、手脚残疾，总之尽是一些身体有障碍的女人，她们要在那里工作。当然，那种花街非常便宜。因此去那里寻欢的男人也没什么好东西。那里的花魁又没有选择客人的权利。即使是肮脏的乞丐，只要付钱就是客人。整天都要工作。然而，不断地面对那种客人，很快就会感染疾病，身体溃烂、头发脱落、牙齿掉光、鼻子塌陷……直至渐渐腐烂，残酷地迎来死亡，只有这个下场。”

说到这里，嬷嬷目不转睛地盯着小女。

“末无下楼町的意思是从此以后‘再无未来’，下楼是花街中最低贱的青楼。花魁如果沦落到了那个区域，就再也没有翻身的可能。堕落到底就是这个名叫末无下楼町的地狱。世间的人仿佛都说青楼女过着如地狱般的生活，简直白痴。凭着自己的身体赚钱，终有一天可以离开，这算哪门子地狱？”

嬷嬷一边说着一边窥视小女的表情。

“要是想死，也该抱着必死之心工作。把男客当作钱袋玩弄于股掌之间，尽可能地多赚钱，这不就是极乐世界。真正的地狱不是死后的彼方，而是被送去的末无下楼町。”

又是自己无从知晓的花街世界，而且，还是那样无可挽回的悲惨世界。听完嬷嬷的诉说以后，小女已经被彻底打垮。

也许金瓶梅楼比起那里要好上太多了……

一时半会儿就只有这种想法。但是，这也只是普通花街与末无下楼町相比较的情况。花街这种场所原本就是邪恶之地。小女暗自感叹又差点被嬷嬷骗了。

次日，女佣雪江到访小女别馆的房间。正好是午睡时间，小女正躺在被褥上。不过，小町姐的跳楼、敷衍的葬礼、冷漠的家乡、末无下楼町的传言，还有月影姐的“地狱肚”，各种事情交织在一起，让我忧闷难眠。这时雪江突然探出头来张望，小女倒是还很开心，翻身坐起。

但是，从她那里听到的话让小女吃了一惊。就在小町姐跳楼那天早上，雪江在本馆一层见到了她。

“那天早上我去了趟高野。正要离开之时，发现有个身影从后面进来。我就想看看谁起得这么早？于是没有打开高野的门，等着那个身影经过，自己就在那里窥视着。结果发现来人是花魁通小町。”

“小町姐去庭院了吗？”

“……我想是的。不过，她白天去参拜过稻荷大神。但是那么早就去参拜，有点让人搞不懂了。”

“白天的时候，小町姐会去庭院参拜稻荷大神吗？”

花魁中有信仰的人很多，但是小町姐不一样。不仅是对客人，即使是对其他人也是同样冷漠，早就看透人世的她会相信神佛吗？

要是真有神佛，为什么世界上还会有花街这种地方……

小町姐是否抱有同样的疑问？小女是听说某件事以后，才产生了这样的想法。

就在小女还在见习的时候，有个打着拯救青楼女旗号的 ×× 教团 ×× 会，造访了这条花街上最大的桃源楼。他们声称要从惨无人道的营业环境中解放她们，他们反复地游说，取得了部分花魁的信任。借此调查到青楼的实际情况后，就找到青楼的老板娘进行交涉。不仅仅是桃源楼，花街上有点名气的青楼经营者也都被聚集起来。谈判持续了数日，花魁们也满怀希望，关注事态的发展。

但是，× × 会的人们突然就从花街上消失了。

“对不起大家，我们力所不及……但是，改善待遇的要求，他们无条件答应了。这一点，还请大家安心。”

仅仅留下了如借口一样的话。那群人似乎是向青楼的经营者索取了一笔钱，所以才轻易地改变了态度。改善待遇也只是口头上的空谈，实际上没有一家青楼兑现。那些协助 × × 会的花魁，全被增加了借款，而客人也尽是“色鬼”和“水獭”，明显受到了报复。

这些是小女当上花魁不久，牡丹姐说给小女听的。虽然有些难懂，但小女至少明白了一点。只要踏进花街，无论是谁——即使是神仙、佛陀，都不会来拯救你。所有的一切都只能自己承受，小女早已认清了现实的残酷。

小町姐好像不需要这样的契机。被卖到花街的时候，她可能就有了觉悟。因此，小町姐竟然会去参拜店内庭院中的稻荷大神，小女会惊讶也不是没有道理的。

“没有，她也不是每天都去。不过也可能是我没看到，差不多一个月去一次……吧。”

“她只是去参拜？然后呢？没做别的？”

雪江摆出思考状，然后答道：

“她蹲在稻荷神前，在做什么的样子……当然，我也不可能一直盯着看她。”

“那天……就是小町姐跳楼的那天，什么情况？”

“很难说啊，从高野往外看的时候，花魁已经回到走廊。”

正如雪江所说，这个问题实在愚蠢。就在这时，雪江说了一件奇怪的事。

“不过，可能也没什么好说的，通小町是从最里端的楼梯上楼的。”

“什么？”

“没错，她用的是玄关里侧的内梯。”

“那也就是说……她从庭院进入后门，经过雪江使用的高野，走过本馆二层的连廊，回到别馆三层是吧。”

这也没有什么奇怪之处。当然，后来发生了跳楼事件……小町姐回到自己的房间，不是稀松平常的事吗?

但是，雪江摇了摇头。

“通小町从来不用内梯，一直都走外面的楼梯。”

听到她这句话，小女忽然想起确实如此。

与豪华的正面楼梯相比，内梯只是普通楼梯。不说也知道内梯是佣人们使用的。小町姐一定是嫌弃内梯，所以才不使用。而且，要去本馆的化妆室和内室，也是走正面的楼梯比较近。住在别馆三层的小町姐根本没有使用内梯的必要。

“这么说那天早上，小町姐使用了内梯……”

雪江点了点头，然后微微地颤抖起来。

小女问雪江有没有告诉老板娘和嬷嬷，她说没跟其他人提过。雪江只是觉得小町姐的样子有点怪，没曾想不久小町姐便跳楼了。她担心是自己没告诉别人耽误的。不过，再憋下去的话就受不了了，便找小女来倾诉肺腑。

“雪江，你大可不必在意。”

因为，小町姐后来很快就跳楼了，就算你当时跟谁说了，也无法阻止事情发生。小女说着聊以安慰的话，心里想着要去庭院里的稻荷大神那里看看。虽然也没觉得能发现什么，但总比什么都不做要好。小町姐为什么会跳楼？哪怕再细微的线索也不能放过。

然而，吃过午饭之后，还要接着洗澡、盘头发、换衣服。终于空下来的时候，已是送走最后一批客人的第二天拂晓十分。正巧，刚好是小町姐进入庭院的时刻。

小女走出房间，轻手轻脚地踏在走廊上。若是被姐妹或者客人撞见，就说去高野好了。虽然这么想着，却依然蹑足而行。

店里十分寂静。姐妹也没有在公用房间之间来回穿梭，能够隐约听到客人的鼾声。不过，也不像是在上工，花魁和客人似乎都还没起。虽然，青楼还在营业，不过店里的人却都在休息。如此奇妙的时间段，只有小女一人醒着。

沿着连廊走到本馆，该从哪个楼梯下去，小女有点迷茫。小町姐当时是沿着正面楼梯下去的，那么就前往二层走廊的左侧方向。走下宽敞的楼梯，抵达一层的走廊，再往里走，通过老板娘和嬷嬷的房间前面时尤为小心，尽量避免被她们撞见。要是她们问起小女为何要来本馆一层，小女一定答不上来，那样就会引起她们的怀疑。应该事先想个理由的，万幸已经到了走廊的拐角处。

从拐角处右转就是内梯，内梯前面就是内玄关。周作少爷和优子小姐一直都是走这里进出的。内玄关的斜对面，是向左边延伸的走廊。转过拐角，左侧是墙，右侧是高野的两扇门，正面则是一扇板门。穿过木板门，便到了楼北侧的庭院。那是东西向狭长的庭院，正中央有池塘，造型与别馆北侧的庭院有些相似。唯一的区别是在庭院东侧有间奇妙的小屋。

小女还在见习的期间，曾以为这是置物间。那时，雏姐告诉小女这间小屋犯了忌讳，长久以来花魁尽量不去接触。因为跟自己没有太大关系，所以就没当回事。直到从花魁那里听到“黑暗小屋”的说法，指的就是这间庭院的小屋，就越来越害怕起来。在当上花魁之后，那里变得更加恐怖。如果花魁抗拒嬷嬷不接客，就会被扔到那间小屋作为惩罚。总之，令人毛骨悚然。

小屋看起来就像是置物间或山间小屋，但不知为何室内有两根柱子，除此之外什么都没有，基本就是空的。只是这样，却散发出强大压力的气场，以致小女进入小屋之中，就忍不住地发抖。无论怎样换气，还是湿乎乎的。那间小屋就是这样的感觉。

时至今日，小女从未靠近。小屋前祭祀的稻荷大神祠堂，小女也没有参拜过一次。

小女轻轻抬起后门的门栓，在脱鞋石板处穿上草履，为了不发出声响，小心翼翼地不去踩实地面走下庭院。虽然从内室望过来的视线会被树木挡住，不过还是不能掉以轻心。

天边渐渐泛白，却仍是一片阴沉。小町姐跳楼的那天早上，也是这样的天气吧……小女想着想着就浑身发冷。

现在的氛围已经足够令人厌恶了，处于小女右侧斜对面的黑暗小屋映入眼帘。即使从外面眺望也能感觉到内部充斥着的异样气息，整间小屋萦绕着不可思议的气氛。

这间小屋到底做什么用的?

当然，店内弥漫的气氛也说不上好。一年到头每天晚上都有人在工作，毒气也是相当浓厚了。但是，从店里踏入庭院的时候，明显感觉到这里比店里的气氛更加沉重。因此，小女马上就后悔了。想要即刻转身折返回去。

不过，小女有意避开小屋，慢慢接近祭祀的祠堂。它很像是小女以前在故乡跟奶奶一起去参拜的稻荷大神与土地神的祠堂。在发现这一点的瞬间，便自然而然地向前迈出一步。等意识到的时候小女已然蹲下身子，在祠堂前合掌膜拜。刚才还很强烈的恐惧感，好像也变得淡薄起来。

小女参拜结束之后，还在稻荷大神的祠堂周围巡视一圈。也不是说想到了什么，或是发现了什么，就是下意识地这么做了。

起初什么也没有发现，心里想着果然……就在垂头丧气的时候，“那是……”小女情不自禁地喊了一声。

仔细看去，发现祠堂前面有一小块地面，没有生长杂草。小女眺望庭院，其他地面都长满了茂盛的绿草，甚至都该修剪一番。然而，只有这一小块地面露出了泥土，像是最近有人挖过。

小女的心跳突然开始加速。再次蹲在祠堂前，胆战心惊地用右手拨弄土壤。手指插入土壤后，捏了一点土出来。

土质非常松软，果然是有人挖过。

小女壮着胆子双手并用，将挖出来的土堆在边上，挖出一个大洞，然后再往深处挖。

很快就挖到了东西，但却是一堆破碎零乱的碎纸片。瞬间想到的是小町姐近期收到的那封信。零乱的碎纸片难道是信吗？所以，房间里没能找到信是因为被撕碎了。还在思考的同时，那天的景象在我的脑中闪现出来。

跪坐在别馆三层房间的小町姐，看着膝盖上的信哭泣……

这是小女还在见习时期，爬上庭院的李子树窥见到的——小町姐的秘密。这一定就是牡丹姐提到过的那封信。

小女谨慎地将埋在土里的碎纸片捡出来，碎纸片的下面还有大量的细纸绳。那些细纸绳全部都拧在了一起。

“千草结……”

小女轻声念叨。这些都是小町姐埋下的吧。忽然小女猜到了小町姐轻生的理由。

小女抓起破碎的信纸和一个千草结，赶忙返回脱鞋处。然后将碎纸片上的尘土掸掉，放到脱鞋处的石板上展开，压平皱褶，再将纸片一张张拼凑起来。虽然还有两处缺失，不过通读信中的内容已经够了。

这封信是小町姐老家的男人写来的，两人似乎是青梅竹马。她至今收到的信一定都是出自此人，但这封信上却说这是最后一封信了。因为，男人要结婚了。

打开千草结的手止不住地颤抖。好不容易解开铺平一看，一边是与寄信人同样的名字，而另一边则写着“千鹤子”。不用问老板娘和嬷嬷也知道，这是小町姐的本名。

两人可能早就定下婚约。但是，因为家事变故，小町姐被卖到花街。不对，她是主动来的。那时，两人约定了什么，这点不得而知。无非是还清所有债务就结为夫妻。从男人寄来的最后一封信上来看，也是那个意思。如此看来，小町姐对于青楼的一切都无动于衷，也是可以理解的。

对小町姐来说——不，对千鹤子姐而言，金瓶梅楼的生活是不真实的，她深信这一切不是事实。因此，不仅是对客人，她对店里的其他人也是同样的态度。漠不关心的态度是千鹤子姐竭尽全力缠绕在自己身上的盔甲。

而这封婚约者寄来的最后一封信，轻易地剥下了千鹤子姐身上的这层盔甲，随后分崩离析。那个瞬间，她真的对这个世界漠不关心了。不再留有任何的依恋，对于一切都死心了。她突然之间的变化，漆田等人已经有所察觉。但是，信息却没能及时传到嬷嬷那里。

在没有客人的破晓时分，千鹤子姐手里握着信以及许愿的千草结，来到稻荷大神的祠堂。撕碎信件，同千草结一起埋葬。然后，她返回别馆三层，冲动地一跃而下。

想到这里，小女的心绪始终无法平静。支撑千鹤子姐努力至今的，正是那份三生之约。然而这份情感的寄托却背叛了她，瞬间将她推入了绝望深渊。想到她那一刻的心情，小女也是悲从中来，无比痛苦。千鹤子姐的哀叹、愤怒、悔恨……所有情感都像是在小女的胸中翻滚，顿时产生了这样的错觉。

就在这个瞬间，背脊涌上一股寒意。背后有股无法抗拒的恐怖。接着，传递到了颈部，吸溜吸溜、吸溜吸溜……有什么东西进入身体之中，令人窒息的恐怖，小女的背脊再次打起寒战。

小女踉踉跄跄，好不容易站起身来，穿着草鞋向着后门方向的走廊走去。经过高野前，拐角处左转，登上内梯。虽说睁着眼睛，但就像蒙上了一层薄纱，雾蒙蒙的看不清楚。走到二层走廊，步伐稳定下来，继续向前走去，走到一半左转。就这样穿过连廊，进入别馆，右转，抵达正面的楼梯，上到三层。至此，小女好像受到了什么引导。走廊、楼梯，实实在在地呈现在眼前。它们就像路标一般，诡异的印记像在对着小女招手。总之，就只能往前走。接着就这样走到别馆三层，经过走廊，打开眼前的纸门，那里正是豪华的花魁房间。不过，这里不是小町姐的房间。房间略显老旧。这个房间是店里头牌花魁的房间，肯定不会有错。小女进入房间，怀着终于抵达的满足，穿过极尽奢华的室内，径直走向窗台。解开窗拴，打开玻璃窗，取下防雨板的搭扣并打开，天空向四散展开。但是，爽朗的天气转瞬即逝。阴天，那阴霾的天空急遽地压了上来。像是被人用力按住脑袋的感觉。小女呆呆地抬头仰望天空，慢慢地翻过窗栏，攀登上狭窄的露台，将头对准地面……

就在要纵身跳下去的千钧一发之际，突然，一股力量将小女拽回室内，侧腹遭到的猛烈撞击，忽然令小女恢复意识。

雪江抱住了小女的腰。她的脸色发青，身体不住地颤抖，即使这样，她仍旧死死地抱着小女。

若不是她挺身阻拦小女，小女可能就跳下去了。

九月 × 日

这阵子写日记的时间增加了，好像回到了刚开始写日记的三月份，小女一直埋头苦写。因为发生了如此重大的事，小女甚至差点丢了性命。眼下回想起来，仍然心有余悸。

那个时候头脑一片空白，视线一片模糊，身体不听使唤。不过还有意识，自己想做什么，大概还是知道的。但是，又觉得那并非是自己的意志。所以，小女无法阻止自己。

倘若不是雪江拼命抱住小女，说不定就会那样撞破脑袋，就像小町姐一样折断颈骨，瞬间殒命。无论怎么感谢，都不足以报答雪江的再造之恩。

那天早上，雪江不知为何醒得很早。要去高野？不是的。有人叫醒她？店里静得掉根针都听得到。她想再睡一会儿，不知为何却平静不下来。雪江决定干脆起床去走廊看看。不过，外面也没什么值得注意的地方。

就在诧异今早异状的时候，雪江注意到走廊里被弄脏的地方好像是草鞋留下的足印，从后门一路点点滴滴地延续到内梯。

霎那间，雪江就想到了小女。她慌忙追着足迹，踏上内梯。途中，脚印也随之变淡，踏出二层的走廊，痕迹已消失不见。张大眼睛观察之后，发现附近有掉落的尘土。顺着地上的尘土追下去，很快就发现小女从正面的楼梯登上三层，雪江撒腿跑了起来。当时为什么会这么做，她自己也说不清楚，就是有股强烈的大祸临头的感觉。

雪江跑过走廊，拼命爬上楼梯，冲入别馆三层的那一刻，小女正在露台上准备跳下去，她那时候不顾一切地抱住小女，硬是将小女从露台拽了回来。

那一刻，我们两人好像都大声喊叫起来，虽然小女和雪江都记不清了。随后牡丹姐第一时间赶到，问发生什么事了。小女说从稻荷大神祠堂挖出了信和千草结，然后做出了匪夷所思的行为。她难得露出惊慌的表情，随后，牡丹姐环视房间，那神情令人害怕，像是在找房间里的第四个人。

后来，牡丹姐要走了信和千草结，又去通报了嬷嬷。接着折回屋内，大加赞赏雪江救了小女，然后就让她与另外两名女佣安美和友子去准备早饭。虽然有点对不住雪江，但牡丹姐认为还是不要让她继续参与比较好。

小女把同样的话又跟嬷嬷说了一遍。嬷嬷沉默地听着，小女陈述完后，她大大地叹了口气。

“通小町跳楼的原因，也算是水落石出了。我就猜她在老家有钟意的男人，不过没想到是婚约者。”

“这是唯一能支撑她的精神力量吧。”

牡丹姐也有相近的想法，让我非常高兴。也许只要是花魁，无论是谁都是一样的思考模式？

“但是……”

牡丹姐欲言又止，视线向小女投来。

“绯樱身上发生的事，却怎么都无法解释。若不是雪江察觉到有异样，救下了你，可是要酿成大祸的。”

“也许是猛地知道通小町跳楼的理由，出于同情，恍惚之间将她的影子投射到了自己身上。”

嬷嬷随口说了一句，但牡丹姐却不能接受。

“同情的说法还能接受，要说自杀……就显得不寻常了。要是她跟通小町的关系好到了殉情的程度，还有一点可能，但绯樱跟她的关系也很一般。”

虽然无人询问，但小女仍点了点头。

“就这样步她后尘，怎么可能？”

“你还记得点什么？”

嬷嬷错开牡丹姐的视线，面向小女，小女凭着有限的记忆叙述起来。

“看吧，她本人也是莫名其妙的。这就是所谓的鬼迷心窍吧。”

“就算是鬼迷心窍，也得有鬼才行啊。”

“正因为不知道存不存在鬼，古人才使用的鬼迷心窍，不是吗？”

“是这样吗？”

“浮牡丹，你总是考虑太多事情。”

“喜久代嬷嬷，您真的不知道发生了什么吗？”

这个听着不太习惯的名字是她的本名，小女意识到的时候，嬷嬷已经将碎纸片和千草结塞进袖管。

“总算知道通小町跳楼的原因了，我把这些拿给老板娘。至于其他人没有必要知道。要是兴起什么传言，浮牡丹再告诉她们就好。行了，就交给你了。”

嬷嬷自顾自地说完，迅速起身离开了房间。牡丹姐一言不发送走嬷嬷的背影，又转而看着小女。

“没事了，最近不要再靠近那个小屋。要是再有什么不对劲的，要马上告知我。”

小女当然说好。但是，万万没有想到，打破约定的时间会如此之快。

就在毛骨悚然的恐怖体验过后的次日，金瓶梅楼迎来一月一次的休息日。花魁大致分为出门的和不出门的两种，那些打算出门的花魁，或是相约一起去看电影，或是去外面寻觅店里吃不到的美食，而不出门的花魁则多是为了休养、省钱，不想外出。

这一天也是如此。小町姐明明才去世没多久，然而大部分姐妹还是选择了出门。青楼无论发生什么，只要骚动稍有停息，就会像往常一样开门迎客。不管有人倒下或是死了，都不能停止营业。就算花魁遇到什么情况，借款也不会减少分毫。要还钱就得干活。平时工作很辛苦，因此每个月只有一次的休息日就显得极其珍贵。所以，虽说有点无情，大家还是出去玩了。留在店里的只有浮牡丹、雏云、月影和小女四人。

牡丹姐通常被约三次，只会参与一次，这一天她刚好拒绝了别人。

雏姐没人约的，都是一个人过。店里的人，除了找她占卜烦恼的时候比较热情，其他时候都比较排斥她。她会将姐妹对她吐露的烦恼和秘密不经意地说出去，这也是她遭排挤的原因之一。其实完全可以不去找她占卜，但姐妹毕竟都是女人，总会产生烦恼，有了烦恼就想找人倾诉。

换句话说，大家只会在碰到事情的时候才会接触雏姐。需要占卜的时候当她是巫妓，完事之后，便把她丢在一边。不，坦率地说，小女也不太会应付她。这次发生的事件更是如此。当然，雏姐没有任何责任。但是，说起别馆三层和庭院小屋很恐怖的人正是她……

月影姐的“地狱肚”还没治好，也不能出去玩。小女虽被邀请出去，不过，实在没有那个心情。因此，一直在读优子小姐送给小女的书。

这里顺便说一句，虽然说是外出，其实基本没有自由。要么是小厮或女佣，要么是嬷嬷亲自跟着监视，为了防止有人逃跑。因此，大家一起出去玩，即便能做到无视小厮和女佣，却依然会有一种被监视的感觉。由于厌恶这样的感觉，小女才多次选择不出门。

傍晚时分，姐妹陆陆续续地回到店里。晚饭桌上，你一言我一语的好不热闹。“那个好玩”“这个好吃”“有件很稀罕的玩意儿”，所有人都争着各抒己见。但是，有个固定节目，大家最后一定会抱怨店里的伙食。

青楼不做烤鱼。如果在厨房内烤鱼的话会有烟出来，客人们会闻到。而且，和服也会沾到烧烤的味道。烤鱼这样再普遍不过的家庭料理，可能还会让客人联想到老婆，那样的话可就扫兴了。基于同种理由，天妇罗也是没有的。

大葱会使口里留有气味。山药泥、地瓜和牛蒡，则会在体内形成胀气，不知何时排出体外。老板娘忌讳杀生，肉也是不吃的。如上所述，其实在青楼根本吃不到什么。有些食物的确是怕耽误做生意，不过吃不到肉的理由，大家普遍认为是老板娘抠门节省。

“不能忘记老家的艰苦朴素，不能爱上客人，不能贪嘴，你们只要守住这三条守则，在花街上就能一帆风顺，最后离开这里。”

嬷嬷只要抓到机会，就会说这套固定台词。

想起刚来金瓶梅楼的时候，第一次吃到白米饭，只能用奢侈来形容。不过，父亲在河里捕捉的岩鱼，裹上味噌烤，一家人分着吃，吃剩的骨头再烤着吃，小小的鱼眼含在嘴中滚来滚去地玩。故乡的简陋晚饭虽然食不果腹，却饱含着温度……小女的想法是错的吗？现在别说果腹，甚至能吃到珍馐美味，天天过着如此奢华的生活却让小女产生错觉了吗?

总之，嬷嬷对于花魁身上的气味很是挑剔。

“贴身用品一定要保持干净。尤其是和服的内裙，一定要勤加清洗。还有，营业之后，一定要去清洗身体。”

嬷嬷还嘱咐说身体绝对不能有味道。要是不注意个人卫生，花魁在动起来的时候，衣服就会带出身体的味道。这样会影响到客人的兴致。

“因为只顾工作，疏于清理，身体一定会有味道的。”

客人当然是接得越多越好，不过卫生问题也不能不管。嬷嬷总是唠叨个没完。

停，现在不是抱怨的时候。那件事是逃不掉的，毕竟自己以后可能也会遭遇到同样的事。唉，本想糊弄过去，想想还是该记录下来。

晚饭过后，绝大多数花魁早早地睡了。再没有比不接客入睡更放松的事了。如果白天玩了一天，晚上躺在床上更是舒服。不过，也仅仅在休息日才难得放松。反之，想到明天又要痛苦地工作，苦闷失眠的花魁也是有的。

比如小女就是这样。也可能是因为残暑的原因，由于白天的酷热，店里像个蒸笼。小町姐的跳楼，月影姐的“地狱肚”，还有自身的恐怖体验，一直在脑中闪现。而且，小町姐跳楼的原因已经揭晓，不过小女碰到的诡异事件还是谜团。如果去问雏姐，或许会得到某些启示。但是，有可能会听到更可怕的话。算了，别去了。只是想想就觉得可怕。

需要快点转换心情，小女赶紧将脑中的人物切换成了月影姐。由于昨天的糟糕经历，根本没有心情探望月影姐。不过小女非常担心她的身体。小女就从被窝中爬了出来，想着去探望一下月影姐。

此时的别馆和本馆寂静无声，平日夜夜笙歌的喧闹声就像浮云。不知从何处传来轻微的三味线音色以及娇甜声，大概是从附近的其他青楼传来的。这声音勾起了小女的乡愁，想来也是不可思议。在那些喧闹声中，与小女一样的花魁正在接待形形色色的客人。嫌弃、哀怜、悲伤倒是还好。这股怀念的感觉到底是怎么回事？莫非小女的心已经彻底沦为花街的傀儡？

小女的情绪愈加低落，走入本馆二层的走廊，发现有人从月影姐的房前离去。由于灯光昏暗，看不清楚。只是隐约见到前面有一人，其后跟着一个背着月影姐的人，向着内梯方向走去。

身体不适去医院吗……小女是这么想的。那样的话，从正面的楼梯下去更方便，现在店里也没有人，不会影响玄关那边的营业。现在店里依然一片死寂，只能听到往前走的脚步声。

再三犹豫之后，小女蹑足追赶。要说不害怕是骗人的，但是想知道月影姐被带走的原因和去向的好奇心驱使着自己。

走下内梯的一行人，竟然向高野并排的走廊走去。小女躲到角落，稍稍探出头查看，只见他们抬起后门的门栓，往庭院里移动。小女暗自盘算他们要去哪里？瞬间，突然想到了那个去处，差点叫出声来——黑暗小屋……

她们是想带月影姐去那里吗？不过，为什么是那间小屋？当然，想是想不出答案的。

小女右转过去，往内玄关的方向走去。随意穿上好似老板娘的草鞋，轻轻地打开内玄关的门。

这里是青楼靠南一侧的通道。往右是厨房的后门，再往前就能回到正门。往左一点，就是墙壁，然后再往左边走一会儿，就能绕到北侧的庭院。

通道内暗得伸手不见五指，冷飕飕的感觉比店内要凉爽很多，不过，稍稍伫立一会儿，身上的汗就冒出来了。

小女等到眼睛适应黑暗以后，伸手向左边摸索，脚下迈开步子。很快就碰到了墙壁，再往左转，前方隐约有点亮光。通道延伸到底的尽头，应该就是那间小屋。微弱的光线是从小屋中漏出来的？月影姐果然被带去那间小屋了。

尽量抑制自己焦躁起来的心情，谨慎地前行。眼睛虽然适应了黑暗，不过还是看不太清周围。尽管通道内不会放置什么东西，但要是稍不留神还是会摔跟头受伤。发出声响的话，就会被小屋里的人察觉。于是，小女摸着左边的墙壁，缓缓地向前挪动。

这时，从高野飘散来的臭味，使得小女掌握了自己所处的位置。微弱的光已经近在眼前。再往前走两步，小屋中的气息越来越近。小女继续蹑手蹑脚地推进，不敢发出一点儿声响，终于抵达小屋前方。

不巧的是，小屋只在祭祀稻荷大神的祠堂那侧有门。不过，幸好眼前木板拼接起来的板壁上嵌有窗户，从脏兮兮的玻璃透出朦朦胧胧的微光。

小女试着用手指在玻璃窗上蹭了几下，窗上的污垢却纹丝不动。沾了一下口水再抹，稍微起了点作用，继续耐着性子再多蹭几下，污垢慢慢褪去，露出了毛玻璃的本体，不过在唾沫的作用下，至少变得有点透明。小女闭着一只眼凑上去，偷偷地向小屋中窥视。

模模糊糊地好像看到有三个人，只能认出有一个人是月影姐，另外两个就不知道了。毛玻璃再怎么涂口水，也没办法看得更清楚了。

小女轻手轻脚地靠近小屋的门口。板门是关着的，小女用手轻轻推，想推开一点缝隙。但是不知是不是从里侧用棒子顶住了，板门毫无动静。除了门口与窗户那两面，其他几面都被楼壁包围。因此，小屋与楼壁之间的空隙非常狭小，人是进不去的。北侧虽然也有窗户，但看情况是接近不了的。

小女只得返回南侧的窗前，这次将口水在手指上抹匀，就在准备擦拭毛玻璃的那一刻，“嘎吱”……小女听到从小屋内传来什么声音，然后眼前的窗户被打开了。小女连忙蹲下身，头顶上传来声音：

“所有窗户都打开吗？”

听到这个声音，小女非常惊讶。

“是的，让空气进来流通一下。”

小屋里的那两个人是谁，从声音就能辨别出来。

开窗的是女佣雪江，指挥她的是嬷嬷。这么推论的话，当时走在前面的是嬷嬷，后面背着月影姐的是雪江。小女突然两腿打颤哆嗦起来。

嬷嬷也就算了，为何雪江也要参与？虽然她在女佣之中，是被老板娘和嬷嬷使唤最多的。不过，小女始终认为她是自己一方的人。但是她却帮嬷嬷将月影姐背到这个小屋。到底是怎么回事？

小女无法克制内心的惊恐。想到要是被发现，不知会遭遇怎样的惩罚。所以，很想拔腿就逃，却又放不下月影姐。话说原本不就是因为担心月影姐，才追到这里来的。

“我、我，还是好害怕啊。”

“你在说什么傻话！”

小屋里传出雪江怯懦的低声，以及嬷嬷呵斥她的尖锐嗓音。

“又不是第一次。”

“是、是，没错……可是，这个小屋还是很可怕……”

“别尽说些废话！”

嬷嬷的声音不大，却充满了怒意，雪江马上闭上了嘴。

小女两手按住使不上力的双腿，维持半蹲的姿势，沿着窗户下沿向右边移动，然后扶住墙壁直起身来。只用左眼，从屋内的半死角处窥视屋内。

小屋里面有瘫坐在两根柱子之间的月影姐，有呆呆地站在柱子侧面的雪江，以及背身蹲在最里面那根柱子附近的嬷嬷。月影姐精神恍惚的样子。雪江用布巾遮住鼻子以下部位，想象不出她是什么表情。从系在嬷嬷后脑勺的结推断，她也同样围上了布巾。

最里侧的那根柱子上悬吊着一盏煤油灯，小屋里全凭它照亮。即便如此仍是相当昏暗。按理说煤油灯跟花魁使用的是同一种，以屋内的面积来说一盏灯足够，不至于光线不足。可是，煤油灯发出的光怎么看都很浑浊。就像笼罩在整个小屋中的某种气息，给煤油灯的光蒙上了一层阴影。

屋里的空气本就混浊，散发出无法形容的恶臭。只是站在窗边就会恶心得想吐。嬷嬷让雪江打开窗户也合情合理。

嬷嬷猛地回过头来，吓得小女心跳加速，还以为是被发现了呢。原来她只是递了一个茶碗给月影姐，目光都没有往小女处转移。也许从里面往外看，也是漆黑一片。小女这样安慰自己稳住心神。

“来，喝下去。一口气喝完！”

嬷嬷一只手端着茶碗，另一只手抵着月影姐的下颚。茶碗里是打掉“鬼孩子”的秘药吧。可是打胎的话，也没有必要选在这种地方吧？而且，从她痛苦流泪的表情判断，这次比起至今用过的所有药物都要强劲。

“对，对，全部喝下去，不许吐出来！”

嬷嬷在旁观察了片刻，对雪江作出指示。

“你绕到月影后面，给我顶住她的身体，让她挺直后背。药进不到肚子里就没有效用了。”

嬷嬷说完，又转过身去背对小女，开始捣鼓起什么。在她身后的地板上，放着一个旧篮子，那里面装的就是秘药吧。

就如小女所想，转过身来的嬷嬷又端来一碗。她给月影姐灌下去，然后等着药物落入腹部，依次循环。

“肚子的感觉怎么样？”

月影姐喝下第四碗之后，嬷嬷仔细地看着她，开口问道。月影姐的声音实在太小，小女没有听见。但是，豆大的汗水从她的脸上滴滴答答地往下落，她的衣服已经完全湿透了。

“嗯，差不多了。”

嬷嬷似乎掌握了什么，嘀咕着背过身去，她好像又在准备接下来的药了。

“关上窗户。”

嬷嬷蹲在竹篮前吩咐雪江。雪江先是往北边的窗户走去，“嘎吱嘎吱”的声音响了起来，雪江费了点劲才关上那边。然后，她走向小女所在的南侧窗户。

窗户被关上的话就看不到了。

即使窗户没有上锁，开关也会发出声音，想要偷偷打开窗户窥探是绝对不可能的。

小女只得暂时躲在窗户下面，就在无可奈何的时候，嬷嬷又说话了。

“不，稍微留点缝比较好。别全关上，这又臭又热的地方实在是让人受不了。”

就在上方传来“嘎吱”的声响之后，雪江的气息就朝着反方向去了。

小女谨慎地站起身来，顺着仅留的一点缝隙，再次窥视屋内——还是之前的三个人。

“再说一遍，总之全部都交给我来办。”

嬷嬷不知不觉地坐到了月影姐的旁边。

“什么都不用担心。按照我说的，老老实实地照做就好了。”

说着，她伸手抓住月影姐的睡衣，接下来，只一眨眼的工夫，月影姐就像被剥了壳的鸡蛋裸露在外。其实，即使在客人面前，花魁也不会裸着身体。工作期间，大部分的情况下还是会穿着小褂和内裙。碰到“色鬼”和“水獭”就另说了。除此以外，全裸的情况就只有洗澡的时候。

嬷嬷剥光了月影姐的衣服。但她什么也做不到，只能哭着任人摆布。

“雪江，抬起月影的右腿，不是那里，反了。”

嬷嬷抬着左腿，雪江抬着右腿，然后，将月影姐的身体倒过来。嬷嬷拿出粗草绳将月影姐的左脚踝绑在柱子上。然后，把草绳扔给雪江，吩咐她用同样的方法固定住右脚踝。

月影姐突然尖叫起来，慌乱地挣扎起来。雪江赶紧用力按住她的右腿，按照嬷嬷的命令，将她的右脚踝也绑到柱子上。

浑身赤裸的月影姐，两只脚踝被粗草绳绑在柱子上，呈现出两腿大开的姿态。煤油灯的光照着被汗水完全浸湿的身体，整个人都曝光在屋内的光线下。

这到底在做什么，小女完全无法理解。是要惩罚月影姐吗？还是在做什么准备？

尽管月影姐非常虚弱，但她还是哭着恳求“放我下来……”嬷嬷没有理睬，相反给她的嘴巴里塞了一块手巾，让月影姐咬住，不可思议的事情还在后面。

嬷嬷把漏斗插入了月影姐的身体。

漏斗与厨房里用的一样，用于将酒和酱油装入瓶子的那个漏斗。嬷嬷拿着这样的漏斗做出了令人费解的行为。

月影姐现在已经没有力气发出声音。她呈现出颈部被折断的姿势，软弱无力地将脑袋向后耷拉在地板上，只有瞳孔中还闪烁着惊恐的眼神。

离开柱子的嬷嬷，端着茶碗走了回来。

“忍住啊！”

嬷嬷先是绕到月影姐背后，朝她的臀部拍打几下，又将那碗漆黑色的黏糊液体顺着漏斗灌了进去。

突然，小屋内爆发出野兽般的猛烈咆哮。小女在故乡的山里都未曾听过，受到毛骨悚然的吼叫声影响，小女也差点叫出了声。

月影姐在大声吼叫。平时无论怎么哭泣，仍是莺声细语的月影姐，如今被悬空半吊，嘴里塞着手巾，发出了生命中前所未有的嘶吼。

“忍着啊！这药有效果了。总之，忍住！”

嬷嬷丝毫不见动摇，注入第二碗液体。雪江紧绷着脸，协助嬷嬷替月影姐更换嘴巴里的手巾。

忽地，屋里飘散出新的恶臭。原本屋内就笼罩着污浊的空气，加上前面灌下去的秘药，刚才又注入的秘药二号，几种味道混在一起，再受到夏天的热气蒸发，小女赶紧慌忙地用双手捂住鼻子和嘴。要是不小心嗅到这个味道，整张脸可能都会烂掉。终于明白嬷嬷和雪江遮住口鼻的原因了。

到底注入了几碗秘药，数不清的黑色液体正在溢出，滴滴答答地落在地上。月影姐的身体已经染上了黑色斑纹，小女已经完全丧失了时间观念。

嬷嬷将漏斗撤回，用手捏了几下月影姐，又反复拍打一番。

“怎样？疼不疼？什么感觉都没有吗？”

月影姐毫无反应。仔细一看，都翻了一半的白眼。

“嗯，看起来有效果了。”

嬷嬷心满意足地说道，继续指挥雪江，让她解开绑住月影姐脚踝的粗草绳。然后，将月影姐从悬吊的状态改为平躺在地板上的姿势。雪江在月影姐的臀部前方垫上涉纸[17]。然后，再次分开月影姐的双腿，双膝弯曲，又用粗草绳绑在柱子上。

眼里的光景让小女想起，以前在故乡跟阿照曾经窥视过的，附近家的阿姨生产时的样子，好像就是这样的姿势。

嬷嬷背对小女，从竹篮中取出像是植物根部的东西。

“这是啊，鬼灯根。再怎么顽固的鬼孩子，都会被这个驱除。鬼灯[18]具有驱赶‘鬼孩子’的魔力。对于怎么样都驱除不掉的‘地狱肚’，这是最后的杀手锏。”

嬷嬷这样说明着，整根鬼灯都塞入了月影姐的体内。不过，小女怀疑月影姐还能不能听到嬷嬷的话，躺倒在地的月影姐纹丝不动，该不会死了吧……小女的心情十分忐忑不安。

但是，嬷嬷似乎什么都不担心，而是继续着自己的工作流程。

眼前的异状无法形容。倘若换作其他场合，可能会有不同的感受，比如滑稽。作为花魁就是要取悦客人，因此有些花魁会练独门绝技。据说其他青楼的花魁，能使用鸡蛋表演技艺。小女眼前所呈现的景象，换个时间和场所，也许就像表演一样。

但是，在黑暗小屋中正在上演的，怎么看都像是蜘蛛怪物的诞生物语。鬼灯根就像要把什么从身体上抽出剥离一样。小女受制于奇怪的空想，厌恶地观望下去。

“喝下去的秘药差不多要让肚子绞痛了。”

这话既不像是说给月影姐听的，也不像是对雪江说的，更像是嬷嬷的自言自语。

“灌进去的秘药是为了麻痹身体。鬼灯根是给‘鬼孩子’引路用的。”

过了不一会儿，月影姐开始呻吟起来。因为嘴里塞着东西，似乎非常痛苦，发出悲痛的声响。

小女当初在故乡也见过。月影姐是产妇，嬷嬷是产婆，雪江是见习产婆。

就在此时，又一股新的恶臭飘散开来。不过这回是大家都闻过的臭味，而且是生活里经常闻到的味道。月影姐已经失禁了。屋里已经被非比寻常的恶臭笼罩，气味所引起的旋流，一个劲儿地往窗外飘来。

小女也不知道闻了多久，只是忘我地继续窥视。后来才发现被蚊子咬了好多包，这是过了很久以后才发现的，说明小女当时屏气凝神一动不动。

终于，屋内爆发出巨大的呻吟声，月影姐的下体吐出了一块红黑色的肉块。是的，小女不觉得那东西是产出来的，绝对是吐出来的。

那就是“鬼孩子”吧。啊，小女回想起了，那个似乎也被称为暗子。

原来如此，黑暗小屋说得通了。

九月 × 日

过于残酷的“鬼孩子”驱除仪式之后，月影姐的下体被放上一条薄绢，人躺在小屋角落里铺着的粗陋棉被上睡去。

“明天……不，已经是今天了，中午之前都不要动弹为好。你就躺在这里。晚点我来接你。”

嬷嬷说完，没有任何的回应。月影姐是否已经不省人事？还是连说话的力气都没有了？反正她的身子是一动没动。

“这东西……怎么办？”

雪江递出用涉纸包裹的“鬼孩子”，嬷嬷接了过去。

“送去 ×× 寺，请他们代为处理。”

嬷嬷又用涉纸包了好几层。然后，放进装秘药的竹篮。

“要供养起来吗？”

“山里会供养吗？”

雪江被反问道，摇着头继续开口：

“我从奶奶那里听来的，说没听到哭声就不是人。因此，不必供养起来。都是赶在天亮以前，埋在地藏祠堂的边上。那里的土地很松软，夏天会开出整片的盘龙参[19]。这是还在黑暗中就被送走的孩子们的寄生之花，它们会随风四处摇摆，是在寻找遗弃它们的母亲。”

“多亏了你这家伙还有帮母亲堕胎的经验。”

嬷嬷罕见地表露出示弱的语气。

“没有啦，只是在奶奶的身边看过而已。”

“说起来，也不是一两次了吧。你这岁数，能够习惯这样的事，可是帮大忙了。”

“奶奶也会使用鬼灯。只是在堕胎之后，要将棣棠的枝叶芯捆起来，放入下边，这是为了更好地止血。纯白的棣棠被染上真红的血之后，将其丢入尿壶之中，还可作为草木和农田的肥料。”

“花魁的可不能这么使用啊。”

“为什么？”

“持续不断的工作，体内会积累普通人没有的毒素，这些都会排在高野里。别说让农田肥沃，反而会使农作物枯萎。所以，花魁的排泄物，我们还要倒贴钱让人拿走。”

“啊？是这样吗？”

不管在花街上过了多久，还是会有很多不知道的事。比如这个特殊场所。关于肥料的话题，小女全都一无所知。作为当事人，小女比雪江还要惊讶。惊讶她在故乡就遇到过这么可怕的事，那里是什么情况？

“好了，废话少说，快点收拾好回屋去了。”

雪江被催促着，接着嬷嬷开始发牢骚了。

“哎，喔唷，一把老骨头累死了，再不睡一会儿就要……”

就在两人收拾的时候，小女悄悄地离开窗户，向着即便是早上，却如日暮般昏暗的通道里快速折返。要赶在嬷嬷她们从后门进入本馆之前登上内梯。要是等到她们返回房间，再从内玄关回去的话，可能会引起麻烦，弄巧成拙被发现的话就糟糕了。

拂晓已至，不巧乌云遮天。想起小町姐跳楼的那天，也是这样阴沉昏暗的天空。加之，天气闷热，浑身湿漉漉的，汗流浃背，是种难以忍受的热。这种天气，还不如被阳光直射炙烤，也比现在黏哒哒的感觉要好。

夜里走到小屋的那段路好长，早上倒是一下子就到了内玄关。小女轻轻地打开玄关门，进去以后将门锁上。探头张望一层走廊的样子，确定没有任何动静之后，将草鞋放回原处，踩上地板。

就在这时，小女听见从后门方向传来声响，两人来了。

小女迅速地爬上内梯，同时注意不能发出脚步声。小女拼命地克制住想拔腿就跑的冲动。幸运的是高野前面的走廊看不到内梯。不过，走到转角处的话，就有可能被发现了。

两人的脚步声越来越近。但是，小女刚走了一半，还有数阶台阶才能踏上楼梯平台，嬷嬷的声音已能清晰地听见。小女只得停下脚步，因为她们已经到了那个转角。小女转过身去，背对她们，一个劲儿地屏住呼吸，伫立在楼梯上。

“谁！谁在那里！”

嬷嬷的盘问声在耳畔环绕，让人忐忑不安。但是，从背后传来的仅是两人分别回到各自房间的声响而已。

小女深深吐了一口气，差点瘫坐在楼梯上，不过，小女还是快速回到了别馆的房间。但是躺进被窝里时，那份焦躁也没消散。没过多时，感觉像是失去了意识，也许只是睡着了。

不知什么时候醒了过来。虽然起初担心睡过头错过早饭，现在却格外清醒，眼皮一点儿都不沉。大概睡了有一两个小时吧，可是外面依旧非常昏暗。就算外面是阴天，到了起床的时刻也该亮了。难道小女只睡了数十分钟？怎么就这么醒了？就在小女百思不得其解的时候，听见连廊处传来了奇妙的响声。

哒、哒、哒……脚步声。这么大的动静是谁发出来的，让人听了心慌。一转眼的工夫不安的情绪就涌上心头，这声音就像是灾难的脚步。

这大清早的，到底是谁……

若在平时，可能是送客的姐妹，今天可是休息日的第二天早晨，不太可能。而且，这个脚步声听上去很是奇怪。

不是普通走路的声音，就像……不是人的脚步声。

想着想着，身上起了鸡皮疙瘩。

那个真身不明的东西正在穿过连廊向这边而来，距离小女所在的别馆越来越近。

哒嗯、哒嗯、哒嗯……奇妙的脚步声，声响逐渐变大，已经过了连廊，进入别馆二层。

别过来!

小女心里暗自祈祷。想要逃脱为时已晚。只要进入走廊，就会碰到那个东西。所以，只能不断祈求它不要过来，走开!

不知是不是祈祷起了作用，紧接着那令人害怕的脚步声逐渐远去，向着走廊的西侧、青楼正面行进。没过多时，传来的是爬楼梯的动静。它这是上了三层。

在明白其目的地的瞬间，难道……小女想到了可怕的事。

那是不是月影姐?

想法形成的瞬间，小女立刻飞奔出房间，奔向走廊西侧方向，有几次差点跌倒。地板被弄湿了，上面沾着黏黏糊糊的黑色不明物体，夹杂着血迹，一滴滴地散布在地上。

果然是月影姐……

这是她滴落下来的秘药和血。脑中这么想着的小女，一口气冲到了三层。跑过走廊，拉开半掩着的纸门，跃入屋内。

全裸的月影姐就那样站在窗前。屋内有些昏暗，从背面也看不到她的脸，没有其他任何人，也不会有。这时，月影姐已经打开了窗户，正要打开防雨板。

赶上了……

小女松了一口气，然后谨慎地靠近她。绝对不能被察觉，小女缓慢地挪动脚步。

回想起了雪江救自己的场景，不过没有任何的参考意义。那次雪江也是出其不意，才在电光火石之间救了小女的命。就是这种感觉。小女若是提前察觉到她的行动，大概会在她扑上来前纵身跳下死掉了吧。因此，小女也同样不能让月影姐有所察觉，尽可能不发出任何声音地慢慢靠近。

就在这点时间里，月影姐已经打开了防雨板。接着，右脚踩在窗框上，左脚准备跨到那个狭窄的露台上。就是现在！小女看准时机要去抱她的腰，就像雪江救自己一般，然后使劲往后拽，将她扯回到榻榻米上。小女伸出双手猛扑上去。

手臂触碰月影姐身体的瞬间，阴湿黏糊的恶心触感传遍全身，小女的手臂泛起无数鸡皮疙瘩。不过，力量却丝毫没有减弱，反而更紧地抱住了月影姐，想顺势将她推倒在榻榻米上。

但是，因为打滑竟然被她挣脱。小女慌忙去抓她的右腿，再次打滑抓不住。小女就只能去抓她的右脚，依然从手上滑走了……

“啊！糟了！”意识到失败的时候，小女瘫坐在榻榻米上向后倒去。视野前方是向外飞出露台的月影姐的臀部和双腿。

十月 × 日

上个月总发生可怕的事。说起来，自从小女成为妓楼花魁以来，尽是可怕的体验。

可是，以前说到可怕，主要还是因为人，是客人无穷无尽的性欲、是青楼老板娘没有止境的贪婪、是管理花魁的嬷嬷强烈的控制欲等，全都来自于人类无尽的欲望。

话说回来，小町姐是因为失恋才跳楼的，但小女和月影姐的跳楼举动，任谁都觉得莫名其妙。

对了，月影姐得救了。虽然她从别馆的三层跳了下来，但正好落在了从楼下经过的人力车上，幸运地捡回了一条命。也许她在坠落的瞬间，反射性地使出了她在马戏团表演时的特技动作。原本从三层跳下去，不死也是受重伤，但她现在也就是轻微的擦伤或挫伤而已。如果真是这样，那些过去的技艺可是救了她一命。实在是太好了。

当时坐在人力车里的，正好是某个大店的隐居老板。他是山水楼的熟客，这天也跟往常一样，当时在乘车回家的途中。突然从天降下一个光溜溜的花魁，一定把他吓得不轻。他要是再受点伤，肯定会引起一场大风波，但幸好月影姐只是砸坏了车顶而已。即便如此，老板娘还是立刻拿着慰问品登门赔罪。而慰问品和修车的钱，当然都算在了月影姐的账上。

奇迹般只受了轻伤的月影姐，差一点就要被送去末无下楼町了。她被认为是因驱鬼而神智错乱，才会想要跳楼。但她本人完全不记得发生过什么。在她听到自己跳楼的举动后，也是惊吓得战栗不已，因此最终被判定为一时冲动。不过姐妹私底下都在说，月影姐的欠债都没还多少，若是被送去末无下楼町，青楼就赔大了，老板娘也不愿意。与其被送到那里，不如留在店里工作，还能继续赚钱。小女也这么认为，不过如果月影姐因此免于被送去末无下楼町，算是不幸中的万幸吧。

但月影姐也暂时无法接客，只能待在本馆的储藏室里疗养。她还是个病人，让她这么睡在地板上也不合适。“可是在青楼这个地方，不能赚钱的花魁只是累赘。”

小女天天都会去看望月影姐好几次。等到她不再哭泣，稍微冷静下来，委婉地问了她前因后果。

“被抬进医院的时候，我真的什么都不知道。”

月影姐脸色苍白，间断地说了起来。

“我以为是嬷嬷驱鬼失败，才被送进医院的。回来以后，老板娘和嬷嬷找我谈话，我才渐渐想了起来。”

“暗小屋的事还记得吗？”

“记得。痛得要命，怕得要死，再也不想经历第二次了，但那时确实从我体内驱除‘鬼孩子’了。身体痛得要死，也虚脱了，但更觉得是一种解脱。我松了一口气，心想交给嬷嬷果然没错，接着就睡着了。”

“那怎么又醒了？”

“因为……”

月影姐忽然张望了一下房间。

“好像听到有人在呼唤我……”

“谁在呼唤你？”

“……不知道。”

“呼唤你的名字吗？”

“……不知道。有人在喊，喂……”

“在那个小屋里？”

“……嗯、嗯，是。”

小女的后脖颈瞬间爬满了鸡皮疙瘩。在嬷嬷和雪江离开后，又有谁会呼唤月影姐？

“我醒来后，感觉……人昏昏沉沉的，眼睛怎么都睁不开，迷迷糊糊的感觉。”

“就像眼前蒙了一层薄纱？”

听到这句，月影姐频频点头，“嗯嗯嗯，就是那种感觉。当我意识到的时候，就已经走出小屋了。我经过本馆的走廊，爬上后梯……”

“你是想去别馆的三层吗？”

“怎么可能……不，怎么说呢……我自己也不知道。有人在召唤我，要我过去……”

“是不是走廊和楼梯能看到指路的印记？”

“啊！”

月影姐双眼圆睁叫了出来。

“对，没错……有液体拖拉的痕迹，延伸到走廊的尽头。”

小女想到了不久前自己的遭遇，不由得害怕起来。

“可是小樱，你怎么会……”

月影姐是想问小女怎么会知道得那么详细吧，不过她好像马上就觉察到了。就在不久之前，小女差点从那个房间跳下去。

小女和月影姐默默地互视对方，同时哆嗦起来。

“雏姐的话灵验了……”

对于这句轻声呢喃，小女既没有点头也没有摇头，只是低下头去说了一句“小女会再来的”便离开了储藏室。

小町姐或许也是受到了某物的召唤……即便是收到了故乡的青梅竹马的来信，坚毅的小町姐就会跳楼自杀吗？未婚夫要结婚的消息足够令人震惊，甚至让她绝望地把信件撕毁，与千草结一起埋在了庭院的稻荷祠堂前。纵然小町姐的性情如何刚强，也遭受了重创，导致内心动摇，所以才被某物趁虚而入了……

小女可能也是这样。由于发现了小町姐自杀的真相，情绪变得低落，同感心引发了强烈的痛苦，所以同样被召唤了……

而月影姐是经历了异常残酷的驱鬼仪式，打掉“鬼孩子”，心里松了一口气是没错，但精神上还是受到了打击。而且，事后还要付给嬷嬷一笔钱，打点收容“鬼孩子”的寺院礼金，休息期间，交给青楼的罚款等，又增加了许多债务，情绪会变得消沉吧。所以就被“呼唤”了……

再次仔细地思考一番。

三个人都是从别馆三层跳下去的，或是差点跳下去。在此之前，我们都去过庭院东侧，而那里有暗小屋。

雏姐害怕别馆三层，但更忌讳庭院的小屋。而且，她还说过难以捉摸的话。

“有什么东西穿梭在小屋与别馆三层之间。”

小女等三人难道是被那个东西附身的？所以才会循着相同的路线，像被引导似的从暗小屋走到别馆三层……

虽然这样的猜测毫无根据，但内心某处却又很想接受。被卖到青楼以后，小女一直深信世上没有神佛。尽管如此，现在竟然还在考虑这些怪力乱神般的解释，自己也感到讶异。但即使世上没有神佛，金瓶梅楼也一定潜伏着某种神秘未知的可怕东西。从青楼的工作性质来说，有那些东西也是正常的。

牡丹姐难得追问了嬷嬷，询问小女等三人跳楼的事。不过嬷嬷就以当时没在现场，不知详情的理由，支支吾吾地闪烁其词。

听到这件事后，小女试着把自己的想法告诉了浮牡丹姐，浮牡丹姐默默地听完。

“我不知道世上是否真的有什么妖魔鬼怪，但如果有，我认为充满人类种种罪恶的青楼是其滋生的最好环境。这里，即使发生那种事也不奇怪，你不这么认为吗？”

得到她的赞同，比什么都令人宽慰，但她也知道得不多。即使是雏姐，也不会知道怎么做才能安全。

随时都有可能丧命……

待在这种地方，几条命都不够用。小女和月影姐能幸免一死，全是碰巧运气好。最好尽快离开这里。但是，转籍到其他青楼，可是要付出相应的代价。就算是小女的意愿，老板娘能同意吗？如果强要转籍，就要扛起一大笔借款。要付出如此大的代价改换门庭吗？危机已经迫在眉睫了吗？

小女犹豫不决。尽管知道有什么可怕的东西，却因不想增加借债而裹足不前。倒不是因为钱比命重要。但只要想到增加的债务，就忍不住否决了这个念头。也许只要是花魁，谁都会这么做。

不，不对。还有福寿姐！

曾经住在别馆三层的房间，听到雏姐的劝告，也完全不理会的那个花魁。然而不久，她就会在傍晚前拉上窗帘，而且还在窗框写上“南无阿弥陀佛”，几星期后突然转籍离开了。作为金瓶梅楼的头牌花魁宁愿再背上一大笔债务，也要离开这里。

福寿姐发生了什么事吗？

她看到了什么？

只是稍加想象，一股恶寒便沿着脊背往下爬。只是在脑中想象，那东西就会找到房间。

月影姐的风波稍微平息的某日，小女在本馆二层的走廊里遇到了雏姐，她说是有话要讲，便把小女带去公用房间。

说实话，小女本不想去，很想找个借口脱身，没想到雏姐说了意外的话。

“我看见了。”

“嗯？看见什么？”

“你没有阻止月影，眼睁睁地看她跳下去。我在纸门那边都看见了。”

小女整个人都傻了。吃惊的是原来雏姐当时也在别馆三层，但也意味着她没有伸出援手，只是冷眼旁观，事后还一声不吭地离去，小女顿时哑口无言。

然而雏姐为何用这种威胁的口吻呢？就算被看到又能怎么样？该惭愧的是雏姐嘛！小女坚信着自己的同时，不免有些心虚。她恶狠狠地盯着小女，仿佛过错在自己身上一样。

结果只能勉为其难地跟她来到公用房间。

“到底发生了什么事？我问月影，也问不出结果。”

月影姐大概是害怕雏姐，所以才不跟她讲，小女可没傻到要告诉她。

“月影姐现在不舒服……”

“毕竟才驱了鬼，又做了那种事，也难怪迟迟恢复不过来。”

“所以暂时不要打扰她，让她静养吧。”

“不，我只是想帮助月影，还有你，到底发生了什么事？”

小女犹豫之后，决定毫不保留地说出全部记得的事。如果不说，雏姐可能又会去骚扰月影姐。再说，我也对雏姐的看法有点好奇。

“像是拖拉般的点状痕迹……”

雏姐对这句话有了反应。

“其实月影姐也看见了同样的东西。”

“这样啊……那类似印记的东西，是从小屋延续到别馆三层窗户的。”

“那到底是什么？”

雏姐想了一下。

“你不是亲眼看到那是什么了吗？”

“咦？小女吗？”

小女不知道她是什么意思，而雏姐却是满脸的确信。

“想想你变成绯樱的时候，遭遇过的恐怖体验。”

“绯樱……是吗？”

小女依旧疑惑之际，雏姐又给出了提示。

“那就想想跟你同样遭遇的人。”

“月影姐……还有小町姐……”

小女的脑中回想起了那个光景。

“小女好像明白了什么。”

“月影姐从暗小屋到别馆三层的行进途中，从身体中滴落的是驱赶鬼孩子用的秘药和血迹？”

“嗯，是的。滴落在走廊和楼上的点状物就是那个。”

“不过……小女见到的是……”

“在跳楼之前见到的吧。那也可以这么认为，绯樱，你拥有预知怪异事件的能力。”

“没有，我绝对没有这种能力！”

小女慌乱之中大声地喊了出来，雏姐只是面无表情地凝视小女。

“月影在跳楼之前也看到了同样的东西。”

“是的，是的。不仅只有小女看到了。”

“也就是说，月影和绯樱之前，甚至是通小町更往前，可能已经发生过相同的事件。”

“你是说有花魁在暗小屋驱赶‘鬼孩子’之后，从那里到别馆三层的一路上，流着滴滴答答的秘药和血，最后跳楼而亡？”

“可能在多年以前，什么季节不知道，不过也是清晨时分吧。”

对于雏姐的推论，小女不禁哆嗦起来。小女等三人也是在那个时间，经历过相同的体验，甚至就连阴郁的天气都差不多。

“……嬷嬷是知情的吧。”

“可能。而且老板娘也知道吧。只要在花街上长期工作的人，大家可能都会记得。但是，谁都没有提过吧。谈论这样的事，不会有什么好处，只会招来金瓶梅楼老板娘的怨恨。”

小女陷入极度晦涩的心情。雏姐就像打开了话匣子，继续追加说道：

“说到花魁的死，在花街上不是稀奇的事。陪爱上的客人殉情，作为第三者被爱慕的对象拉着殉情，因为痴情被杀，染上性病和肺病，然后工作过量死去，驱赶‘鬼孩子’失败离世等，都是经常发生的事情。”

“可是……我们又没有得罪过作祟的某物。”

小女想说跳楼坠亡的事也许不是作祟，而雏姐像是放弃一样说道：

“只要碰上就会招致不幸。即便我们不去招惹对方，但只要被缠上就不好了。”

“去祭祀试试呢？是不是就能解决？到暗小屋和那个房间做场法事。”

小女口若悬河地说着，雏姐却摆出冷冰冰的样子。

“你来付钱吗？”

“……老板娘。”

“你认为那个人肯掏钱？”

假设老板娘愿意出钱，也一定会算到死去的花魁头上。再想下去，就要笑出来了。如果真的笑出来，脑袋恐怕就要崩坏了，恐惧感浮上心头。

“那到底怎么办才好？”

“没有办法。”

“怎么会这样……”

“你也要注意。被缠上过一次的人，哪怕仅是一个很小的机会，就有再次遭遇的危险。”

“没有办法断绝联系吗？”

“只有像福寿一样跳槽。”

“其他办法呢？”

“没有任何办法。”

之后小女无论说什么、问什么，答案都是一样的，小女就比雏姐早一步离开回屋了。

果然，就算累加负债，也要离开这里。目前，还是不要靠近别馆三楼和庭院小屋比较安全吧。只有福寿姐的突然跳槽和雏姐的目击怪谈比较诡异吧。至少在小町姐跳楼之前，都还没有什么问题。也没有像小女和月影姐遭遇过同样事件的人。自己安分点不要再去好奇，也就不会再出事了吧。

小女尚未摆脱烦恼的期间，金瓶梅楼像往常一样理所当然地继续营业。除了每月一天的定休，除非发生天大的事，青楼才会停止营业。忘记说了，店里新来了一个十四岁的姑娘。不是带小女来的山边先生，而是另一个人贩子阿叔从 ×× 地方挖来的姑娘。小町姐轻生之后，老板娘找来补充的吧。

新人期间，按规定都会安排在别馆二层最里面的房间。因为那里住着不少已经能赚钱的花魁，嬷嬷也是打算让她们早点熟悉花街的气氛，从前辈那里学习。花费许多时间和精力培养的新人，小女很有可能是最后一个。

实际上，嬷嬷对老板娘颇有微词，小女也是偶然听到的，如今听了仍是心有余悸。

“半年就能接客当然是好，可哪是那么容易就能找到的？”

对于青楼来说，花魁的价值取决于晚上能赚多少钱。缺了再补上就是了。能从同行那里挖来红牌，当然是好。不过，跳槽本身也会缠上各种麻烦的事。反过来说，自己跑来的花魁，可能会有各种问题的情况。而人贩子阿叔带来的女孩，又不能马上派上用场。培育新人是有必要的，但又要花费时间和金钱。理想情况是找那些没有经验，但不需花费很多时间精力，长得好看、性格温顺，很快就能接客的妙龄少女。

怎么可能找得到嘛，不过是青楼的一厢情愿。不过，老板娘也是这个意思。可是现实环境却让她不住地叹气。

小女也不认为能找到，后来在化妆室见到嬷嬷带来打招呼的女孩子。如同牛蒡的肤色，病态般的纤瘦，只有眼睛挺大的，完全看不出是十四岁的乡下女孩。

小女仔细端详起毫无漂亮可言的女孩。

“某人第一次被带到这里的时候，呃……几乎一模一样啊。”

红姐浮现出猥琐的笑容，向着小女看过来。忽地反应过来，这个女孩就是三年半前的那个自己啊。

一无所知的乡下孩子，再过两年成为花魁之后，就要接客。日复一日地工作，赚取金钱。受到“色鬼”和“水獭”的虐待，受到嬷嬷的惩罚，受到嫉妒心深重的姐姐的欺凌，承担家人的追加借债，罹患性病，怀上“鬼孩子”，这个女孩子只能不停地在花街上工作。不仅仅是身体，心灵也会被摧残凋零，没有还清巨大的负债之前，永远无法离开这里。

对于小女来说，这已是不容置疑的事实。但是，那个女孩听到红姐的这句话，只是不禁愕然。

这是怎样的人生？

其实变成花魁以后，自己差不多已经想通了。虽然不知道这叫不叫随遇而安，但是，无可奈何的思绪总在劝说自己认命吧。不知何时就这么想了。

但是，无论如何，花魁依然是难以想象的艰苦工作。青楼确实是债主，但就该逼良为娼，强制性地让花魁去接客？难道没有超出债务的范围吗？

不，不，事到如今，说这些都没有用。如地狱般的花街，局部改善也是毫无用处。小女终于觉醒了，接下来要做的只有一件事——逃走！

十月 × 日

无论什么时候，逃跑在花街都是重罪。

如果逃跑的花魁被抓回来，将会受到极其严厉的惩罚。有的青楼甚至会把人打得半死。而且，还会被罚很多的钱，并延长契约。因为要起到杀鸡儆猴的作用，因此绝对不会手下留情。

总之，逃跑需要承担很大的风险，做好相当的觉悟，绝对不可轻易尝试。逃跑过程中最麻烦的是，不仅是自家青楼的人，整个花街都会来追捕逃跑的花魁。

小女还在见习的时候，从其他青楼跑来一个小厮，要见老板娘说是来送“紧急事件协议”。当时正好是小女接过来的，可是写的什么就不知道了。后来听说有个龙宫楼的花魁逃了，小女还吃了一惊。因为当时小女还以为花魁是一种轻松惬意的工作。

负责四处传达的是龙宫楼的小厮。他会跑遍花街上的所有青楼给老板或老板娘递上通知书。相约两天后的下午一点，召开楼樱会，各家楼主都要聚集到花街管理事务所。所谓的楼樱会，就是花街上运营青楼的老板们的同盟协会。

逃走的花魁名叫小百合，在龙宫楼是少见的 ×× 人士。因此口音比其他花魁更加温柔，接待客人也就更显优雅，没过多久，小百合就成为当家花魁。就在这段时间，龙宫楼的客户层发生了变化。年轻的男客减少，四十岁到六十多岁的店铺当家和退隐老人相继增加。当然，他们都指名要小百合作陪。只要光顾过一次就会变成回头客。那些小百合的客人，平均四天就会来一次。托小百合的福，青楼多了不少身份显赫的客人。

龙宫楼的老板喜出望外，似乎找到了生财之道。于是，老板为了再买两个小百合家乡的女孩，就拿小百合做担保，向花街上的互助储金会借了资金。只要小百合红下去，既可以还清借款，又能挖来第二、第三个小百合，太划算了。

结果没想到小百合跑了。她不仅是店里的头牌花魁，还是至关重要的借款担保，居然逃了。

小百合的人气实在太高，几乎没有休息时间。除了去澡堂和高野，她就没出过二层的房间。吃饭都是叫外面送来，然后在房里匆忙解决，每月一次的医院检查是她唯一的外出时间。

直到最近，姐妹之间都抱怨说小百合占用高野的时间过长。当时有位女佣见到过刚从高野出来的小百合——双目肿胀、布满血丝，香粉从脸上剥落，露出疲惫不堪的脸。

“花魁，你没事吧？”

女佣担心小百合问了一句，小百合报以寂寞的笑颜。

“高野的气味不好闻，但可以一个人独处。那里只有我一个人，能让我平静下来。很奇怪吧……我明明有自己的房间。”

十天后，小百合从店里逃了出去。她是在生意最忙的时间段不见踪影的，立刻就被断定为逃跑，接着老板派出人手追踪查找，不过，没有收获。后来，从她的故乡老家，乃至所有她可能去的地方，挨家挨户地搜查。但是，依然徒劳无功。而且，小百合是如何从花街脱身的？也找不到头绪。这个问题困扰老板们好久。

花街的出入口有三处。大门指的就是北大门，人来人往最为繁华。大门边上是看守室，有人全天值守。接着是西中门，面向 ×× 川的河岸而建。这边也有看守室，不过比北大门的规模要小。第三个门是南小门，靠近桃苑医院的位置。从这里进出的差不多都是医院的相关人员，客人几乎不走这里。因此，看守室的守卫也仅仅只有一人。但是，附近人力车屋的生意很好，反而更容易引起别人的注意。

这三处的看守被聚集起来，一个接一个地询问当天的情形。但是，没人看到过小百合。想来也是，要是有人认出她来，一定会当场拦下。所以，问不出来什么也在意料之中，大家越想越觉得不可思议。

老板们仍旧不依不饶，让看守再说一遍。此时，北大门的男性看守说了一句奇怪的话。

“哦，说起来……有个工匠装扮的客人有点可疑。”

“从大门出去的吗？”

“是的。”

“这人有没有从大门进来？”

“呃……没，不，不记得了。”

“从大门出去的时候，看见脸了吗？”

龙宫楼的老板穷凶极恶地追问到底。

“那个人用手巾包着脑袋。可……可是手脚都很脏，脸上露在外面的部分也同样脏，可能是哪里的见习工匠……当时只是觉得有点古怪。不过，那时候周围还有其他的人，也就没能细看。”

男性看守结结巴巴地答着。

结果大家认为那人就是小百合。她将露出的脸部和手脚都弄脏，再用手巾遮住脸部和头发，换装成工匠的衣物，瞄准客流量大的时间点，从大门光明正大地出逃。

关于小百合的逃亡原因，不仅雇主，所有人都觉得是因工作量大扛不住了。但是，半个月后，经常照顾花魁生意的熟客、药商老爷的入赘女婿勇治郎突然失踪，闹得满城风雨，世间的看法就又变了。

用来变装的工匠服饰，小百合是从哪里搞到的？莫非是早有预谋的私奔？

龙宫楼的老板马上着手清查账簿，发现小百合逃亡前接待的最后一位客人，正是药商的女婿勇治郎。小百合送他出楼后，就将自己的脸和手脚弄脏，按照计划换上他送来的衣物，偷偷摸摸地溜出青楼。然后在花街上的某处与勇治郎汇合，躲在他的身旁，穿过大门。挡在男性看守和她之间的，一定就是帮她逃跑的勇治郎。

楼樱会讨论之后，决定将追踪的矛头转向勇治郎。不再搜查花魁会去的地方，而是彻查药商女婿有可能藏匿她的场所。结果，在勇治郎的本家——他的奶妈家中找到了小百合。她马上就被带回了花街，勇治郎也交由药商处置。

随后，楼樱会和药商之间，还展开过一次协商。具体内容不得而知。自此之后，勇治郎再也没有出现在花街上，小百合也被追加了数额巨大的债务。她被施以的惩罚措施不甚清楚。毕竟她是头牌，当然越早接客越好，老板希望她能够早一点赚钱，所以才用债务代替惩罚。

这个事件的十四个月后，可能是大幅增加了接客数，小百合的身体彻底垮了。据说从三个月之前，女佣就发现从高野出来的她已经直不起腰，甚至都站不稳了。

小百合去医院里检查之后，就被丢到龙宫楼无人使用的被褥放置间，一周之后就过世了。

“那么多债务没还清呢……”

听到小百合死讯的老板，唉声叹气地说道。

小百合的遗体被送到 ×× 寺，葬在无名的孤冢。火葬和拾骨都无人在场。当然，药商勇治郎也没有出现。

“花魁逃跑的末路，差不多就是那样。”

嬷嬷对着小女说了这么一大段，最后以这句收尾。

就在想要出逃的关头，却想起了小百合的事，真是太不吉利了。不过，若是逃跑失败，就会落到那种境遇。不，因为她是青楼的头牌，才会免遭皮肉之苦，小女怕是没有这种待遇吧。可能会遭到更严厉的惩罚。就算勉强能逃过一劫，也会像被押回来的小百合一样，做牛做马地干活。没有选择地接待各种客人，直到身体完全被搞坏，最后死掉。没错，她不是病死的，是被龙宫楼杀死的。

如果小女逃跑，就会是同样的下场。只要想到这里，两腿就不住地发软。逃跑的决心也随之变弱。

但是，不逃的话，就只能继续作为花魁工作，终有一天也会像小百合那样病倒？也会像月影姐那样怀上“鬼孩子”，然后深陷驱赶“鬼孩子”的痛苦之中？也会像小町姐一样被现实逼得跳楼？小女早晚也会被金瓶梅楼杀死吧？

果然还是要逃离这里！

能够大摇大摆地走上花街，就只有一个月一次的休息日。不过，这个时间都是姐妹们结伴出行。至少要躲过三四个人的监视。即使小女独自外出，也有小厮或者女佣跟随。这种情况，反而更加难以逃脱。而且，迄今为止，小女还没有过一个人外出的经历，绝对会被怀疑。最关键的问题是就算逃脱成功，用不了几分钟就会败露。如此一来，追兵马上就会赶到。

如果不是休息日的话，靠近大门就会被怀疑。徘徊之间，马上就会遭到盘问。首先需要变装，要不到了街上也会被怀疑是花街上某楼的花魁，非常危险。就算休息日外出，很多人也能够轻易察觉小女的身份。装作普通女性不可能，举手投足之间就会暴露。总之，逃跑之前先要消去花街的气息。

即使能够变装成功，也不能保证从青楼到大门的路上不被别人怀疑。而且要从大门逃出去又谈何容易呢？细想之下，小百合虽有勇治郎的相助，但她的伎俩也足以令人称道。

小百合那件事刚过去两年，小女故技重施行得通吗？相同的变装怎么可能骗得过那些守卫警惕的目光。

不，行不通。小女也搞不到男客的服饰。

中门怎么样呢？规模比大门要小，但也存在同样的问题。还有，小女只进出过大门。也不知道中门那边是什么情况。所以，从那里逃跑过于冒险。

小门也……此时，忽然想起——医院例检。

每月一次，花魁都要接受桃苑医院的检查。检查一下身体，诊断下有没有患病。小女刚从见习变为花魁的时候，也就是接受嬷嬷的忍棒洗礼之前，曾被带到过这家医院，当时也是为了体检。虽说不知道处女为什么也要接受检查，但这里毕竟是被称为花街的场所。买来的女孩子只是商品而已。

小女讨厌医院的例检，但这次也许可以利用起来。通常去做检查的时候穿得比较朴素。不过有的花魁为了攀比，也会穿戴整齐奢华地打扮一番，不过也只是少数。小女原本就很低调，对于穿戴并不讲究。就照平时的打扮出门，也许不会引人注目。说不定会被当作是哪家店的仆人？

就从小门逃吧。那里只有一个看守，趁他去厕所或有事不在的时候，一口气溜出去。事实上，那个守卫也经常不见人影。不知是在偷懒，还是消极怠工，总之没有大门那边戒备森严。

但是，小门旁边有个车屋，人力车进进出出好不热闹。不过他们不会监视小门。只要看守室里没有人，车屋也许有办法混过去。

不过，通常去医院的时候，都是和姐妹一起。当然，少不了嬷嬷、小厮，还有女佣同行。检查结束的时间有快有慢，所以，结束比较早的花魁会在其中一人的陪同下回楼。如果那个时候，小女谎称忘了东西，装作返回医院，接着一个人从小门逃出。

以上就是小女制定的脱逃计划。

越是反复推敲，就越觉得破绽百出，自身也不安起来。看守室里恰好没人，车屋刚好没人注意小门，返楼途中只放小女一人回去——

所有条件全都满足的情况下，才有可能实现这个计划。

但是正因如此，若某个条件无法满足也能马上取消。在靠近小门前，可以仔细观察周围环境，只要稍有危险，就把计划延续至下一次。制定好了计划，就想尽快实行，但绝对不能操之过急。反正也不会等上几年。只需耐心等待时机，一个月一个月地等待。即便花上一年的时间也很值得。

再怎么说，这计划赌上了小女的一生……

十月 × 日

嬷嬷吩咐小女一起去内室，随后老板娘提出了令人难以置信的建议。

“绯樱，你已经是独当一面的花魁了。近些日子以来，你好像也不怎么挑剔客人了。”

逃跑计划执行之前，必须安分一点才好。心里是这么想着，表面上还要装作谦卑，默默地低下头去。

“所以啊，我呢，跟喜久代谈过了，想着也许别馆三层才配得上现在的绯樱呢？”

听到这话的瞬间，小女脑中一片空白。

“未来金瓶梅楼的头牌，非你莫属。”

嬷嬷赶紧点头称是。

“因此，你要搬进匹配身份的房间。”

“这可是你的福气啊。”

嬷嬷在旁边帮腔，小女却完全没有听进去。

“怎么样啊？你要是愿意的话，随时都可以搬到别馆三层，没有任何问题。”

说是建议，其实早就决定好了。比起生气，小女更多是害怕。所以急忙提出反对，仓促间没能想出更好的理由。

“可、可是，小町姐……”

“传言七十五天吧。”[20]

从小町姐跳楼那天，仅仅只过了一个月。不过，老板娘像是看穿了小女的心声，继续说道：

“不过呢，花街只适用一半。毕竟这里不同于俗世。”

“有些时候，负面传言更能吸引客人。俗世的那些常识在这里不管用。”

嬷嬷不失时机地表示赞同。

这两人在胡说什么？不过也不能说没有道理。小女见习三年，当上花魁七个月。根据个人经验判断，这里的确是不同于外界的魔窟。

“别馆三层就这样空着太浪费了。”

老板娘换了一种方式劝道。

“要是随便找个花魁搬进去，倘若花魁没有魅力，也会降低那间屋子的价值。”

“花魁有三六九等之分，青楼也有最高级别的房间。只有这家青楼的头牌花魁才能入住上等房间。所以，花魁的地位和房间的价值互相帮衬。若是让不匹配房间的花魁入住，再怎么上等的房间也会黯然失色。”

嬷嬷说着，投来锐利的目光，像是催促小女赶紧答应下来。

“要是你现在还是见习，我们肯定会让你承袭第二代通小町，住进贵宾室的。”

这话实在出乎意料。

“但……但是，小町姐和小女……”

“干这行的只要差不多就行。以前桃源楼的人气花魁被挖走了，就找了一个继任者，以新人姿态承袭了第二代，结果大获成功。可惜，现在我们楼的见习，还没有那种能力。所以说，让绩效出众的花魁入住那个房间是最好的。”

“那么，牡丹姐……”

小女想说牡丹姐比自己更合适。话到嘴边却说不出口。让牡丹姐代替自己，自己就可以全身而退。就这样背叛牡丹姐换取自由吗？

就在小女陷入自我厌恶的时候，老板娘摇了摇头。

“要是从人气和盈利情况考虑，浮牡丹也有入住的资格。但是呢，那个孩子缺少毒性。”

“毒……”

小女呢喃一声，老板娘点头道：

“这没有什么贬义。要是普通姑娘，被说有毒当然不好，但花魁则不一样。浮牡丹吸引客人的是自内而外的气质和温柔。不过，不适合当作长期卖点。也就是说她太过无趣。浮牡丹的人气还是很高的，但当不了金瓶梅楼的头牌。她就是这样的定位。”

“在这一点上，通小町和绯樱，你们两人的毒性就非常能吸引客人。”

嬷嬷指出的这点，让小女颇为惊讶。小町姐肯定是有这样的毒性。见习期间的自己还不太懂，可是当上花魁之后，就能感觉得到。

但是，小女也有毒性吗？开玩笑吧。刚想做出否定，嬷嬷抢先一步继续说道：

“长时间以来，老板娘经手了一批又一批的花魁。老板娘说的不会有错。”

“喜久代也这么想啊，我更有把握了。”

互相吹捧可真难看啊。虽说很想嘲讽她们几句，不过，现在无论说什么都没有用。而且，要尽量回避争论，不要引起无谓的争端。

小女还在努力思考要怎么拒绝，只见老板娘从衣柜中取出几件华丽的和服，在小女面前展开。

“若是搬到别馆的三层，穿着方面也要匹配才行。怎么样？这可都是上等面料的和服。我专门为绯樱你准备的。”

“无论哪件都是价格昂贵的上品。快，还不好好看看。”

大概是见小女毫无反应，嬷嬷抄起一件和服，举在小女面前来回比划。

“喔唷，多合身啊。”

老板娘话中带赞美地说道。

“和服价格虽然很贵，不过，绯樱喜欢的话可以打折。要是你想多要几件，就再给你减点。”

小女以为是要送给自己，而且小女也没说想要，听到这话未免心里有点落空。但是，就在那个瞬间，小女忽然灵光乍现似的倒吸一口凉气。难道……可是，无论怎么考虑都不觉得有错。在那一刻，小女仿佛看到了不祥的东西，差点冒出冷汗。

那些和服都是小町姐的……

其中至少有三件，小女见过好几次。其他和服的花纹样式，也都是小町姐喜欢的类型。

小町姐跳楼之后，那些贵重的和服全都落入了老板娘的手上。等到事态平息，大家忘得差不多的时候，再拿出来向姐妹们兜售。就是这么回事。

老板娘的行径让人气愤，然而小女更加唾弃她敲骨吸髓的丑恶嘴脸？即使我们死了，也要榨干我们最后的一滴油水吗？

就算作出以上的控诉，也一定会被如此反驳。

“通小町还有债务嘛。谁来偿还？你替她还？这样多少还能止损，哪里不好？”

因此，小女什么也没说。说了也没有用，根本无能为力。但是，小女不搬入那间屋室的决心更加坚定。小町姐的和服也一概不要，无论如何都要拒绝。

不过，没条件的拒绝肯定不行。老板娘和嬷嬷已经势在必行。估计金瓶梅楼的生意在下降。为了逆转颓势，才打算捧红小女入住别馆三层替代小町姐。

开什么玩笑……

好不容易决定要跑，要是住进那个房间，鬼知道会不会被那个不明正体的某物缠住索命。

但是，怎么才能拒绝……

这样下去会被逼住进去的。她们装作尊重小女的决定，其实早就想好不管小女如何回应，最后都会强制让小女搬入。在事态那样发展之前，要尽量找到不引起冲突的方法拒绝搬入。

穷途末路之际，突然想到了一个借口。

“……害怕。”

小女摆出弱势的姿态微声低语一句，老板娘和嬷嬷则是莫名其妙的表情。

“怕？你怕什么？”

果然，嬷嬷问道。小女尽量换成胆怯的口气说道：

“那个房间……”

“还以为你要说什么呢？”

嬷嬷苦笑起来，她是想说那房间没有任何问题吧。

“哎呀，毕竟你也遇到了那件事，心情可以理解。但是，你是因为同情通小町，鬼迷心窍做出来的傻事。不用在意。”

“不是——”

“月影是因为驱赶‘鬼孩子’，弄得身心俱疲。所以，冷不防地着了魔。”

“不是——”

“这几件发生在店里的事，只是意外事故而已。而且，通小町跳楼的理由还是你自己查明的，没什么可怕的。”

“不……不是。”

小女再次否定，嬷嬷脸上浮现出惊讶的表情。

“你说的不是通小町跳楼，还有你和月影的事吗？”

“是的。”

即使列举出这些情况，当下也不起任何作用。小女深知不可能说得过嬷嬷。嬷嬷那种颠倒黑白、指鹿为马的口才无人能敌。因此，就要找其他方向击破她，忽地心生一计。

“两位姐姐的经历，以及自己的体验都很恐怖，不过都已经过去了。”

“就是啊。”

小女说着违心的话，嬷嬷找到机会就发起了追击。

“那还有什么可怕的？”

“小女看见过好几次不是店里的花魁……”

为了加强造势效果，小女停顿一下。

“从本馆走过连廊，向别馆三层走去……”

老板娘和嬷嬷当时的反应，真的值得一看。只见两人的脸色刷地变白，眼神相互交错后，又慌忙地避开。然后，两人同时凝视小女，像是计算好的一样。

“当然，小女起初也以为是店里的某位姐姐。为了给小町姐去上供，才去的那个房间。”

“……其实不是吗？”

嬷嬷罕见地语气踌躇。小女继续说道：

“当时小女很想知道那个人是谁……因为在姐姐之中好像没有这样的人。”

“你不可能每个人都问了吧。”

“是的。”

小女简单地回了一句。嬷嬷的反应表示她已经相信了这番话。说多了会露出破绽，见好就收吧。

其实小女很想再追问一句老板娘和嬷嬷是不是有什么线索。但是，穷寇莫追，谎言不是为了别的，而是要阻止她们逼迫小女搬入那个房间。

结果，搬去别馆三层的话题就此打住。不过，也许用不了多久就会重新提起。

“那就观察几天，找个适当的时候吧。”

老板娘最后留下这么一句意味深长的话。

会请 ×× 寺的和尚来做法事呢？还是请神社的神主来呢？小女不得而知。可是，老板娘都没有给小町姐举办葬礼，不可能在这方面花钱吧？每天早上都要在神龛前参拜，保佑生意兴隆，而不舍得在死者身上花一分钱。老板娘就是这样的人。

即使她们请人来了，小女还是会说不认识的花魁没有消失。只要老板娘和嬷嬷心中有鬼，谎言就有效果。

可是，这两人实在是可怕。一边试图隐藏过去的秘密，一边让花魁住进别馆三层。即使福寿姐突然转楼，即使小町姐轻生亡故，即使小女差一点跳楼，即使月影姐坠楼，依然还要继续使用那个房间。而且，还让作为当事人的小女住进去。

果然，这两人似乎也知道那间屋室的灵异现象，而且她们也对某物抱有恐惧。但是，即便如此她们也没有封印那个房间的打算，而是让小女再度利用起来继续赚钱。比起灵异更看重生意，金钱远比恐惧更加有用，她们眼里只有金钱。

这么说吧，没有比人性泯灭更恐怖的事了。比起盘踞在花街上的贪婪和欲望，无论多么恐怖的怪谈都像晨曦的露水般消逝殆尽……

十月 × 日

小女期盼着她们不要再提换房间的事，至少在机会出现之前，结果顺利地等到了去医院例检的日子。

这一天，包括小女在内有六名花魁要前往医院。午饭后，大家被嬷嬷逐个叫去，仔细检查身体。让当班医生诊断前，首先要在店里接受鸨母的检查，这也是花街约定俗成的规矩。

如果身体部位有伤，就用脱脂棉蘸或熬煮的茶叶擦拭，遮掩过去。要是被当班医生发现有伤，可能会强制让花魁休养，最坏的情况还会被要求住院。

白带异常的花魁，则要由见习用手掌使劲压住下腹部，嬷嬷再一次又一次地挤出来。接下来，在和纸做成的细纸绳一头撒上明矾粉，然后放入体内。花魁会在检查前，悄悄地将细纸绳拿出后处理掉。经过这样的应急处理，在例检中基本上都不会被查出毛病。真的很不可思议。

不懂医术的嬷嬷居然能够瞒过医生？起初小女非常惊讶，甚至觉得嬷嬷什么都会。不过，后来小女发现只不过是当班医生玩忽职守罢了。即便是营生手段，但是每天都要接连不断地诊察花魁，也会心生厌烦。检查期间敷衍了事，疏漏也很正常。嬷嬷充分利用了这一点，更突显出她的老奸巨猾。

顺便说下，有的花魁还会吞下符水，据说对于治疗非常灵验。不舒服的时候才求神佛保佑，小女可做不出来。

接受嬷嬷的检查之后，小女随即返回房间，将藏在梳妆台下的私房钱取出放入袖兜。虽说客人给的打赏钱都要上交，但姐妹都会悄悄地存下一些。钱比任何东西都重要，没有比她们更明白这点的。当然，钱也是防身的必备品。

所有人检查完毕，便与小厮和女佣八人同行前往医院。有的青楼离医院很近，也会叫人力车，彰显花魁的虚荣。不过，金瓶梅楼的人都是步行。老板娘的吝啬好像会传染，以前红姐笑着打趣说道。

例检一行的花魁中，就有这位红姐，还有尚未康复的月影姐。随行的女佣不是雪江，而是友子，让小女松了一口气。关系亲近的雪江没来，莫非是一个吉兆。最让小女担心的是红姐，但只要不跟她一起回去就没问题。

在医院的候诊室内，还有其他楼的花魁。当班医生要是没在检查诊断书上盖上印章，花魁就不能在各自的店里营业。因此，这里的花魁们，表情都是一样的阴沉不安。

就算大家都是花魁，基本也不会有交流。花魁之间的见面，要么是每月一次的例行医检，要么就是休息日外出时的偶遇。但是，无论哪家青楼，都有好事的大嘴巴，喜欢打听别人家的事，有什么风吹草动，流言就会满天飞。小町姐的事如此，月影姐的遭遇也是如此。小女跳楼未遂幸好还没被泄漏出去。不过，也只是时间问题。

经过漫长的等待，终于轮到小女，进入诊察室，躺在检查台上。如今依然还是害怕，就像自己死了以后躺进棺材的感觉。

除了花魁自己，任何人都只能待在候诊室，但是，嬷嬷是个例外。不仅是医生和护士，她对整个医院都很熟悉。所以，随便出入病房都不会被骂。从这点也能看出嬷嬷的手腕。金瓶梅楼的嬷嬷更是出类拔萃。

“拜托您了。”

听到嬷嬷的话，当班医生回过头来，开始对小女进行检查。

“喔唷，赚得盆满钵满了吧。”

医生用手指检查的同时，嘴里吐出令人作呕的话语。伴随羞耻和愤怒的情绪，小女的身体颤抖起来。

“啊，啊，是的，托您的福，已经红了。”

而且，嬷嬷还顺着医生的话往下说。

“多亏您的帮忙，她们才能安心工作。感激不尽。”

小女讨厌检查不只因为过程羞耻。虽然的确令人作呕，但更难以接受的是医生和护士根本就不把花魁当人。从他们的言行和眼神很容易就能读出来——花魁是做皮肉生意的下贱女人。他们根本毫不掩饰。

嬷嬷的小伎俩能够钻空子，可能不是因为医生偷懒，而是他们本就无心检查。这样的想法在脑中始终挥之不去。

总之，医院不是什么好地方。不过，这地方要是能助小女逃出花街，可是再好不过了。以讨厌的医院为中心制定出逃计划也是小女的得意之处。

“没什么问题。”

检查一通之后，当班医生如此告知。

“年纪尚轻，经历的也还少。就这样吧。”

“好的，那我们就放心了。万分感激。”

嬷嬷和蔼地表达谢意后，敦促着小女离开诊察室，暂时返回候诊室跟大家一起。

“接下来轮到你了。”

嬷嬷看向在那等候的月影姐。

“红千鸟和绯樱已经检查好了，友子陪她们先回去吧。其他两人交给小厮送回去，剩下的由我来负责。”

嬷嬷一口气就决定好了后面的安排。

小女能够听到自己强烈的心跳声。想到要跟红姐一起回去，简直快哭出来了。但是又不能当场拒绝。只有老老实实地服从安排。

“那我们就回去了哦。”

也许是例检顺利，又或是能早点回去，红姐心情舒畅，向着留下来的花魁打过招呼，迅速地走出医院。小女也慌忙丢下一句“先走了”，便跟在红姐身后。

出了医院，红姐头也不回地说了一句。

“听说飞白屋的织介先生，后来也找过你。”

日记里还没记录，不过小町姐跳楼之后，织介先生偶尔也会到金瓶梅楼点名小女。最初，他以慰问受到惊吓的小女为由。如今，用熟客形容他更好。

“……是的。”

小女嘴上回着，不免焦虑起来，这是要兴师问罪吗……要是聊起织介先生，可能会远离医院的。按照计划本打算走到看不到医院和小门的地方，告知同行的人要回医院取忘下的东西。但是，跟红姐聊起织介先生，还能不能找到打断脱身的机会呢？

小女悄悄地回头看了一眼，小门的看守室里似乎没有人。即使看守在里面，也不会透过窗子监视外面。

小女期待起来。第一关算是过了。

就在这时，似乎感觉有人投来视线，吓得小女赶紧看向旁边，正好对上女佣友子的眼神。她眼神直直地盯着小女。

被发现了？只是想想，小女的心脏就“噗通、噗通”地跳个不停。

“绯樱，你在听吗？”

红姐突然转身盯着小女。

“你这个偷腥猫，竟然还敢不理我。”

红姐絮絮叨叨地讥讽起了小女。

“……对不起。”

小女虽然嘴上道歉，心里却充满了懊悔，果然跟红姐一起准没好事，计划是没戏了。看守室里好不容易没有人，小女急得都要哭出来了。

前面的红姐一直絮絮叨叨地说着小女的坏话，后面又紧紧地跟着友子。难不成就这样回到金瓶梅楼？想到这里，小女实在是不甘心呢。

但是，快到雪月花楼的时候，小女打起精神心想不能轻易放弃这次机会。转过这家青楼的转角，医院和小门就不在视线范围之内。原计划就是在这个转角前，说出忘记东西的借口。距离预定地点已经越来越近。

“我……”

小女发声的同时停下脚步，已经做好了觉悟，再也不能回头了。

“医……我要回医院去。”

“什么？”

红姐略带惊讶地转过身来，满腹猜疑地看着小女。

“为什么？你回去干什么？”

红姐的猜疑让小女的胃有如针刺般的疼痛。

“忘了什么东西在那吗？”

不知何时友子站到了小女身前，那张脸差点贴到小女的鼻子。

被红姐和女佣友子两人注视着，小女越来越焦急。糟糕，忘记了什么东西还没想好呢。小女只得暗骂自己白痴。

“你到底要回去干嘛？”

红姐进一步逼问，小女蹦出了一句。

“月……我担心月影姐……”

“哼，是哦！”

听到红姐发出的蔑视嘲讽，小女稍微松了口气。

“所……所以，我想等到月影姐一起回去。”

“不想跟我一起走就直说吧。”

红姐的话就像是找茬儿。

“不是。我真的只是担心月影姐。”

小女轻施一礼，掉头就往回走。当时好怕友子说点什么，比如要跟小女一起回去。不过，令人意外的是，她只是对着小女微微一笑。小女惊讶之余也急忙对她还礼，然后就踏上了折回医院的道路。

还没走几步，便明白了友子微笑的含义。她大概是认为小女难以忍受红姐的嘲讽，抬出月影姐当借口来摆脱红姐。那个微笑八成是同情和理解的意思。

小女的心情顿时晴朗起来，心底的豪情也涌现出来。想象着逃跑计划成功的样子，小女从未有过如此强烈的预感。

但是，如此亢奋的状态在接近医院和小门的时候，眨眼之间便消失殆尽。不可东张西望，必须装作若无其事的样子。虽然不断地告诫自己，但还是忍不住地窥视周围，走路的方式也变得僵硬不自然。

距离开门营业还有一点时间。因此，目前无论哪家楼都是万籁俱寂。不过有的小厮已经在做简单的清扫工作。每当跟他们对上视线的时候，小女都是慌张地急忙避开视线。

别看……向前走就好了……

虽然小女这么想，但还是担心被小厮看到。要是自己被他们怀疑上，可就要出事了。

此时，迎面过来三辆人力车，貌似载着正从医院返回店里的花魁。车夫和车上的花魁还没经过小女身边，就在远处打量着小女。

她一个人在晃荡什么？

看上去不是女佣。

见习吗？不是，是花魁吧。

注视着小女的六人，从她们十二只眼中仿佛传达出内心深处的声音，反而让小女无法挪开视线。

等着所有的人力车通过，时间竟是如此漫长。从那些好似盘问的眼神中逃脱之前，自己竟然没有叫出来，实在不可思议。

放下心来也只是瞬间，人力车经过在街道上扬起尘土，透过飞扬的灰尘，望见小门和看守室的那一刻，小女紧张得快要窒息。

小门左侧的看守室内，依然没有看守的影子。左手边的医院，右手边的人力车屋附近，两边都没有什么人，显得相当冷清。碰巧，从医院出来的花魁们，刚刚被车夫们载着离开，所以才形成了这样的景象。简直是千载难逢的机会。

小女瞄准医院和看守室之间，迈开步子。无论是看守回来、有人离开医院，还是人力车屋突发变故，小女都能马上转向医院玄关前进。也许哪家青楼的小厮正在监视小女的背影。但是，没有办法确认，也根本束手无策，一切都听天由命吧。

小女扫视着医院的玄关、看守室和人力车屋，最后做出决断。

如果要返回医院，往前走一点左转。这样的话，被谁发现都不会出问题。这么走也合情合理，是很自然的行动。但是，如果往右手边走，沿着医院的西侧出去，前面就只剩下看守室和小门以及人力车屋，全是小女不会去的地方。所以，要是被发现了，基本上是不可能搪塞过去的。

关键时刻，要做出选择了，是逃跑，还是放弃？只有两个选项。无论小女选哪一项，今后的人生都会发生转变吧。放弃也是一样的。小女将会失去自我，变得不再是自己。是吉是凶？不管怎样，只有做了才会明白。

小女深深地吸了口气，脚朝着右边跨了出去，呼出了那口气。

这样就无法回头了……

稍稍加快脚步。明明加快步伐会显得过于引人注目，可就是抑制不住自己。好不容易控制住了想跑起来的冲动。脑中幻想着只要步行，即便被看守发现，也可以说找他有事……越想就越是瞻前顾后。那种借口怎么会行得通？人家肯定要问找他什么事？根本答不上来嘛。

左手边医院的窗户里闪动着人影，进入小女的眼帘。如果有人向窗外看一眼，就会发现小女。他们一定可以判断出这个正在接近小门的可疑女人就是花魁。医院西侧的窗户没有考虑进去，真是失策。现在说什么也没用了。只能祈祷，但愿没有人会注意到窗户外。

终于，好不容易接近南小门的看守室了。

看守好像还是没有回来。抵达这里，接下来要看人力车屋那边了。就算有送完花魁的人力车回来，小女怕是已经穿过小门。即使有人要叫人力车，也是来不及的。问题是从人力车屋里出来的人。要是碰上的话，就只能接受盘问，就像遇到看守那样。如此一来，小女还是说不出答案。万事休矣。

“请神保佑啊……”

瞬间，小女祈求的究竟是神还是佛？自己也说不清楚，结果很快就通过了人力车屋的玄关前，终于抵达了看守室。

眼前就是那扇小门。

明明是再普通不过的小门，隔开的却是两个不同的世界——生存和生活方式完全不同的世界。

被隔断的另一边世界，已然是黄昏时刻。而这一边的世界，才是白夜降临的时候。互为镜像的两个世界，被小门隔开在了两端。

回到原来的世界！

脑中想起奶奶、父母、年幼的弟妹。但是，故乡的家是回不去的。追兵首先会找到那里。绫小姐的别墅呢？她会让小女藏身吧？她会跟小女一起商量以后的事吧？

正要穿过小门的柱子与柱子之间……

“喂！”

身后传来叫住小女的声音。小女的身体一震停下脚步，因为悚惧再也动弹不得。脑部急速充血，冷汗从背上悄然落下。

慢慢地，慢慢地，战战兢兢地回过头，看守室的守卫从窗户探出头，紧紧地盯着小女。

“你要去哪？”

脑中一片空白，没有任何的想法。

“你这家伙……是花魁吧。”

若是不赶紧辩解的话，这个场面该如何收场，小女万分焦急，却完全想不到应对的语言。

小女就像棒子一样杵在原地，看守走了出来。

“哪家楼的？”

此刻小女脑中想到的是被关在暗小屋里受尽凌辱的场景……在内室被罚以巨大罚金的场景……在别馆的三层接客的场景……各种画面走马灯般切换。

“别以为我是小门的看守，就小看我……”

这位看守好像很享受现状。

“可没那么简单，我怎么可能放过你们这些青楼女？”

折磨小女似乎让他乐在其中。

“把你押送回去，可是大功一件，说不定还能晋升到中门呢。”

说着说着，他一个人笑了起来。

“到底是哪家楼的？叫什么？”

小女想要转身从小门逃走。

“快说。”

但是，马上就会被追上逮捕吧。

“快说！老实交代！”

万事休矣……失败了……就在认清现实的时候，小女几乎差点当场瘫倒。

“喂！”

看守走了过来，抓住小女的手腕。

“你就死了这条心吧！”

想死……第一次有这种想法。即使在受忍棒屈辱的时候、卖初夜的时候、残酷工作的时候、被某物附身要跳楼的时候，哪怕一点都没有过这样的心情。此时此刻，山穷水尽的绝境迫使自己从心底如此祈愿。

“好了，还不说是哪家的！”

看守继续恐吓小女，并且步步逼近。

金瓶梅楼的绯樱……

就在小女将这句话放到嘴边的瞬间。

“啊，抱歉，久等了！”

从背后传来声音。

“嗯？”

回过头去，站在面对小门的方向，脸上挂着羞涩微笑的人竟然是飞白屋的织介先生。

小女顿时惊呆了。

“让你来这里接我，没关系吗？哎，我还是不太习惯这边的习俗。”

织介先生挠着头，十分过意不去地说。

“大爷，请……请问您是？”

看守显然是不知所措的样子。织介先生不怎么像花街的常客，不过从穿着和言行判断，他的家境相当殷实，所以不能做出失礼的举动。

看守瞬间就拟好了对策。

“哦，啊，忘了自我介绍。”

织介先生报上名姓和家业后继续说道：

“啊啊，您是要送花魁回去吧。这里果然不允许花魁单独接送客人啊。哎呀呀，给你们添麻烦了。”

说着，织介先生转过身去，悄悄地捣鼓一会儿。转过身来的同时，他若无其事地递给看守一个纸包。

“这是一点心意。不要介意。”

“多……多谢大爷……”

织介先生的动作是那么自然，又多了几分强势。看守什么都没说，只是悄悄地接过纸包藏好。

“那，我们走吧。”

小女依然是不知所措，织介先生对着小女说完，再次转向看守。

“麻烦您，帮我们叫个车。”

“好嘞，现在就去。”

也许是摸到了纸包的厚度，看守快步奔向人力车屋。

坐上转眼就过来的人力车，织介先生习惯性地招呼车夫：

“走吧。”

讽刺的是，在看守的注视和目送下，小女回到了金瓶梅楼。逃跑计划失败也有预料，但没想到会被这种方式拯救。

回到楼前，面带惊讶表情出来迎接的是茶壶阿朝。但是，毕竟是身经百战，他的应变也是够快。

“这不是飞白屋的少爷嘛，欢迎，欢迎，今天来得可够早的。”

“是的。还请了绯樱小姐来接我。”

“啊，那可太好了。”

他对织介先生满面春风，而向小女只是一撇，眼神十分锐利。

“快请进，请进。”

现在的场合不方便审问小女，阿朝表现出待人亲切的一面，领着织介先生进楼。

嬷嬷还没有从医院回来。月影姐却回来了，幸好红姐和友子没有注意到小女没跟她一起回来。但是，如果嬷嬷在场，可能就免不了一场血雨腥风，真的是千钧一发。

进入别馆小女的房间前，织介先生都没再说一句话。不，即使处在只有两人的房间里，他也没有提及刚才的事。

“您的胆子实在太大了。”

小女很钦佩地说……小女心里也确实是这么想的。

“只是情急之下解围而已。”

没有丝毫得意的样子，只是淡淡地说着。

“可是少爷您当时好像很了解小女的处境？”

“哦？是吗？”

“您在看守面前从没叫过小女的名字绯樱，即便坐上人力车，也没有说出金瓶梅楼的名字，就是最好的证据吧。”

“这个嘛，那个很凶的大哥，不停地追问你的住处名字。不过，绯樱小姐似乎并不想说。所以……我也就注意没有提起。”

“咱跟看守之间的事，您都看在眼里了吗？”

不经意间漏出了乡音，通常在客人面前，小女都只会讲普通话。

“起初没有认出是绯樱小姐。当时事态虽然相当紧急，但本想等到对话结束。可是，发现是绯樱小姐之后，情况也愈加危急，就考虑着如何介入。”

看来事情并不像织介先生所说是情急之下解围而已。

“打搅了。”

嬷嬷终于还是出现了。

“飞白屋的少爷，非常欢迎您的光顾，话说回来，我没能亲自迎接，非常抱歉。”

纸门大开，嬷嬷跪坐在走廊里，向着织介先生深鞠一躬，忽地向小女使了一个眼色，如同之前的茶壶一样锐利。

“当然，今晚也请您尽情地享受。”

不过，营业式的笑容很快回到她的脸上，她动作敏捷地接过织介先生从怀里掏出的钱，如往常一样会算计。结果，硬是让织介先生出了住宿钱，外送饭馆的酒饭钱，打赏嬷嬷和见习的钱等各种资费。

“请慢慢享受。”

小女坐等嬷嬷离开房间低头道谢。

“多亏了您。”

小女双手各伸出三根手指与头顶平行，抵在榻榻米上。如此郑重的跪谢，让织介先生很难为情。

“好啦，虽然还是黄昏，但要是不留宿的话，感觉心静不下来。”

“不是这事。”

“啊？”

“感谢您刚才在小门救了小女。”

“啊，哦……”

织介先生轻轻地点点头。

“能帮到你就好。”

一本正经地回答，反而让小女想笑。但是，他也没有追问下去，小女觉得有点不可思议地问道：

“少爷，您不问吗？”

“呃……”

“为什么？”

“说实话呢，多少还是有点兴趣。”

果然，这很有织介先生的风格，小女又笑了起来。

“这样的话，请少爷您问小女吧。”

“可以吗？”

“您可是小女的救命恩人，我不能对恩人有所隐瞒。”

“也没那么夸张吧……而且，我也不想硬逼绯樱小姐……”

“请勿多虑。”

“那么——”

织介先生有点装腔作势地说道：

“绯樱小姐是怎么一个人到那里去的？”

这问题让小女慌了手脚。通常都是问逃跑的理由吧。但是，织介先生感兴趣的是逃跑计划。

期望落空有点生气，心情难以形容，既然是自己让对方问的，就得照实回答。于是，小女就将怎么利用医院的例检，打算从小门逃走的经过说了一遍，织介先生不由得深感佩服。

“太了不起了。”

“……谢谢。”

总之，礼多人不怪嘛。

“就差那么一点就成功了。”

“是的，要是那个看守没有回来……”

小女心里还在悔恨不已的时候，织介先生说出的话让小女吃惊不已。

“那个人，可能从开始就没离开看守室。”

“啊？但是，没有看见他啊。”

“看守室里是什么样不得而知，那人也许是坐着的，不过坐着看不到外面。我猜那人是不是用了镜子监视外界。”

“可恶！”

小女不由得骂了一句。

“这样就可以伪装成无人看守，引诱想要从那脱身的花魁。”

“是这样吗？”

内心仍有疑惑，不过，仔细想想以那个看守的性格，十有八九做得出来。

“太卑鄙了……”

听了小女的嘟哝，织介先生表示赞同。

“按照绯樱小姐的计划，其实有个借口或许可以。”

小女再一次吃惊。

“什么借口？”

“帮月影姐叫人力车，怎么样？”

为什么小女就没想到呢，不禁感叹自己的愚蠢。

“当然，如果太接近小门，这个借口也是行不通的。但是可以这么做，先去张望一下看守室，如果看守不在就逃。如果看守在里面，就用刚才说的借口。实际上，人力车屋也不是一直都有人，没找到车不知道如何是好，所以去找看守帮忙，也在情理之中。”

那个瞬间，小女心想要不要跟织介先生讨论一下新的计划。如果是这个人，也许可以帮小女制定出更完备的方案？如果拜托他帮忙，织介先生肯定会帮小女的。

但是，小女还是打消了这个念头。脑中浮现出龙宫楼小百合的旧事。不过，织介先生是不是有点像对小百合见死不救的上门女婿勇治郎。虽然这两人完全不同。只是觉得有点不太吉利。而且，把织介先生卷进去也不好吧。逃跑，还是得该靠自己的力量实现。

那天晚上，小女像往常一样，邀请织介先生上床。他作为客人是理所应当的，而且他还搭救了小女，这也是一种答谢的方式。所以，也许是与平日表达出的情绪不太一样。织介先生差一点就抱小女了。结果，他还是没有触碰小女，就这样睡下了。

这个夜晚，小女开始怀疑织介先生可能还没有经验。明明在此之前，小女都是无所谓的态度，来不来都随便。

如今胸中却有点痛。不知为何。

直到织介先生接受小女的那天，就不要强迫他了。

这天夜晚，因为有织介先生陪着小女，睡得很香。自打成为花魁以来，还是第一次睡得如此安心。小女很是意外。原来自己还能再度生出如此平静安详的情绪。

黎明到来，小女睡到自然醒，然后送织介先生回去。暴风雨即将来临，小女已经有了觉悟。

虽说没有透露金瓶梅楼，还有绯樱的名字。但是，茶壶阿朝难免会对小女与织介先生同乘人力车返回一事起疑。他肯定会告诉嬷嬷。察觉事有蹊跷的嬷嬷会去问红姐和女佣友子，得到小女折回了医院的情报。但是，谎言马上就会被拆穿。这对嬷嬷来说易如反掌。小女就会被打上逃跑未遂的烙印。

对手是老板娘和嬷嬷，小女这次还混得过去吗？

十一月 × 日

居然会有这样的事……

小女该如何是好呢？

逃跑失败的第二天，送走织介先生之后，很想睡个回笼觉却怎么也睡不着。虽然睡眠时间比平时还要充足，果然还是害怕被传唤吧。

“到内室来一下！”

光是想着嬷嬷气势汹汹地站在面前的景象，就让小女非常不安。

要说不安，织介先生打算回去的时候，他好像跟嬷嬷说了什么。小女倒不认为织介先生会透露小门发生的事。但是，为了帮助小女，他可能会说出多余的话。

“在下与绯樱小姐相约，请她在小门处接我。”

织介先生未谙花街风俗和规矩，如果只按自己的常识编出谎言，瞬间便会被嬷嬷识破，反而会被套出真相。就算织介先生有意庇护小女，在嬷嬷巧妙的诱导之下，不知不觉就会露出马脚。他们两人对话的场景，增添了小女内心的不安。

吃罢早饭，不出所料，嬷嬷果然来传唤小女去内室。

“有什么事？”

小女打算先探探虚实，假装不知情的样子问嬷嬷。

“你过来就知道了。”

不过，完全读不出嬷嬷脸上的表情。没办法了，只能鼓起勇气，跟在嬷嬷后面。

“打搅了。”

拉开纸门，老板娘已在里面等候，奇怪的氛围充斥着整个房间。

“有几句话要说，去那里坐下吧。”

小女随嬷嬷一起落座的同时，眼神瞥向了老板娘，想要试着从她脸上读出什么，不过依然没用。但是，既来之则安之，放马过来吧。

死咬织介先生的说法，就说是去接他。即便织介先生跟嬷嬷说的内容不是这样，小女也要坚挺到底，其他一概不知。除此之外没有其他的路能走。

小女端正姿势坐好，眼神直视着老板娘。现在可不能表现出胆怯。目前形势对小女极为不利，但至少气场上不能输。

不过，首先开口的是嬷嬷。

“昨天傍晚，飞白屋的大少爷让你去小门接他，有这回事吧。”

“……是，有的。”

小女本以为老板娘会亲自盘问，刚摆出了接招的架势，意料之外的攻击反而增加了小女的焦虑。

“既然如此，那为什么不事先跟我汇报？”

“……忘了。”

“忘了？这可是跟客人之间的重要约定。”

“……是的。”

“你说忘了这个约定，那是从医院回来的路上想起来的？”

“没错。”

“你不是跟红千鸟和友子说，因为担心月影才返回医院的吗？”

形势急转直下，比预计得要快很多。不过，小女马上发声辩驳：

“不是，折回医院的途中才想起来的。”

“是吗？”

嬷嬷像是看穿一切地附和一声。

“折回医院的途中，无意间看到了小门，猛地就想起了与飞白屋家少爷的约定。”

“是吗？”

“然后呢，就想着要不要给月影姐叫辆人力车，所以就靠近了人力车屋……”

昨晚织介先生教小女的理由，如今可算用上了。

“是啊。”

嬷嬷还在附和。自己听得出来嬷嬷没能相信，索性也就不再继续说话。

“你们是什么时候约好的？”

这次轮到老板娘发问。

“上次点名小女的时候。”

“要是那天约定的话，时间可够久了。”

嬷嬷不失时机地插上一句。她对织介先生光顾的日子简直是了如指掌。

“飞白屋家的少爷并不常来。”

“是啊。但是，你们约定的那天可是医院的例检之日，这个总该知道吧。当日很有可能通不过医生的检查，你们还选了那一天吗？”

“忘……忘了。”

“哦，又忘了啊。”

“而且，时间是飞白屋家的少爷定的，并非小女。”

“是啊，是这样啊，竟然会忘记跟客人的约定，这可不像绯樱的作风，嬷嬷很是意外啊。”

“没能跟嬷嬷打招呼，是小女的错。说起来客人提前预定好下次来的日期，花魁不可以去外面接客的吗？”

也许能够混过这次审判也说不定呢。虽说勉强，起码到目前为止小女都是对答如流。

“当然，出迎是完全可以的，而且从来不接受客人预约的绯樱，竟然有所转变，嬷嬷也很开心。”

满脸笑意的嬷嬷话锋一转。

“可是那么重要的事，你却忘得一干二净，实在是不可思议。而且，又是约在医院例检的日子。怎么看都是很容易记住的日子，按理说不可能轻易忘记吧？”

“但……但是……”

再说忘了她们也不会信。刚进来时候的气焰，在嬷嬷有如滔天巨浪的攻势下，逐渐熄灭。

“飞白屋家的少爷，送你们回来的车夫，还有小门看守，我已经跟他们了解过了。”

嬷嬷像是要做出最后宣判一样说道：

“绯樱，你所说的一切，到底还是无法说服我们！”

嬷嬷刚才那句话接着引出了老板娘的话，内室突然安静下来。

小女不知不觉地低下头。也许这时该抬起头来对视她们，却怎么也做不到。心里焦急地寻找反驳的语句，可是始终想不到借口。这样下去，自己逃跑未遂的罪名就要落实。完了，一切全都完了，小女已然束手无策。

“绯樱！”

老板娘叫到小女的名字，只得再次抬起头来。

“你既然干出了这样的事，已经知道会是什么后果了吧？你已经做好觉悟了吧？”

“小……小女做了什么？”

到了这个关头，自己居然还能继续装傻。

“喔，你这孩子真是不见棺材不落泪。”

老板娘流露出愤怒与吃惊的表情。

“这孩子跟通小町不一样，顽固得很。”

嬷嬷如此回应，接着说出了小女心底最害怕的话。

“果然，还是早点送走这个麻烦比较好。”

“哎，都培养成这样了，有点可惜。”

“这部分就让对方用钱来补偿吧？”

“说得也是。”

她们两个在说什么，小女的不安情绪愈加强烈。难道要让小女跳槽，但是不是有点突然？还是杀鸡儆猴，要将小女赶去其他地方。难道，要将小女扔到末无下楼町？

“绯樱，有人要为你赎身。”

小女以为是自己听错了，忽地脑袋里乱作一团。

“赎身……是什么？”

“笨蛋啊！赎身不懂吗？”

在嬷嬷的怒斥下，终于想起还有“赎身”这个词汇，不过还是满头雾水。

“小女……吗？”

“对啊，就是你。”

“谁会为小女赎身？”

“你是笨蛋吗？这不明摆着是飞白屋家的少爷啊！”

被嬷嬷吼了一句，小女往后歪了一下。当然不是因为嬷嬷的声波冲击力，而是对那番话实在过于震撼。

“骗……骗人。”

“我跟你可不一样，骗你有什么好处？不过还没有正式提出申请，他早上回去的时候刚跟我说的。”

织介先生找嬷嬷说的是这事。

“只是谈了一下，金瓶梅楼也不一定会接受。”

嬷嬷瞪大眼睛，怒视小女。

“对付你这刁蛮的丫头够费劲了。我也跟老板娘商量过了，就等对方提出申请吧。”

“要是小女拒绝的话……”

随意脱口而出的一句话，没有什么其他意思。嬷嬷两眼圆睁，唾沫横飞地大骂起来。

“你以为你是个什么东西！有资格拒绝吗！你这不知好歹的玩意儿，要不是飞白屋家的少爷要你，你现在早就被打得奄奄一息了，你自己不知道吗！还敢拒绝，那你打算怎么收场？”

小女浑身颤抖，摇头乞怜，脑袋像拨浪鼓一样摇个不停。

“你现在应该好好祈祷吧，希望那位少爷不要变卦。”

接着，嬷嬷又恨恨地说道：

“如果，三天之内没有收到正式申请，你就做好准备干一辈子，弥补你没干成的好事吧。”

“这几天给我老实点儿。”

最后以老板娘的警告，结束了这次大起大落的传唤。

回到房间，小女根本无心午睡，脑中不断地回想起织介先生。他竟然要为小女赎身，是真的吧。还是因为逃跑未遂的事，他想帮助小女，随便说说而已。

要是后者，反倒会害苦小女，即便现在能逃过一劫，也不过稍微将惩罚和罚款延期而已。如果赎身的事没有成功，小女受到的责罚可能会更加严厉。

若是前者……但是，怎么可能会有这种事？怎么可能会有愿意迎娶青楼女的客人？而且他又没有妻室，无须纳个小妾。当然，迎娶花魁当正妻的事也听过几次，但是，怎么可能降临在小女头上呢？

这苦闷的烦恼仿佛将小女扔进了活地狱。如果说花街是地狱，那现在就是处于炼狱之中。徘徊在希望与绝望之间痛苦挣扎，心情怎么可能平复下来？想到像这样的状态还要持续三天，小女就快要疯掉了。

然而就在这天下午，自己就从痛苦中解脱出来。有位自称是飞白屋隐退老爷代理的人，向金瓶梅楼正式提出赎身的申请。

“对方说想在月末过来迎娶绯樱。”

再次被叫到内室，满面春风的老板娘向小女如此告知。

“你啊，世上没有比你运气再好的人啦。”

嬷嬷也是满脸堆笑。

“才当了七个多月的花魁，就遇见了贵人为你赎身，你可太走运了。”

看到她们显露出与上午相反的贪婪姿态，就知道飞白屋出了巨资为小女赎身。自己那股别扭的劲头儿又上来了。

“知道了，那小女就考虑一下吧。”

老板娘和嬷嬷听了这话，目瞪口呆，不敢相信。

“你疯了吧，说什么傻话呢！”

“听好了，绯樱，这种机会可没有下次了。”

“你敢拒绝试试，你知不知道自己有多少债务，还要还上多少年？”

“你以后只能更拼命地工作，接客到死。”

“飞白屋家的少爷家世清白，性格又好，有什么不满意的。我们也能安心地送你过去。”

“你可别身在福中不知福。干了这行那么久，这么好的赎身条件，还是第一次碰到。”

两人你一言我一语地说个不停。两人现在的样子，差点让小女笑出声了。

“想明白了。”

但是，小女还是摆出强硬的姿态。

“是吗？想明白了吗？”

“哦，太好了。”

“你们二位讲的小女听明白了。不过还是要认真地考虑一下。”

就在说出口的瞬间，她们的表情又阴沉下来。

“小女出去了。”

行了一礼，退出去的时候，看到那两个人面面相觑。

这种试图抵抗的渺小复仇毫无用处，开心也仅仅持续到了房间。

老板娘和嬷嬷只是担心赎身的礼金和红包，她们不想错过这笔巨款。绯樱这个花魁只要能够换回钱就行，其他都不重要。可是，小女还要挂心以后的事。从小出生在乡下穷苦农家，然后又在花街生活了几年，现在嫁入做正经生意的大户人家，到底能不能适应呢？即便织介先生能够接受小女，他的亲戚和店里的人，也不一定会接纳小女。

就在各种烦恼涌上心头之时，小女已然在考虑赎身之后的事。虽然嘴硬说了一句“考虑一下”，其实，早就已经决定好了。但是，为什么会接受赎身呢？

因为可以光明正大地离开花街。

因为可以成为商人少爷的妻子。

因为织介先生是个好人吗？

坦率地说，第一点和第三点各占一半吧。无论如何，就算有机会离开花街，若是对赎身之人没有好感，小女可能也会断然拒绝。即便嬷嬷骂小女不识好歹，小女依然还是会拒绝。

那小女喜欢织介先生吗？只能说是不讨厌。仅仅是这样就接受赎身，真的好吗？自己也很烦恼。其实，小女知道自己只是想利用他离开这里。不过，虽然有点为自己开脱之嫌，以后没准会喜欢上织介先生。

夕阳西下，青楼与往常一样开张迎客。即使已经有人提出赎身申请，但也不能停下工作。只要还是花魁就得赚钱，老板娘和嬷嬷打得什么主意，小女非常清楚，无非是能接一个算一个吧。

但是，至少从这一天起，客户阶层变化很大。“水獭”和“色鬼”没了，个性稳重的客人有所增加。不用说这是嬷嬷的安排，但小女不认为她是因为体谅自己。织介先生大概是给她赏钱了吧，让她多多关照小女。拜她所赐，工作略微轻松一点。不过，至关重要的织介先生却始终没有现身，小女不免担心起来。

赎身的事不会是做梦吧，在虚幻中结束了？

忍不住地往最坏的方向考虑，这是来花街以后养成的坏习惯。要是不做最坏的打算，就无法应对期望落空时的巨大心理反差，受到的伤只会更大。虽然悲哀，但也是自我保护的不二法门。

小女再次坠入了那个活地狱。

十一月 × 日

正式提出赎身的一周之后，终于盼来了织介先生。

“本来打算早点来的……抱歉。”

要劝满脸堆笑殷勤过度的嬷嬷出去可不是容易的事。她刚离开，织介先生就低头向小女致歉。

“少爷不必在意。”

其实，小女有很多想跟织介先生说的话，然而却只是冷冷地回了一句，便没有再说出话。

“迎娶绯樱小姐之前，有各种各样的事要处理，因此晚了几天才来。”

“您说的是……”

小女非常在意这一点，赶紧追问下去。

“要你祖母和叔叔同意才行吧。”

“叔叔那边是这样没错……”

他的回答非常爽快，有种安心的感觉。

“祖母那边……”

小女更在意他家祖母的态度。

“嗯，祖母那边没问题。”

织介先生游刃有余地笑了起来，继续说道：

“从第一次说起绯樱小姐开始，祖母就很想见你。”

“怎么……可能……”

一时半会儿难以置信。仔细回想一下，织介先生好像是说过跟祖母提过小女的事。

“真的吗？”

“真的，说了很多绯樱小姐的事，祖母对你也是越来越感兴趣。

我以前跟你说过妹妹嫁给了外县的同业者吧。”

“是的。”

虽然还不知道织介先生要说什么，但仍然点了点头。

“绯樱小姐跟我妹妹有点像。你年龄比她要小，不过差得不多。”

“跟您这个哥哥不像吗？”

若长得像皮肤白皙、五官端正的织介先生，那必是美人无疑，长得像小女也没用啊。

“啊，不好意思，我说的不是外貌，而是性格。”

织介先生的回答令人意外。

“……您祖母说的吗？”

“我也很清楚啊。妹妹是那种会从婚约者家里离家出走，然后又被抓回来的人。她跟我不一样，行事风格刚毅果断。”

“喔……”

“决定婚事的是叔叔他们。因此，妹妹并不满意这桩婚事。但是，她知道祖母也想早点见她嫁人的样子，反正早晚都要嫁出去，那就随了他们吧……”

“哎，不情愿的啊。”

小女震惊之余，织介先生开始挠头。

“我这个妹妹是个不按常理出牌的人。我认为她就没有喜欢过男性，没想清楚就轻率地嫁出去了。”

小女突然担心起眼前的这位哥哥，不过他只是缺少异性体验。其他的几乎完全不同。

“她觉得祖母见证了自己出嫁，也还了叔叔他们的人情。对于夫家，也作为媳妇服侍了一年。所以觉得已经够了。”

“啊？”

估计织介先生的妹妹跟着喜欢的人私奔了，小女天马行空地放飞想象力。

“要是那样发展也是问题……不过可以理解。”

织介先生的苦笑之后，露出更加困惑的表情。

“祖母非常担心，生怕妹妹再做出同样的举动，下一次会不会离家出走再也不回来了。不过换个角度，她甚至觉得妹妹值得称赞。我的祖母有点奇特呢。”

“等，请等一下。”

织介先生的祖母，到底怎么看待绯樱这个花魁呢？小女很想知道答案。

也许是小女流露出了不安，织介先生忙不迭地说道：

“也许祖母是觉得你像妹妹，这句话没有恶意。大概是指女性特有的温柔体贴，遇到事情能够当机立断，祖母很欣赏你这一点。”

“这……”

小女正待否定，织介先生换回认真的表情，继续说道：

“其实这次赎身的事情，我第一个去商量的人正是祖母。”

“祖母怎么说呢？”

“祖母说如果我决心已定，而且已经做好终生守护你的觉悟，她会祝福我们的。”

小女一时无言以对，织介先生挠了挠头。

“不过，因为还要说服叔婶，所以花了一点时间……其实，我真的很想早点来见你。”

“他们同意了吗?

小女情不自禁地探出头来。

“嗯，最后祖母也对他们施加了一点压力，叔父他们也同意了。”

也许是见小女紧张的表情缓和下来，织介先生再次展露笑颜。但是，就在笑容映入眼瞳之际，小女再次感受到了不安。

“少爷您是什么时候想到要为小女赎身的？”

“这个嘛，大概第三次或是第四次来的时候。”

“为什么是小女？”

“因为……你是从小到大第一个能吸引我的女人。”

“可小女是花魁，是青楼里的人啊。”

“虽说若是在你成为花魁之前相遇就更好了。不过，也有可能会无缘相见。你在此间，而我来到此间，这才有了缘分。所以，我还要感谢你花魁的身份，我可没有任何偏见。”

“但、但是……”

“关键是祖母很中意你。哦，不。这样说有点奇怪。毕竟是我们两个之间的事。但我是祖母带大的，还是要尊重她老人家的意见。”

“祖母她老人家一次也没有见过小女呀。”

“是，这是重点。”

织介先生展现出非常少见的兴奋。

“尽管如此，祖母仍然对绯樱小姐十分中意。我只不过是跟她说了我们两人的聊天内容，仅仅只是这样。也就是说，祖母听过你的事后便认可了你，可是相当的厉害呢。”

"她一定是看走眼……"

话刚出口就后悔了，这么说对他祖母不敬，小女便不再继续往下说。

"祖母若是看走眼，也是她的责任。祖母应该会接纳你的。"

说完这话，织介先生有点戏谑地笑了。

"祖母的事放在一边，重要的是我与绯樱小姐见了好几次，想要娶你为妻。这样不行吗？"

"不，不是，没有……"

"太好了，那么，我会办好这件事的。"

"……好的，拜托您了。"

注意到的时候，小女正低着头行礼，听他讲完了赎身的事宜。

后来，老板娘和那位飞白屋隐退老爷的代理人商量好了日期，定在本月下旬的黄道吉日，讨论从金瓶梅楼进行迎娶新娘的仪式和礼金。当然，小女的债务也圆满地谈妥了。

也写了信寄回老家，很快就收到了母亲的回信。信里说全家人都非常高兴。尤其是奶奶，一直一边哭一边祭祖。不过，信里虽然没有写明，但父亲似乎已有转向织介先生借款的意图。这种死皮赖脸的索钱奴，小女绝对不会容忍，不过如今还不是考虑这些的时候。

"小樱，要幸福啊。"

总算又能接客的月影姐，像是喜事发生在她身上一样的开心。原本她激动起来就会落泪，现在更是泪如雨下。小女想起了信中的奶奶，也忍不住跟着哭了。

"你的话，一定可以成为贤妻良母。"

牡丹姐送来了祝福。贤妻良母先放在一边。不过早晚会当母亲的，小女不由得羞红了脸。

其他姐妹也送给小女很多祝福的话，当然，并不是所有人都是诚心实意。有人嘴上说“恭喜”，眼神却冷冷的。或是背地里说小女“好日子长不了”，或是抱怨“凭什么只有绯樱……”总之，台上和台下都在议论纷纷。

但是，也许这就是命吧。就像嬷嬷说的小女只当了七个月的花魁，就遇到了赎身的人。已经干了很多年，不知猴年马月才能还清债务的姐妹，她们又怎么会发自内心送上祝福？换个角度，若是小女处在她们的立场，一定也会羡慕和嫉妒。

终于可以逃脱这个地狱。小女当时有点得意忘形。不仅通过赎身这个合法的手段离开，而且对象还是织介先生那样诚实温柔的客人。人家还是大店铺的少爷，貌似没有比这更好的赎身条件。自己果然被幸福冲昏了头脑，结果放松了警惕。终于……

这天也是午饭过后，像平时一样正在午睡之际，突然，腹部传来一阵熟悉的剧痛。惊恐之下睁开眼睛，红姐那张愤怒扭曲的脸近在眼前。犹如鬼女般的表情，叉腿站立，双眼直视小女，恐怖至极……

糟糕！还没来得及反应，腹部又被狠狠地踢了一脚，小女立刻在被窝里缩成一团。

“你这个不要脸的小偷！”

第三脚、第四脚，这次又踢中了腰部。

“飞白屋的少爷，原本是我的客人！然后，你把他偷走了，居然还让他给你赎身！”

红姐一边发怒，一边不停地踢小女的腰部。

“他本来是我的熟客，赎身也是给我赎身！都是因为你碍事，到头来只有你得到好处！”

就算没有小女，织介先生也不可能跟红姐亲密的。退一步来说，即使织介先生成了她的熟客，又有谁能保证最后他会为红姐赎身？正在琢磨如何反击，又转念一想还是不要火上浇油得好。所以，小女只得默默忍受。

“婊子还想成为飞白屋那种大店铺的少奶奶？痴人说梦！”

说完这句，红姐没那么暴戾了。

“嫁人容易。问题是嫁过去之后呢？”

红千鸟将声音调低，换成鄙夷的语气接着说道：

“十二三岁从村里面出来，在花街上当见习花魁，然后正式沦为青楼女，出卖身体赚取男人的钱。你这种货色进了大户人家的门——不，就算是去普通人家，你能干点什么？饭都不会做吧？打扫呢？针线活呢？”

红姐的话触碰到了小女的痛处。比刚才腹部和腰部受的疼痛更加强烈，直插心底。

“也许开始还行。拥有一位小娇妻，少爷也会沉醉于你的美色之中。相处一段时间之后，就会嫌弃原本是青楼出身的你，而且你什么都不会做。直到忍无可忍就会……”

胸口的痛感愈加强烈。

“就会变得没有人庇护你。给青楼女赎身的男人，差不多都是力排众议，不顾周围人的反对。要是唯一的支持者不再宠爱你，你就只能落得被抛弃的下场。”

无话可说，无法争辩。红姐说得没有错。

“绯樱，你可能不知道吧。有很多离开花街的青楼女，她们后来改变了容貌和性格，无一例外地又回到了这里。不仅仅是被赎身的，被男人休掉的，还有很多期满离去的青楼女，最后都重归于此。即使不再从事以前的工作，也会在临近花街的地方开一家店，做跟青楼女有关的生意。”

红姐说完这句短暂地沉默一会儿，好像在等小女消化她的意思，给了小女充分的时间。

“你明白我的意思吗？到底明不明白？只要沦入这条花街，就绝对走不出去。赎身也好，契约做满也好，逃跑也好，用这些方式都能出去。但是，浸淫过花街这个染缸里的人，已经无法适应外面世界的艰辛。结果，发现自己只能在这里生存，从而，只得无可奈何地再次回来。”

小女的身体已经开始不自觉地哆嗦。

“你也一定是那样的，绝对会是那样。”

红姐的话就像咒语，在小女的脑中奔走。

“回到不知在何处的花街，再次沦落到青楼出卖身体。在姐妹们‘回娘家’的嘲笑声中，再次开始身心俱疲的工作。也许……你回去的地方是末无下楼町也说不准呢。”

红姐开心地笑了出来。

“绯樱，别以为只有你一个人能幸福……”

接下来就是彻底击溃小女的致命一击，已经逃不掉了。

“红千鸟？”

就在这时，传来了牡丹姐的声音。两人说了几句，然后传来了红姐急促地离开房间的脚步声。

“你没事吧？”

随着问候的话音传来，小女从被窝里探出头来，牡丹姐担心地站在那里。见到牡丹姐的瞬间，小女哭了出来。直到如今，小女都没有在姐妹面前哭过，此时却嚎啕大哭起来。

“她都跟你说了什么？”

牡丹姐在被褥旁坐下，温柔地安慰小女。但是，小女只顾着哭泣，话都不能好好说。牡丹姐没有催促，耐心等待小女开口。因此，虽然哭到哽咽，小女还是努力地讲了一遍。

“红千鸟的话是有点夸张，不过，也不完全是信口雌黄，随便说的。”

牡丹姐居然赞成了红姐一半的话。

“所以，绯樱，即使你嫁入飞白屋，也万万不可有半点骄纵。丈夫的事，他们家族的事、店内的事、都要重视起来，尽自己所能地帮助大家，做一个对别人有用的人。不要倦怠，这一点尤为重要。”

“嗯。我知道。”

小女哭着点点头，牡丹姐莞尔一笑。

“红千鸟的观点过于偏颇。说离开花街的一定都会回来，怎么可能？虽然有过不少回来的人，但是与花街彻底绝缘，在其他地方平稳生活的人也有很多啊。

“真，真的吗？”

小女似乎看到了希望。

“真的呀。赎身、契约做满、逃跑——这些不同经历的人，有很多都在花街之外活得很好。结婚生子，做生意，大家都过着自己的生活。”

牡丹姐端详了一会儿小女的表情，语重心长地说道：

“红千鸟有一点没说——只有被赎身的花魁才有的特征，就由我来告诉你吧。”

“什……什么？”

心脏紧张地跳个不停。牡丹姐绝对不会恶言相向。不过，小女对被赎身的花魁都有的特征这句话，充满了紧张的期待感。

“那就是她们都非常能吃苦。”

“啊……”

没能一下子理解这句话。不过，牡丹姐继续说了下去。

“沦落到花街的人，基本都出自乡下贫困的农家。因此，从小就体会过了辛劳。而且，大部分还是为了帮助家人被卖，为了亲人不辞辛劳地工作。这样的女人被娶进门，不只会对丈夫尽责，还会照顾好他的家人。夫家若是经商，同样也会照顾店里的帮工。当然，因人而异。但这也是男人愿意娶花魁的原因之一。”

原来如此……是这样啊，小女也这么认为。

“而且，绯樱，你才当了七个月的花魁，没有久经世故，没有沾染太多的青楼氛围也许是件好事。”

小女的心情有所恢复，变得稍稍愉悦几分。但是，又想起红姐所说的其他话，不安的情绪又复活了。

“但……但是……做饭、打扫，还有裁缝，小女什么都不会……”

“可以学啊。”

牡丹姐的表情非常温柔，语气却变得严厉起来。

“听说人家的祖母很中意你。这样的话，你就去向祖母请教，然后努力认真地去学！”

“……嗯，小女会试试看的。不，小女一定做到。”

眼看小女做出的决意，牡丹姐再次喜笑颜开。

“绯樱的话，一定会成为贤妻良母，这是我的真心话。”

经过牡丹姐的开导，小女被拯救了。但是红姐的危言耸听也并非白费。缺了任何一方都不行。正是因为听了两人的意见，小女才能认清从花魁变成妻子这种角色转换后的优势与不足。

离开花街从良，到底是怎么回事？终于，小女确确实实地理解了。

十一月 × 日

小女真是个笨蛋，十足的蠢货。

遭受了红千鸟那样的对待，竟然马上就原谅了她。而在事发之后，依然没有提高警惕。所以，漆田大吉说想要庆祝织介先生为小女赎身，小女稀里糊涂地就信了他。

“你都要成为飞白屋家的少奶奶了，直到现在我都不敢相信。不过呢，毕竟我也受过大少爷的关照，我要当面向绯樱小姐献上最诚挚的祝福。”

另外，嬷嬷也说让小女作陪，小女便从外送饭馆点了酒和菜肴，毫无兴致地款待漆田。

“不愧是大少爷，果然眼光很高。不仅仅是外表，绯樱小姐的内在他也很清楚。”

漆田称赞织介先生的期间，也没忘了劝小女喝酒。他自己却不怎么喝，只是一个劲儿地给小女倒酒。看到小女疑惑的表情，漆田笑呵呵地说：

“今晚是给绯樱小姐庆贺，可不能就我一个人喝个痛快。来，请喝，请喝。”

被这么一说，就无法断然拒绝。小女只得奉陪。

不过，一点都不开心。漆田说的话让人恶心。织介先生决定为小女赎身之后，他的用语明显变得恭敬一些。而另一方面，喜欢偷窥的怪癖却根本没有变化。所以，小女断定这个男人不可信任。

即使这样，他是今晚的客人，小女也只能陪伴。而且，他好像只想灌小女喝酒而已。不过小女也不能傻傻地任他摆布，所以，他倒入的酒只喝下半杯，剩下的都暗中倒进了装垃圾的壶里。

不可思议的是，为何醉意来得如此之快。这种情况从来没有过……正在疑惑之间，意识已经越来越模糊。

睁开眼睛的时候，小女正躺在被褥上。长款和服被卷起，露出下半身，有人压在自己的大腿上面。搞清状况的瞬间，也感觉到了剧烈疼痛。小女不由得跳了起来。

“喔哟哟哟……”

要不是漆田闪躲及时，差一点就撞到他了。

“唉哟，已经醒啦！”

“……干……什么？”

小女想问他在干什么？然而却无法完整地说出。

“没办法，只完成了一半，这事可为难我了。”

只见漆田的一只手上，握着捆好的一把针。手巾上渗满了血一样的东西，填饱墨汁的笔，冲鼻的酒精臭味……扫到被褥旁边摆放着的这些物品的瞬间，钻心的疼痛再次从大腿部传来。

仔细看去，大腿上有一部分已经变为了黑色，像是文字一样的东西。不，实际就是一个能读出来的汉字。

“那是我的名字。”

漆田很自豪地说道。

“我刺了大吉的‘吉’字，才入墨呢，字有点小，如果下面刺上‘命’字的话，这个纹身就完美了。”

“什，什么！你说什么？”

“把喜欢的男人的名字刻在自己的身体上，你也很开心吧。”

小女眼前一黑，如同瞎了一样，瞬间什么都看不见了。

“还有一半就弄好了，不过即使叫你老实点，你也不会听的。”

漆田苦笑一声，伸手拿起酒壶和酒杯，递了过来。

“喝吧，可以减少一点痛苦。”

“……你放了什么东西？”

小女马上反应过来，他在酒里面混入了让小女致睡的药物。所以，他才会那样一个劲儿地劝酒。

“真是个敏锐的女人。虽说在青楼里卖，你们倒也不是蠢货。”

只见漆田嘲笑般地直勾勾盯着小女。

“小女什么时候喜欢过你？”

“哎哟喂，可真绝情啊。”

漆田好像很开心的样子，突然又叹了口气。

“现在再说什么‘心里只有你一个人’也没有用呢！只要世间……不，只要那个飞白屋家的白痴少爷相信就完了。”

“织介先生……”

“哪个蠢货会花大钱给腿上刺着心上人名字的青楼女赎身呢？”

“这、这、这都是你擅自……”

“这只是你的片面之词。”

“不、不，嬷嬷也一定……”

“要请求援助了吗？要是花魁里有人跳出来给我作证呢？”

“什么！”

小女大为吃惊，不过马上就察觉到了。

“红姐！是红千鸟唆使你这么做的。”

“女人真是恐怖啊！”

漆田只说了一句，不过小女知道幕后的指使者就是红千鸟。

“不巧，即使这么做也没有用。织介先生到底相信你，还是红千鸟，还是小女？”

“这话没错。”

漆田认可地点点头，表情一转，换成了那副邪恶的笑容。

“可是啊，虽说你腿上的字小了一点，不过，还是明显能看出是‘吉’。人啊，只会相信自己看到的事物。无论怎么辩驳，这个‘吉’字都会决定一切。”

“不可能！”

小女一边怒吼，一边担惊受怕。因为他说的是世间的常理。

“可惜，可惜，只能拿到一半的谢礼。”

漆田发着牢骚，迅速地收拾好东西，丢下一句“既然出来卖就不要痴心妄想，你就在青楼里做一辈子吧！”

然后，他转身离开了房间。

这天晚上，小女拒绝了所有的客人。就算嬷嬷铁青着脸也无法让小女接客。大腿疼是一方面，更主要的是不能让别人发现大腿的纹身。甚至不能给嬷嬷看到，绝对不行。

“吉”原本是一个寓意好兆头的字，对现在的小女来说，却是招来不幸的忌讳符号。

十一月 × 日

次日天明，小女派人告知织介先生，有急事需面会相谈！

傍晚，织介先生来到金瓶梅楼。像往常一样交付留宿钱，嬷嬷一番殷勤之后，他落座在小女的房间。比起熟客进入熟悉的花魁房间，更像是刚刚结束旅途回家，在起居室里放松休息的样子。

但就在小女将纹身的事情告知织介先生以后，他的脸色突然大变。

“无论谁怎么说，我当然相信绯樱小姐。”

虽然嘴上这么说，可是当小女露出大腿上的“吉”字时，他很明显地有了波动。虽然小女认为有这样的反应实属正常，但不安感已经到达顶端。

结果，织介先生没有留宿，而是早早地回去了。

“我要赶紧告诉祖母，让她也知道一下。”

这么说倒也说得过去，不过也不难瞧出端倪。因为明天再回去汇报不也没差多少。小女已经有了预感，预感再也见不到织介先生了，沉重的心情直坠而下跌至谷底。

从玄关目送织介先生远去的背影时，暗自想到也许是最后一次见他，眼泪止不住地往下流。

十一月 × 日

傍晚，织介先生来了。

从昨天傍晚稍早时分送他远去，至今还没有过去一天的时间，却已恍如隔世。

织介先生从进楼就一直低着头。嬷嬷跟他说话的时候他也低着头，直到进入小女的房间，他依然没有抬头。

“对不起，请原谅我。”

然后，他依然低着头，更深地低下头去。

“没事……”

小女，只能这么回答。权当是一场短暂的梦吧。感谢你们让小女像世间普通的女子一样，体验一次出嫁的美梦。

“我实在太没用了……”

“没有，没有。”

织介先生因为沮丧而深深地低着头的样子，又勾起了心头的痛，小女不由得转过头去。

“谢谢你。”

小女又将视线移回到他的身上，双手抵在榻榻米上低头行礼。

“谢谢少爷，赐给小女这样的人一场幸福……”

但是，也不知织介先生听没听到小女说的什么。

“祖母骂了我一顿。”

“嗯？少爷，您说什么？”

“祖母训斥在下，你不相信绯樱小姐，还指望有谁会相信她！”

“啊！”

说到这里，他终于抬起头来。

“绯樱小姐还愿意嫁给不中用的我吗？”

此刻，小女除了一个劲地点头，再无他念。

十一月 × 日

明天，小女就将成为织介先生的新娘。

这篇日记也将在今日划上句号。

虽有犹豫，不过，小女还是决定将这本日记放置在此。

被称为绯樱的花魁到今天为止。

从明天起，小畠樱子将回归世间。

不，涅槃之后的小女——名叫飞白樱子。

1　花街的原文为游廓，“游”指游乐，“廓”指区域。日本以前的花街柳巷均为隔开的一片区域，游廓内除了青楼以外，还有各种商店、医院等配套设施。

2　华族是明治二年（1869年）授予以往的公爵和诸侯的族称。根据明治十七年（1884年）的《华族令》规定，分为公、侯、伯、子、男五爵。昭和二十二年（1947 年）废除。

3　盂兰盆节是节期在每年农历七月十五日的节日，也称盂兰盆会、中元节。需要注意，某种意义来说，中元节归属道教，盂兰盆节归属佛教，七月十五祭祖节归民间世俗。

4　此处是经日语训读后的文，《万叶集》第十六卷的原文是“虎尔乘　古屋”。正月即为一月。日本从元旦到 7 日为新年（松之内），15 日前后称小正月。

5　嬷嬷原文为“遣り手”，专职调教姑娘，也叫调教嬷嬷。

6　玄关三合土是指屋内地面为泥地的地方。

7　夹和服是有衬衣的和服总称。初秋至初春时穿。

8　原文是在教导日语中的敬语，中文没有这样的句式。

9　茶壶原文为“妓夫太郎”。门房原文为“立番”。

10　小厮原文为“仲どん”，相当于中国青楼的杂役和最下等的男仆。

11　法被是日本传统服装，通常在开祭典的时候穿。在衣领或背后印有字号或名字的半截式外褂。以前是日本武家的仆役的服饰。

12　化妆肚子原文为“ぽんぽん腹”。ぽんぽん是象声词“嘭嘭”的声音。文中多次提到“嘭嘭”拍在脸颊上化妆的声音，这里是优子要性子，随便取了一个名字。

13　狸子鼓腹是相传狸子在夜间模仿祭祀伴奏者打鼓，将自己的肚子当鼓打。文中是周作接下了优子的包袱。

14　叠，日本房间的计量单位，一叠等于 1.62 平方米。

15　高野指的就是便所。

16　印子钱是指每天收入的钱抵扣债务，直到最后还清债务。

17　涉纸是涂柿漆的黏合纸。结实，可以防水，多用作铺垫或包装纸。

18　鬼灯是酸浆果。初夏叶基开花，淡黄色。花谢后，内包有球形浆果并变红，长于山地，地下茎可入药。

19　盘龙参是淡红色螺旋状小花。

20　传言七十五天的原文是“人の噂も七十五日”，意味传言很快就会消失。

第二部 2

领家

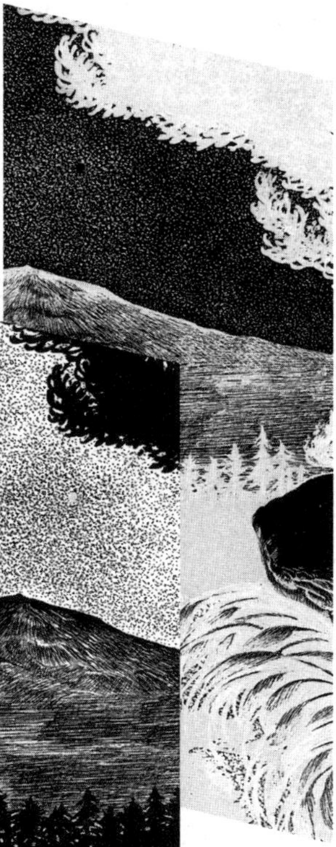

——半藤优子的叙述

没有一个人看她，没有一个人惦记她。

——《羊脂球》

一

说起来，这是“梅游记楼”和第二代绯樱小姐的事。那个年代，我们这些平民百姓都差点被那场可憎的战争吞没。

但是，在此之前，还是要简单说明一下这个桃苑的花街。为了避免混淆，我就称初代绯樱小姐为樱子吧，仅靠她的日记，还是无法全面了解整个花街的构成和制度。当然，刀城老师，我想您已经有所调查。

啊，这样啊？哦……这个嘛……您实在是厉害。您过谦了，老师，没有任何问题。

战前和战时，有不少父亲和老员工，都会带着没有经验的儿子和新员工到花街来吃花酒，花街上的人也都心照不宣，对于这样的客人，或是看上去没有经验的学生，鸨母通常会安排年龄较大、身材丰腴，如母亲般的花魁作陪。听起来有点大言不惭，不过帮助他们蜕变为男人，也是花街的职责所在。

当然，男人来花街玩也不都是为了初体验。一辈子没来过花街的人也是数不胜数。而且，那种情况已经是战前的事了，战后已经完全焕然一新。那种俗称为“赤线”[1]的特殊店铺，已是毫无风趣可言。因此，老师您大可不必感到羞耻……

您是要民俗采风？哦，就是取材，是吗？

是啊，想要了解不知道的世界，亲身投入其中，积累直观经验可能是最快的方法。可是，综合来看，我认为没有比花街更特殊的场所了。况且，就如同我刚才提到过的，即使去战后的赤线地区取材，也不会有太多的意义，对老师没有多大帮助。还有，就算以前那种花街得以保留，寻欢的男客们络绎不绝，还是有很多人不会去的，也不太好说……

不，我不觉得您是石部金吉[2]，而且您看起来也不像。恕我直言，我觉得您是属于那种非常认真、耿直的人。因此，就算您去花街和咖啡馆取材，也会不自觉地过分尊重青楼女和女招待[3]，收不到任何成果。

啊，抱歉。我的措辞有不当之处还请见谅，竟然擅自评论起了您这位了不起的人物，我给您赔礼道歉。

呵呵……

啊，抱歉。比起向您道歉的我，老师您貌似还更慌张，我实在有点忍俊不禁。

如果花街的客人，都是老师您这样的，花魁也不会那么辛苦了。

唉！说到樱子，我就忍不住地叹气。

又失礼了。我说起话来老是颠三倒四的，还请您不要见怪。

桃苑花街是 ×× 地方最大的花街区域。据说建造这条街道的时候，参考了东京的吉原花街。毕竟吉原拥有从江户时期就开始经营的悠久历史，各方面水准也与其他花街有着天壤之别，因此经常成为其他花街所效仿的样本。采用“花魁”这个原属于吉原的特殊称呼也是同样的理由。所以，桃苑花街充其量就是冒牌的吉原……

吉原和其他花街不同的地方在于三项特殊服务，也就是指青楼出租房间的服务、客人前往房间之前的茶水服务，以及派遣艺妓和帮间[4]到茶水间表演的服务。三种服务有各自的工会，另外还有统管三个工会的机构，叫作三业工会。吉原花街从最初就组织起了一个合理的庞大体系，尽量减少花街只是男人和花魁游玩的花街柳巷的印象。

到访吉原的客人，首先会到茶水间，叫上艺妓和帮闲，吃饭喝酒，消遣一会儿。酒足饭饱之后，再去青楼的房间，挑选花魁进行会面。但是，初次到访的客人有所不同，称为“初会”。虽然也可以去花魁的房间玩，但不可能巫山云雨。第二次叫“翻面”，基本跟第一次一样。第三次才叫“熟客”，就可以过夜了。但是青楼从来不接待生客，必须要有一位相熟的介绍人。

若在以前，也就是大名或富甲一方的客人，才能在花街上消费得起。而这些贵客们，只会光顾大规模的青楼，称为大店。然而进入大店之前，则要通过茶水间的介绍，吉原的规矩便是如此。所以，吉原花街可不只是找女人玩乐，而是要享受整套服务的地方。只有那些有钱又有闲情雅致的人才能享受，乃是当时人们所憧憬的至高娱乐。

青楼的规模不仅有大店，还有“张店”，也就是中店和小店。根据每家青楼养的花魁数量和品级，划分出三个等级。士农工商阶层的客人，消费不起大店，通常都是光顾中店或者小店。

所谓“张店”，是指青楼女坐在格子窗后，等候被客人点名的店。大正五年（1916年），基于人道和风纪的原因被废除，就改成了照片墙的形式。但照片也不能摆得过于明显，为了避免引发路上行人的注目，因此，店面的格子窗得以保留。

除了这三种店，其他的店都在齿黑沟的旁边，还有名为河岸店的青楼。所谓齿黑沟，就是围绕吉原挖的河渠的统称，目的是将吉原与外界完全隔绝。据说能有效地防止花魁逃跑，似乎还兼有围捕潜入吉原的犯罪者的功能。

河岸店位于齿黑沟边上，消费也是最低的。由此可见，吉原有着相当完善的体系。玩乐的人可以根据实际的身份与财力，选择相应的店家。

对了，继续说明之前，还要说下为何青楼现在称作租赁屋。

这些也是从书上学到的知识。明治五年（1872年），政府颁布了禁止人身买卖的条文“艺娼妓解放令”，但实际上只是有名无实，公娼并未完全废止。发布禁令倒是容易，可是却没有考虑对策。

刚发出公告的时候，大家都拍手叫好，认为可以回故乡了。据说还留下了她们争先恐后地跑出吉原大门的照片，足以说明当时反响有多大。但是，她们当初离开老家流落到花街，都有各自的理由。绝大部分是因为家中贫困主动签了卖身契，有些则是被卖进了青楼。那么，就算她们恢复了自由身还是没钱。解决不了根本问题的话，回到家乡又能怎样，还是没有容身之处。只会让她们更加抬不起头。

结果，很多人都没能回到老家，倒在街头，或是沦为私娼。由于私娼不断地涌现，政府只得划开吉原、新宿等五个地区为公娼区域。虽然只是形式上，不过毕竟发过解放通告，也不能再像以前那样。然后就发展成了她们向经营者租赁房间，自己招揽客人的方式。说来也是自欺欺人，以上便是青楼变为租赁屋的由来。

没错，“艺娼妓解放令”就是敷衍了事的面子工程，实际情况没有变化。

回到正题，三业工会的任务是主持和规范花街的经营，而且还会执行会计业务，虽然不是主要职能，三业工会要对花街的所有事情负责。三业工会的负责人称为“监督”，有权放逐在花街上惹是生非的人。据说是警察总监赋予的权限，夸张地说，吉原花街就像是一个小国家。

听说这样的组织体系，只存在于东京的吉原，以及福岛的白河花街。说是模仿，无非是形似而已。桃苑和吉原相比，无论是茶水间，还是从业人数、青楼数量都有很大差距。原因当然是客流量没那么大。而且就算模仿吉原，客人的阶层构成也不一样。桃苑可没有大名和富商，能尽情挥霍的通常是大渔船的渔夫们。

从 ×× 地驶来的大渔船进入 ×× 港后，渔夫们鱼贯而出冲入花街。他们刚从枯燥的船上生活中解放出来，而且兜里揣着大把的银子，因此，老师可以想象得到他们会怎么挥霍。带去茶水间坐坐，然后悠闲地享受显然是行不通的。

不过，经营者和船长这些上了年纪的人又有不同。年长的人会包下整个房间，然后热闹地喧闹一番，但是年轻的渔夫们还是会买下花魁，而且仅仅一晚就会花光他们整年的收入，也被称作“一夜买笑”。

所以，要是遇到刚有房间的花魁，就会央求这些“一夜买笑”的人添置完备的家具和器皿。有的客人第二年还会光顾这名花魁的房间。也有可能再无下文。在 ×× 海域遇到海上风暴失踪，或是罹患西班牙流感[5]身亡。若是还能听到客人的小道消息，可是好事。

没错，樱子不一样，她拜托了好几位客人，不过主要还是鸨母喜久代与客人交涉周旋的结果，家具才悉数凑齐。樱子是运气不好没碰到“一夜买笑”的情况，还是喜久代从中作梗，现在已经无从知晓。

当时桃苑有很多其他花街无法想象的有钱客人，而且客户阶层跟吉原也有很多不同之处。

我们的“金瓶梅楼”，不论是建筑规模、房间数量，还有花魁的数量和质量，绝对可以称得上是大店。因此，据说奶奶还是老板娘的时候，跟那些茶水间的关系就很密切，不过到了母亲这一代，关系也就淡了。而且客人的玩法也发生了变化，同时花魁轻而易举就能代替艺者。所以，听说花街上的青楼都会培训新人舞蹈、唱歌和弹三味线。如此一来，茶水间的功能逐渐就被青楼取代。

若是有吉原那样的三业工会，也许不会出现这样的现象，但在桃苑花街，眨眼的工夫便扩散开来。所以我才说是徒有其表的吉原。小地方的花街都是如此。有些茶水间和艺者屋勉强存活下来，不过是因为有少量客人仍是喜欢传统娱乐，而且传统娱乐的方式很适合接待应酬。

粗略地说，“花魁”是个统称。通常也会蔑称青楼女是“女郎”。在“江户四宿”[6]——品川、板桥、千住和内藤新宿的花街上工作的女性，被称为“宿场女郎”或者“饭盛女”[7]。而与这些侮辱性称呼相对的，便是吉原的“花魁”。

据说以前在吉原能被称为花魁的，就只有高级的青楼女。然而不知何时所有的青楼女都被称呼为“花魁”了，也彰显了吉原的与众不同。青楼女统称为“花魁”以后，为了便于区分就将最高级的花魁称为“太夫”。事实上，即使达不到太夫的级别，吉原大店的高级花魁，歌舞音乐，茶道、花道、书法和香道[8]样样精通，因为教养和艺能的差别，她们与“青楼女”已经有本质的不同。

相比之下，桃苑花街，不，吉原与部分花街以外的地方，青楼女即便叫作“花魁”，也没有那等的教养和艺能。首先是那类培训非常困难，更主要的还是客人不需要。我在书上读过，吉原的太夫和高级花魁的客人，除了当时的大名和富商，还有歌舞伎艺者和画师等捧场，俨然就是江户新文化的发源地。其他花街可就不敢奢求了。所以，同样是“青楼”，从最开始就完全不同。

事先声明，我绝无鄙视桃苑花街或在那里工作的花魁。为了帮助家人不惜出卖自己的灵魂和肉体，反而让我为她们骄傲。

但是，梦想还是要有的。即便是青楼里的人，也不想被看作是低贱的女郎，而是幻想成为高级花魁。桃苑花街也是一样的。即使她们知道只不过是心理安慰，花魁的称呼对她们来说就是心灵支柱。

开场白有些冗长了。但是还有很多尚未讲明的地方，我就先进入正题吧，随时再补充吧。

樱子嫁作人妻之后的第二年，日本侵华战争爆发。大概从这个时候开始，战争的阴影开始逐渐影响我们的生活……

“停止铺张浪费”“义务工作”“死守后方”，国家发布了各种公告，称为“国民精神总动员”。如此一来，花街本该是最先受到冲击的对象，然而，事实完全相反。因为再怎么说，军队是男人的集团。补充一个后来的事，当我得知日本在海外殖民地，居然最先建造花街的时候，我大概就理解了战争的本质。

我敢说战争期间，花街对社会的贡献绝对不小。比如说，缠绕在士兵腰间的千人针。

千人针是用漂白后的布按照腰围长度剪切好，对折以后，内侧用红色木棉线打出一千个结而成。不过，一个女性只能打上一个结。一千个女性才能制出一千个结，因此就灌注了千人份的祈祷，围在腰腹就可以刀枪不入。因此，每条千人针都要倚仗千位女性的协力。有男人出征的人家，家里的女性就会拿着护腰站在街头，拜托路过的女人帮忙制作千人针，但是非常耗费时间。

女性的聚集地——比如女子学校就经常会收到大量的千人针制作委托。花街也是一样。因为花街也是女性的聚集场所。

不仅是千人针，还有同样使用漂白布制成的慰问袋。袋子里装有干面包和水果糖、火柴、肥皂、铅笔、便签、信封、信纸等物品。而且，缝制方法也很特殊，从旁边拉开用线缝住口袋的红线头，就可以变成手帕。在花魁中，有很多人同情那些年纪轻轻就被派到战场上去的士兵。所以，她们比任何人都更认真地投入这项劳务工作。

但是，上一任老板娘的母亲却很厌恶。同样出生在明治年代的其他老板娘，经历过日清战争和日俄战争，就完全不排斥，唯独母亲非常厌恶。

不，该说比起厌恶战争，我认为她更讨厌士兵，而且痛恨那些高居官位、不可一世的士官们。

当时，军队是大主顾。而且，大人物出手更是阔绰。既然在花街上做生意，不能因为心存厌恶就闭门谢客。况且在那个时期，跟军队对着干会惹祸上身。

但是，母亲就是极其厌恶。虽然也忍耐了数年，不过，最终她还是忍无可忍了。

“从今往后，我不想再做那些品德败坏的士官的生意。”

她不顾场合地说出这样的话，喜久代经常安抚母亲，但她根本就听不进去。

“老板娘啊，您抱怨几句就算了，可不是随时都有这种赚大钱的机会。”

喜久代认准了母亲爱钱的性格，可这一次却无功而返。

“我们这里不是吉原，没有那样深厚的历史和规模，但我们同样能让客人尽兴而归。”

“士兵也是客人啊。”

“不，不一样的。我们金瓶梅楼的客人，大家花的都是自己赚来的钱，而他们这样的……”

“老板娘，赚钱不问出处啊。”

“就算一样是洒下汗水赚来的钱，那些不是靠自己的本事得来的钱，我不承认是好来的。而且，那些家伙依仗军队的势力……”

“等、老、老板娘，嘘，祸从口出啊！”

即使母亲是在内室说出的过激言论，却也吓得喜久代不知所措，经常向我投来求助的眼神。

是啊。如今回想起来，虽然是自己的母亲，但我那时才发现她是一个贯彻信念的人。花魁们暗地里都叫她“守财奴”“贪婪”“顽固”“吝啬鬼”“小气鬼”。但现在我能够理解，母亲非常清楚赚钱有多么不容易。

当然还有个原因，当时母亲的身体状况欠佳。她甚至说：“我啊，已经不想做了，楼关了吧。”

母亲的娘家过去也是经营青楼的。所以，知道夫家是同行之后就把她嫁了过来。在奶奶悉心地教导下，母亲继承了老板娘的位置。因此，对于金瓶梅楼的情感，她比任何人都要深厚。尽管如此，她居然说要停业，这让喜久代和我都慌张起来。

“老板娘，这也太突然了吧。太乱来了。还有那么多尚未完成契约的花魁，您打算怎么安排这些孩子？”

喜久代施以劝导的语气说道，不过，母亲根本不为所动。

“欠店里的钱，一笔勾销好了。然后，要么移籍，要么回乡，随她们去吧……”

“唔……这……”

喜久代发出惊叹后，一时语塞。母亲脸上则是若无其事、事不关己的表情，这个场景给我留下了很深的印象。

母亲很在乎钱是没错。但是，只要是她认定的场合，一定毫不吝惜。同样如果无望得手，就会果断放弃。没有当机立断的决策能力，根本无法胜任花街的老板娘。然而就在此刻，她的个性让事情往不好的方向发展了。

对于关店势在必行的母亲，以及拼死劝说母亲的喜久代仍在斗嘴……

“如果妈妈不想经营的话，那就由我来接手吧。”

自己意识到的瞬间，已经说出口了。其实，那个时候是怎样的心情，至今也还是想不明白，只能说有其母必有其女吧。

当我开始懂事的时候，跟父亲和哥哥三人一起生活在半藤家的别邸，家务全都交给女佣。这样的生活让我以为是理所当然的。虽然据哥哥周作所说，我们上小学前曾经跟父母住在金瓶梅楼的别馆一层，但我没有印象。对于平时不在家里，偶尔露脸的美丽女人，我理所当然地将她当作母亲看待，丝毫没有觉得奇怪。

在我能够走路之后，哥哥经常带着我去店里玩。母亲虽说不太愿意，但也不赶我们走，任凭我们待在店里。实际上，母亲根本无暇照顾我们。

花魁姐姐非常疼爱我们。而且，喜欢孩子的花魁也很多。本该从母亲那里得到的关爱，基本上都是姐姐们给的。所以，我就经常跑去店里。对于那时的我来说，金瓶梅楼充满了乐趣。这里是一个相当快乐的地方。

不久之后，我便进入普通小学[9]就读，随着升上高年级，背地里有人指手画脚地说我是“青楼女儿”，虽然我还年龄尚小，但也逐渐知道了那个意味。于是，我便尽量远离青楼。家里人也担心我被家业所累，专门送我去隔壁街道的小学就读。但是，无论哪里，到处都有拨弄是非的人。

但我绝没有讨厌花魁姐姐的想法。她们都是很温柔的好人，把我当作是自己的女儿或是年龄差距较大的妹妹来照顾和关心。但是，又长大了几岁之后，我渐渐明白了——那些温柔的姐姐时不时流露出的空虚表情的背后意味着什么。只要稍微懂得她们的痛苦，我就痛苦万分。儿时的回忆越快乐，越是想到花魁隐藏在背后的悲哀，情绪也会随之跌入谷底。

当我进入女子学校以后，又开始出入青楼。随着对花街的理解加深，我意识到自己不能总是逃避青楼老板娘女儿的身份。那时可能是因为自己太年轻了，没能顾虑到周围的情况。

即使我又去那里玩了，姐姐们也不会像以前那样欢迎我。当然，花魁的成员已经发生了变化，不过，还是有些熟悉的姐姐没有离开。

可是，大家的反应却很古怪。是因为我不再是可爱的小孩子吗？起初我是这么想的，不久之后，我就发现自己错得离谱。

当时的我正值妙龄，估计让她们回想起了自己被卖到花街上的时候，或是她们作为花魁开始接客的不堪往事。

从那以后，我就算去店里也只是待在别馆一层。我跟抱持同样想法的哥哥只是去别馆打发时间。大概就在那个时候，我终于知道了花魁的工作。

哥哥嘛，嗯……毕竟是个男的，对于经营青楼的家业，肯定也有不同于我的痛苦。

不，我们兄妹没有谈论过这个话题。但是，哥哥和我都难免受到影响。

如同樱子的日记中所说，哥哥想成为老师。但至亲是青楼的经营者，不可能做到的吧。其实父亲年轻的时候，也有相同的想法，而且还定下了目标，最后只得含泪放弃，这让我深切地体会到经营青楼是何等的罪孽深重。

我吗？我十九岁就嫁人了。家里人觉得我是青楼之女，绝非良家，还是早点嫁人的好。母亲强硬地帮我决定了婚事。对方是餐馆的三男，说他将来会自己开店，我以后就是餐馆的老板娘。

嗯，是的，对方知道我家的生意，是在知情的情况下娶我进门的，可是婚后我不仅受到公婆的轻视，就连他家的亲戚都在背后指指点点，信口开河地妄议我的家业、出身、环境什么的，所以一年之后我就离婚回了娘家。

果敢的性格果然是遗传自母亲吧。

所以——嗯，总算说到关键了。我对于金瓶梅楼是有感情的。因此，母亲提出要停业的时候，我才会表示想要继承。当时我离婚已经两年，年满二十二岁了，这大概也推动了我的决断吧。

母亲非常开心，比我嫁人的时候更为喜悦，当场就拍板决定好了今后的所有安排。

哥哥大学毕业之后没有就业，而是选择去给家庭富裕的子弟做家教。他从小就体弱多病，征兵体检结果为二乙等，不需要服兵役。取得甲等资格的男子，为国家奉献生命是社会风潮。哥哥当时的处境可想而知……

母亲却很开心，直说哥哥幸运。她委任哥哥“监督”职责，处理金瓶梅楼的一切对外事务。这个头衔也是借鉴了吉原吧。

意外的是，对于母亲单方面的决定，哥哥居然爽快地答应了。受到家业拖累无法当上教师的哥哥，比我对金瓶梅楼的感情更为复杂。所以，我觉得非常不可思议。

话说回来，多亏了哥哥的协助，继承了金瓶梅楼的我，才能集中力量处理内务。若是没有哥哥相助，没有任何经验的老板娘很难做到内外兼顾。

如此一来，我住进了本馆的内室，“监督”哥哥则在别馆一层办公，各自安排好工作的场地，我们继续经营起了青楼生意。

当然，仅有我们两人怎么可能撑得起青楼？表面上已经隐退的母亲，仍在幕后辅佐我们，加上喜久代也帮了大忙。受到经验丰富的两位老手的指导，我和哥哥才能勉强胜任“老板娘”和“监督”的工作。

别邸的父亲听到我的决定，似乎极其惊讶，不过，他既没反对也没赞成。

“老板娘换代的话，楼的名字也该起一个新的。”

说着，他便从砚盒里取出砚台，开始缓缓地磨墨。金瓶梅楼似乎也是在母亲接手之际，由父亲命名的。

老师您肯定知道，不必过多解释。金瓶梅楼的名字取自于中国古代四大奇书之一的《金瓶梅》。这部作品围绕着富豪西门庆与他的六位夫人，还有其他女性展开的妖艳故事，想到书的内容，名字取得也是颇为巧妙。我想这次他也会取一个非常合适的名字，怀着给自己孩子取名的心情决定新的楼名。

但是，父亲为何总是拘泥于四大奇书[10]。说到这四本书，貌似也有很多说法。总之，父亲打算先排除《金瓶梅》，然后从《水浒传》《三国演义》《西游记》和《聊斋志异》里面找出一个新的名称。可是，它们都不适合做青楼的名字。而且，当时处于侵华战争期间，取一个中国作品的名字，搞不好会被当局盯上。

父亲却很固执，无论如何都要把书名穿插进去，于是挥墨而就“梅游记楼”四个字。他将《西游记》的“西”字拿掉，换上了“梅”字。

“优子，你知道吗？《金瓶梅》指的是西门庆的相好潘金莲、李瓶儿、庞春梅，从她们三个人的名字里，各取一个字构成了这本著作的名字。”

我点点头，父亲戏谑地笑着继续说道：

“还有啊，其实‘金’是指‘金钱’，‘瓶’是指‘酒’，而‘梅’则指‘色’。所以，作为青楼的名字，再适合不过了。”

父亲从来不干涉店内事务，只有给花魁命名这件事上另当别论。

绯樱、浮牡丹、月影、通小町、雏云、红千鸟、福寿等名字，都是父亲取的，全部来自梅花品种。想到“梅”字的隐喻，风雅致趣。因此，他才会保留“梅”字，同《西游记》进行组合。当然说是黔驴技穷也行，我还是很佩服他的。

梅游记楼——

由我担任老板娘的楼名，就这么决定了，真的很不可思议。更换楼名、母亲隐退，以及就任老板娘的所有事，就这样毫无波澜地推动起来。如果继续沿用“金瓶梅楼”这个名字，感觉不会有新的进展，然而随着新的名字诞生，原本停滞的一切全都焕然一新，当时我就是这样的感觉。

起名果然是门学问呢。因此，悔不该轻率地给新来的染子命名为“第二代绯樱”。

这个后边会提到的，巫妓雏云曾说过如下的话：

“继承绯樱这个名字，原本附在绯樱身上的不祥之物，也会传给第二代……”

然而，染子刚踏进梅游记楼，就发生了令人毛骨悚然的事。当时跟她在一起的我，也不免被吓得直打寒战。

二

我本来要说第二代绯樱的事，却绕了这么大一圈……

谢谢您，承蒙老师聆听，您这么说我就放心了。不过，要向局外人说明花街那些事，可是会没完没了。咱们就从染子小姐说起吧，随时补充。

梅游记楼开张期间，有很多的事需要筹备。看起来只是换个名字、老板娘更替而已，但也并非如此。无论内外，要处理的问题都堆积如山。

其中最重要的工作就是寻觅新的花魁。如今不同以往，从新人开始培育，过个几年才能接客的做法已经落伍，不如直接找一个能尽快开工的花魁。虽然有母亲和喜久代辅佐，但我还没有调教新人女孩的能力。

再说……根据当时的国家规定，年满十八岁才能接客。因此在吉原，未满十八岁的少女都是“下新”，负责打杂。但是，说来丢人，金瓶梅楼……不，整个桃苑花街，无论哪家青楼，花魁都是十五六岁就业。因此不管别人怎样，在梅游记楼，我要彻底废除这样的违法行为。

还有，当时日本面临的形势，也逼得花街不得不这么做。商店里的物资迅速减少，味噌、酱油、煤炭和火柴等都改为凭票制，就连大米也在统一分配额度。青楼的大家都没有养闲人的余力。不过花街受到军队的优待，比起普通家庭已经好上太多。尽管如此，母亲和喜久代都认为要招到能很快工作的花魁，这点我也感同身受。

从中介狭川先生那里收到了好几个人的资料，其中就有糸衫染子。从照片上看她容貌上佳，二十三岁的年纪，曾是大店家少奶奶的经历，几乎挑不出任何毛病。

这份资料包含了本人的照片和户籍抄本，还有经历、家族关系与目前状况。如果对方是未成年人，那么还要在这份资料中加入父母的承诺书。如果在吉原的话，他们会认真地询问当地警察，调查资料中记录的内容是否属实，桃苑花街当然不会大费周章。只要确认父母的承诺书，搞清户籍抄本是不是伪造的，就没有其他的事了。像染子那样的成年人，经过她本人同意进入花街的，更是万无一失。

顺便说句，狭川先生是母亲和喜久代非常信赖的中介。狭川先生的眼力非常出众，能够看穿卖身姑娘是否隐瞒恶疾。比如梦游症、癫痫病、偷盗癖，还有夜尿症等。但他对于这些少女和女性也不会视而不见，而是积极地寻找她们与青楼之间的解决方法，所以取得了双方的信赖。另外，他有中介人员很少有的谦虚品格，即便是去规模很小的青楼，他也会避开正门，从厨房后门或者内玄关进来。若是他介绍的人，肯定没有问题，让人非常放心。

话说我会想起樱子，并不是因为看到了染子的照片。在樱子出嫁的一年半以前，我们就没再见过面，况且她已经嫁出去五年有余，我已经记不清她的长相。不过我记得很清楚她嫁给了 ×× 县和服家的少爷。然后，我发现染子的资料中，夫家写着 ×× 地方的和服批发商糸衫家。脑中自然想到了樱子，怀念的思绪泛起心头，忍不住地脱口而出她的名字。当然，招致了什么样的后果当时还不知道。

“樱子……绯樱吗？”

喜久代起初莫名其妙地盯着我。我给她看了染子的资料，又解释了一番。

“哦啊！虽然地方不一样。夫家做的生意是一样的。”

她恍然大悟，又再度自信地端详起照片。

染子的娘家是某偏远村落的贫困农家，因缘际会下嫁给了 ×× 地方的和服批发商——糸衫家长男。但是，嫁过去的一年后，夫家生意就一落千丈。而她的娘家也从夫家借去大量金钱。长此以往，两家会玉石俱焚。而且，如果她没有嫁到夫家，可能早就沦落花街。因此，染子觉得现在卖身去帮助两家还为时未晚。以上内容，被轻描淡写地记录在履历资料中。

这并不是草率的决定，而是做好了觉悟。看到写在最后的文字，我对仅比我大一岁的染子，有了一种难以言喻的情感。

后来我才注意到，其实说出樱子名号的时候，我无意识中将自己与染子小姐重叠在了一起。青楼的女儿和贫农的女儿，分别嫁给了餐馆与和服商，结果一位从夫家逃走，另一位则是卖身救助两家人。我们两人走过的路截然不同，却让我不禁产生了某种特殊的感情。

因此，我决定见见她再说。

“叫作染子的这个人，没准是宝藏呢。”

送走中介狭川先生以后，喜久代在内室中说出了这句话，我就像自己受到称赞一般。

话说回来，无论她本人下定多大的决心，也不一定可以成为花魁。反而可能因为投入过度，导致悲惨的结果。不过，独具慧眼的喜久代只看照片和资料就认定是宝藏，再也没有比这更靠谱的。

但很快我就意识到了，她是基于鸨母的立场上做出的冷酷判断。

“喜久代觉得染子能行，是吗？”

“是，嗯，没错。”

喜久代不知为何有点心不在焉地回应。

“不只是因为她们的夫家做的生意相同，从某种角度来说，你不觉得她和绯樱有点相似？”

喜久代指着照片，多次向我寻求意见。

“怎么样？你和绯樱一起读过书吧。你对她的印象应该跟我们不一样。”

“都过去那么久了。再说，染子虽然也长着一张可爱的娃娃脸，不过，绯樱更加稚气一点。”

“是的，说得也是。”

姑且是得到了喜久代的认同。

“那个涉世不深的绯樱，嫁入商家以后是不是就会像染子这样呢？这么想来，照片上的容貌就差不多了吧？”

“嗯……说得也是。”

喜久代说得有理，我也不能否定。但我还是不知道喜久代想说什么。

“小姐也……啊，不，老板娘产生联想也很正常。”

说完，喜久代忽然切换回鸨母的表情，继续说道：

“我的意思是说绯樱以前的客人，会不会把染子误认为是已经出嫁的她又回来了？”

这话让我着实一惊。

“什……什么意思？”

“可以这么包装一下染子来吸引客人嘛。”

“可……可是……这种谎言……”

“不是你想得那样，那种谎言一下子就会被拆穿。”

喜久代满脸得意的笑容，缓缓地说出计划。

“让染子成为第二代绯樱。”

“啊……”

我还是没能明白，喜久代指着照片向我解释：

“这女人就算正常接客，也能做得很不错。但是，既然有料，没有不用的理由啊。”

“料……”

“是啊，夫家的生意一样，容貌相似。夫家的事是真的，至于是否像绯樱，那就交给客人自行判断。简单来讲，能够这样宣传就行。虽说是好几年前的事，桃源楼的红牌花魁赎身走了，他们就找来一个未经世事的女孩，让她承袭了第二代，结果大获成功。”

我终于明白了，但还是认为她的提议太荒唐了。

“年龄虚报两岁就完事了。”

“第二代绯樱，怎么可能……”

“绝对会引起轰动的。”

“对初代绯樱来说，是不是不太吉利？”

“那孩子在 ×× 县呢，怎么会知道呢？”

“但是，都是做和服生意的。要是传出什么流言……”

“往哪里传？糸衫家的媳妇沦落花街，他们藏着掖着还来不及呢。因此，就算同样是和服行业的，也没什么好担心的。”

“说虽如此，真的就可以这么做吗？”

喜久代察觉到我的口气略有责备的意思，眼光也变得锐利起来。

“恕我直言，像您这样年轻又没经验的老板娘，很容易被轻视。即便周作少爷负责外务，管事的老板娘可是优子小姐。而且，周作少爷对于花街的事务，也是一个外行。不过，少爷是个男人，比起抛头露面的老板娘，受到的压力要小很多。虽然也还是相当的辛苦。”

喜久代说中了我最担心的问题。

“说到轻视，不仅仅是外务。梅游记楼也是一样。就说那些有经验的花魁吧，她们该用什么态度对待前老板娘的女儿？以后怎么打交道？如今仍是捉摸不定。当然她们也不至于表面上跟你对着干。但也许在什么时候，可能就会跳出来戳你的脊梁骨。”

眼神锐利的喜久代说到这里，缓了一下。

“老板娘现在还没有建立起威信，其实对于双方来说都很麻烦。老板娘还是该趁现在抓住机会树立权威，比如采取能增加我们楼收益的措施。”

“推出第二代绯樱吗？”

“我想让她搬进别馆三层。”

感觉胸口紧了一下。这个时候的我，还不知道金瓶梅楼发生的那些怪奇事件的全貌。不过通小町跳楼自杀和月影的意外事故，我还是有所耳闻的。

“但是，那个染子会同意吗？”

当然，她还没有决定要不要来我们这里，即使她到梅游记楼工作了，也有可能拒绝承袭第二代的花名。

我说出来自己的担心，只见喜久代笑了。

“要是如此，那就再想办法吧。”

换作母亲也会这样做的吧。我强烈地感觉到了在青楼环境下生存的女性们，到底有多么的坚强。

啊，竟然沉浸在感伤中了，不好意思。

染子最终决定到我们楼工作。起初是因为中介狭川先生没说清楚，让她面有难色，她说自己其实并不想来桃苑花街。但她得知自己会承袭第二代绯樱，反而有点跃跃欲试，果然她们还是有缘分吧。

喜久代在听过之后，露出了钦佩之意。

“不愧是大户人家的少奶奶。就算行业不同，生意的门路都是相通的。”

虽然嘴上没说，但喜久代一定认为染子可以教我许多东西。但我没有生气。比起老板娘的立场，我更想亲近一下染子。

通过中介狭川先生，梅游记楼买下了染子。写在字据上的金额相当可观，不仅仅是因为我对染子的期待，也有支持她的心情。喜久代自然是不愿意，我不得已拿出老板娘的权限决定下来。

听说她的卖身钱全部经由狭川先生之手送至夫家。此时我才体会到了自己继承的家业到底有多残酷。那时还没熟悉花街的工作，每天都患得患失。

送给中介狭川先生的鱿鱼干——在花街上记为“守留女”，我跟喜久代商量之后，决定给他四条。这是花街历来的规矩。数量越多就表示老板越满意中介的姑娘。通常会给三条左右，很少有给五条的。若是染子的话，我想是不是能给五条？喜久代坚持给四条，我也没有反对。

要说为什么写成“守留女”，大概是指“长期留在花街上守护花街”的意思吧。世人逢喜事之时，都会用鱿鱼干作为贺礼，花街上有新的女孩进来，对青楼而言也是喜事吧？

我还听过一种说法。该说是恶毒还是讥讽呢？说在青楼做得久了，女人味就会流失殆尽，最后就像鱿鱼干那样。

是的，立场不同看法也就不同。

狭川先生与喜久代的谈话还没结束，我就先带着染子去房间，给她安排了本馆二层最里面的房间。

走出内室，从正面楼梯走上二层，沿着走廊向里面走的时候，我被女佣安美叫住了。她说有事情找我，之前一直在等中介离开，见我和染子要上二层，赶紧从厨房追了上来。

谈论完菜单的事以后，安美与我在楼梯上道别，我回过头望向走廊的前方。

“啊！那边不能走哦。”

眼见染子正要拐向连廊转角，不自禁地叫住了她。

这条曾经连通本馆和别馆二层的走廊，几年前不知为何给堵上了，无法通行。虽然我决定在梅游记楼开业时再次打通，可是现在还没有通。我本来想告诉她这件事。

嗯，是的。那个时候，我还没读过樱子的日记，所以并不知道走廊为何会禁止通行。因此我叫住染子，也是极其自然的事情。

但是——

“啊……”

转过头来的染子惊呼一声，显得非常吃惊，脸色都发白了。

“啊？不能走？”

“是的，这条走廊堵上了，过不去的。”

“可……可是……”

说到一半，她就戛然而止。

“怎么了？”

我向她走近，发现染子的身体在不停地颤抖。

“到底怎么了？”

我继续追问，她像是很在意背后的样子。

“可是……”

又只是说了开头，她还在关注着背后，惶惶不安的样子。

“怎么了？有什么东西吗？”

我望向染子的身后，什么也没有啊。只有向内延伸的走廊，以及通往连廊的转角。

她的样子非比寻常。我们谈话之间，她已经返回到了走廊，站在我的身旁。

“到底怎么回事？能不能好好解释清楚？”

再次向她发问，而她只是回以怀疑的眼神，似乎觉得我有什么隐瞒着她。无可奈何，我也只能回视她。过了一会儿，她轻声细语地开口道：

“……我看到了。”

“看到什么？”

“有人从那个转角走过去……”

顺着染子的视线前方，正是连廊的转角。还没反应过来，身上就已经打起寒战。

“什么样的人啊？”

“背影，只是一晃而过……”

她的口吻好像知道什么一样。

“女人吗？”

“……像是。”

“穿什么衣服？”

“没看清……”

“感觉像什么？”

刹那的踌躇之后，染子开口说道：

“……花魁。”

我们两人走上二层的时候，已是日落时分。因为那天正值三月下旬的阴天，外面已经开始变得昏暗起来，但还不至于看不清屋里的人穿的衣物颜色和花纹。而且，染子的夫家就是和服批发商，她只需扫过一眼就能形容出来。

当时那个时段，梅游记楼的花魁全都挤在一层的化妆室，正忙着梳妆打扮，不太可能有人这么快就整装完毕。而且，无论是谁也不会去走不通的连廊。

“那个人穿着花魁的衣服吗？”

染子貌似没有自信，歪着头在思考。

“还是只穿着长衬衣服？”

她依然歪着头，没有自信地答道：

“我应该清楚地看到了……”

“但是我们楼的所有花魁都在化妆室啊。”

染子瞪大了眼睛。

“化妆室在一层吗？”

“差不多就在下面。”

她直勾勾地盯着地板。

“你先待在这里。”

说着，我慢慢地挪向连廊转角，当时非常惊恐不安，但是又不能表现出来。

只能暗自给自己打气——我可是这家店的老板娘，鼓起勇气，竭尽全力地迈开步子向前。

到了转角处，战战兢兢地向连廊窥视。就在连廊的正中位置竖着一块木板门，还被两根细长的木板钉上了“×”印记，完全被封住了。连廊左右有采光的窗户，也不是一片漆黑。所以，别说花魁，根本什么都没有。

“啊！”

从背后传来吸气的声音，我吓得转过身去，眼前是染子的那张苍白的脸。

“怎么了？”

“那个……怎么可能……”

她紧紧地凝视着封住连廊上的木板。

“走不通吗？”

“嗯，最近打算请工匠过来，拆了木板。”

“那……那么，刚才那个人……”

竟然穿过了无法通行的连廊。

“那个人在转弯之前，你见她经过走廊了吗？”

“老板娘被叫住的时候，我也回过头来。你们开始讨论菜单，我就又转了回去，然后就见有人转过去了……因为只有背影，就忍不住跟了上去……”

“那个人是正要转过去吗？”

“……是的。”

染子点头，脸上隐隐露出还好没有跟着过去的样子。

也就是说，那个疑似花魁的人物，不是比我们先到的，也不是从走廊的最深处走来的。如果从那里过来，我一定会注意到。那么，就是几秒前从连廊附近的某个房间里出来的。

但是，那个人在本馆二层的房间干什么？

花魁应该都在一层的化妆室，那个人到底是谁？

进入无法通过的连廊之后，那个人又消失去了哪里？

脑中瞬间浮现出三大疑问。就在我还没有展开思考之前，突然感觉有只冰冷的手触碰到了我的颈项，一股恶寒从背后传来……

等我反应过来，我与染子两个人面面相觑。即使她没有说，我也清楚她感受到了同样的疑问和恐怖。

已经忍耐不下去了，我下定决心走进连廊，动作迅速地打开窗户，俯视窗外。不过，正下方只有隔开本馆和别馆的围墙顶部，没有任何可以借力爬下去的支撑物。如果是猫的话，可以跳到围墙上面进行移动，但是人肯定做不到。何况还是花魁……

短暂的沉默在两人之间流逝。

“大概是我看错了吧。”

染子撤回前言，让我有点吃惊。

“可是……你说有个花魁转过去了，是吧？”

“呃，不，怎么说呢，我也不能肯定是不是花魁。”

“那你确实看到有人转过来了吧？”

“……我觉得是，但也有可能是看错了。”

她为何如今突然改口，我很奇怪。

“这里除了我们以外，没有任何人，怎么可能看错？”

“……很奇怪呢。”

“这也太……”

“……对不起，我可能是有点累了。”

谈话之间，我明白了她的顾虑。她今天是第一次造访，协商契约才刚谈妥，即将展开新的生活。染子是怕被奇怪的传言缠上吧。所以，虽说为时已晚，纵然牵强附会，她也坚持要说自己看错了。

察觉到了她的想法，我也就顺水推舟地不再过问。

“嗯，是的。看错的话，就没什么事了。”

我故意提高声音说道，然后带她去房间的途中，我们两人约好绝对不要告诉别人。

奇怪的是明明我们守口如瓶，染子遇到的可怕体验还是在梅游记楼中传开了。

三

染子在正式接客之前，喜久代对她严格地训练了十天，让她能够快点熟悉店内的生活起居和工作。

原本新人最少也需要一个月以上的训练才能开工。不过，梅游记楼开张在即，要尽快打出“第二代绯樱”的招牌，没有多余的时间。当然喜久代还有备选方案，如果染子没能受到客人的欢迎，她还有其他手段。幸好染子学得很快，就连喜久代都认为染子是她漫长的鸨母生涯中最聪明的一个，甚至创造了最快的接客记录。

“不愧是大户人家的少奶奶。虽然境遇差别很大，但我教她的东西很快就能学会。这孩子可是聪明得很。”

平日尖酸刻薄的喜久代竟然也会赞不绝口。

“但是啊……像这样什么都难不倒她，反而让我有点担心她会不会遭到其他人的嫉妒，受到欺负。”

喜久代甚至还说过这样的话，让我非常惊讶。随着她的年龄增长，性情也变得圆润了吗？还是说染子的才能就是那么突出？可能这两方面的因素都有吧。

“老板娘，这样提拔新人染子肯定会招致其他花魁的不满，还是未雨绸缪比较好。”

即便没有喜久代的提醒，我也早就有所担心。染子只是初入青楼的新人，仅仅十天就住进了别馆三层。以承继第二代绯樱之名大肆宣传，如此破格的待遇，即便再怎么解释，哪个打拼多年的花魁能接受？就算想出什么临时的应对之策也没太大的作用。

没错，染子入住了梅游记楼的贵宾室。在她见习期还未过半时，喜久代就决定全力推广她。起初她还在观望，不过很快就信誓旦旦地打包票说绝对没问题。

为了平息其他花魁的不满，我对店内的收支做了一次改革。虽然也不是什么了不起的举措，但是对花魁有着显而易见的影响，这次改革方案的发布也是为了减少大家对染子的关注。

即便如此，那阵子还是忙得热火朝天。梅游记楼开店之际，对外折冲全权交由哥哥周作负责，内务也有母亲和喜久代全力支持，但老板娘终归是我。店内大小事务都要我亲力亲为，那时候可是非常困难的。没有任何经验的二十二岁女子，握着至关重要的决策权。不，年轻就是潜力，我除了年轻也没其他优势，所以才能历尽艰辛渡过难关。那时的我可以说是倾尽一切。

尽管是那样的繁忙，有件事始终给我留下很深的印象。不是什么奇怪的事，却让我莫名地耿耿于怀。说起来也是因为这事，让我怀疑起染子是不是具有某种异能？

当时我带着染子在参观别馆三层。那间屋子就要成为她生活起居和工作的房间，突然让人家住进去可能比较唐突，不如让她事先熟悉一下环境。

但是，我们从本馆二层迈进连廊的时候，放置在中央位置的木板已经全部撤掉。就在接近连廊的时候，她变得不对劲起来。我以为她是联想到了上次的事件。不过，穿过连廊进入别馆以后，她的态度依然怪异。染子好像非常在意背后，频频地转过头去张望。

“怎么了？”

即使我这么问她，她也只是回答：

“没……没什么……”

她眼神慌张地回视前方，连忙摇头。但是过了一会儿，她又在意起背后的情况。染子好像害怕背后有什么东西会跟过来……

从别馆二层的走廊往店面方向走去，登上通往三楼的阶梯，染子的样子越发怪异。从进楼的那天起，她无论碰到什么事情都会从容应对，而这时候的她完全像变了个人。要是放到初次见面的时候，我一定会拒绝她，请中介先生带走她。她的反应就是如此夸张。

“哪里不舒服吗？”

我停下上楼的脚步问她。

“没什么……”

她只是有气无力地摇着头，保持沉默。

自告奋勇承接青楼以来，算上这次，我只去过三次别馆三层。我第一次进入那个房间的时候，一个人还挺害怕的……

不过，什么都没有发生。虽然没事，但那个房间的氛围叫人不舒服，像是笼罩着某种不祥的气息。也许只是通小町和月影事件造成的心理压力吧。

诱使花魁跳楼的房间……

站在那扇发生事件的窗前，脑中浮现出不吉利的语句。窗框上还写着“南无阿弥陀佛”。我吓得赶紧就往外面的楼梯上跑。所以第二次去我就叫上了喜久代。

如今，初次造访这个房间的战栗感再次涌上心头。我猜想染子是否也有相似的感觉？眼下即将进入的房间，曾经发生过两次花魁跳楼事故，我当然很清楚。染子她大概不知道吧。即便姐妹们告诉她，怕是也要在她住进这间贵宾室以后吧。欺负新人的话，说些灵异的事吓她更有效果。

我害怕是情理之中的事。但染子不一样啊，而且，她走进三层的房间之前，靠近本馆和别馆的二层通道时，她就已经是非常害怕的样子。到底是怎么回事？

在我困惑不解之际，有什么在脑中一闪而过。

难道这位染子与雏云的体质相似。

是的，没错。最早提出金瓶梅楼的别馆三层很恐怖的，正是那位巫妓。关于雏云口中的风闻，我早就有所耳闻。不过，我也是从哥哥周作那里听来的，就当作是花街上常有的怪谈吧。现在怎么可能当真？想到这里心里涌上了一股厌恶感。事到如今，也不能带着她掉头回去吧。

我无奈地登上三层，经过走廊，拉开房间的纸门。瞬间，我发现染子似乎在拼命忍住想要闭上眼睛的冲动。

我不禁踌躇起来还要不要进入房间。

“怎……怎么样？”

我原地杵在纸门的外面，厚着脸皮开始介绍房间。

“这房间还不错吧？”

“……嗯。”

“虽然被称为贵宾室，也不是说极尽奢华。上代老板娘在装修时，比较倾向于令人安心的内饰氛围。”

“嗯……嗯……”

“不过家具可都是高级货。”

“这样啊……”

即使我的话也不多，染子仍然逐一附和我。不过，她到底有没有听进去，就不得而知了。我注意到她大致扫视室内之后，便不断地望向那扇临楼的窗户。顺便说下，我第二次来的时候，贴在窗框上的“南无阿弥陀佛”就已经被涂掉了。估计是喜久代做的。

那扇窗户除了有花魁跳下去，还有什么吸引力，能让染子一直盯着？

介绍完毕以后，我觉得她一定不想住在里面，已经做好了心理准备，然后盘算着到时要让她说出理由。可是，人家没有拒绝入住，就这样过了一天又一天。

我不知道染子究竟感知到了什么，还是发现了什么？不过，无论如何我都要劝自己说没有事。就像前面所说，当时要处理的业务堆积如山。

终于，要迎来那一天了。金瓶梅楼时期的结束，梅游记楼时期正式开幕。染子作为第二代绯樱接客的日子近在眼前。

走出店面一看，比平时更加华丽的纸罩烛灯在屋檐下一字排开，写着“梅游记楼”四个大字的崭新招牌挂在楼上。其他青楼送来的礼花装点门面。格子窗里的花魁照片绽放着耀眼的魅力，瞬间就能吸引众人的视线。就像是诱蛾灯，引诱着宛如飞蛾的客人。就连身为女人的我，只是盯着妖艳闪耀的青楼，就有一种难以言喻的亢奋。

当天傍晚，在化妆室内整装完毕的花魁全部聚集到了神龛之前，我做了简短的致辞。除去仪式性的内容，我只有两点重要声明发表。

首先，外送餐馆的手续费和客人的打赏钱，原来通通归店里所有。从今往后，接待客人的花魁同样也有分成。另外，去医院看病的费用，本来是由花魁全额负担，今后我会考虑更恰当的方式。总之，梅游记楼的两条新措施，分别是增加花魁的分成，以及减少她们的负担。

关于这个改革方案，我找母亲和喜久代商量过，但是遭到两人强烈的反对。她们的理由是经营青楼远比想象中费钱，这样是无法经营下去的。其实我早有心理准备。于是，我把以前的账簿拿了出来，逐一作出反论。我甚至还给她们两人例举了具体数字，结论是账簿上体现出的较多盈余，返还一部分给花魁完全没有问题。

长期经营青楼的母亲当场就验算出了我的结果。但是直到最后，她都没有赞成。

喜久代则是旁敲侧击。

“要是惯坏了花魁就麻烦了。她们慢慢地就会得意忘形。严厉一些其实是对她们自己好。”

喜久代的经验之谈，大致上不会有错，我也相信她说的话没有错。

我身为青楼老板娘的女儿，不愁吃穿地活了二十二年。富足的生活却源自压榨花魁的血汗，她们用血汗赚来的钱养大了我，从我认清家业的那一刻，就在内心的深处想着什么时候才能报恩。所以，当我提出继承青楼的时候，最先考虑的就是花魁们的待遇。

母亲也许理解了我的决意。

“既然你是老板娘，无论如何都要将青楼经营下去。”

说完这句她便不再说什么。

“果然是母女啊。”

喜久代貌似有点佩服地低声念叨，苦笑起来。与母亲相比，我还是经验尚浅的老板娘。不过，只要保持着坚持到底的那股顽固劲儿，谁会说我们不像？

“话说回来，如果没有这种志气，可是做不了青楼老板娘的。”

在喜久代鞭策般地激励下，改革措施定了下来。母亲认为既然她已经隐退，由我决定就好。而喜久代虽然提出忠告，但她也认为还是交给新任老板娘全权处理为好。

这项改革公布以后，花魁欢呼雀跃，甚至爆发出声势浩大的欢呼声。

“比起前代老板娘，简直是天壤之别。”

“乌鸦窝里出凤凰了。”

“这样的话就要更努力了。”

叽叽喳喳的声音从各处传来。

“哼，收买人心吗？”

虽然也有负面的声音，也不过只是少数，基本上所有人都为这项改革欣喜。

我不失时机地又发表了承袭第二代绯樱的事。刚说出口就听到了不满的声音，不过，比我预想得要少很多，可以忽略不计。我的权宜之计成功了吧。

染子转眼间就成了人气很高的花魁。如同喜久代的预期一样，她赚到的钱完全不辜负三层贵宾室的规格。

她会受到士兵的欢迎，主要还是豪商家的少奶奶为了还债不惜卖身花街的设定的功劳。当然，其中也有客人的共同癖好的原因，比起那些技术出众的青楼女，这个人妻出身的普通女性更具吸引力。

但是，境遇相近的人妻，又何止染子一人？家庭支柱的丈夫被征召入伍，留下女人照顾夫家公婆和孩子，只能依靠女人维持生计的家庭，当时究竟有多少？然而谎称去朋友开的军工厂里赚钱，实则在花街上卖身的女性又有多少？

那些花魁面对士兵，根本不会主动寻欢，甚至连寒暄的招呼都不打，只是僵硬地躺在那里。逛惯了花街的老兵会觉得新鲜。但是尽管如此，仍是远远达不到染子受欢迎的程度。毕竟能够配上梅游记楼别馆三层的花魁，一定还有什么更加特别的东西，很多客人都是意欲探求而来。

染子表现出的未经世故，一言一行中的羞耻感，招待客人时的热情，这些矛盾形成的鲜明反差才是她受欢迎的真正理由。

“她在不经意间表现出了商家交流时的状态吧。”

喜久代是这样说的，染子成为摇钱树指日可待。

不过，令人困扰的是由于染子比预想中要火，招来了姐妹的羡慕和嫉妒。虽然喜久代已经严密监视众人，但过于偏袒染子反而激化了矛盾，这是非常棘手的难题。

不过染子似乎自己搞定了这个难题。无论是富商的客人、花街的士兵，还是嫉妒自己的姐妹，对染子来说没有区别。八面玲珑说的就是她这样的人吧。

没有听染子说过别馆三层的怪事。即便是有，因为忙碌可能也无暇顾及。

但是，她做了一件很奇妙的事。每到傍晚，不管太阳是否还高悬空中，她都会早早地将窗帘拉上，而且只拉那扇临楼的窗户的窗帘。其他的窗帘在夜幕降临之后才拉上，唯独西侧这扇，夕阳西下之前，绝对拉得严严实实。

消息最初是从士兵们那里听来的，然后传到了花魁们的耳朵里，不久之后就传遍了店里。貌似我是最后一个才知道的，还是女佣雪江暗地里告诉我的。

“老板娘，您知道吗？”

她在一层的走廊上突然发问，我也是满脸疑惑。然后，她跟我说了染子的秘密。过了一段时间，我还在想为什么是雪江来告诉我，当时只是觉得不可思议。

我回到内室就传唤来了喜久代。

“喜久代，关于染子那个古怪的习惯，你知道吧。”

听了这话，她罕见地顿了一下。

“……哦，好像是有这事。不过，都是传言而已。”

“有的花魁可不认为是传言，到底是什么意思？”

见我不依不饶地追问，喜久代认真地否定起来。

“雏云说的吗？这个巫妓嘴里的话，您可不能相信啊。”

我总觉得有哪里不对劲儿。店内无论发生什么，哪怕是再小的事情，老板娘都要掌握，喜久代也是这样说的。但关于窗帘的事情却是另当别论。身为鸨母，她肯定知道客人之间的传闻。更何况在花魁们之间也都传开了，那个时候，在全员都已知晓的情况下，身为老板娘的我更应该知道才是。

她在故意对我隐瞒。

我只能这么认为。可是喜久代为何要这么做？转念一想，我差点就喊出了声。

她是不是知道别馆三层怪谈的详细内容？

但是出于某种理由，她又不想让别人知道。

金瓶梅楼资格最老的人，不用说便是喜久代。若是店里隐藏着什么秘密，她不可能不知情。要说她比母亲还要清楚店里的情况，我也一点不惊讶。

眼下继续追问也不会有结果，我又不愿意轻易放弃。如果不是在连廊和别馆三层亲眼目睹染子眼神的奇怪反应，我也不会拘泥于这件事。既然她的目光里流露出来恐惧，我也不能置之不理。作为梅游记楼的老板娘，不，出于个人意愿，我也很想知道自己所继承的这家青楼，到底藏着怎样的秘密。

我也想过直接去问染子本人，不过，估计她也不清楚发生了什么，问了也是白问。她只是感知到了某些不好的东西，却不知道前因后果。如果我冒失地打草惊蛇，只会增加她的恐惧，还很有可能让她产生换房间的想法。作为老板娘可不能冒险。

我就等着医院的例行体检日。喜久代陪伴其他花魁出门，我抓到了与雏云独处的机会，然后将这位巫妓请进了内室。

“雏云，你听说过第二代绯樱傍晚便会早早地拉上窗帘的事吗？”

因为时间紧迫，我就直奔主题。

“这么说来，大家最近都在谈论……”

“她为什么会这么做？你有什么想法吗？”

“您是在问我？”

出乎意料的迟钝反应，让我不知该如何追问下去。我认为只要在两个人独处的情况下，稍加试探，她就会滔滔不绝地说起来。没想到对方口风很紧，让我颇感为难。

“那么作为巫妓，你知道什么吗？”

“老板娘要是这么问……”

雏云也困惑起来，她闪烁不定的眼神不时地瞄向我，像是强忍着想跟我说什么，又不敢说的矛盾心情，令我费解。

“嬷嬷去医院了吗？”

“嗯，陪花魁们去进行每个月的例行体检了。”

面对突然提问的雏云，我也自然地回了一句。话音刚落，我意识到她好像是担心谈话内容会传入喜久代的耳朵里。

“喜久代一时半会儿回不来的。”

“哦……”

雏云虽在附和，能看出还在犹豫。

“也许你觉得是不值一提的小事。作为梅游记楼的老板娘，我有权利掌握一切。”

“哦……”

再次回应以后，雏云开始试探性地发问：

“嬷嬷什么都没说吗？”

“嗯，什么都没……起初还是雪江告诉我的。”

“现在大家都知道了。”

“看样子我是最后一个知道的。”

这句一出，雏云明显有了反应。她的表情告诉我再使把劲，她就会把我想知道的说出来。

“我下面要说的话，你可别对任何人讲。我都没跟喜久代说。”

只见雏云猛地探出身来。

“事实上——”

于是，我把染子在连廊和别馆三层的怪异举止，一点不漏地全盘说出。我觉得如果我开诚布公地先说清楚，雏云一定会回应我的。

“差不多所有人都知道那个第二代绯樱遇到过这样的事了。”

然而，雏云如此轻描淡写地说着，着实让我一惊。顺带一提，花魁称染子是第二代绯樱。

“为什么？你们听谁说的？”

“老板娘，这种事是藏不住的，自然而然就会传播开来。”

面对追问的我，雏云却是一种理所当然的口吻。

“那么，不提这事。她在贵宾室里做出的奇怪举动，再加上我刚才说的不正常反应。我担心其中是有什么隐情？”

“这也难怪。”

雏云没有反驳我的说法，我就不失时机地继续追问下去：

“无论什么事，只要你知道的，可以告诉我吗？”

“哎，既然老板娘这么说——”

雏云的表情还是没什么变化，然而她却滔滔不绝地讲述起发生在金瓶梅楼的各种令人战栗的惊悚事件。

她曾经在那间贵宾室的正下方房间，目击过从窗外窥视室内，令人毛骨悚然的花魁脸。

其他花魁也说那间贵宾室正下方的房间十分阴冷。

以前有一位叫福寿的花魁，也在日落之前就要拉起那扇西面窗户的窗帘。

结局是福寿跳槽。

通小町从贵宾室的那扇窗户跳楼自尽。

初代绯樱差一点从同一扇窗户跳下。

月影在打掉“鬼孩子”之后，也是从那扇窗户纵身跳下，不过奇迹般地得救了。

有某些不知道正体的诡异之物从庭院里的暗小屋前往贵宾室。

听到一件接着一件的怪谈，内室的空气也变得越来越冷，我只觉得脊梁骨直冒寒气。

尤其是知道封堵本馆和别馆之间连廊的理由时，回忆起染子亲眼目睹的景象，我差点哆嗦成了一团。

不仅如此，原以为是放置杂物的庭院小屋，竟然是花魁怀上“地狱肚”之后堕胎的场所，更是犹如晴天霹雳一般。关于这事，无论是母亲还是喜久代，从没跟我提过半个字。

随着我的低语，雏云别过视线。

“这都是很久以前的事了。所以，前老板娘还有嬷嬷也觉得没有必要对您提起吧。”

很久以前吗？其实也就是几年前发生的事。我还以为自己对花街已经无所不知，此刻我才领悟到，我犯下了非常严重的错误。

但是，没有时间让我气馁。贵宾室该怎么处理？这个问题挡在我的眼前。

“求神祛灾，做场法事会不会好一点？”

我试着问她，雏云点点头却露出凝重的表情。

“倒是可以，但也不能突然就这么做。”

“为什么？”

“很快就会出现奇怪的流言。”

“但是，当时都发生了那么大的事，客人不还是络绎不绝吗？”

雏云猛地紧锁眉头，教诲般地说道：

“老板娘，这么说吧，青楼的客人喜欢凑热闹，跟在后面起哄的人居多。花魁逃跑、自杀、殉情、被杀……随便拿出一个就可以当成话题。比起赎身嫁人的喜事，越是煽情、猎奇的事件，越受欢迎。大家能够当作茶余饭后的谈资，还不是离不开前因后果。无论情节怎么凄惨，清楚全盘脉络之后，就会变成消遣娱乐。”

“娱乐吗？”

“要说这样的情况，可不只有花街如此。整个世间，只要事不关己，便可隔岸观火，把别人的悲剧当看喜剧消遣。”

虽然这话有一定的道理，但从情感上无法接受。不过，为了使谈话可以继续下去，我选择了沉默。

“要是哪个青楼没事突然请来神主或是和尚，在不知情的客人面前举行袪灾仪式，那就完了。因为客人们并不知道事情的前因后果，他们就会随意地往糟糕的方向去想。而且，短时间内传言就会在整条花街上传播开来。闹到那个程度，无论如何解释理由，也不会有人相信，本楼风评则会一落千丈，再也无法翻身。”

“要是对外公布店里有东西，需要做法事呢？”

“哪家店会做此地无银三百两的事啊？”

“可是……”

“其实在跳楼事件发生之后，马上找人作法也就是了。结果错过了那个最佳时机。”

“能不能拜托你呢？”

“啊……”

面对我的突发奇想，雏云似乎吃了一惊。

“如果巫妓能够暗中作法，外面也就不会传出奇怪的传言了。”

我还在窃喜之际，雏云却表情阴沉地摇了摇头。

“……办不到。”

“为什么？”

“我没有这样的力量……虽然我可以预知某事，或是感知到奇怪的东西，但要我作法祛除恶物，实在没有办法。”

“那么，到底……”

该如何是好呢？后半句话我硬是没说出来。结果，雏云再次试探性地问我：

“那事之后，第二代绯樱没说什么吗？”

“没啊，没说什么……”

“没有看到，或是感知到什么吗？”

“至少她没跟我说过。”

“那就是一切正常。”

雏云断定的口吻让我十分惊讶。她接着说：

“她没对老板娘说什么，是因为没有遭遇新的怪事。”

“为什么是我？”

“我们店里，唯一能让第二代绯樱敞开心扉的，就只有老板娘您了。”

雏云今天说出的话总是出人意料。

“……是这样吗？”

“即使我不是巫妓，这点还是看得出来。她不是从十四五岁的新人培养成的花魁，无法进入姐妹们的圈子。目前而言，她已经算是八面玲珑，但还是无法被姐妹接受吧。”

“浮牡丹也是吗？”

“她会尽量避开的。浮牡丹以前也是大户人家出身，很像第二代绯樱的夫家。能够勾起过去回忆的人，还是保持一些距离得好。远离红千鸟再正常不过，月影整天哭丧着脸，而我则会唤起她内心的恐惧……”

雏云逐一列举出花魁的名号，然后分析染子不抗拒接触的，只有涉世未深的新人。

“喜久代怎么样呢？”

“嬷嬷是鸨母，当然会照顾第二代绯樱。可是嬷嬷原来也是花魁出身，大店的前少奶奶通常接触不到。”

说到这里，雏云眨巴着眼睛，盯着我看。

“不过，老板娘虽说是前老板娘的女儿，其实也是没有经验的外行。所以第二代绯樱不会抗拒接触您。嬷嬷大概也是这么想的。”

我尝试努力地挖掘记忆，好像真如雏云所说。虽说交流的次数不多，不过染子跟我还比较聊得来。

“但是，窗帘的事……”

暂时相信了雏云的我，又想起了那件怪异的事，不由得精神一振。

“福寿曾见到过的窗外某物，染子可能也见到了，所以才会拉上窗帘的吧？”

“呃……”

雏云低声沉吟了好一会儿，接着说道：

“如同老板娘您察觉到的，第二代绯樱也许具有巫妓的体质。”

“你是说她感知到窗户那边有什么异常，才会在恐怖之物出现以前，迅速地拉上窗帘，是吗？”

“恐怕如您所说。不过，我认为她还不具备我那种程度的能力。”

认同我的说法之后，她又换成了那种不屑的态度，大概是巫妓自视甚高吧。

“只是……”

话锋一转，她转而露出一副担忧的表情。

“关于继承绯樱这个名字，曾经附身在那个绯樱身上的神秘不祥之物，也许会传到第二代绯樱身上去呢……”

“怎……怎么可能？”

“而且她还住在别馆三层的房间。老板娘，小心为上啊。”

“你的意思是染子有危险？”

不经意间，我说漏了第二代绯樱的真名。不过，雏云完全没有在意。

“如果，绯樱……初代绯樱没有被赎身，搬进那间贵宾室的话，恐怕早就随通小町而去了。”

“同样的事也会发生在染子身上？”

“也不是没有可能啊。但是相比初代绯樱，目前的她还处在刚刚踏进半步的阶段。所以，如果不再发生任何事情，第二代绯樱也没做什么多余的事，也许就会相安无事。”

“我明白了，我也会对染子提出一些忠告——”

“不，您最好不要刻意提起。她本人没有感知到什么异样，就这样静观其变最好。老板娘，您就别再……”

话说一半，雏云停了下来，做出了一个思考的动作。

“幽女……”

“啊？游女怎么了？”

“不是，在花街上玩乐的女人旧称‘游女’，其实就是“青楼女”

的另一种说法。而取幽灵的“幽”，加上“女”，写作“幽女”……我觉得店里被缠上的就是那种东西。”

雏云的眼神与其说是环视内室，不如说在扫视整座梅游记楼，实在是非常诡异。我甚至逐渐地能感觉到名为“幽女”的某物，正伫立在纸门外的走廊上，凝视我们，静静地偷听我们之间的对话。

“那么——”

我催促着她继续说下去，只见她一脸严肃地说：

“总之，老板娘万万不可刺激幽女，店内一切大小事务都要留意，但也不必做什么，当下顺其自然便可。不要去做多余的事，只要用心就不会有什么问题。”

“我会注意。”

我答应雏云的同时，也向自己许下坚定的誓言。然而数月之后，誓言就像薄纸片般被轻易地撕破了。

四

我心里想着要调查一下有关幽女的事情。

根据雏云的话进行推测，首先我觉得原因肯定出自庭院里的暗小屋。我知道询问喜久代会比较省事，但她一定会含糊其辞。问母亲也是一样。金瓶梅楼封印的黑暗记忆，恐怕就埋藏在那间小屋内……

不，莫非是更久远的事？金瓶梅楼的前身可以追溯到我祖母那代。听说从明治到大正时期，都是祖母经营的。不过更多的事就不知道了。毕竟祖母和母亲都没告诉过我。那么，在祖母经营的时期，莫非就已经埋下了“因缘”？

总地来说，除母亲和喜久代之外，店里资格最老的人也就是茶壶朝永和女佣安美了。但是，我不认为他们知道店里的秘密，就算他们知道，也绝不会轻易地说出口吧。母亲早就对他们下了封口令，即使面对我这个老板娘。不，他们对我更不能透露。

而且直接去问朝永或安美的举动，马上就会传到喜久代那里。对我唯一有利的是母亲和喜久代还不知道我现在的疑问。换句话说，我需要暗中调查，不要引起别人注意。

首先，我花了一点时间调查账房和内室的橱柜，以及整理柜、抽屉里的箱子。祖母和母亲对于店内的收支和账目都记录得清清楚楚，留下来好几册账簿。记录在册的财政支出，应该能看出不少线索。

啊？哦，民俗采访也是一样吗？毕竟经济活动对人类生活必不可少嘛。

但是调查工作迟迟无法推进，原因在于店里的生意忙到令人应接不暇。

到了一周的休息日，士兵们便会前仆后继地涌进花街。他们得到所属部队的外出许可后，提出入店申请，就握着避孕道具排起队。士兵们带来的避孕套，陆军命名为“突击一番”，海军则叫“铁兜”。与普通避孕套不同的地方不仅仅体现在名字上，此类避孕套的前端没有精液储精囊，用花街的话来说，称为“少爷”。

以前，年轻士兵之间突然染上梅毒，事态严重到惊扰了高层，于是就向战地派遣军医。调查之后，发现染上梅毒的多是处世未深的年轻人，他们不知如何使用避孕工具，说来也算是咎由自取。他们使用时没有给精液储精囊留有余地，而是将避孕套的前端部分硬生生地套上。结果，避孕套就会破裂，被带病的娼妓感染性病。为了防止此类事故发生，高层让工厂制作了“少爷”。从此以后，部队就只使用这一类的卫生避孕套。

哦哟，又扯远了。

情况就是这样，碰到他们的休息日，店里可是热闹非凡。就连平时负责泡茶的花魁，也因人手不足而大显身手。

“泡茶的花魁”是指没有客人点名而空闲的花魁。据说这个词来自于江户时期，太夫对奉行所[11]的服务。您知道啊？失敬！失敬！

对象是士兵们，非常不易。首先，只能收到平时一半的价格。当时所有花魁都认为这是在给国家奉献，毫无怨言，但从另一个侧面也反映出当时军队的权威之大。不过由于花钱少，所以时间也短，花魁的接客数暴增。结果比起平时，反而进账更多。因此，也有花魁专门在等这种机会，不停接客，店里忙得不可开交。

但是，也不能说没有困扰。对于经验老道的花魁也许是好事，不过，年轻的姑娘就有点无法承受。接待大量士兵的年轻花魁，事后肯定要去桃苑医院，我也想过让喜久代做些调整，但却非常难以拿捏……毕竟要是断了花魁的财路，势必会起冲突，所以当时相当困扰。

比起花魁们的辛劳，喜久代更是打起了十二分的精神警戒花魁与士兵之间产生感情。她对于普通客人也有同样的担心。花街上的女人与客人私奔，或者殉情什么的，无论如何都避免不了。所以，喜久代的担心也是理所当然，按她所言，士兵的危险性更高。

世人只要听到花魁或青楼女，已然形成玩弄男人骗取金钱的印象，认为是群性格险恶的女人。当然，这样的人肯定是有的，我不否认。然而，绝大多数花魁，即便到了半老徐娘的年龄，她们心中依然残留着纯真的感情。

当她们碰到了即将奔赴战场、也许不会活着归来的男人，有可能产生特别的感情。刚参军的士兵，面对军队严格艰辛的生活，应该会满腹牢骚而抱怨吧。他们可能脱口而出想念故乡、父母姐妹之类的话。如此一来，花魁从士兵那里萌生出了同病相怜的同理心，不是很自然的事吗？

事实上，我家店里就发生过。只是因为同乡，使用同种方言的理由，那个士兵就企图带着花魁逃跑或是殉情。虽然最后没能引发什么恶果，却让喜久代加强了戒备。

当时每片街区都有国防妇人会，组织名为“某某町国防妇人会”，她们从参加欢送出征士兵到迎接死者，都穿着白色围裙，手持小旗。花街上也有这样的组织。大家按顺序轮流参与，每家青楼需要派出三名花魁参与。

对于这些花魁组成的团体，花街外的良家妇人给她们取了诸如“花街食人会”“女郎街爱棒会”等侮辱性的外号。这些无谓的歧视对待，老师，您知道吗？

是啊，棒子历来就有那方面的意思。在我获悉这些歧视性的侮辱后，对于女性，不，对于人类的丑陋面目，感到十分的不快，甚至无比愤怒，她们根本不了解花魁。

此事屡次三番地发生以后，哪还有人愿意参加国防妇人会，青楼就被冲上了风口浪尖。因为是轮流制，就要派出规定的人数。要是人数不够或者没有人去，就会招来骂名，变得非常严重。但是，轮到哪家青楼的时候，那家店里的花魁准会以突然腹痛或其他疾病推辞，轮到谁谁就生病，着实让人头痛。

啊，我是说花魁对于士兵的心情，就像送至亲奔赴战场的母亲和姐姐，或是送别心爱之人那般。对年轻的士兵更是如此。而她们付出的感情也在精神层面上支撑着士兵。

“切不可战死沙场，我在这里等你。一定要活着回来。”

这些话拯救了多少士兵呢？当然，这话不仅仅是对某一个士兵说的，而是对几个人甚至几十个人都说了同样的话。

“女郎的真情，正方形的鸡蛋，有此两物，正月三十圆月出。”

这词出自《吉原雀》的长歌[12]。歌谣中提到花魁说的话没有真心诚意，大体上说得没错，不过，我相信与士兵的约定，一定是发自内心的。

呼……毕竟还是花街。要说“好玩”，有点不太恰当。不过在战时的青楼，流行着一些奇异的玩法。

就是花魁站着，士兵从花魁的双腿下面钻过去。是的，花魁不穿下衣，士兵在花魁胯下爬过来钻过去。要是身材矮小、腿短的花魁，就在两只脚下垫枕头，站在那个上面反正费点劲。据说这么做可以避开子弹，是从谁口中说出来的不得而知，只是当时在桃苑整条花街上甚是流行。

不仅是下级士兵，高阶官位的军官也会这么做。而且，其中还有些更特别的玩法。因此，这可以说是青楼独有的游戏之一。说到底就是给人壮胆。通过这种白痴一样的举动，缓解面对战争的恐惧心情。

花魁就是配合他们忘记恐惧。

花魁的体毛作为护身符很受欢迎。士兵会把花魁的体毛随身携带。体毛稀疏的花魁最受欢迎。“无毛”也就是“不会受伤”[13]，取双关语之意。千人针不也是这么回事吗？只不过换成了花魁的体毛而已。

又说得岔题了。

异于传统青楼的状况，已成常态。因此，我完全无暇顾及调查过去的资料。而且，染子也没向我再提怪事。我每天都沉浸在忙碌之中，也没去管调查的事，任凭光阴流逝。

梅游记楼开业约三个月的时候，时值六月，那天异常闷热。我和喜久代被母亲找去，时过晌午，我们便一起到了别邸。父亲和哥哥都不在，母亲那边还有一个不曾认识的孕妇。

“她叫登和，我读女校时的朋友的女儿——”

母亲的这句说明，以及接下来说的话大大出乎我的意料，令我大为吃惊。

就任青楼老板娘以来，不管是否出于本意，我经历了许多令我震惊的体验，就算碰到再怎么非比寻常的事，我都试着以花街的特殊性为由说服自己。但母亲说的却是名门望族的上流社会，有些让人难以置信。

登和肚子里所怀的不是丈夫的孩子。她的丈夫是帝国陆军士官，一年多以前已经远赴国外就任。

母亲明显是在绕弯，她有意不透露任何一个具体名字，语气平淡地说着。

喜久代面不改色，专心致志地听着。此事虽与我无关，我却显得狼狈不堪。我无法正面端视登和，却又忍不住窥视两眼，甚至不知道该往哪里看才好。

登和本人的表情也很怪异。她看上去并非无地自容，也不是破罐子破摔地满不在乎，而是强忍着抑制自己的情绪。

我之所以会诧异，是因为完全不理解要发生什么事情。我后来才明白过来，喜久代见到登和的瞬间，就已经猜到了母亲的企图。

但是，母亲马上就做出了说明。

“因为某些理由，我想让登和秘密地住在我们店里，直到平安生产。”

“啊？在梅游记楼……吗？”

“没错。”

“可……可是，为什么？”

我勉强地提出了质疑，因为我是梅游记楼的老板娘。

“我刚才已经说过理由了。”

但是，母亲却不为所动没有理睬。

“为了让登和安心地养胎，我们店里再合适不过。”

“那是当然。”

前面未发一声，但却了然于心的喜久代点着头，结束了这场谈话。

“你大可不必挂心，交给喜久代，绝对没有问题。”

母亲向登和说了这么一句话，就让喜久代领着她回店里去了。

“给您添麻烦了。”

登和在离开房间之前，向我深深地行了一礼，但她的态度显然表里不一。就像我们硬要照顾她似的，她迫不得已才勉强同意。

“到底是怎么回事？”

两人离开之后，我立刻追问母亲。

“为什么我们非要照顾那个人？”

“要说我与登和的母亲敏子，在女校时期也不是关系很要好的朋友。”

母亲的话前后矛盾了。我更是忙不迭地抗议起来。

“既然这样，为什么还要接纳关系一般的旧友的女儿？还有，她的母亲，那个敏子现在身在何处？”

“在你和喜久代过来之前，我请敏子回去了。”

“啊？这什么乱七八糟的——”

“我听了她的请求，便请她把登和交给我，也没必要让敏子继续丢人现眼吧。”

“丢脸……也是丢的她女儿的脸……”

母亲制止了我厉声爆发出来的声音。

“关系是不怎么近，不过话说回来，敏子没有嫌弃我们家是开青楼的，也没有任何歧视。她像是接触其他孩子一样，同我交流。”

我能想象母亲当时有多么的开心。因此，听完母亲这番言论，我什么也说不出口了。

“即使从女校毕业之后，我和敏子之间每年也会通过贺年卡进行交流。像这种关系的旧友突然跟我联系，请我救救她的女儿。她肯定已经走投无路了，你可以理解了吧？”

尽管无法反驳，但也无法接受。因此，我依然沉默不语。此时，母亲的眼神突然变得严厉起来。

“你也站在敏子的立场上想想！仅凭女校同窗的关系，联系没什么交情的朋友，忍气吞声、低头哈腰地拜托旧友照顾莫名其妙怀孕的女儿。对她来说，有多艰辛、难受？”

“难！难道！”

因为我突发的惊呼，母亲吓了一跳。

“干什么！突然大呼小叫的——”

“莫非你想让喜久代处理登和肚子里的孩子……”

我回想起雏云告诉我的暗小屋，被自己的想法吓了一跳。

“你有没有听我说的话？”

母亲也转为略带吃惊的表情问道。

“我开始不就说了？协助登和平安生产。”

她确实说过。

“况且堕胎也是违法的，即使我们家经营青楼生意，敏子也不可能求我这么做。”

听完这话，我是多想追问母亲：“那暗小屋是干什么的？”母亲一定会装作一无所知的样子，然后反过来追问我是从哪里听来的。

“安排登和住在别馆一层最里面的房间。那间的话，周作现在没有使用吧？”

母亲淡然地说着，好像什么事都没有发生过。

“而且我也是在那里生下周作的。讨个好兆头。”

还扯出了连我都不知道的过去。

“关于生产的事，交给喜久代没有问题。你要做的就是好好留意，不要让花魁和客人去打搅她。我原来还打算让你去陪她说说话，但可能会招来登和的嫌弃。她也做好心理准备了吧，所以，不要打扰她了。”

话已至此，还有一个非常重要的问题。

“肚子里孩子的父亲是谁？”

母亲先是沉默，然后凝视着我。这不是母亲面对女儿的眼神，而是前老板娘测定新老板娘人品的眼神。

“绝对不可对任何人说！”

“是……明白。”

虽然她是我的母亲，但威严的口气有一种扣人心弦的力量。

“无论发生什么事情，都不可对别人说，你在这里发誓。”

“喜久代也不行？”

我在暗示让她知道也许更方便行事，话到嘴边却见母亲苦笑起来。

“人家啊，听我说的时候，就猜得八九不离十了。”

“那……那孩子的父亲到底是谁？”

母亲持续地注视我半晌，说出了骇人听闻的话。

“她的公公。”

“啊……”

“登和丈夫的父亲，也就是她的公公。”

听完，我的脑袋嗡嗡作响，一片空白。

“当然，敏子不可能明说。不过只要听了她的描述，除非反应极其迟钝的人，通常都能猜出孩子的父亲是谁。”

“通常……都能？”

对于母亲的用词，我有种无法忍耐的恐惧。

“在敏子叙述中出现的男性，只有女儿的丈夫和她的公公。然后，登和本人又完全否认了与其他男性通奸。还有，她也没有通奸的机会。同时看她的样子，我就知道事情是在没有得到她允许的情况下发生的。”

我终于明白了，登和那奇怪的态度，其实是积攒了不可言说的愤怒，察觉到的同时就有股寒气围绕上来。

“登和的夫家是军人世家。”

“她那个公公也是？”

“据说是非常厉害的军官。”

通奸的事本来就是不可公之于众的丑闻。而登和的怀孕，更是必须严防死守保密到底的不幸祸事。

“与同样怀孕六个月的女性比较，登和的肚子还不引人注目，但总有一天会瞒不住周围的人，敏子估计急坏了，觉得差不多就快被别人看出来了。”

“因此，她联系了你……”

“她跟我仅有的那点交情，成了她最后的救命稻草。”

“孩子……孩子出生之后，怎么办？”

我惊声问了一句。母亲语带不屑地说了句“还能怎么办”。

“在花街上，花魁生下客人的孩子都见怪不怪了。找有门路的人自会寻找孩子的下家，你用不着去担心。总之，老老实实地按照我说的做就好了。”

我又听了一遍母亲说的注意事项，随后回到店里。登和的事让我的心情阴沉起来，像是背负起了一个巨大的负担。

登和入住别馆数日之后，我发现事情也并非如我想象得那么麻烦。

说照顾她，其实也就是一日三餐和洗浴。嘱咐女佣安美多做一人份的饮食，让雪江送至别馆的最里间，顺便再烧一次洗澡水，也就是这种程度的工作量。增加了一些雪江的工作量，有点儿说不过去，不过她生性愚钝也并不在意。

需要喜久代亲自照顾，是临近生产的时候。即使我想接近，跟她说话，也如母亲预想的那样，被委婉地拒绝了。说好听点，她想尽量减少给我们带来的麻烦。说难听点，除了生孩子的必要接触，她不希望有人去打搅。总之，就是这样的感觉。

说到感觉……她真的只是来我们店里生孩子的吗？不，生孩子还不是很恰当，说得更确切一些——她想处理掉肚子里的孩子。她的愿望是把肚子里的孩子搞掉吧。其实她并不在意孩子出生后的死活吧。她的脑中可能只有让孩子从自己的身体剥离的想法。

对于距离生产还有数月的登和来说，肚子里的是令人忌讳的异物。毕竟她怀孕是出于那样的原因。所以我尽量不去打搅她。

我当时认为只要度过生产期就好，便放下心来……但并非如此顺利。因为有几个花魁产生了兴趣。

母亲担心的就是花魁和客人。那个时候的客人都是士兵，即便发生什么，搬出登和夫家的名号，事态就可以收拾。说出夫家是最后的底牌，只有关键时刻方可使用。但另一方面的花魁，发现有某种隐情的人妻搬进别馆，要让她们别放在心上，那才是不可能呢。而且，这位女性还身怀六甲，更是此地无银三百两。因此还是刺激到了她们。

我在收留登和的当天傍晚，开楼营业之前，对着花魁做了一番说明。

“从今天起，有个远房亲戚会寄宿在我们别馆。由于某些原因，在她生产之前都由我们照顾。她和我们店里没有任何关系，所以，我希望大家恪守自己的本分，别去打扰。”

远亲的说法怕是已经被几个花魁识破了。既不是在夫家或娘家，而是在青楼别馆等待生产，任谁都会猜测其中有什么复杂的隐情。所以，即便对方是良家，也会博得花魁的同情。同时，又让她们嗅到了事出有因的隐情吧。不过我认为尽管她们好奇，但还是会尽量避免去打扰她。

而且花魁也没有人会去别馆。即使有事找周作哥哥，也是通过我这个老板娘代为传达。要说例外的话，大概就只有花魁大姐头浮牡丹吧。因为这个职责，她偶尔也会去别馆拜访哥哥，但她是我最信任的花魁。所以，我丝毫不担心。在梅游记楼绝对不给我添麻烦，碰到事情，反而还能帮忙一起解决的人，也就只有她了。

然而，我没想到的是有好几个花魁与登和产生了联系。

五

最初扯上关系的人，正是我最信任的浮牡丹。说起来，浮牡丹与登和的关系在命运之轮的推动下是那样的偶然。

登和每天除了阅读我送过去的书和杂志之外，几乎什么都不做。她留宿在梅游记楼仅仅是待产，不，对她而言是摆脱孩子，直到那天来临之前，她打算平淡安静地生活。但是，闲暇时光也许太多了。整天不活动对身体也不好。所以喜久代就提醒她，怀孕不是生病，要适当地活动一下。

后来登和有意或无意地也会去庭院里走走。因为本馆和别馆都是向东西两侧延伸的长方形建筑，所以从一层的后门出去，庭院也是长方形的。如果从左到右来回走走，正好可以当作是散步。

这样一来，别馆二层的人也有机会见到她。有次，从房里出来的浮牡丹，没有发现我也在走廊之中，她低语了一句。

“居然是登和小姐……”

浮牡丹似乎认识登和，让我大为吃惊。当然，我不知道她们是怎么认识的。但她们年龄相仿，从浮牡丹的出身考虑，她们可能是上流阶层的关系人。

有趣的是，一个沦落青楼，一个破戒有孕，如此身份的两个人竟然在此因缘际会。我想浮牡丹大概会装作不知情。现在只有浮牡丹注意到了对方，只要浮牡丹保持缄默，双方就可避免尴尬。

结果果然被我猜中。此后，浮牡丹没有让登和知道自己身在店内，而且士兵也都在传，说浮牡丹在天黑之前，就会早早地拉上窗帘。浮牡丹一定是故意为之，为了避免靠近窗户，被出来散步的登和看到。

对了，要是其他花魁在傍晚拉上窗帘，可能会被认为是模仿大受欢迎的染子，搞不好会遭到客人的嘲笑。但是，浮牡丹又是另一种情况了。不仅客人，就连姐妹，谁都没有追究下去。我觉得这是浮牡丹平时为人处事得当的结果。

红千鸟也是一样，她与登和产生联系可以说是巧合。不过以她那喜欢凑热闹的秉性，以及窥探别人隐私的习惯来说，倒也不能说是巧合。她竟然会花时间去调查登和的身份。那么她是因何生疑的呢？即使稍有怀疑也不至于去调查吧。可是红千鸟居然还花钱雇人调查，非要查出两人之间的联系。

说到红千鸟和登和的关系，还有件事令我大为惊讶，登和的公公是红千鸟的熟客。在几年前，登和的公公经常出入金瓶梅楼。而且，母亲和喜久代都很清楚。当然，她们一定也都记得，只是对我三缄其口。也许她们认为我知不知情也无所谓，不过，我事后发现只有自己被蒙在鼓里，相当不是滋味。

我拐弯抹角地问过喜久代，说红千鸟的举动有些怪异。我委婉地试探一下，她没有正面承认，不过我的猜测没错。

话说回来，红千鸟是怎么知道以前的那位熟客就是登和的公公呢？红千鸟在金瓶梅楼时期接待他的时候，正值儿子要娶媳妇，那位公公口无遮拦地说出了新娘的家境和容貌吗？不管怎样，红千鸟敏锐地猜到了登和的身份。

话虽如此，红千鸟和浮牡丹一样没有举动。浮牡丹是不愿意多管闲事。红千鸟迟迟未动的理由就不得而知了。她费了那么大劲调查，却就此搁置不管了，非常奇怪。再想想红千鸟的性格，实在难以理解。

在金瓶梅楼时期，登和的公公吹嘘起自己儿子的婚事，令她十分羡慕。然后，她会想同样是女人，那边是受到恩宠的新娘，自己则是青楼女，嫉妒之心难免涌现出来。

虽然这样的推测与平时豪放不羁的红千鸟的形象不符，但凡放到任何一个花魁身上，都有过这样的怨怼。在读过樱子的日记之后，证明了红千鸟具有异常的嫉妒心，我才恍然大悟。

假设她曾经有过这样的一段经历，那么红千鸟接下来的反应，也就一望而知了。

躲在别馆生活的女性，莫非是曾经那位高官客人称赞不已的儿媳妇儿？但是，那两人可是门当户对的名门望族之间的良缘，那位女性怎么会以怀孕的状态出现在这种地方？要真是她，虽然不知道有什么隐情，总之令人心情舒畅。

也就是说，红千鸟知道登和的秘密，令她产生一种扭曲的优越感，可以令她满足。因此她打算暂时静观其变，伺机行动。我是这么推测的。

而我能够读懂红千鸟的想法，是因为受她雇用的漆田大吉来找我的缘故。漆田也是她在金瓶梅楼时期的熟客之一。嗯嗯，是的，没错，他是飞白屋织介少爷曾经的酒肉朋友，差点将樱子赎身这件事搅黄的，正是这位漆田大吉。

当然，我那时还不知道这件事。某一天这个很难搞的男人突然来找我。惊讶的同时，心里已经拉起了警戒线，我也只是想敷衍一下他而已。漆田来找我的目的，就是关于登和。而且，他似乎已经查清了登和的来历，想要打听她在别馆的生活。但是，他没有开门见山，而是漫无目的、有意无意地随口问问，这马上就引起了我的怀疑，将计就计套他的话。

其实漆田根本没把我放在眼里，我虽然是老板娘，在他眼里也不过是个小姑娘。所以没让我费事，这个男人就松口坦白了。他口风很松，随便奉承几句，就能撬开他的嘴巴，再给他塞点小钱，嘴巴就关不上了，全都招出来了。然后他准备起身离开，却还摆出正经的表情，说出的话堪称杰作。

“在这里说的话，是我和老板娘之间的秘密。绝对不可以告诉红千鸟。”

他怕是也从红千鸟那里得到了一大笔钱，最终，却轻易背叛了她，还自作多情地叫我不要说出去。不过对我来说也是好事，所以，我跟他互相约定保守秘密。

不管怎么说，知道眼下红千鸟还不打算接触登和，是唯一让我宽心的事。

月影和这两人不一样。她似乎不是对登和本人，而是对自己曾经怀孕的经历起了反应。她回想起了过去驱逐“鬼孩子”时的痛苦，越来越坐立不安。

但我实在摸不透月影的真意。她到底是想帮助登和，还是排斥登和？也许连她自己也不清楚。月影对登和的态度，主要表现在情绪不稳方面。所以她也就不会接近登和。表面上，她与浮牡丹和红千鸟是一样的。

最后是雏云，只有她见过登和，并且还实际交谈了。不过，说是交谈，更像是雏云一个人自言自语。登和说找我有事商量，我才得知雏云警告了她。

“绝对不可以在这里生孩子。”

“你们母子一定会遭遇灾难。你们不会有好下场。”

“若是你想平安生产，就赶紧离开梅游记楼。”

从雏云的嘴里说出的恐吓言辞，登和根本就听不进去，结果起到了反作用。

登和憎恨肚子里的孩子，正考虑怎样处理掉，又没指望生下来养育。对她来说，这可是真正的“鬼孩子”。她甚至认为只要能够葬送掉“鬼孩子”，即使牺牲部分身体机能都无所谓。

我说这话也不是没有根据，她问过我关于雏云的事情，得知巫妓的情况后如此说道：

“她说得准吗？那个人的预言都说准了是吗？”

登和饱含期待地问我，我点点头，她的脸上登时浮现出无法言喻的满足。

自此之后，登和变了。虽然是很微妙的变化，她比刚来的时候更开朗些。怕是那个无法顺利生产的预言让她有所欣慰。

这个微妙的变化，也被浮牡丹、红千鸟和月影所察觉。浮牡丹是诧异，红千鸟是烦躁，月影则是不可思议。三人表现出三种不同的反应。

我留意着花魁的表现，另一方面也在暗中观察哥哥。没错，自从登和入馆以来，哥哥不知为何有些异常，他好像很是在意登和。哥哥不可能认识登和，更别说她远在满洲的丈夫，或是她的公公。

莫非哥哥喜欢登和？我甚至这么猜过。对方虽是有孕在身的人妻，要是喜欢上的话，也没有什么关系。但是，无论我怎么观察，也没能发现端倪。我可能是想错了。那么，哥哥的异样又是怎么回事呢？

现在看来，登和的生活起居没什么问题。始料未及的是花魁和哥哥都不太正常，那段时间简直令人身心俱疲。

说句题外话，除了经营梅游记楼的重任之外，年仅二十二岁的妙龄，以及青楼经营者的身份，已经足以招来不少的麻烦。

不，其实都是无关紧要的事。比如，有人要求我像花魁那样服侍他们……是啊，就是那些帝国高官，他们会暗示我，或是直接提出要求。

我只能一边装傻一边想办法拒绝。像这样的麻烦事数不胜数。不过也正是因此，经过锻炼的我越来越坚强和努力。所谓——

盛年不重来，
一日再难晨，
及时宜自勉，
岁月不待人。

对了，这段时期还有个事：金瓶梅楼的花魁飞梅回到了梅游记楼。飞梅本来已经期满回乡，据说被坏男人骗了，再次卖身。孩提时代被父母卖掉，长大成人又被男人出卖，她也是非常可怜……

不过，喜久代有不同的看法。

“孩子要报答生养她的父母理所应当，而为男人出卖自己就另当别论了。那叫心甘情愿。”

飞梅当初打算去其他地区的青楼。但是，那个男人通过中介朋友协调，打算送她来梅游记楼。飞梅觉得虽说还在桃苑，换家青楼也还好，但当她知道梅游记楼的前身就是金瓶梅楼的时候，非常惊讶。故地重游让她心生不愿，可她的意愿没有人听。也许她后来想通了，比起那些陌生的青楼，还是老东家更加熟悉。所以，她回到了金瓶梅楼，不，是梅游记楼。

花魁“回娘家”以后，首道难关就是会受欺凌。与欺负新人不一样，怎么说呢……该说纠缠不休，还是愈加强烈呢？说起原因，可能是花魁见到曾经脱离苦海的人又回来了，联想到以后的自己产生了绝望感吗？也可能是好不容易做到期满，赎身嫁到好人家的经历，引发了留在店内的花魁嫉恨？总之受到的欺凌程度不可同日而语，那种复杂的感情，只有当事者才能体会。

果不其然，飞梅遭到了严酷的欺凌。刚才我还说了，与欺凌新人的方式不一样，甚至可以说境遇还不如新人。无论以前多么风光，都不会被认同，一切从零开始。

“哦哟，飞什么梅呀。又飞回我们梅游记楼了嘛。”

语带讥讽的红千鸟，同那恰如鬼女般的表情，至今依然令人印象深刻。同为天涯沦落人，同为受苦受难的姐妹，怎么就不能体谅对方、互相帮助呢？不，其实不仅是红千鸟，其他的花魁也都很冷漠。庇护她的人只有浮牡丹，还有旁观的月影和染子。

啊，不好意思，又岔题了。

飞梅回巢只是插曲，除此之外，没有别的变化。登和的肚子一天天地变大。当时，花街以外的店里几乎已经看不到上品。不过，青楼的生活倒是毫无变化，因为军队会优先供给花街物资。

当时，普通人家的孕妇很难给腹中的孩子摄取足够的营养。而在那样的时局下，断定自己腹中是“鬼孩子”的登和，食物的供给却源源不断，说来也是莫大的讽刺。而且，她吃东西，绝对不是为了腹中胎儿着想，而是想着尽快剥离这个忌讳之子。

想到这事，我的情绪也低落下来。我实在接受不了那种氛围，就不再去别馆拜访登和。所以，到了九月中旬，即便喜久代告诉我她可能会早产，我也只是全权交给了喜久代，不再多管。

喜久代迅速将自己房间的被褥搬去别馆。开店做生意的时候，她会派女佣雪江过去照看登和。然后，终于迎来了那一天。

那天我已经在内室里睡下了。天气还有些闷热，我就打开了庭院侧的玻璃窗，仍是辗转难眠。就在迷迷糊糊之间，又醒了过来。反反复复，似睡非睡，耳朵里不断传来毫无秩序的虫鸣声，让我越来越清醒。

忽然虫鸣声转换成了婴儿的啼哭声。刹那间，我还以为是登和的孩子出生了。即便凌晨时分寂静无声，别馆最里面房间的哭泣声，真的能传到我在本馆的房间吗？

啊，做梦了吧……我这么想着，继续躺在被窝里。接着，庭院深处传来异样的喧闹声，声音甚至传到了本馆，我察觉到事态不对劲，“哒、哒、哒”，奔上内梯的脚步声传入耳中。

怎么了？我稍微反应了一下，突然意识到有事发生，赶紧从被窝里一跃而起，向着走廊深处急奔而去。

没错。虽然不知道原因，我猜是喜久代正在暗小屋帮登和接生，结果登和突然冲出小屋，转而跑向别馆三层。

我犹如疾风般沿着走廊往店里跑，忽然想到从正面的楼梯过去更近一些，于是马上调转方向，脱兔般地继续奔跑。

跑到本馆二层的走廊，雪江刚好从里面出来。我比她先跑进连廊，沿着别馆二层的走廊继续奔跑，就在我拼命跑上三层的楼梯时，店门外传来“咚”的一声。一记沉闷的钝响，响彻店里。

“难……莫非……这……这……”

我的声音不知是不是也受到了冲击，颤抖起来，双膝不住地打颤。然后，我跟在雪江的后面，好不容易跑到三层的房间。

那里，被拉开的纸门边上站着雏云，房间里是红千鸟，她身前站着月影，再往里一点，呆立着浮牡丹和哥哥周作。然后，那扇青楼正面的窗户下方，瘫坐着一动不动的染子。

全员如同雕塑般，呈凝固的状态，只有雏云诡异的低吟声缭绕在众人心中。

“一模一样……和那个时候一模一样……为什么！为什么一模一样啊……”

是的。登和刚刚从这扇临街的窗户，一跃而下。

据说她折断了颈部，当场毙命。

六

找到梅游记楼的不只是××警察署的人。驻扎在桃苑花街的宪兵队，也派来了左右田上校和宪兵队员。

花街宪兵队具有行政和司法两种职能。穿着制服的时候，他们承担起了原本警察的工作，比如制止士兵醉酒闹事的暴力行为。而他们换上便服，便转为针对士兵的思想进行调查工作。换句话说，就是揭露和举报间谍活动。光顾花街的人通常都会放松警惕，难免口吐真言。所谓隔墙有耳，穿着便服的宪兵队私下干的就是这活。

此外，宪兵队还要提防士兵逃亡。就像前面说的，怎么也杜绝不了士兵带着花魁逃跑，或是花魁协助士兵脱逃的行为。

宪兵队的作用基本就是这些，跑到青楼调查花魁坠楼事件，算是极其特殊的情况。

没错，也许是因为登和的丈夫和公公都是军部高官的缘故。

啊？您的意思是收留登和的时候，她的公公已经跟宪兵队取得了联系，从那时起就让他们秘密监视？哦，原来如此……

要是这样的话，他一定早就知道敏子的行踪，才做出了上述安排。

不过实际情况如何就不知道了，宪兵队的人全权负责现场。左右田上校对登和的遗体进行尸检之后，好像叫现场勘验……交给了警察，然后将全体人员叫到本馆一层的客厅调查取证。

左右田上校是宪兵队的特高课长。在桃苑的花街上，包括我们店在内，他有三家经常光顾的青楼。他应该是属于吉原派的。可是桃苑花街也没有多少吉原风情的店，所以他才挑了几家像吉原的店光顾。

说到军衔，我认为他是上校，但不确定。说到特高[14]，就会想到特别高等警察，宪兵队的特高却不是那个意思。无论哪种特高，都是令人畏惧的存在。哦，对了，左右田课长并不可怕，其实两种特高经常被混为一谈，我也无法分清差别。

哦，宪兵队的特高课，主要工作是通缉左翼思想活动？嗯，揭发间谍活动。哦，我终于明白了。花街这种地方，的确流窜着各种各样的人。

回归主题。

最初被叫去的是我。左右田课长问了我登和的来历，以及留在梅游记楼的理由。因为隐瞒也没用，我便如实都说了出来。不过有关怀孕的情况，除了说她肚子里的孩子可能是违背伦理的私生子之外，其他我佯装什么都不知道。不过课长也没追问，他果然是知道什么。

在我之后，当时在别馆三层的人，还有喜久代和雪江，都分别被叫进去问话。最后，我再次被叫了进去。

“这是自杀事件吧。”

待我坐定，左右田课长仰起身子说道。

“您说登和是轻生跳楼？”

“嗯，根据鸨母喜久代的叙述，半夜的时候，登和突发阵痛，但样子很不寻常，鸨母觉得无法顺产，于是她叫来女佣雪江，两人一起抬着登和到了庭院的小屋内。后来的事相当痛苦，就不再赘述了。破晓时分，婴儿总算降生。喜久代和雪江都已精疲力尽，登和也同样疲惫不堪。”

话到半晌，课长意味深长地停了下来。

“没料到登和猛地迅速起身，冷不防地从小屋飞奔出去。疲惫不堪的喜久代此时正在打盹，没能注意。是雪江忽然醒来，发现登和从小屋里消失了。”

“雪江反应过来的时候，登和应该已经跑上本馆后面的内梯了吧。我当时听到的声音就是那个，然后才完全清醒过来。”

“其他人貌似也都是这个反应。本馆的月影和雏云，别馆的浮牡丹和红千鸟，她们都听到了走廊里响起很大的跑步声，疑惑不解期间，她们探头向外面观望，然后就有了不好的预感。所有人都害怕再次发生同样的事。”

“染子呢？第二代绯樱什么情况？”

“送走早上才回去的客人之后，染子迷迷糊糊地打起盹来。突然，登和以迅雷不及掩耳之势闯入房间。而且，登和身上的和服敞开着，绝非正常的模样。染子一头雾水，惊吓之余，只见登和已经跑到窗户前，一口气打开窗帘和窗户，登上露台。染子见到登和要跳楼，慌忙上前阻止。此时其他花魁们也陆续跑进房间。不过，第二代绯樱没有看到花魁进来，她当时在拼命地阻止登和坠楼。”

我迟疑了一下，开口问道：

“关于，那间贵宾室的过去……”

“嗯，我听说了。每个人都说了，虽然程度上有所偏差。说得最起劲的是雏云。”

左右田课长露出苦笑，雏云大概又是充当巫妓，做出了贵宾室和暗小屋的预言。

“雏云曾经警告过登和，让她不要在这里生产，是吗？”

“是的，我听两个人说过。”

“但是，登和并不理会。”

“是的。”

“她可能只想在没人认识的地方生下孩子。”

课长的口吻明显就是知道内情。话虽如此，但我也不能表示同意。看到我有点困惑、手足无措的表情，左右田课长点了点头，像是表示理解我的立场。

但他的表情很快就切换回了严肃的模样。

“然而登和好不容易生下孩子，马上就自杀了？”

左右田课长突然冒出这么一句，跟他说的“自杀”可是互相矛盾。

“您这话的意思是？”

不祥的预感令我胆怯。

“就是字面的意思。登和为什么会跳楼？我不明白她自杀的动机。”

出乎我的意料，课长也露出了困惑的表情。

“我盘问了所有的人，结果还是没能找到线索。无论花魁还是佣人，都跟登和没有交流，也难怪谁都不知道。”

“照顾登和起居的是鸨母喜久代，以及负责一日三餐的女佣雪江呢？”

“那个雪江比较迟钝，派不上什么用场。喜久代说她虽不知道动机，但提出了一个可能性。”

“什么可能性？”

左右田课长双手互抱说道：

“喜久代的说法大致是这样的。孕妇生产远超男人想象，无论是对肉体还是精神都会造成相当大的负担，登和的情况尤为特殊。很多孕妇本来就会突发神经质，而她又长时间住在青楼，最后还在庭院的小屋子里产下婴儿。尽管没人告诉她小屋是青楼女生产和堕胎用的，不过作为女人，很容易就察觉到小屋的用途。在如此异常的环境下生育之后，导致她的精神陷入错乱，才会一时冲动跳楼轻生。”

听了这话，我一时半会儿无言以对，不断地咽口水。

“这个说法很有道理。”

从课长的表情来看，他相当中意喜久代的意见。

“但是——”

左右田课长探出身子说道：

“这个说法，无法说明登和为何冲出小屋之后，找到本馆的后门进入屋内，还能跑上内梯，穿过二层的走廊，再从别馆的二层跑上三楼，最后在贵宾室一跃而下。”

“喜久代怎么说？”

“她说登和在别馆住了近四个月，经常出入庭院。所以，突发冲动寻短见的时候，第一反应就是从别馆三层跳下吧。”

“还挺有说服力的……”

我用尽量平稳的语气回答。课长接过话说：

“也许可以解释登和为何从别馆三层的贵宾室跳下。但是，登和从本馆后门跑到别馆三层的行动轨迹，老板娘没觉得有什么问题吗？她似乎根本没有踌躇。”

“这么说的话，是哦……”

“她好像早就知道怎么从庭院小屋到别馆贵宾室去。”

“嗯……”

想到这里我不禁后背一凉，只能保持着沉默。课长继续问道：

“老板娘，登和进没进过本馆？”

“不，她没有进过本馆。除了别馆的一层以外，登和并不熟悉梅游记楼。”

“看来是的。不过她有没有可能私下逛逛店里……”

“可是，她为什么这么做？”

“好奇啊，打发时间啊，理由要多少都有吧。”

“是，如您所言。”

也许见我不太接受的样子，课长再次苦笑着说：

“说起来雏云倒是说过一种能够解释一切的说明。”

“这……难道是……”

“啊，是啊，她说是幽女干的。关于这个幽女，老板娘也知道吗？”

“是的，略有耳闻。但源头好像是过去的事，过去发生了什么事，我完全不知道。我只是听雏云说过数年前金瓶梅楼发生过不可思议的连续坠楼事件。”

“那些我也听说了。我拜托雏云运用巫妓的能力，想要探寻根源，她反而闹起了情绪，说事情没那么简单。”

我低下头，向继续苦笑的左右田课长说了声抱歉。然后，鼓起勇气问道：

“那么，课长的结论是什么呢？”

“呃……”

课长马上收起了笑容。

“从登和的行动来看，只有可能是自杀。但是，在她坠楼的那间屋内，还有多达六个人。而且，接连跑来的这些人，蜂拥而至，乱作一团，那时候的现场也是混乱不堪。”

听完这话的我，当时相当诧异。左右田课长接着用坚定的口气说道：

“所以，就算有人故意将登和推下去，其他人也不一定能目击到。”

“啊！”

“没有人能预测到她今天黎明会跑上别馆三层吧。因此，若是他杀，就等于凶手是临时起意杀人，趁着天赐良机杀害了对方。凶手的反应也太快了吧。”

“这……”

“当然，只是说有这样的可能罢了。”

“但……但是，您都这么说了，就表明存在什么疑点……”

课长稍微停顿了一下，接着说：

“除了那个房间的使用者第二代绯樱，还有其他五个人在场，这一点实在让人在意。”

“嗯。”

我思索的同时应了一句。那五个人大概不会主动对课长提及自己与登和的关系，当然，我也没有说的打算。但是，如果左右田课长盘问我的话，我能隐瞒多少就说不好了。毕竟对方是宪兵队的上校。

接下来，课长的话让我前所未有地惊讶起来。

“那五个人中，最可疑的其实是周作。”

“啊！为……为什么？”

我瞪大了眼睛问他，只见课长板起脸，非常严肃地说：

“其他的四个花魁，当时都在附近的房间，要么陪客，要么独处，或是跟其他花魁在一起。所以，她们听到登和从庭院小屋跑到别馆三层的脚步声，出去看看也在情理之中。以前金瓶梅楼发生坠楼事件的时候，现场并没有那么多人，所以这一点令人起疑。”

课长尖锐地指出疑问，我的胸口如同遭到重击，左右田课长继续说道：

“不过还算在能接受的范围吧。但是，住在别馆一层的周作，为何会知道本馆出事了？小屋是在隔着别馆庭院和本馆的另一侧。内梯在本馆的最深处。二楼走廊又贯穿着建筑物的正中央。如果他听到了登和的脚步声，那就是在登和通过连廊、跑到别馆二层走廊的时候吧。”

“我认为是这样的。”

“但如果是这样，他来不及赶到事发现场。要像穿起丸子般的花魁那样涌入贵宾室，就要更早地从别馆一层登上二层。”

“哥……哥哥他是怎么说的？”

“他说自己躺着睡不着，然后听到声响，觉得本馆那边有什么动静。”

“我其实也睡得很浅。”

我想支持哥哥的证词。不过，课长像是要让我放心似的。

“要说起来，我不认为是你哥哥把登和推下去的。”

“真，真的吗？”

“因为没有动机啊。”

我不禁连连点头。没错。哥哥没有杀死登和的理由。

“花魁也说了同样的话。”

经过瞬间的犹豫，我点点头。染子以外的四人，都跟登和有着某种关联。也许她们……虽然不愿深入去想，但她们也无法完全撇清关系。

左右田课长并没有察觉到我的迟疑。

“登和差不多是四个月前来的，这段时间足以让人产生杀人动机。但登和自闭孤立，与任何人都没有交流。而且什么样的关系，才能让她成为本案的被害者。我也不认为青楼这种地方能有她的旧识。”

“是的。”

这一次我毫不犹豫地答道，但没有指出课长的话未必正确。

“加上雏云目击到第二代绯樱拼了命似的抱住想要跳窗的登和，意图阻止事件的发生。不幸的是，半裸状态的登和身上很滑，并不能牢牢地抓住她。如果证言属实，那么有人要对登和下手的话，第二代绯樱一定会发现，并且引起骚动。雏云也会目击到吧。”

“对，就是说啊。”

面对忍不住表示赞同的我，课长的脸变得严肃起来。

“但是，到目前为止只有巫妓作证，仅靠她的证言不太能靠得住。另外，第二代绯樱抱住的是登和的腰部。也就是说，即使有人推了登和的后背，第二代绯樱也可能注意不到。”

“但是，这样的话雏云就会——”

“嗯，会目击到。但是，当时在场的人里只有她说目击到了现场。”

“您的意思是……雏云有问题。”

此时，我的脑袋乱成一团。

“不，不仅是她，当时屋内的所有人都有嫌疑。只是嫌疑相当薄弱。根据喜久代的分析，登和无论精神还是肉体，都已达到极限状态。因此，没有动机的嫌疑人和被逼到绝境的被害者，从两者的关系判断，还是登和跳楼轻生比较合理。”

左右田课长停顿了一会儿，接着说：

“而且，关于这件事情的处理，要避免不必要的风波。所以，我打算上报事件的时候，就说登和是自杀的。”

课长毫不迟疑地暗示说道。

“是这样啊……

强烈的疲惫席卷而来，同时悬着的心也放了下来，我感觉就要虚脱了。

是啊，左右田课长从开始就说了是自杀事件吧。随着谈话的进行和深入，事态的发展越来越不对劲，而且，哥哥还蒙上了嫌疑，着实让我忐忑不安。然后，兜兜转转，又回到了最初自杀的结论，老师您能理解我当时的复杂心情吧?

课长似乎察觉到了我的心情。

“让老板娘徒增不必要的担心。请谅解。”

“没有的事。您别这么说……”

左右田课长向我行礼，我连忙摇头致意。

“我只要发现事件有矛盾，就会仔细考虑各种可能性。本次登和的坠楼事件，我认为是突发性质的自杀没错。但事件里还是留下了某些疑点。聚集在那间屋里的人与死者，也许存在只有他们才知道的因缘关系。要是还有什么无法解释的谜团，就只能认同雏云说的，把整件事归为幽女作祟。”

课长又对困惑的我说了下去。

“这是我的职业病，我比较倾向于逻辑性的考量。特高可不会这么做。你别传出去啊。但我也不认为世界上所有的现象，都是能用人类的智慧去说明的。”

“您是说幽……幽女真的在我们店里？”

“我可没有断定任何事！只是经过合理的逻辑思考，最后仍然留下未解之谜，那么就要扩张想象力去接受这样的解释，大概就是这个意思。”

“哦……”

我明白左右田课长的用意，但却还是有所疑惑，然后他板起脸来严肃地说道：

“老板娘，就算不提幽女的事，今后也还请多加留意。”

“您说的是什么呢？”

“这个，我也说不清楚，但有不好的预感。”

“什么……事情呢？”

“说不清楚。我可没有雏云那样的灵力。”

课长的话里没有丝毫玩笑的成分。

“登和的坠楼事件，我做了很多调查和思考。最终还是把事件判定为自杀。在这次的事件中出现了很多状况，但总体来说结论并没有错。但是这里残存的某物，不会随着登和的自杀告终。”

课长说着，环顾四周，不对，是在环顾整座梅游记楼，那动作令我背脊发凉。

傍晚前，所有的调查都将结束。我安慰着心绪不宁的花魁，喜久代则在旁鞭策着大家，虽然比平时开店的时间略晚一些，但仍会开门迎客。别馆三层是无法用了，除此之外，倒没有什么不同。即便是自家的生意，我还是不禁佩服起了店里所有人的韧性。

次日上午，我被左右田课长的警告触动，再次探索起账房和内室。想要找到幽女的线索，不停地在房间里翻箱倒柜。功夫不负有心人，我终于从祖母和母亲几十年的存档中翻出了一本记录。我敢肯定这就是我要找的东西，当我翻开之后，顿时兴奋得不能自已。

那是初代绯樱，也就是樱子的日记。

七

我沉浸于樱子的日记之中，不断地遭到荒谬事件的冲击。倒不是因为别馆三层和庭院小屋的种种怪谈。那些已经听雏云说过，虽说足以令我战栗，不过更恐怖的是降临在她身上的诸多噩梦般的怪事。而且，比起那些令人忌讳的事件，樱子遭遇的所有体验，委实更加恐怖。

一无所知的少女背井离乡，被卖到桃苑花街的金瓶梅楼，学习各种技艺和杂务，终于熬成花魁接客的那天，开始工作。说来简单，整个经历却是那么残酷、悲哀，令人痛心，让人无法忍受。另外，里面记录的还不只是樱子的个人体验，月影葬送“鬼孩子”的场面，同样让人久久无法平静……

我是金瓶梅楼东家的女儿，我现在是梅游记楼的老板娘，青楼内外的事，我以为自己全都知道。但是，现在看来，这只不过是我自以为是。不知不觉之间与樱子同化，读着她的日记，体会着发生在她身上的事件，我愈加无法保持冷静。我本人从某种意义上认同青楼的存在价值，也接受它。但是长久以来的固有观念让自己感受更深——世间再没有比青楼更残酷的地狱了。

情绪跌落谷底许久。不过，日记的影响虽大，倒还不至于让我关掉青楼。经过时间的流逝，我逐渐冷静下来。

我的注意力逐步转移到日记里记录的怪事。虽然，里面记录的内容与雏云听来的一致，但视角不同，也许有助于发现更加详细的细节。但是，由于第一视角叙事的原因，读起来更加骇人，甚至有种噩梦缠身之感。

发生在金瓶梅楼的怪异，看似像是一种循环，其全貌却始终没有踪迹，只能解释为神秘的某物所为。这种难以解释的情况，异常诡异。以至于我经过走廊，或是登上楼梯的时候，都会突然涌现出恐惧，渐渐成了新的苦恼。

这些不可思议的现象，若不接受雏云的“幽女论”很难说通。不，如果不彻底查清幽女的正体，即便接受也没有意义。

那么试着分析一下吧。

月影是堕胎之后，而登和则是诞下弃子之后，两人都在黎明前后奔出小屋，冲进别馆三层，从贵宾室西侧的窗户跳下。

而当时阻止两人的分别是初代和第二代绯樱。区别在于月影当时全裸，而登和是半裸状态。两个绯樱都抱住了两人的腰部，却因为身上汗水湿滑，使不上劲儿导致无法抓牢，至此都是一样。

还有，两起坠楼事件的目击者都是雏云。

比较之后，相似度更令人害怕了。说是巧合也太奇怪了吧？

当然，月影和登和的人生境遇天差地别，不过，她们进入暗小屋的理由不尽相同。所以说，这一点才是关键吧？

初代绯樱的樱子，第二代绯樱的染子，境遇也完全不同，共同点就是她们的花名。正如之前雏云所说，染子继承绯樱之名的事，很有可能牵连了她。

雏云是两起坠楼事件的目击者，因为她是巫妓吗？但是，与其说她是目击者，不如说是旁观者。我深刻地体会到她这样的态度，就是表明了不想跟幽女产生关联，她的行为也让事件陷入深渊之中。

但是，我完全不知道该如何是好。眼下找出了一些可怕的巧合，也起不到解决问题的作用。结果，读了樱子的日记，反而陷入了更深的混沌和恐惧之中。

在我日暮途穷之际，开始思索找谁去商量。但是，完全想不到可以商量的对象。

首先是母亲和喜久代，但金瓶梅楼过去发生坠楼事件的时候，两人都没有采取相应行动。我不认为她们能够提供有用的建议。接着想到的是哥哥周作，他是合理主义者。只要说出“幽女”二字，恐怕就会引来他的嗤之以鼻。那么雏云呢？说起来还真是失礼，事实上她起不到任何作用。浮牡丹可能会静心聆听我的话，不过最后大概会扯到基督教的话题。虽然素日里没有表现，但她绝对是虔诚的基督教信徒。就像雏云一样，可能什么也解决不了。

梅游记楼找不到像样的对象吗？正当我准备放弃的时候，脑中闪现出了染子，对啊，她很适合。在她初次入店的时候，就目击到了疑似幽女的花魁。前往别馆三层的途中，又感应到某种东西。入住贵宾室以后，每到傍晚，她就会拉上那扇发生过怪事的窗户帘子。然后，发生了登和跳楼的事件。

左思右想，都觉得第二代绯樱——染子，有权利知晓初代绯樱遭遇的事件。虽然我也知道这只不过是我的一厢情愿，是将我自己找她商量的想法合理化，但当时的我不会这样考虑。

登和坠楼事件的次日，我和喜久代两人找到染子，主要是为了请她继续以第二代绯樱的身份使用贵宾室。她没有表现出明显的厌恶态度，当然也不可能是求之不得的样子，她只是冷淡地点头答应下我们的请求。

然后又隔一天，趁着花魁午睡的那一小段时间，我独自一人拜访了别馆三层。

“现在方便吗？我有些话想私底下跟你说。”

我稍微打开一个门缝，听到染子起身整装的声音，很快她便请我进入房间。

“对不起，打搅你休息了。”

“没事，打了个盹而已。”

简单的寒暄过后，我直接切入正题。

“我想问你点事。”

“……嗯，请说。”

染子的回答似乎早已有所戒备，不过我也顾不上那么多。

“听说每天傍晚，你都会拉上西面那扇窗户的窗帘，为什么呢？”

她闭上了双眼，慢慢调整呼吸，缓缓将气吐出，好像这个时刻迟早会来，她要让自己冷静下来。然后，只见她缓缓地睁开双眼，声响犹如耳语般地回道：

“因为……我……害怕。”

“害怕什么？”

“窗外……”

“为什么？窗外有什么可怕的？”

染子犹豫了一小会儿。

“因为我看见了……”

“看见什么？”

“不……有人在看。”

话入耳畔的瞬间，双臂不由得打颤。

“有……有人在看？从窗外？”

“是的。”

我的脑中瞬间回想起了雏云的体验。就在别馆正下方的房间，她目击到的从窗外向室内窥视的上下颠倒的花魁的脸。

“那是……”

继续追问下去的同时，我的眼神不由自主地移向那扇窗户，什么话都说不出口。也许我的表情就像在催促她说话。染子尽管语带踌躇，仍然接着我的话说道：

“……是的，从那扇窗向里面窥视。”

“什么向里面窥视？”

我的视线仍旧停留在窗户上问道。

“……花魁。”

预想之中的回答。但是，别说让我安心，反而徒增了恐惧，我的视线更离不开那扇窗户了。

“请详细告诉我。”

我鼓足一切勇气说了出来。要解决梅游记楼的怪事，就必须知道染子的体验。

“我搬进这个房间，没过多久的时候——”

不知我的决意是不是传递到了她心里。虽然叙述得断断续续，不过我算是听明白了。

“我看到了那个。其实我一直都能感知到什么。好像有什么往屋内窥视……好像被谁看着……始终都是很讨厌的感觉。起初我还以为有人从门外窥视。但我曾经突然拉开纸门，什么人也没有。别馆三层只有这一间，没有逃跑的地方。就算从走廊跑到楼梯下去，也可以看到背影，而且能听到脚步声。我也查过楼梯那边放置杂物的储藏室，同样没人躲在那里。我当时很是诧异。心想也许是心理作用。然后我逐渐发现那个视线不是来自纸门，而是对面的窗户……”

染子说到此处停了下来，我连连点头，像是鼓励她一般，让她继续说下去。

“我就时不时地注意窗外。客人经常问我在看什么？我也只能随口找几个适当的理由搪塞……那天还没有完全暗下来，红褐色的夕阳薄影好似墨汁般晕染开来。我那天接待的第一位客人是一位老主顾，我给他沏了茶。那时瞥一眼窗户已成了习惯，我很自然地就往窗户那里望去。”

说到这里，染子与我同时看向那扇窗户。

“接着，我发现窗框的下方，有什么东西慢慢地升上来……”

“啊？可是窗户的外面是露台吧？”

“是……看起来就是那样……”

染子有点支支吾吾不想说下去，我慌忙插上一句，催促她继续说。

“明白了，然后呢？”

“瞬间，我想到的是刺棘脱落之后的带刺栗子球。”

“咦？”

这古怪的比喻差点让我笑出声来。但是，在我想到带刺壳的栗子球是什么的瞬间，背脊一下子凉飕飕的。

“莫非……那是……插着簪子和笄的……花魁的……头……”

染子点了点头。

“那个东西浮在窗户下方，缓缓上升起来，然后停在玻璃窗的外面，慢慢地来回扫视房间。”

“客人呢？”

“客人是背向窗户……但就算客人面向窗户，我不知道他能否感知到那个东西。”

染子说得没错，我继续催促她往下说。

“接下来发生了什么？”

“四目交接。”

我一句话都说不出来，染子注视着我。

“那个东西扫视着房间的时候，与我四目交接。其实在那之前，我很想错开脸去，但怎么都做不到……在那个东西发现我之前，我的视线根本无法从窗户抽离。因此，当那个东西盯住我的瞬间，全身都打起了寒战，我当时只想尽快地移开视线，但就是做不到。所谓‘魂不附体’，就是这个意思吧。”

我想起樱子日记中记录的，雏云也有过相同的遭遇。周围泛起了无法言表的恐怖。

“后来怎么样了？”

我纯粹是出于好奇心问的。

“我吓得直打哆嗦，那个东西笑了。呵……的嗤笑声。那个样子像在对我说……终于找到你了……在万分惊恐之后，我终于移开了目光，再次回看那里的时候，那个东西已经不见了。”

“所以，你才会……”

“是的，我开始拉上窗帘……有次我好像没有拉紧窗帘，那个东西的眼睛透过缝隙直向室内窥视。我慌忙沿着左边的墙壁靠近窗户，避免被她看到，再将窗帘完全合上。从此以后，我都会非常谨慎小心地拉上窗帘。”

等到染子说完，我又问道：

“从窗户外窥视的那张脸，跟你来梅游记楼的第一天，目击到的花魁是同一个人吗？”

“我不确定。”

染子略加思考，她也认为二者有什么关联。

“那么，登和坠楼的事件也许……不，原因就在她的身上。”

“什么意思？”

染子比起惊讶，更多的是不安。伴随着刚刚睡醒的花魁的喧闹声，我将打听来的金瓶梅楼的怪事，毫无保留地说给染子。当时别馆三层酝酿出的诡异氛围，就像只有我们两人参加的怪谈会。

在我说话之时，染子没有接一句话，叙述结束之后，她仅仅念叨了一句：

“天呐！”

这句话汇聚了她的各种感情。她也在控制着情绪。

“但是，老板娘，你为什么……”

她想问的是为什么要告诉她吧。

“染子，你和樱子就像是被卷进了怪异之中。所以，我认为你有权利知道全部的事。”

“谢谢老板娘。”

见她低头向我行礼道谢，我慌慌张张地继续说道：

“还有，其实我是来找你商量，如何处理才好的？”

“我？找我商量？”

“我想你是有办法的吧。”

这回轮到她慌张起来。

“不，不行。我可没有雏姐那种巫妓的能力。”

“但你不是看见幽女了？”

“是看到了，但也只是看到，什么也做不了。”

“像雏云一样。表示无能为力吗？我不是想让你们祛除幽女，只是希望能够提供一些建议。”

“我什么也——”

对着摇头的染子，我也同样摆了摆头说：

“不，我只有你能指望了。你已经知道了过去的所有事情——”

“那是老板娘告诉我的……”

“你没有否定这是怪异现象——”

“诶？”

“同时又是没有办法，但能冷静对待问题的人……”

“呜……”

“所以，只能靠你了。”

话音刚刚落下，她的脸上就出现了后悔的表情。难道是我擅作主张告诉她过去的事，反而令她为难。

但接着她有点犹豫地开口说道：

“雏姐说她没有办法吗？”

“是的。我开始就跟她说过，想拜托她帮忙求神佛驱邪。”

我把跟雏云说的话，以及为何求助于她的原因，都告诉了染子。

“但她觉得自己并不具有祛除恶物的能力，因此断然拒绝。”

“是吗？”

染子奇怪地附和让我有点在意，因此，我马上发起追问。

“你似乎不认同。”

“不，不是……”

染子否定。无论怎么看染子都在犹豫，所以我赶紧劝她安心。

“我不会告诉她的，如果你知道什么，请说说吧。”

“实际上……”

“什么？”

“我比较在意雏姐的话……而且有两句话……”

“请告诉我。”

“不过我不知道她这话里到底是什么意思。”

像是事先声明之后，染子告诉了我原委。

“我碰巧听到雏姐嘴里轻声念叨，还是要试着调查一下。”

“什么时候？”

“那个女的跳楼之后……姐姐们都跑进这个房间，那个场面十分混乱。我想去救那个女人，但是失败了……正在窗边茫然失措。回过神来，雏云姐就在我的旁边，发出轻声呢喃……”

“她想调查登和跳楼的事吗？”

“那就不知道了。”

“还是调查幽女的事情？”

“两种情况都有可能。”

染子这么说着，脑中回想起当时雏云轻声低吟的其他内容，还是更趋向于后者。

一模一样……跟那个时候一模一样……

目睹登和坠楼的雏云，一定想起了过去从贵宾室跳下的花魁，因而战栗不已。

为什么……为什么一模一样啊……

接着她是否对相似的悲剧又再次上演怀疑呢？当然，“幽女”这个正体不明的可怕之物始终笼罩着阴影。

还是要试着调查一下……

所以，雏云也是想独自搜查吧。从这层意思上来讲，我们目的相同。但是，要问起能不能合作，就非常难了。

“那个，老板娘……”

当我完全沉浸在自己的思绪之中的时候，染子客气地出声喊我。

“啊，对不起。”

“没事，只是恕我多嘴。我认为静观其变更好……”

“你是指对雏云？”

“正是。”

染子点了点头，但又用慌张的语调说道：

“我不知道雏姐到底想要查什么，但如果雏姐找到了什么线索，她顺藤摸瓜就会导出结果。”

“是，没错。”

我嘴上附和，心里却不认同。我根本就不知道雏云的用意。即使去问她本人，她也不可能告诉我吧。另外，关键是如果我这么做，就破坏了与染子的约定。

“或者，找家神社也好，寺庙也好，请人来作法驱邪。”

染子可能是发现我没什么反应，接着说道。

“不，还是再等三四天吧。如果雏姐还是没有什么动静，到时再去请人作法吧。”

虽然我对雏云没有任何期待，但内心的不安渐渐散了一些。总之，事情暂时有了着落，虽然也算不上成果，就是那种不上不下的心境吧。

“这样很好。不过……”

染子表示赞同，却欲言又止，她说雏云不小心透露的消息里有两句让人在意的话。

“你在意的是另外一句话吗？”

“……正是。”

“也是在那个时候说的？”

“是的。准确地说，是她要从窗边离开，却又向窗边转过身去……”

“她说了什么？”

“这次也会有三个人，跳下去吧……”

胸口受到一阵冲击，接着我才明白这句话的意思。

金瓶梅楼时期，从别馆三层坠落或是差点坠落的人，有通小町、绯樱和月影三人。

梅游记楼时期，登和已经一跃而下。如果她是第一个，雏云认为还会出现第二个、第三个。

就是因为这句话，染子才认为观察她三到四天比较妥当。她是担心观察时间过久，可能就会出现第二起、第三起坠楼事件。

但实际上，我们连一天的缓冲时间都没有。

就在次日清晨，当事人雏云就成为了第二个坠楼的牺牲者。

八

第二代绯樱的一位熟客通常会在星期三的下午光顾，我便选在那天去贵宾室找染子。那位客人在某军需企业担任要职，虽然已是高层，可还非常年轻。中杉先生每周三的深夜都会光顾，然后第二天清晨离开，近几个月都是如此。

是的，中杉先生在雏云坠楼之后，还被卷进了杀人事件。实在是厄运缠身？不，不过他遇到的那起杀人事件和我们这里的坠楼事件完全无关。那是 ×× 市经营医院的上榊家的别邸发生的学生毒杀事件。不过，这起事件到底有没有解决，我已经记不得了。

总之，那天——次日星期四的清晨，中杉先生像往常一样准备回去，染子将他送至店门。本来鸨母喜久代也要出来送客，不过就在母亲隐退之前，喜久代的视力和听力已经衰退，甚至经常腰酸腿疼，因此，她早上需要休息。送中杉先生离开的任务，就交给了染子一个人。

“……可能是周围没有人，突然就着了魔吧。”

宪兵队的左右田课长在了解情况的时候，染子这么说道。

染子接着又说自己送完中杉先生之后，进入右手边的通道。然后，径直前往深处，绕过本馆的东边，很想去看一下庭院的暗小屋。

左右田课长问她理由，染子表示登和坠楼以后，她很好奇小屋是什么样的。不过，我认为这不是主要原因。她大概是听了雏云的那番耳语，又听我说了那些怪异事件，激发起了她的好奇心。

她们的行动宛如命运的分岔道。对于雏云来说是夺命之路。对于染子来说却是救命之路。

“咚！”染子说她从暗小屋折回的途中，听到通道那边发出沉闷的巨响。她觉得声源来自于另一侧，便拔腿跑过通道，来到店门口，发现对面蓬莱楼的茶壶绷直着身体，凝视着梅游记楼的别馆，染子也跟着将目光转向那里，雏云就倒在别馆的正前方。以上就是事情经过。

据说染子送客的时候，曾碰到过蓬莱楼的茶壶，双方打过招呼。时过境迁，现在染子和茶壶只得四目相对，面面相觑。过了一会儿，他们同时尖叫起来，然后分别冲进各自店里。染子直接跑向内室，在纸门外就大声喊道：“老板娘！出大事了！”

“雏云姐……雏云姐，从贵宾室掉……下去了。”

睡意一扫而空，同时强烈的战栗感袭来。

“她是自己跳下去的吗？”

我赶紧跳出被窝，拉开纸门。

“是的。不是的……”

染子点头，又马上摇头。她自己也不知道是怎么回事。

如同登和那时候一样，不止警察，宪兵队也来了，立即着手进行现场勘验和取证。等到调查结束，我请左右田课长到内室落座，请求他说出自己的想法。若是课长闭口不语，我会非常不安。

对了，课长向我说明，宪兵队再次出面是因为死去的雏云是登和坠楼事件的目击者之一。登和事件已断定为自杀结案，不可因为雏云的死再起波澜。果然关系到登和的公公，所以，才需要交由宪兵队出面。

听到左右田课长向蓬莱楼的茶壶盘问，力图证实染子的证言时，我相当的震惊。

“您是在怀疑染子？”

“她就住在贵宾室啊。”

“可……可是，就凭这一点……”

“老板娘，别这么激动！第二代绯樱的嫌疑已经排除了。”

“真的吗？”

听完这话的我又喜逐颜开，课长再次苦笑起来说道：

“蓬莱楼的茶壶目击到了雏云坠落在别馆正门前，接着第二代绯樱从本馆和别馆之间的通道处飞奔出来。经过查证从坠楼到绯樱出现，也不过只有一分钟左右。要在这么短的时间内，将雏云从别馆三层推下，再跑到别馆二层，通过连廊奔向本馆，再跑下本馆一层，从厨房后门进入通道，奔到楼外。即便是腿脚灵活的男性，也绝无可能办到，何况你家第二代绯樱还穿着和服。”

“的确如您所言。”

“而且，要是那样，动静可不会小，绝对会吵醒几个在走廊附近房间内睡觉的花魁。跑到别馆的一层还会吵醒周作。登和那时不就是这样吗？可是花魁和周作，都没有听到走廊里有跑动声或上下楼梯的声音。”

“听您这么说，我可算放下心了。”

“而且我认为第二代绯樱根本没有杀害雏云的动机。确认她的不在场证明，只是因为她是贵宾室的主人。”

左右田课长的话让我很在意。染子被排除嫌疑的短暂欣喜过后，另一种不安又涌动了起来。

“请等一下。照您所说，好像其他人有杀害雏云的动机或机会……”

“每周三晚上都有一个叫中杉的光顾第二代绯樱吧，你们店内的人不是都知道吗？”

“是的，他是贵客，因此所有人都知道。”

“也知道他会留宿一晚，次日清晨回去吗？”

“我想是的。”

“第二代绯樱会送他出来，并在门口聊上一会儿，大家也知道吗？”

“是的。不过因为登和事件的影响，中杉先生今早没有聊几句，很快就回去了。”

“所以，她才会去暗小屋看看。虽然早早地送走了中杉，却没有比平时更早地回到房间。”

“这……您这话是什么意思？”

我不明白左右田课长的意思。不，其实内心已经有所察觉，那背后的含义让人恐慌。

“就是说店内所有人都知道星期四的早上，别馆三层空无一人。”

“难道说……”

“事先找个理由叫雏云出来，趁第二代绯樱没有返回的时机碰面，就有可能瞅准机会将她推下楼。”

“可，但……但是……为何要选在贵宾室……”

“按理说是为了伪装跳楼自杀。不过选在梅游记楼的别馆三层，可能还有别的期待吧。”

“什么意思？”

“不只登和，从金瓶梅楼时期，那个房间就接连发生坠楼事件。只要不留下明显指向他杀的证据，大家就会觉得是怪异所为……不再深究。不过，要将被害人的死全都嫁祸给幽女肯定行不通，正好可以利用这一点伪装成与幽女有关的精神错乱。凶手如果是这么考虑的，也没什么奇怪的。”

这话听起来让人哆嗦。比起幽女作祟，有人企图利用这一点杀害雏云更加令人恐惧。

“谁……那会是谁……动，动机是什么？”

“问题就在这里。”

课长轻叹一声。

“有嫌疑的人，无非是登和坠楼那会儿，驻留在那间房里的人。”

“浮牡丹、红千鸟、月影，还有哥哥……这四个人吗？”

“没错。”

“为什么？为什么只锁定这四个人？”

我有点生气地问道。因为周作哥哥也被列为嫌疑人之一。

“雏云与登和不一样，她从金瓶梅楼时期就在店里工作。除了四人以外，她与很多人都有交集，也许就有着什么杀人动机，不是吗？”

“嗯。”

左右田课长姑且反应一下，接着说道：

“但是，登和坠楼是星期一，今天是星期四，已经不能按照单独的案件看待。也就是说，我认为雏云的死和登和坠楼难脱关系。”

“怎么会……”

“如果如老板娘说的，有人从金瓶梅楼时期就对雏云抱有杀意，那为何不早点对她下手？为什么要拖到现在？又该作何解释？”

“那个……”

我绞尽脑汁地在想。

“刚刚课长您说的，正好可以解释这一点。”

“我刚刚说的什么？”

“嗯，您说的凶手借用幽女怪谈来杀人，故意混淆案件，误导调查方向啊。”

“原来如此。凶手想除掉雏云，苦于没有下手的机会，就这样过了一年又一年。近期恰好发生了登和坠楼事件，凶手就决定利用这次机会，杀害雏云。”

左右田课长露出淡淡的微笑，接着说道：

“我很惊讶，哎呀，败给你了。”

“您客气了，我可担不起啊。”

“不必谦虚。这是非常锐利的切入点。通常情况下，在同一个场所连续出现死者，这一定会引起各种猜疑。这间贵宾室又相当特别。这次的情况，也有可能是凶手有意布置成由登和跳楼引发的连锁自杀事故。”

课长频频地点头，一脸佩服，不过很快他就换回严肃的表情。

“但是，老板娘，说来有点抱歉。登和坠楼的那天，居然有六人聚集在那个房间，我对于这个异状，始终无法释怀。”

“是吗？”

果然……我心里这么想着，但嘴上没有说。

“而这六个人的其中一人，在登和跳楼的三天后，以近乎完全相同的方式坠楼而死。那么，怀疑其他几个人也合情合理吧？啊，我不是强迫你同意我的观点。”

“不……您说得在理。但是动机是什么呢？”

“雏云目击到了杀害登和的凶手，并对凶手说了，这个动机怎么样？”

“您是说雏云勒索那个人了？”

我觉得这个推测不太可能。不过，左右田课长也摇了摇头。

“不一定。雏云可能是以巫妓的身份说了什么。然后，在自己不知情的情况下断送了性命。”

“为了封住雏云的口……”

“没错。老板娘也听说了吧，在登和坠楼的现场，雏云曾经低声呢喃的那句。”

“她好像说要去调查什么？”

“是的。”

“是染子告诉您的吧。”

“嗯。可能没有染子听得清楚，但那句呢喃除了染子本人，可能也传到了其他人的耳朵里。这事如果在调查登和跳楼的期间告诉了我……”

“非常抱歉。”

我低下头来致歉，课长轻轻地点点头。

“也就是说雏云可能握有登和跳楼的线索。如果是这样的话，登和的死就是他杀，凶手就在那四人之中。”

内室之中一阵沉默。我又沏了一壶茶，想着怎么回答才好，陷入了不知所措的处境。但现在我焦虑也没用。除了倚仗左右田课长解决这个事件，别无办法。

“在登和遇难的时候，左右田课长就提醒过我今后要多加注意，还是发生了这样的事……”

我深深地低下头去，双手抵地进行道歉。

“我没有承担起老板娘的责任……”

“您没有必要道歉。快，把头抬起来。”

我抬眼窥看课长，他的脸上竟隐约浮现出羞涩的表情，令我大吃一惊。

“现场虽然还有很多疑点，但我们也不想将事情闹大。话说回来，当初是我认定登和的死是自杀，这点不会有错。所以，道歉的话……也该是我。”

“不，不，哪里的话。”

就在我准备再次低头行礼的时候，左右田课长立刻伸出一只手来阻止。

“还有，老板娘——”

课长露出颇为严肃的表情说道：

“几个嫌疑人与登和，真的没有任何关系吗？”

“啊？”

“其实老板娘有些线索吧？”

“没……”

想要否定，却被课长紧紧地盯着，心想瞒不过去了。对方已经看透了，也许搪塞不过去了。即便我再佯装不知，对方可是宪兵队的上校。他想调查的话，无论用什么方法都可以查到。

于是，我决定向这位非常友善的左右田课长说出我的疑虑。

“非常抱歉。我也不是想隐瞒什么……”

“我没有这么想。”

他的语气很柔和，如此就更容易进行交谈。

“是我自己擅自揣测的，完全没有实据。”

事先声明了自己的立场。课长也点头认同，然后我便将自己的疑虑，按照次序告诉了他。

由于我曾经听浮牡丹说过“居然是登和小姐……”所以，我猜测她们好像认识。但是，浮牡丹与登和完全不像有交集的样子，她好像还有意地避开。登和直到最后应该都不知道有浮牡丹这么个人。

红千鸟则是发现她在金瓶梅楼时期的熟客，貌似是登和的公公。也许在那个时候，听那位熟客炫耀过儿媳妇，让她联想到了登和的身份。然后，她找到另一位熟客漆田大吉进行调查。漆田又跑来向我刺探。红千鸟和浮牡丹一样，没有与登和接触的迹象。红千鸟没去接触登和，可能是因为她那有点别扭的性格所致。

月影呢，对登和本人没有兴趣，而是对她怀孕的状况有了反应。不过，我不清楚她当时是怎么样的心情。但月影处理登和的话题时，情绪更加不稳定。还有，月影也没有接触过登和的迹象。

关于雏云，左右田课长也从她本人那里问过情况，我这里就省略不再阐述。

周作哥哥自从登和搬入以来，行为就变得古怪，但我想不到有什么理由。

我告诉了课长以上的内容。

“关系都很微妙啊。”

保持沉默、侧耳倾听的左右田课长，说出这样一句感想。我有点开心地继续说：

“以目前掌握的线索来看，都不足以构成杀害登和的动机吧。”

“如果是有计划地杀害登和的话……”

课长一脸凝重地说。

“您的意思是……”

“我之前也说过，如果登和是他杀，就是凶手抓住了突然降临的绝好机会，突发性地进行杀人。”

“因为事先没有人能预测登和会在那个时间坠楼。”

“嗯。从暗小屋到贵宾室，也是出于她本人的意志。”

说到这里，我不禁就想到了幽女……不过还是没敢提出。

“凶手无论怎么拟定计划，都无法掌握登和的行动。”

“退一万步来说，即使他有办法可以操纵那样的行动，也不可能预测到她会早产。”

“对了，据说前老板娘已经帮忙找好收养婴儿的人家了？”

“嗯，托您的福……”

他们连这个都认真调查过了，令我震惊的同时又有所畏惧。

“因此，若是他杀——”

左右田课长以平稳的口气回到正题。

“不仅是突发性杀人，还有可能是冲动杀人。”

“就像前些天课长您说的，因为眼前突然出现下手的好机会……所以就动手了，是这个意思吗？”

“是的。如果有机会能杀死她，而且又不会被怀疑是凶手，便不惜下手杀人。就是这样的动机。”

完全想象不到。

“想要除掉登和，却又不想亲自动手被捕。刚好登和正欲跳楼，但第二代绯樱却要阻止。于是，凶手就装成帮忙救人的样子，实则将登和推落——”

我想象着那种场景，身体不禁颤抖一下。

“不巧的是，雏云目睹了这一幕。因此，凶手就利用每周三夜晚，中杉都会光顾贵宾室的习惯，计划杀害雏云。凶手对雏云说要谈有关登和之死的话题，在坠楼现场见面，然后约雏云到贵宾室，这也合情合理。”

“课长，那……您认为谁是凶手？”

虽然不想听到答案，但又不得不询问这样的问题。

“所有嫌疑人都有机会，也都有疑似的动机。但是，只从老板娘告诉我的内容考虑，机会和动机确实比较薄弱。除此之外，还要有其他的隐藏线索。”

“也就是说，如果没有发现别的线索，就无法认定谁才是凶手。”

“仅凭现有的线索，甚至都无法断定登和和雏云是他杀。”

我稍稍安心地叹了一口气。左右田课长并不认同她们两人是自杀，不过苦于没有证据，无法作为杀人事件来调查。”

“老板娘也不认为雏云会要挟别人。”

左右田课长继续问道，虽然我不明白他的用意，但马上就回答了。

“嗯。我想无论问母亲，还是喜久代或是其他花魁，都是相同的回答。”

“这样的话，凶手就没有必要马上解决掉雏云。”

“……没错。”

“那样一来，凶手是利用那个贵宾室的影响，试图借用特殊场所的异常力量将雏云杀死。可是时间距离登和之死也太近了，搞不好会让人们将雏云的死和登和坠楼联系起来，一般情况下凶手会尽量避免吧。”

“事实上，课长您刚才就是那样怀疑的。”

“中杉的习惯随时都可以利用。花街和外面的世界不同，传言很快就会消失。如果雏云的死发生在登和坠楼事件的一个月后，至少不会像现在这样聚集目光。凶手完全没必要如此焦急地上演连续死亡的戏码。”

“您说得有道理。”

我赞同课长意见的同时，却发现自己越来越糊涂。

“那到底要如何考虑呢？”

“老板娘，我们刚刚都在严肃地探讨两起案件，但我接下来要说的是另一种层面的考量。”

课长突然说出了这样的话。

“要将雏云的死作为他杀来调查，无论如何都会联想到登和的死。

如此一来，跟前面提交的报告中的‘因为非自愿生产，造成突发精神混乱导致冲动坠楼自杀’的结论产生矛盾。这样的话就麻烦了。”

“是的。”

也许是我的反应表现出了然于胸的态度，左右田课长压低声音，向我阐明了非常重要的事。

“老板娘，你也隐约察觉到情况的复杂了吧。登和如果不是自杀事故，可就相当棘手了。”

“我……我，这，这么重要的事……”

“当然，这话我只在这里说。我是信任你才说的。”

“可，可是……”

“而且，关于雏云的死，请你睁一只眼闭一只眼。跟你说这些也是证明下我的诚意。”

对方是驻扎在花街驻所的宪兵队上校，本来只要断定雏云是自杀的就可结案。这位课长竟然还会参考区区一介青楼老板娘的意见，自己是何等的荣幸。

“等等！您的意思是雏云的死就这么草率地收场？”

事实确实如此。就像我前面说的，左右田课长竭尽所能地进行了各种探讨。即便如此，两人的死还是无法断定为他杀。

我的看法吗？这个怎么说呢……

登和的死就像课长报告书里写的那样。

雏云的话……果然还是幽女所为？就像初代绯樱那样，受到了某种负面的影响所致。

嗯，是的，雏云最后也以“自杀”结案。动机是青楼的生活让她疲惫不堪……也就解释为她从很早之前就厌世了，目睹登和坠楼以后，便想着要效仿同样的方式，这也是一种自杀效应。

这些都是左右田课长的想法，警察似乎也接受了。不，就算有什么异议，他们也不敢提出来。

课长回去之前，我提了一个问题。

“登和坠楼之后，课长曾忠告过我今后必须多加注意——”

“嗯，是的。”

“这么说有点对不住雏云。不过她去世后，是不是就没有必要担心了？”

左右田课长现出沉思的样子，接着说了他的想法。

“我想没事了。怎么也不可能像侦探小说那样，花魁一个接一个地不断死去。”

“课长，您还读那类小说吗？”

我很惊讶地问他，课长有点难为情地说：

“那类作品可是相当有趣。不过早已变成禁书了，所以就不能随便公开阅读啦。”

他一边苦笑着，一边又有点愉快的样子。对于登和和雏云的死，进行的种种推理，除了是他的职务所需，大概也是受到了喜欢的侦探小说的影响。

“不必担心，不会发展为连续杀人事件。”

课长再次恢复了严肃的表情。

“在登和之死的事件中，嫌疑人或多或少都有动机，当然，都是针对她一个人的。而当事人登和已经去世。雏云若是他杀，原因就在于她目睹了凶手杀害登和的过程，然而雏云也过世了。那么，随着雏云的离世，整个事件的帷幕就被拉上了。理论上不会再有人遇害。

“那雏云说的那句……”

我有点难以启齿地说了一半，左右田课长略显惊讶地看着我。

“要调查什么的那句吗？”

“不是，还有一句。”

“雏云还说了其他的话？”

眼见脸上写满惊讶的课长，我算是明白了，听到另一句的只有染子。

这次也会有三个人，跳下去吧……

我将这句话原原本本地告知左右田课长，他先是沉思了一会儿，才低声念叨：

“很像是巫妓会说的话。所以，染子才没有告诉我。”

“有可能。但让人放心不下……”

“老板娘的担忧理所当然。但是，即使登和与雏云皆为他杀，就像我刚刚说的，对于凶手来说，事件已经结束了。所以，不会再有杀人事件发生了。”

左右田课长说到此处停顿下来，露出一种难以言喻的表情。

“但是，并非杀人事件的跳楼……且不说是不是自杀，我可不敢保证不会再发生。”

“就像以前的绯樱和月影……那样的吗？”

“雏云想说的也是这个意思吧。”

左右田课长也不否定。他站在特高课长的立场上，能够说出这样的意见，我已经很感谢他了。

“我想让染子搬出贵宾室，再请人做一场法事。”

“那最好了。如果出现第三个坠楼的人，估计也是受了登和与雏云去世的恶劣影响，恐怕是突发性的冲动之举。为了驱除那些糟糕的想法，我认为作法会起到一定的效果。不是说病由心生嘛，大概就是这样。”

我深深地低下头行礼，谨慎地选择措辞。

“登和坠亡事件中，浮牡丹、红千鸟、月影，还有哥哥的那些动机，按您所说也会就此消失吧。”

“嗯，是的。”

“已经不用再去追究了吧？”

“嗯？”

左右田课长迟疑片刻，歪了一下头，有点恍惚地问我。

“哦。原来是这个意思啊，你在担心周作呀。”

“哥……不是，不是只担心哥哥。”

“这也难怪，很正常。”

说着，课长做出了一副犹豫不决的样子。

“说实话，周作那种奇妙的态度，我也有了自己的看法——”

“真，真的吗？”

与我激动的声音相反的是课长冷漠的表情。

“我的解释没有任何根据，也可以说是我乱猜的。”

“没关系，请您赐教。”

“即使我说得不对，也不会有什么问题吧？”

课长先给自己找了个台阶，然后他揭示出了足以震撼全楼的推测。

“也许在登和搬进来之前，周作就在别馆最里面的房间，与你们这里的某位花魁密会！”

九

那天夜里，我像往常一样忙完各种事务之后上床就寝，然而辗转难眠。其中自然是有登和与雏云过世的原因，需要处理的问题堆积如山。无论是谁都会如此，花街则更为夸张，不能因为有人离世就停摆。

优先度最高的问题有三个：法事、染子，还有周作哥哥。

请人作法要是没有效果，后果不堪设想。到哪里找人来做呢？时间不多，必须要在两天内找到。最后，只能找母亲和喜久代商量了。

我找染子谈话之前，她就主动提出想搬离别馆三层。而且，她还说想暂时休息一段时间。喜久代同意她搬离那个房间。不过，提到休息的事喜久代还是会面露难色。喜久代最后说服了染子，让她搬到别馆二层之后继续接客。

但是，染子甚至害怕到不想继续留下，但我也不可能让她离开梅游记楼。最后我安排了别馆一层最里面的房间给她，让她暂且休息一段时间。这个房间本来是登和住过的，染子却不介意。只要能够离开贵宾室，搬到与花魁无关的房间，不管哪里都好。这样一来，雪江的工作又要增加，也是没有办法的事。

哥哥的问题就非常棘手。我是梅游记楼的老板娘，哥哥只是监督，我对他没有任何畏缩的理由。店里的人与花魁发生关系绝对是禁忌，更别说密会花魁这样的羞耻行为，我反而该满腔怒气地质问他。

这么说来……我有印象。在金瓶梅楼时期，哥哥有段时间颇为怪异。莫非在那个时候，哥哥就已经偷偷密会花魁了。说难听点，要是上瘾的话……

不过，老师读过樱子的日记吧。哥哥就像我的老师，我实在没有办法面对他呢，而且也不能找母亲和喜久代商量。

各种事情交织在一起，我越来越苦恼，不过半梦半醒间好像睡着了。还做了一个噩梦，梦见登和从暗小屋里脱身，从后门进入本馆，经由内梯冲上二层。熟悉的响声与那个时候一模一样，别馆那里响起了很大的动静，尽管声音有点模糊，像是很多人在走廊里跑动的脚步声，“吧嗒吧嗒”响彻整个走廊。我才意识到这不是梦，而是现实。

我急急忙忙地起身，奔出房间，冲向贵宾室。当我踏上别馆三层的楼梯时，尤为恐怖。再往上走，脑中就像马灯似的浮现出即将映入眼中的光景。

这个恐怖的预感正中一半，幸好还有一半不对。我喘着粗气跑进贵宾室，只见红千鸟伫立在房间的正中央，面朝正面的窗户，浮牡丹和月影倒在地上，瘫坐在两人之间的染子则岿然不动。

“发生什么事了？没事吧！”

这时候，周作哥哥也跑了进来，说巧不巧，别馆三层凑齐了当时登和坠楼的所有在场人员。只是少了死去的雏云，从现场的情况来看，浮牡丹和月影成功阻止了正要往下跳的染子。

“刚才太危险了……”

随着月影发出恍惚的嘟哝声，浮牡丹也回应了一句能听清楚的话。

“是啊。”

不过，其他两人还陷入沉默之中。

“月影抱住双腿，要不是浮牡丹死命地拽住腰带，现在她已经倒栽葱坠下去了。”

只是旁观的红千鸟，用平淡到毫无感情的语调说着。我整个人也软绵绵地瘫坐在地。可能是吓得腿软了。

哥哥走近窗边的三人，在查看过她们各自的情况之后，对我轻轻点头，表示没有人受伤。

但是，浮牡丹和月影两人，以及染子所受的精神打击无法估量。最好让她们马上离开这里，到其他房间去缓一下，虽然这么想着，但不争气的我怎么也站不起来。

我想让哥哥来帮我一下。就在这个时候，染子突然开口说道：

“不……不知怎么，就突然……肚子觉得难受……”

“现在不要说话比较好。”

哥哥连忙阻止她说下去，但她还是开口往下说：

“而且，与普通的肚子痛不一样。好像有什么要从肚子里跑出来……是极其可怕的某种东西，要向外涌出来似的……在肚子之中的就是这种感觉……”

“呼……”的吞咽口水声，一种寒冷的气氛，充满了整个房间。

“我冷不防地产生一个念头——如果当时不去本馆庭院里的小屋……当我回过神的时候，已经在小屋门前……不过，门上了锁进不去。那个瞬间，我心想得救了。但是——”

低着头絮絮叨叨的染子，突然抬头，两手按住后脑勺。

“那一瞬间，背脊上有一股寒气袭来，莫名的恐惧从身后逼近。这股寒气上升到颈部，某样东西一点一点地滑动，从我的颈部，慢慢地、慢慢地进入了我的身体……不，是令人厌恶的感觉……当那股恶寒再次从背脊处传来的时候，我连草鞋都没有换就步履蹒跚地从后门进入本馆。”

染子的语速越来越快。

“明明能够瞧见眼前的景象，可就像透过一层薄纱……有种烟雾迷蒙的奇妙感觉。不仅仅是这些。走廊还有楼梯，到处都有可怕的点状物印记，就像在引导着自己往哪里走……”

我很害怕。我在樱子的日记里读到过，与她亲身体验的怪事极为相似。

“意识在无限度地增强，不走的话、不向前走的话……而另一种声音则告诉我不可以去，如果现在不转身回头的话……大概也是出于这个原因，步伐显得异常的沉重……”

听到这里，我意识到这不会有错。继承了第二代绯樱之名的染子，遭遇到了与初代绯樱樱子完全一样的事情。

“正因为此，你才捡回了一条命。”

红千鸟的声音在室内响起，同时还能听出些许遗憾。

“这话是什么意思？”

我回过神来向她问道。

“第二代绯樱受到某物的引诱，而她的内心在反抗。于是，脚步变得拖拖拉拉，当她在走廊里奔跑的时候，撞到了纸门还有柱子。所以，引起了我们注意，最后才能在千钧一发之际将她救下来。”

你貌似什么都没做吧。话到嘴边，我又硬生生地吞了下去。现在不是与红千鸟争论的场合。

我要所有人离开贵宾室，让哥哥照顾染子，自己则去叫醒还在睡觉的喜久代，将第二代绯樱跳楼未遂的事情告诉了她。喜久代听后惊恐万分，我告诉她最好今天就举行法事，她就马上叫茶壶动身去找神社。

也不能说是盛大吧，从这天下午到傍晚，××神社的神主来主持了法事。从庭院的暗小屋开始，从本馆的后门进入别馆，经过连廊，走过通往三层的走廊和楼梯，最后进入贵宾室。这样的距离还有耗费的时间都很漫长，总觉得这是一场很奇怪的法事。

“这样一来，就不会再发生类似的事情了吧。”

恭送神主离开之后，我向喜久代寻求认同。

“暂时应该没有什么大问题吧。”

令我意外的是喜久代只给出了一个暧昧的答案。

“为什么只是暂时？”

“因为雏云担心的第三个人去跳了。”

“那、那么……”

“当人们对坠楼事件的议论逐渐消失的时候，只要通过某种契机，可能又会开始。”

我顿时张口结舌。

金瓶梅楼时期跳楼的三人是通小町、绯樱、月影……

梅游记楼时期跳楼的三人是登和、雏云、第二代绯樱……

根据这个说法，在未来的某天，如果再有人坠楼，就会出现第二个，甚至第三个人，重复循环三次恐怖的悲剧。

就在此时，我发现在幽女源头的那起事件中有三人死亡……也就是说，这次的连续坠楼事件不是第二次，而已经是第三次了……

我想追问喜久代，但放弃了。首先她不会告诉我。其次我也不想在繁忙的非常时期与她发生冲突。

再次回到别馆一层最里面房间的染子，冷静下来，暂时将自己关在屋内，闭门不出。三餐和洗浴的时候她都是一个人，不和任何姐妹见面，安静地独自生活在别馆一隅。要是放在金瓶梅楼时期，当然不会允许花魁做出如此任性的事。老板娘即便同意，也要处以金额巨大的罚金。但是，我想让她休息，而且不处罚金。因为直到现在，染子从来没有说过一句任性的话，只是默默地接客工作。像这种程度的自由权，就给她吧。

复工的染子入住了别馆二层的房间。喜久代主张让她回到已经做过法事的贵宾室，但被染子果断拒绝。“只是拉上窗帘，已经无济于事。我已经无法忍受。脑袋会坏掉的，实在是太恐怖了。”

如此之强的抵抗，即使是鸨母喜久代也无能为力。染子入住二层的开始阶段，平日里对染子赞不绝口的喜久代也会罕见地小声抱怨。不过，见到换房之后的染子，进账额度不降反升，她的态度直接来了一个大转弯。

“喔唷，也就只有第二代绯樱有这实力嘛。”

那态度变得着实好笑，教人忍俊不禁。不过，花街的鸨母嘛，这是理所当然的反应。花魁的收成如何，取决于喜久代的手腕。别馆三层是她发挥本领的道具之一。然而，如今那里被封印起来，喜久代担心染子的营业额能不能保持下去。

往来花街的士兵们依然很多，就在不久之后，战争陷入胶着，军部通过工会传达，要求增加随军女性。就像之前说过的，日本的军队在外面也造了花街，不过，随着战场扩大，各方需求都在增加。不仅是日本人，遭到侵略的地区的当地女性也被列为了征召对象。即使这样还是不够，以吉原为首，连同其他地方上的花街，都接到了分配名额。

哦，是的，老师是问花魁是否会像国防妇人会那样排斥参加吗？

不是，完全相反。各家青楼都有不少花魁自愿参加。因为只要跟了过去，卖身契就会作废。我认为这一点是非常重要的原因。

当然也不是所有花魁都自愿去战场。让士兵带走自己才是很多花魁的真意。有些井底之蛙，根本就不了解战争的实际情况，说难听点就是无知。但是，她们中的很多人，竟然想陪士兵一起战死沙场。只要奔赴前线就有死无生。

她们可以为了士兵们牺牲奉献，却没有人知道。好像也没有什么记录留存下来……战死疆场的士兵亲属还能得到抚恤金和物品……那多达十万的从军女性呢？政府至今仍然没有作为，不管不问，任其自生自灭……想到这里，我不禁替她们悲哀……

我们回到正题吧。

志愿从军的花魁离开后，我还要处理和填补她们离开后的空缺，这些异于平日的陌生事务，整天烦扰着我。所以，哥哥的那个难题，就被搁置下来了。不，该说是自己因为忙碌的理由，逃避了哥哥的事。没想到这件事居然会出乎意料地暴露出来——

能够取得进展要归功于喜久代。因为染子的复归，她好像很在意染子的情况。根据喜久代的经验，要确认花魁的状态如何，直接看她的裸体效果最好。观察裸体不仅能判断出身体情况，精神面貌也能显现。

“当然，没有我这种长年累月的经验积淀，可是办不到的。”

她自我夸赞两句之后切入正题。

“所以我在第二代绯樱洗浴的时候，不露声色地观察起她的裸体。我发现她的两腿之间有擦伤的痕迹。这是她正要跳楼的时候被两人救下的那一刻，碰到窗框留下的擦伤。那些伤差不多也快愈合了。我心里还庆幸没有留下疤痕。我还在瞧着那个伤痕的时候，你猜我发现了什么……”

“什……什么？”

“刺青。”

“难道！”

我当时大惊失色。在大腿上刺青的花魁不在少数。但是，我不觉得染子会做这样的事。

“我也非常震惊，但更震惊的是她刺在腿上的字。”

“什么字？”

喜久代的眼神紧紧地盯着我，缓缓地将刺于染子大腿上的字吐出。

“绕花街一周的‘周’，农作物的‘作’。”

“啊……”

“因为她迅速地用毛巾遮了起来，我没能看见下面的第三个字。如果有的话，也许是‘命’，所以就是‘周作命’。”

莫非喜久代也发现了哥哥密会的事，我有点慌了手脚。

“哥哥的名字刺在了染子的身上……”

“第二代绯樱的客人里没有名字叫作‘周作’的客人。不过她与周作少爷，根本没有可能性。我也不可能忽视这一点。刺青的事是意外，虽然第二代绯樱有意隐藏，没让任何人看到，但我作为鸨母还是有失察之责。”

“她在客人面前隐藏得很好啊。”

“嗯，以第二代绯樱的本事，还是比较容易的。”

我很佩服第二代绯樱，但在喜久代眼里，似乎是理所当然。

“不过我没想到会是周作少爷……”

但是，喜久代不认同染子和哥哥有染。其实比起这点，我感觉她是不愿承认自己被蒙在鼓里。

因此，我将左右田课长的推测告诉了喜久代。

“两人在别馆一层的最里侧房间幽会……”

喜久代也许是难以接受，表现出拒绝相信的态度，不过稍微凝神思考之后，她说道：

“既然宪兵队的特高课长都这么说了，我们也不能无视这个问题。”

“喜久代认为课长说中了吗？”

“人家可是盘问的专家啊。”

虽说等于承认了自己的疏漏，但喜久代似乎更重视课长的推测。

“该怎么办才好呢？我直接追问哥哥吗？”

“这……”

喜久代思考半晌，说出了一句意外的话。

“这……这事就这么放着吧，反而可能会更好。”

“啊？”

“这种处理方式，作为鸨母是不称职的，哎，我可能是年纪大了吧。”

看着我一脸困惑，喜久代露出难为情的苦笑。

“不是，要放在和平年代，就算对方是周作少爷，我也绝对会摆出强硬态度来处置。但是，现在这个世道，谁都不知道还有没有明天。只要不妨碍我们店做生意，就睁一只眼闭一只眼好了。”

对于她的决定，我有股茅塞顿开的感觉。我只想着要早点决断处理，却没想过根据世间局势的动荡，静观其变也是一种处理方式。

“那就这么办吧。今后，如果哥哥和染子有什么不能容忍的言行举止，就要严厉警告两人。”

哥哥的难题也算是暂时得以解决。我也像以前那样，全身心扑在梅游记楼的工作中，专心致志地打理店内事务。

但是，与青楼的生意兴隆相反，战局开始恶化。当然，像我这样的花街老板娘，不可能知道形势有多严重。不过，因为店里有许多与军部有关系的高官，他们察觉到了当时局势的端倪。这些从他们的嘴里漏出来是不可能的。该说是氛围吗？或是从客人没有过的举动和态度中间察觉到了什么。然而，战局早在我不安的数年之前，就已经向着糟糕的方向发展了……

尽管局势如此，经历过幽女怪谈、登和生产、坠楼事件、哥哥幽会、征调从军的事宜，我像是被解放了一样，终于可以喘口气。我本想着梅游记楼会更加繁荣吧。花街上却接二连三地发生士兵和花魁殉情未遂、逃兵风波、暴力事件和逮捕思想犯的重大事件。不过幸好都跟我们店里无关。

但是，我们这里又发生了诡异的不可思议的事件。

幽女居然现身了，还在梅游记楼之中徘徊。

十

这天下午傍晚时分，我与哥哥以及花魁大姐头浮牡丹三人在别馆一层，进行每月一次的例会。会后我便回到本馆，碰到刚好进楼来的茶壶朝永，跟他聊了两句，然后照例去厨房向女佣安美确认菜单，再到化妆室视察一番已经聚集在一起的花魁，接着还想稍微去看下本馆和别馆二层的房间。

减员的花魁迟迟找不到新鲜血液来代替。然而另一方面，士兵客人却在增加，因此，除了花魁人数不足，房间不足的问题也凸显出来。

这么说他们也许不怎么好听，但当时的客人已经不再需要过去的那种娱乐，所有的客人都只追求那瞬间的体验。士兵更是如此。为了疏散人潮，急切地需要可供等待的房间。就算没有也要想办法增加房间的数量。最省事的方法就是在现有的房间里放置几张屏风，便可隔开几间。

啊，老师都不好意思听了，其实我也难以启齿。不过，这在青楼是稀松平常的事。若是只需要廉价的服务，那么房间只不过是摆设。大家装作没看见就好。不过，说起来也有客人喜欢这样的，甚至有些很有钱的客人，居然还特意指定这种房间。

哎呀，不好意思，又扯远了。抱歉，言归正传吧。

我本打算逐一查看所有的房间，进入的第一间是别馆二层最外侧的房间。从这间开始，走到本馆二层最里侧的房间，然后考虑该怎么改装，还能增加多少空间。

然而我刚进去，天花板上就传来声响，虽然极其微弱。当时别馆二层应该没有人，四周一片寂静。就算是针掉落的声音，我也会听到的吧。

咯噔……咯噔……好像是有人在走动的声响。但正上方的房间是贵宾室。自从 ×× 神社的人来作法之后，那个房间就没再用过。现在是被封闭的房间。

而且，现在店内所有的相关人员，我很清楚他们所在的位置。就在几分钟前，我无意间见过了所有的人。就算有人进行了移动，也不会登上别馆和本馆二层，更别说追过我走上别馆三层。

那么，在贵宾室的是……

我的思绪转到这个问题的瞬间，脑中迸发出的是马上撒腿跑回本馆一层的冲动，甚至强烈到想逃到姑娘们所在的化妆室。

现在就跟染子最初见到幽女时的情况一样——没有人存在的状况。

但我是梅游记楼的老板娘，遇事不能落荒而逃。

已经做过法事了，不会有事的……

在内心深处劝着自己，同时离开房间，走向通往三层的楼梯。

但是，贵宾室里要是有什么的话……

我在思考如何应对的瞬间，双腿因为恐惧止不住地颤抖。我后悔了，刚才该把喜久代喊来一起。但我已经走了一半。比起折返，干脆就上去吧，到时只要向前穿过走廊，悄悄地打开纸门，只需偷看一眼，马上折回就好……

心里打好了主意，于是，登上剩余的楼梯，顺着走廊往深处前行。我来到纸门前站定，却无论如何都下不了决心拉开纸门。手指扣住了纸门的拉手，指尖不住地颤抖，纸门“喀哒喀哒”发出响声。因此我便将耳朵贴在纸隔扇上，探听室内的动静。

寂静……鸦雀无声。

室内什么动静也没有，没有任何屏息的声音。

我的指尖慢慢发力，一点点地拉开纸门。打开了一条缝隙，眼睛凑上去向室内窥视。

贵宾室的三扇窗户都已经拉上了窗帘，起初我的眼前一片漆黑，什么都看不见。反复多次眨眼之后，逐渐适应了光线，朦胧地确认室内情况，屋里面没有人。我壮着胆子拉得更开一点，最终，把头探进屋内扫视了一番，果然没人。

花魁使用的房间，起初入住的时候没有壁橱，因为有专门放置被褥的房间。贵宾室也是同样。虽然有豪华的衣橱和梳妆台，不过没有任何能够藏人之处。

但是，刚才有人在走动……

我刚刚在下面的房间的确听到了有人走动的声音。虽说微弱，但我绝对没有听错。

可是，房间里什么人也没有……

“啪”的一声，我用力拉上纸门，冲过走廊，跑下楼梯。原本想跑去大家都在的化妆室。好不容易又打消了这个念头，晃晃悠悠地回到内室。我不想在花魁面前表现出十分慌张的样子。

果然是我的错觉？

不，不是的。

我独自一人发闷，陷入苦恼的情绪中。但即使想破了脑袋，也不会有什么结果。为了查个水落石出，只能更深入地调查了。

从次日开始，我会在同样的时间登上别馆二层，监视贵宾室的情况。其实待在那个房间里等更好，可我实在无法做到。要是真的遇到幽女从楼梯上来，我便无路可逃……

坦率地说，我的心情非常矛盾，一方面想查出那个神秘脚步声的真相，却又不想遭遇幽女。也许我自己都不清楚要做什么。

即使这样，我有几天还会挑选不同的时段，神不知鬼不觉地监视贵宾室。当然也不可能每天都去，但只要我有空，都会去进行监视。

距离初次听到脚步声的三周后的某天傍晚，我从内室出来，爬上二楼，通过连廊，正要进入别馆，听到从三楼方向传来了脚步声……

这一天所有人的位置，我自认为都掌握了。没有人在贵宾室。那么，既然这样，谁走楼梯下来了呢？

我不由得僵在原地，拼命地克制不断涌出的恐惧，然后逃进身边最近的房间——别馆二层南侧的房间。

进入房间以后，我就软绵绵地瘫坐在地上。

咯噔……咯噔……咯噔……

令人恐惧的声音由远及近。神秘的脚步声踱下楼梯，经过二层走廊，逐渐向我所在的房间慢慢迫近。

讨厌……我不想看……

我虽然这样想着，但还是鼓起勇气，悄悄地扣住纸门的把手。屏住呼吸打开一个小缝，通过缝隙战战兢兢地窥视走廊的情况。

咯噔……咯噔……咯噔……

幽幽的脚步声，从左手边缓缓靠近。那个东西的气息逐渐清晰地传了过来。

不一会儿，淡桃色的和服长衬轻飘飘地从左向右掠过，我的身体已经忍不住地颤抖，恶寒沿着背脊从上往下传递开来。

幽女……

幽女又再次出现，我哆嗦个不停。发现那个东西的气息进入连廊以后，接着我竟然做出了连自己都无法相信的举动：我竟然起身追出房间，尾随其后。

啊，能得到老师您这等人物的赞誉，真是愧不敢当。人的心理有时非常奇妙，明明怕得要死，却又无法抗拒想知道真相的好奇心。

蹑手蹑脚地走出房间，悄无声息地跟着来到连廊的转角窥视。和服长衬的下摆在通往本馆的右边转角处消失了。那个东西转过弯去，去了通向本馆深处的走廊。

这是要去暗小屋。

我瞬间这么想到。准确地说也许不是“去”，而是“回”也说不定。

因为通往本馆的走廊长度比连廊要长很多，如果照这样追上去，我就能清楚看到那个东西的背影。但想到的同时，脚却像灌了铅一样。

想看，却又不想看……

矛盾的心情依然在折磨着我。

怎么能错过这么好的机会？

我鼓励着自己，也像是在警告自己。

要是那个东西转过身来，怎么办？

要是脸对脸地对峙，我还能保持清醒不昏倒吗？这样的不安掠过心头挥之不去。

尽管自问自答也得不到答案。我从连廊本馆侧的转角探头往二层深处看时，那个东西已经走下内梯。

淡桃色的和服长衬再次进入视线。这次我能看清其背影和臀部的一部分，那不是我们店里任何一位花魁。老师是不是在想，就这样一瞥能判断出来吗？其实我当时有种强烈的感觉。

果然是幽女……

我决意这次无论如何都要揭开那个东西的真面目，因此我不发出任何声响，尽可能地快步朝走廊深处走去。

咯噔……咯噔……咯……

蹑手蹑脚的我还没到内梯，二层的走廊上就传来那个东西走下台阶的声音。我想如果隔着楼梯扶手向下看，也许能从头顶上看到那个东西行至楼梯一半的身影。

此时，我已经不顾自己的脚步声，跑着穿过走廊，正待火速下楼。

咚……咚……咚……

然而就在此时，却又传来从一层登上楼梯的脚步声。

什么？她折回来了！

我全身战栗颤抖起来。我会被发现的。要是那样的话，我该怎么办呢？我会在彷徨中走回别馆，像冥冥之中安排好的那样登上三层，然后从贵宾室的窗户一跃而下吗？

要是不快点逃的话……

就在我急匆匆转身往回走，刚走上两三个台阶的时候。

“老板娘……”

身后传来呼喊声，声音极其微弱，有气无力的，阴柔的声音好似回荡在那个彼岸世界……

由于受到惊吓有点无法呼吸，我只得矗立原地，动弹不得。

咚、咚、咚咚……

脚步声慢慢地踱上楼梯，缓缓向我逼近，在我的正后方停了下来。

“老板娘……”

耳边传来轻声呼唤的瞬间，我的悲鸣终于响彻走廊。待我反应过来的时候，已经跑到了走廊的一半，停下脚步后才敢战战兢兢地回过头望了一眼。

这时，从后面内梯探出头的是浮牡丹和红千鸟。

“老板娘，到底发生什么事了？”

听到浮牡丹儒雅的声音，我才发现原来只有她们两人登上楼梯而已，我感觉刚才可能是自己的错觉，整个身体却瘫软下去。浮牡丹的声音令人发怵，也许只是我的心理作用。

但是，幽女是从内梯下去的绝对没错。

“……刚刚没有人从楼梯下去吗？”

“您说我们上来之前吗？”

浮牡丹一边接着我的话，一边发出反问。

“嗯，就在前一秒。”

“没有，没有人下来。”

她转身往后看去，事不关己的红千鸟趾高气扬地点点头。

“你们也是刚上楼梯吧？”

在我的追问之下，浮牡丹很是困惑的样子。

“是的。但在上楼之前，我还在楼梯下面等了一会儿。”

“什么意思？”

“我从高野出来的时候，红千鸟正要进去，她说有话要讲。于是，我就在内玄关和楼梯边上等她。”

“后来你们一起上了内梯？”

“嗯，是的。”

也就是说，那个东西下楼之前，浮牡丹已经等在一层的走廊。而且，在那个东西下楼的时候，红千鸟已经从高野里出来了，两人一起走上内梯。尽管如此，她们没有遇到任何人。

幽女从内梯中消失了……

我只能如此考虑。不过，要是她们说谎就要另当别论，红千鸟不好说，浮牡丹绝对不会这么做。而且，她没有说谎的理由。不，要说没有理由说谎，红千鸟也是一样的。两人的说法一致，让我觉得她们的话具有很高的可信度。

跟在连廊消失那时一样……

我也遭遇到了染子那般的怪异现象。那下一次她是不是要来召唤我了？引诱我去别馆三层，从那扇窗户跳下……我马上想到了那个情景，怕得全身上下直打寒战。

“老板娘，您看到什么了？”

浮牡丹发现我不对劲，忧心忡忡地盯着我看。

“不，没有……大概是我的错觉。”

我慌张地否定，然后赶紧避开红千鸟想要继续深入追查到底的眼神，离开了那个现场。

从此以后，我再也没有去观察过贵宾室的状况。遭遇那个东西的时候，我被非比寻常的恐怖气氛吓坏了，另一方面，因为好奇心的驱使，让我甘愿冒着危险尾随其后。但是，如果要我再次开启别馆三层的调查，就得另当别论了。我已经挤不出勇气了。

有可能会被逼迫跳楼……

只要我还怀有这样的恐惧，就不可能再与贵宾室有任何牵扯。我也意识到比起梅游记楼老板娘的职责，作为人类，不要接近那个房间比较好。

过了大约一周时间，我终于告诉了喜久代，因为我无论如何都无法独自忍受。

“老板娘都看到了那个东西……”

喜久代非常惊讶。然后，她也赞同浮牡丹和红千鸟两人没有说谎的观点。

“浮牡丹这个花魁，哪怕知道对自己不利，也绝对不会说半句谎话，好像跟她私下里信仰的基督教有一定的关系。”

战争时期的基督教屡遭镇压。

“如果当时那里只有红千鸟一个人，她倒是可能会搞出性质恶劣的恶作剧，不过，浮牡丹也在的话就又另当别论了。那么，只能当老板娘看到的东西，从内梯当中消失了。”

“……是啊。”

我点点头，喜久代的脸上浮现出一丝奇妙的表情，她说出了令我动容的话。

“最近，我总觉得这里不对劲……”

“喜久代有什么预感吗？”

“不是，不是什么预感。”

“……你觉得哪里不对劲吗？”

喜久代难得说话吞吞吐吐，我赶忙加紧追问。

“呃，嗯，可是……毕竟之前我也忽略过周作少爷和第二代绯樱私会，我的感觉不一定准确。”

“没有的事。”

我抚慰着喜久代，想要问出她的预感是什么。

“什么时候，预感到了什么，哪里不对劲啊？”

“嗯，这事么——”

根据喜久代的回忆，大概从一个半月前，她就觉得梅游记楼有一种不协调的怪异感觉。

“是店里奇怪吗？”

“说不清楚，就是那样的感觉。”

“具体来说呢？”

“……不知道。奇妙……怪异……只能说全是这样的气氛。”

“是不是幽女从那个时候又开始出没的缘故？”

听我诚惶诚恐地问道，喜久代思考了片刻谨慎地说道：

“嗯，话虽如此，不是出现什么契机以后才会发生事件吗？还是说，要有像雏云和第二代绯樱那样的通灵能力就能触发……”

话说，很奇怪啊，我这种不具备能力的人，居然也目击到了幽女。那么，要说没有发生过什么大事件不太可能。

“可是，的确没发生什么事啊。”

我再次加以确认，喜久代满脸疑惑地说道：

“也有可能其实已经出了大事，只是梅游记楼的人还没发现而已。”

十一

自那之后，我再也没有见过幽女的影子，也没有人从贵宾室坠楼，没有怪异现象发生。就这样岁月流逝。

但是，我偶然还是会感受到某物的气息，背脊一凉。虽然不太能够说明，就像有人是从内梯上方、连廊转角，或是纸门的缝隙盯着我。

我会突然惊觉回头，发现那里根本就没有人。但却残留着凝视者的气息。

有时我会杵在那里纹丝不动，观察经过的花魁和女佣，但也没有什么特别之处，大家都像平常一样，如同那时的浮牡丹和红千鸟。因此，我更加确定她们当时没有说谎……

令人困惑的是，碰到这样的情况，我的表情似乎会相当狰狞……甚至还有被我这副表情惊吓，发出悲鸣的人。

老板娘的样子很奇怪……

随着传言在梅游记楼散开，喜久代向我提出警告。

“不管发生什么，老板娘都要沉稳威严，就算装也要喜怒不形于色。如果老板娘自己都惊慌失措，怎么还能给其他人起到表率作用？”

“道理我都知道。但……就是害怕……”

“装作没看到就好了。那个东西非要惹你，另当别论，如果只是窥视什么的，就当作不知道好了。”

“无视吗？”

“那个东西要是知道我们发现了它，便会更加得寸进尺。”

“莫非？喜久代也……”

她的这种说辞，让我怀疑她是否也遭遇到了同样的事。不过，她并没有承认，只是教我如何才能做好老板娘。

我确信她也经历过相同的体验。只是她觉得害怕并不能帮我消除恐惧。老板娘的负面传言已经在店里传开。喜久代觉得如果我不振作起来，会对青楼的生意造成影响。

“嗯，说得没错。我很抱歉让你操心了。”

我对自己发誓，要再次建立起老板娘的自觉。不过，接下来发生了几件事，严重到我无暇害怕幽女……

首先，征兵体检只是乙等遭到淘汰的哥哥，竟然接到了召集令。那个时候还留在花街上的男人，除了哥哥以外，都是年老体弱者，或是身体残缺的人。我不认为体弱多病的哥哥能够胜任军旅生活。仅仅接受军事训练，搞不好的话他就会死掉吧。但是无计可施。父母与我只能送他远去，比起武运长久，我还是祈祷他能够平安无事吧。

就在哥哥出征后不久，花街上开始实施灯火管制。打开电灯的时候，要在窗户上遮一块黑色的布，就像文字所述的那样，花街的喧嚣宛如熄火一般，飘散着寂静凄凉的氛围。

然后，实施建筑物疏散。众所周知，就是将房屋密集的区域进行拆除，隔开空间，遭受空袭的时候不至于延烧开来。仔细一想，没有比花街的建筑物密度更小的地方。

嗯，是的。说到拆除建筑物，很多人以为只在东京都实施过，其实在桃苑也同样实行过。

被拆除的青楼旧址上造起了防空壕。每当警报拉响的时候，就要迅速进入防空壕。警报解除，从防空壕里出来，回到青楼继续营业。尽管是如此令人恐慌的情况，生意依旧繁盛。

花魁的装扮也染上了战争时期的色彩，曾经的奢华荡然无存。头发也不再盘成日本结，而是采用垂髻和外卷形式，和服也是像普通人一样的上衣和束脚裤，即所谓的二部式和服。当然，营业时候还是穿长衬，但已经谈不上有什么情趣。即使这样，客人依然络绎不绝，果然还是士兵比较多吧。

我当时已经萌生出不想继续经营青楼的想法了，可谓意兴阑珊。尽管梅游记楼的名字很雅致，生意内容却名不副实，我逐渐厌倦起来。

当时我也经常跟父母提及疏散的事情。父母早已远离故乡，因此我们就说索性在 ×× 地区附近的乡下买所宅子吧。刚好有人在报纸上刊登房屋出售信息，让我下定决心关闭梅游记楼。

母亲很是惊讶，还在极力劝阻我，不过父亲却很淡然。

“果然是你的女儿。当机立断。”

经过父亲的提示，母亲和我也意识到了。现在的情况就跟母亲说要关店歇业的时候如出一辙。想到这点，母亲也就同意了。

“我们家就在优子这一代结束青楼生意吧。”

与母亲商讨之后，我决定废弃所有花魁的契约。不过，就算出售青楼，短时间内也找不到买家。于是，我就把有意继续从业的花魁介绍给其他青楼。既然废弃了她们的契约，她们就是自由身。不过，即使如此，很多人也只能以接客为生。

有几个孩子返乡去了。染子也是其中一人。她替夫家还清了债务，可以风光地回去了。

在梅游记楼工作的茶壶、小厮和女佣，还有鸨母喜久代都留在了桃苑花街。有几个很快就被其他青楼雇佣。

但也有人想暂时考虑下今后的安身之计，因此我同意她们继续生活在梅游记楼，直到整栋出售之前。浮牡丹和其他数名花魁，还有雪江仍留在店里。她们大概住到了战争结束之前。

就在我和双亲搬到 ×× 的乡下之后，没过多久，花街遭到了空袭。

我听说整条花街被烧毁了一半，但梅游记楼平安无事……

不知道我说的这些对老师您是否有用。但我能提供给您的资料，也就只有以上这些内容而已。

1 赤线又叫红线地区。日本二战后允许卖淫的公娼地区。昭和三十一年（1956年），根据《卖春防治法》被取缔。词源来自于警察在地图上圈出的红线。

2 石部金吉用“石”和“金”组成，词如日本人名。指非常规矩的人。也指死脑筋没有人情味的人。

3　女招待是指从明治时期开始，在西餐馆、酒馆和咖啡店服务和接待客人的女性。自咖啡馆成为社交场所的大正初期，语意开始改变。与客人同桌助兴，因为收入多依赖客人的赏钱，演变为更加露骨的服务，甚至部分女招待是卖春的私娼。战争时期被禁，战后又开始营业。

4　帮间是指宴会上助兴的男性艺人。

5　西班牙流感是指1918~1919年，发生于西班牙，蔓延至全世界的流行性感冒，据说造成1500万到2000万人丧生。

6　江户四宿，江户时期的交通手段几乎都是靠步行。要离开江户（东京）旅行，均以日本桥为起点，有五条主路同行，称五街道。四宿是指距离日本桥八千米以内的地方。

7　饭盛女也称饭卖女，属于私娼。1772年，限定人数。千住宿、板桥宿各150人，品川宿500人，内藤新宿250人。

8　香道是按照某些方式熏沉香木以供欣赏的技艺。

9　普通小学是指日本旧制实行义务教育的小学。满六岁以上入学。昭和十六年（1941年）改称国民学校。学制在明治四十年（1970年）改为小学六年。

10　四大奇书是指中国自元朝到明朝四部长篇小说的统称。四大奇书是《三国演义》《水浒传》《西游记》《金瓶梅》。不过，中国在清朝中叶以后，以《红楼梦》替换《金瓶梅》，称为四大名著。

11　奉行所也叫奉行衙门。从镰仓时期开始，经历室町时期，直到江户时期的武士执政体系下，各种在编政务人员执行公务的官署。

12　长歌是和歌的一种。五音和七音反复交替，最后以两个七音结尾。

13　日语中无毛和不会受伤发音相近。

14　特高就是特别高等警察。日本从明治四十四年（1911 年）至昭和二十年（1945 年）由内务省直辖的压制思想和取缔社会活动的警察。

第三部 3 作家

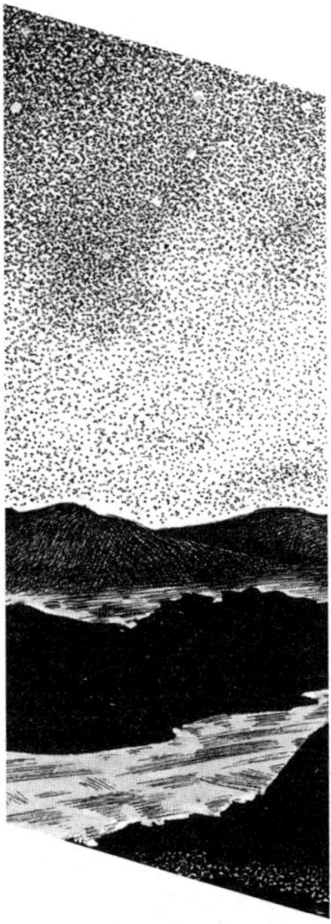

——佐古庄介的原稿

贫穷不是最恶，而极贫就是一种罪恶。——《罪与罚》

连载第一回

一　所谓幽女之物

敬告本文的阅读者，拙文虽刊载于《书斋的尸体》，但《所谓幽女之物》并非是一部小说。本人确实曾用佐古庄介的笔名，写过一部怪奇短篇《路魔之路》，获得了杂志社的新人奖，因此得以出道。不过本文中绝对没有任何创作的痕迹，特在此声明。

那么，说起本文的体裁也不好划分。不像访谈那么正式，说是随笔，题材又未免有点沉重。本文是以现实中发生的事件为蓝本，经过取材整理再发表出来，从这层意思上来说，可以归纳为纪实文学。但是，通过缜密的取材挖掘核心本质，采取冷静客观的记述方式，绝非小说家佐古庄介的所长，毕竟我不是记者。

不，表现形式还是次要的，关键在于题材。无论多么出色的记者，去向不存于现世之物取材，也是手足无措呢。

在下平时就在执笔怪奇小说，如果从我的职业来判断文字的真实性，也许会造成误解。我喜欢怪谈的题材，但仅仅是喜欢其中的趣味性。因此，那些事情是否确有其事，我向来都不在意。怪谈最大的乐趣在于从别人那里听来，或是自己阅读的时候，瞬间体验到的恐惧、打颤，毛骨悚然的反应，令人兴奋。至少我自己是这样的。无论言谈还是文章，只要能够让人感觉煞有其事就已足够。也不奢求别人完全相信。

所以，我从心底厌倦那些遇到无法解释的事件，全都说是幽灵，或是先祖作祟的人。他们轻率地做出结论之前，就不能动脑子好好想想？

话虽如此，那些至死也不承认超自然事物的人，我也无法赞同。世上存在着很多无法合理解释的怪奇现象。难道那些就没有超越人智的现象，谁也不敢断言吧。

我敬爱的作家东城雅哉，本名刀城言耶，在其发表的《民俗学中的怪异事象》中曾提到过——仅凭人类的智慧和常识，解释和断定世上的所有事象，这是人类的骄傲。认定世上一切不可思议之事都是怪异，这是人类的怠慢。

明明在阐述自己的想法，却不知羞耻地引用了其他作家的观点。但这两句话就是自己所想，也就只得借花献佛了。

刀城言耶想说的是对于怪异现象，追究其存在的合理性没有意义。生而为人，首先应当竭尽全力地思考，大部分的问题便可迎刃而解。即便如此，仍然会有谜题遗留下来。所以，坦然地接受不合理的现象至关重要。这个世界并非泾渭分明，中间地带也在探讨范围之内，他想说的就是这个意思。

毫无疑问他是人气作家，坊间传闻他还是相当有名的侦探，可信度非常之高。若非如此，他也不可能在诸多的民俗采访地遭遇怪奇案件期间，担任侦探的角色。他每次都能出色地解决案件，给出一个合理的解释，只是有时仍会留下无法解释的谜题。

其实，我与这位敬爱的前辈想法相近。我无法写出带有推理情节的侦探小说，也没有解决现实事件的侦探才能。我只能做到秉持理性的探讨精神，却又能不受限于理性思考，灵活地考虑各种问题。

但是，接下来要说的内容，已经不是人类的理性所能理解的。虽然刚才还在滔滔不绝地阐述主张，引用别人的话支持自己的观点，结果却是自相矛盾。然而，我却怎么样都无法摆脱不安的心情。

其实，作为地方作家多少有点自卑感，只要是编辑部的要求就会答应，比如这次还在取材过程中，突然就要连载刊行，也许这也增添了我的不安。能够连载几回？读者会觉得有趣吗？最后的结论又会如何呢？写小说时遇不到的情况接踵而至，不安也随之越发强烈。这些都是事实。但是，这次的事件也许并非如此。

幽女……越是了解这样的非人之物，越是难以理解。即便这个话题无论多么吸引我，然而直觉却告诉我切记不可与之扯上关系。说是了解，其实什么也还不知道。我只能通过取材去挖掘疑似由她引发的事件。即便如此，随着取材的深入，我更加警觉还是不要深入下去为好，到此为止的想法愈加强烈。写下这篇原稿的时候，自己仍在犹豫。

在开头部分否定怪异说法，其实并非谎言。其主要目的还是为了保持平常心，让原稿能够顺利地书写下去。但似乎没有什么效果。这样下去，也许很快就会搁笔，无法继续下去，连载也将变为一纸空谈。为了防止这样的事出现，就从事件的开端说起吧。

“据说梅园楼有幽灵哦。”

最初引起我注意的是从伯母淑子那里听来的话。差不多一个月以前的初春……那天，我回家吃完午饭回来……

当上作家以后，我就离开了家。已经自立的人不能老是待在家里，那是很可耻的事。于是，我便搬去了市内的某处。但是，早饭可以自己解决，午饭和晚饭还是回家去吃。仅靠稿费过活，还是有点困难，新的住处离家也就步行三十分钟的距离，正好可以散散步。

“你这样跟住家里有什么区别？”

母亲很不理解，不过，我向她解释说独居对于写作是必要的，母亲就接受了。于是，我就毫无顾忌地继续回家吃吃喝喝，大约过了一个月，母亲同样毫无顾忌地对我说：

“庄介，该交上个月的伙食费了吧。”

从此之后，母亲就以先吃后付的方式向我收取每个月的伙食费。当然，比起自己做饭便宜，但是好像上了母亲的当呢。不过，既然都交了伙食费，不回家吃饭可就亏大了。因此，我每天都必定会回家。

淑子伯母是父亲那支上面最大的姐姐。战前居住在桃苑花街附近，经营着一家叫“梅园”的小酒馆。可惜在空袭中被夷为平地。后来她被疏散到乡村，直到战后才回来。没过几天，她不知怎么买下了花街上的青楼，开始经营起特殊饮食店，也就是赤线地区的咖啡店。战前经营铭酒屋[1]的业者，战后基本都转为经营特殊饮食店，但小酒馆的老板娘转行过来却不多见。

“那个人啊，也许当初在梅园已经在做那种生意了。”

母亲是这样判断的。淑子伯母这人不在乎什么风俗。我也赞同母亲。

铭酒屋也无须多做说明，表面上是喝酒的酒馆，其实是中介性质的风俗店。梅园比起普通的铭酒屋，可能还要更接近于饮食店的氛围。但是，该做的一点都没有少做。

反正，不管怎样，淑子伯母在前桃苑花街上开了一家咖啡店，取名“梅园楼”。那家店在花街时期，战前名叫“金瓶梅楼”，战时改为“梅游记楼”。无论哪家都有“梅”字。伯母就索性在自家店名后面加了一个“楼”字。梅园就变成了梅园楼。

梅园楼生意兴隆是能感受到的。店内比较空闲的晌午，淑子伯母经常会来佐古家，送给我们从美国兵那里得来的罐头还有点心什么的。母亲和她的关系绝对不算亲近，但谁都不会讨厌礼物吧。不过，她的心情想必也是相当复杂。梅园楼的那些背地里的生意，母亲也无法接受吧。

但是，伯母却是满不在乎的态度。

“战后的日本，最赚钱的生意就是咖啡店。”

实际上，也不是只有梅园楼生意兴隆。原桃苑花街被指定为赤线地区，满大街的咖啡店宾朋满座，人流络绎不绝。

话说，这些是本人近年才知道的。当初施行赤线政策的时候，我才不过十五岁。因此，不喜欢梅园楼的话题，当然那时的我并不知情。不，其实，现在也没有什么变化。

“小庄啊，你想变成男人的时候，可以来梅园楼哦。我算你便宜点。”

我十八岁那年，伯母趁着母亲不在的时候，偷偷地私下跟我这样说。但是，她的引诱反而让我远离了赤线。再怎么说，经营咖啡店的人是我的伯母。我怎么可能说去就去。不过，我的朋友里有不少频繁出入赤线的人，我都是尽量避免接触。

然后，就回到了前面提及的淑子伯母的那句话，顿时引发了我的兴趣。当然，不是对于咖啡店，而是梅园楼。

“幽灵……怎么回事？”

伯母没有害怕，也不是要讨论幽灵是否存在，只是茶余饭后的谈资而已。向来不关心梅园楼的侄子，突然兴致勃勃地探出身子，反而让她惊讶一下。不过，伯母随后就接着聊了下去。

“小庄，你有兴趣？”

“我是作家。而且，还是写怪奇小说的。”

“啊，对的，对的。你是拿到杂志新人奖的作家老师。呃，那个叫什么《色魔的十字路》？”

“是《路魔之路》。”

“挺有趣的作品啊。”

我不认为伯母真的读了那篇小说。不过，至少淑子伯母还会去买刊登拙作的杂志。哪像我的父母都没进过书店，也没拿起过杂志。

“幽灵是怎么回事呢？”

幸好母亲准备好午饭之后便出去了。要打听梅园楼的事，现在时机正好。

“可能是发生在花街上的事吧，游女的‘游’变成了幽灵的‘幽’，而且好像本来就流传着什么‘幽女’的诡异传说。”

“也就是说不单单是幽灵，嗯……幽灵存不存在暂且不提。”

“幽女不就是幽灵吗？”

淑子伯母的表情似乎在说别较真了。但此时我的脑中已经有了疑问。

“这是最近发生的事吗？”

“我是上周听说的。”

“到那之前，梅园楼有人去世吗？”

“没有啊。大家都还在工作呢。”

“伯母经营梅园楼已经六年了吧，期间店里面也没有人暴毙，怎么会突然冒出幽灵的话题？”

“唉，店里新来了一个第三代绯樱，那个幽女可能又会出现。”

“第三代？”

“金瓶梅楼时期是初代，梅游记楼时期是第二代，到我的梅园楼不就是第三代嘛。”

“说起来也是啊……”

谈话进行得不太顺畅，伯母东拉西扯找不到重点，我略显烦躁起来。但是，想了一下，淑子伯母说话向来如此，没办法，我只能耐下心来继续追问。

“也就是说，从金瓶梅楼时期就有幽女的叫法，还跟绯樱有什么关系。啊，这么说来，绯樱是在青楼工作的女性吧。”

“在当时称为花魁。”

“那个花魁绯樱和幽女之间存在某种联系。”

“怎么说呢？”

我疑惑地盯着伯母，仍然继续追问：

“伯母不是说因为来了第三代绯樱，梅园楼才有可能出现幽女吗？”

“我可没说出现了。我是说那玩意可能潜伏在店里，然后，因为第三代绯樱出现，她可能会再次现身。小庄，你这个作家的理解能力有问题啊。”

听了这话的我忍住了想要叹气的冲动。

“也就是说，那位花魁绯樱是关键人物咯。”

“现在没有人再用花魁的说法，是咖啡店女招待。”

我谦恭地接受了淑子伯母指出来的错误叫法，接着问道：

“不过，初代、二代、三代，这三位绯樱是不同的女性吧。”

我再次提出疑问。伯母却像看傻子一样，用怜悯的语气说道：

“这不是废话嘛！”

“也是呢。”

暂且附和一下吧，我接着说道：

“那么，幽女出没的契机，只跟绯樱这个名字存在关联？”

我浅显地指出了问题关键。话音刚落，淑子伯母就摆出莫名其妙的表情，理所当然地答道：

“要说原因，还是因为初代、二代还有三代，都曾住进过别馆的贵宾室吧。”

拜托！你压根就没说过。我硬是把这句到了嘴边的话吞了下去。

“梅园楼别馆的贵宾室，还有绯樱，当两个条件结合起来的时候，幽女就会出现吗？”

“有可能吧。”

突然，伯母故作姿态地小声说道：

“据说金瓶梅楼时期有三人，梅游记楼时期也有三人，都从贵宾室中跳下去了。”

“啊？是自杀吗？”

“有的花魁是跳楼自杀，不过，好像也有人怀疑她们是被推落下楼的。”

“绯樱与跳楼的三人是什么关系？”

“这个嘛……说起来，那三人中有一个就是绯樱。”

“请……请说得更详细一点。”

幽女的话题让我沉陷，几乎到了完全忘我的境界。

“还能说啥，我就知道这么多了。”

“但是，伯母，你还是让第三代绯樱住进了那间贵宾室吧？”

“这孩子，说你傻还真傻啊。”

伯母再次投来了怜悯的眼神。

“要是知道幽女的事，再怎么样我也不会录用第三代绯樱。我雇佣她来做女招待，住进别馆贵宾室以后，我才听说了幽女的传言嘛。”

“伯母从谁那里听说的？”

“喜久代嬷嬷。她是金瓶梅楼时期，和梅游记楼时期的鸨母。所以，跳楼的事她还知道得挺多的。战后，她在桃苑开了间小酒吧，可能是听到了第三代绯樱的传闻，跑过来给我忠告呢。”

“那么，要是我去拜访喜久代嬷嬷，她会说得更翔实吧。”

比起听伯母唠叨，还是直接去问当事人更快一些。

“不是啊，喜久代嬷嬷说了，这是她最后一次提起幽女。”

“为什么？”

“她说不想再扯上关系。因为我接手了这家店，而她觉得自己应该尽到前任的责任。不过，说完之后，她像是放下了什么沉重的包袱，整个人都轻松了。”

“人家把散播怪谈的重任托付给伯母了？”

“我可不记得接下过！”

“可是，按您所说的话，我不就打听不到当时的情况了？”

沉默中含带不满的伯母，让我失望地沉下肩来。

“那倒不一定，小庄，你想要怎么做？”

只见伯母的脸上浮现出邪恶的笑容。

“您不是说喜久代嬷嬷不愿谈起了吗？”

“嗯啊，嬷嬷那边是不行了。不过，当年金瓶梅楼和梅游记楼的那些花魁尚在，她们虽然已经年近四十，不过要来我的梅园楼工作呢。”

“第三代绯樱过来之后？”

“是的。就是这么巧的事。”

虽然，伯母只是惊讶，但似乎有种无形的力量在驱动命运，我越来越无法保持冷静。

“幽女的事，直接问那三个人就好。”

“话说，她们三个人为什么会回来？为什么会有第三代绯樱？伯母，请你告诉我吧。”

“喔唷，这些事情，你也一起问她们不就好了。”

“好，那么想请伯母……”

引荐一下她们，我正准备脱口而出的时候。

“你怎么说也算是作家，不要只想依赖我。虽然，我可以帮你提上一句，说你对幽女有兴趣。不过接下来就靠你自己了。”

幽女的话题明明是淑子伯母说起来的，现在她竟然拒绝了我。

“这……伯母不给我介绍，我怎么才能问到她们？”

“有什么难的，你来梅园楼跟她们一起玩啊。”

伯母居然不惜用这样的方式引诱刚刚提出抱怨的我。

“然后，她们会在枕边跟你讲幽女的事，你不就能听到了？”

“那个……”

我彻底傻眼了。虽然知道伯母性格乖僻，不过，没想到她心眼会坏到如此程度。

“算了。”

“咦？你不是想知道更多幽女的事吗？”

伯母见我怄气的样子，随后露出令人不爽的笑容。

“我也没有闲工夫去调查。而且，梅园楼也没有出现关键的幽女。只是以前花街曾经有过这样一则怪谈。”

“以前存在的恐怖怪物，如今有可能第三次现身哦。”

“怎么说呢，从事件本身来说也没什么特别，不就是青楼里的女人跳楼自杀吗？而且，跳楼和幽女也并不一定存在因果关系。说到底，幽女到底存不存在都不知道。”

“哎，这孩子还是那么没用。”

淑子伯母故意语气沉重地叹了一口气，打断了我的话。

“当作家的，不是好奇心比什么都大吗？”

“啊……”

“而且，佐古庄介写的还是怪奇作品吧。”

“因此，幽女的事，不更该全身心去投入吗？怪谈本来就是模棱两可的暧昧传闻。你打算什么都不做就放弃？”

淑子伯母像是在我耳边低声私语什么，其实当时的我已经在想怎么逃脱。幽女的话题的确非常有趣，毋庸置疑。但是，要自己去赤线地区取材，负担太重。如果只是走访喜久代嬷嬷的餐馆，倒是没有问题。不过，要以自己去当客人的代价换取情报，实在强人所难。

要说放弃是骗人的，不过，幽女的事充其量就是经常听到的鬼故事而已。

但是，伯母说出了接下来的话。

“听说战争末期，在那家店的庭院里发现了那个幽女的尸体。”

二　神秘的尸体

伯母闹起了情绪，不愿再说下去。不过，在我的努力下，让她说出了下面的话。

空袭愈演愈烈的前夕，梅游记楼的老板娘关了青楼，疏散去了××地方。那个时候，老板娘废除了店里所有人的契约，颇有气量。伯母就不会效仿这位老板娘。

喔唷，这么写可不行。不过，伯母应该也不会读这个连载，算了，算了，就这样吧。

言归正传，尽管那些青楼女恢复了自由之身，不过能够回乡的人很少。她们没了工作的地方，不知自己接下来该如何生活。即使有些前青楼女很想赶紧找到工作，但似乎也没那么容易。幸好梅游记楼找到买家之前，依然允许前员工住在那里。这位老板娘果然大度。

话说回来，就算找到了工作，不是去桃苑的其他青楼，就是去其他城镇的青楼，基本只有这两种选择。结果，大部分人还是更愿意留在早已熟悉的花街上，由于梅游记楼迟迟没有找到合适的买家，她们也不用急着去找落脚地。青楼也没有营业，大家就这样暂时住在一起，过着奇妙的生活。

但是，没过多久，接连不断的空袭警报拉响，燃烧弹的威力侵袭着花街。有超过一半的建筑遭到烧毁，或是沦为废墟，死于空袭的青楼女也不在少数。建筑物被烧毁后留下的空地，被挖成了新的防空壕。但是，有时即便在防空壕里避难，依然会被烧死，花街已经没有一处安全的场所。

尽管当时已经如此惨烈，但是，占地面积庞大的梅游记楼却奇迹般地毫发无损。不过，没人知道这种好运能持续到何时。但是，店里的人没有去避难。生也好死也好，反正除了桃苑也无处可去，当时店里的所有人差不多都这样想。

就在那个时候，有几颗燃烧弹落在了梅游记楼的本馆庭院，击中了建在庭院内角落里的置物间，整个置物间瞬间化为灰烬。当时留下来的花魁和杂务工赶紧组织灭火，结果幸运地控制住燃烧的势头，将本馆的损失降到最低。损毁的仅仅只有置物间和部分围墙而已，本该如此……

然而没想到从置物间的残垣断壁中，竟然冒出一具烧焦的尸体。

但是，留在梅游记楼的所有人全都平安无事。花魁和杂务工也不缺一人。就连赶来灭火的桃苑町的消防员们也是面面相觑。

那么，烧焦的尸体究竟是谁……

他们在整条花街上搜寻行踪不明的人员，不可思议的是居然没能找到匹配对象。而且，经历了高温燃烧，根本无从分辨这具焦尸的年龄和体貌特征，甚至都不知道性别，当时也没有专业的验尸官，所以没能确定死者的身份。

不过，既然不是梅游记楼的内部人员，也不是花街上的人，那么就只可能是外部人员。话说花街的出入管理本就非常严格。事实上，经过一个月的调查发现，进入花街没出去的人一个也没有。

那是幽女的尸体……

不知不觉之间，花街流传起了恐怖的流言。梅游记楼的幽女，已是桃苑里无人不知的事。虽然不清楚详情，但是从金瓶梅楼时期，街头巷尾就在传着此类的怪谈。

宪兵队很快也出动了。但因空袭有增无减，而且越来越猛，他们也无法进行全面调查，就这样迎来了战争的结束。

以上就是淑子伯母东拉西扯的说明。

不明身份的神秘焦尸……

焦尸的正体是幽女……

如此劲爆的讯息，再次调动起了我的兴趣。我拿出软磨硬泡的本领，百般讨好伯母，她最后松了口，允许我去采访那些花魁，只是作为回报要我帮梅园楼工作。

采访不是免费，还要给好处费。好处费就相当于以前给花魁的花酒钱，女招待和店里四六分成。不过，伯母说可以给我打折，店里的六成只给四成就好。但是，我给店里干活，还收我的钱，怎么看都不合理，唉，谁让我摊上了这样的伯母呢？

“伯母，发生过这么多事的店，亏你也会买下来。”

谈判成功之后，我打趣地说道。

“我接手梅园楼以前，就是战争结束前夕到战后的过渡阶段，那里还开过一家叫‘仙乡楼’的店。”

淑子伯母介绍说那家仙乡楼正好隔开了两个时期，能够起到祛除厄运的作用。

“那家仙乡楼只开了两三年的时间？”

“没错。”

“发生了什么事吗？”

我很期待再听到什么趣闻，结果伯母轻易地否定了。

“没有，没听说那方面的传言。那个老板跟我说是受够了上面对于公娼制度的朝令夕改。干脆就不干了，仅此而已。”

为了慎重起见，我还做了一番调查，发现了很有趣的事实。

如果站在女性的立场来看，并不怎么有趣。战后日本政府和警察对待公娼制度的态度，确实荒唐可笑。既然话已至此，那不如就说说从江户时期延续至今的吉原花街的开端与变迁吧。

昭和二十年（1945 年）三月的大空袭中，吉原被夷为平地。东京尚且一片火海，何况吉原。当时吉原大约有一千两百名青楼女，其中三分之一约四百人被烧死。据说也有跳入隅田川的，基本上都溺死了。

次日，拼命逃出吉原的人们再度返回，暂时住在烧剩下的废墟之中，比如吉原医院，讨论着今后的生计。即便国家灭亡，皮肉生意也不会从世界上消失吧。当时的幸存者相信这便是真理。

数日后，吉原接到了警察署的分散避难指令。这是无法再继续营业的信号。然而，政府当时已经无力供给食物，因此希望她们能去投靠亲属避难。这条通告等同于废娼宣言。吉原已经彻底完了是公认的事实。即使这样，那些无处可去的青楼女和杂务工，仍旧留在了东京。

但是，到了四月，警察那里又颁布了可以继续营业的命令。打着维持治安和发扬国威的名号，他们简直就是为所欲为。当时，很多男人都是让妻子去乡下避难，自己留在东京，也有不少军需工厂的雇员。因此，废墟残骸的暗处，每天都有性犯罪发生。长此以往，没有青楼的情况延续下去，不仅会让治安恶化，也无法提高军需产能。警察似乎就是这么想的。

话又说回来了，空袭造成的损害严重至极，哪有那么容易恢复。即使这样，大家还是尽力修整吉原的废墟建筑，改作青楼，联系疏散到全国各地的花魁，将她们悉数找回，费尽周折，终于可以勉强营业。结果，接下来的连续几天，拥挤的声音混杂在一起，热闹非凡，客人排成了长队，盛况空前。

但是，战争很快就结束了，吉原的灯火再次熄灭。没过多久，恢复的速度更快，吉原再次开始营业。

八月十五日那天，日本的侵略战争以失败告终。同月二十六日，就正式成立了“特殊慰安设施协会”，英语称为“Recretion and Amusement Association”，简称“RAA”。这个机构打着“重建日本以及守护全日本女性纯洁的基础事业”的旗号，却是提供“安抚关东地区美国驻军将校和一般士兵”服务。后来，改为“国际亲善协会”，简直就是国家级别的卖春组织。

当时，协会在银座大道那里设置了很大的广告牌，堂而皇之地公开募集慰安妇，广告词更是厉害。

“告知新日本女性，作为战后处理紧急设施之一，为了安抚进驻军的大事业，现征求新日本女性率先协力。”

“新日本女性”这个词用的，无论好坏，我都被他们的厚颜无耻所折服。而且，条件还是“年龄十八岁以上到二十五岁，提供宿舍、被褥和食物”，据说很快就有大批的应征者响应。此时，她们还不知道卖春的对象是美国兵。当听到工作内容之后，有些不愿意的女性离开了协会总部，不过大部分还是留了下来。因为没有其他途径赚取生活费，留下来的都是有所觉悟的。

顺带一提，警视厅当时给她们起了“特别挺身队员”的称号。这可远比新日本女性更具战时色彩，不过，考虑到她们担任的工作性质，倒也可以说更符合实际情况。

如此一来，随着第一家慰安所的开业，占领军士兵增加，不仅是慰安所，夜总会、舞厅、啤酒屋等娱乐场所如雨后春笋般激增。当然，东京以外地区也在推动慰安设施，美军士兵享有特别津贴，所以人来人往，呈现出格外繁荣、景气的样子。

但是，在慰安设施内工作的女性，她们承受的苦劳，远远超乎想象。尤其是在慰安所，虽然她们早就知道工作内容，但本来就不是从事风俗业的，相当于在遭受强暴，因此，她们的艰辛不难想象。原来听说有的专业人士一晚上能接待四十七位客人。但是，对于突然闯入这个世界的普通女性，不可能指望她们胜任这样的工作。供需关系一片混乱。

政府也发现了问题，就在当时全国一万三千名公娼里面，挑选了一万一千名供占领军享用。这个人数相当于战争时期公娼人数的三分之一。人数减少的原因主要是派往军需工厂、避难，以及死于空袭。

因为留在东京的青楼女所剩无几，所以从业者们才四处奔走寻找原来的那些人。

稍稍再补充一点，要说受欢迎程度，似乎艺者更胜一筹。这里指的不是日本传统的艺者，而是“艺者女孩（Geishya Girl）”。在外国人眼中，“吉原的艺者女孩”甚至与“富士山”齐名。他们认为这两者就代表日本。所以，不管身着多么廉价的和服，摆出多么拙劣的表演，只要是“艺者女孩”便会大受欢迎。然而，真正精通这些技艺的艺者自不用说，对于慰安行为极度厌恶和鄙夷。

那些接待美国兵的娱乐设施，看上去相当红火。不过，终于爆发了严重的问题——性病开始蔓延。淋病和梅毒在女性和士兵之间迅速爆发开来。政府当即组织慰安所的全部人员体检，采取注射盘尼西林（青霉素）、使用卫生安全套等对策。进驻军也在慰安所附近设立了简易治疗站，帮助士兵们预防性病的发生。但是，说是如燎原之火也不为过，性病的传播依然在扩大。

然后，昭和二十一年（1946年）的二月，从东京都卫生局给GHQ（联合国最高司令官总司令部）提交的报告中发现了一个惊人的事实。经过调查之后发现，RAA所属的慰安妇中，有百分之九十的女性携带性病病原体，而美国海军部队的某师团，百分之七十感染了性病。

结果，从第二个月开始就严禁美国士兵进入慰安所。但是，仍有无视命令自由出入的士兵。于是，所有的慰安所前都立起了“禁止入内”的黄色警告牌。而且，据说牌子上还写有“梅毒地带”的警告。

实际上，在这场大规模的性病骚乱之前，GHQ就向日本政府提出过“日本公娼制度废止备忘录”，这是一月的事情。备忘录的主旨是“日本公娼的存续违背民主理想”，必须“废止一切公娼的存在形式，废止一切许可公娼的法律条文以及法规”，要求“签订的一切卖淫服务合同，以及一切含有预付金限制人身自由的合同无效”。

这是明治五年（1872 年）颁布“艺妓娼妓解放令”以来，日本卖春史上最重要的改革之一。不过，就像上次那样徒有其表，这次又是重蹈覆辙。

已经提前得知 GHQ 备忘录内容的警视厅，向从业者发出指示，让他们自发性地申请废娼。当然，这无非是表面工程。比如以前从事租屋的，直接改成“接待所”，青楼女改为服务员就可以了。简单来说，公娼制度是废止了，但是，私娼依然是被允许的。

这样的处理方式引起了 GHQ 方面的不满，还发生过将卖春业者送上军事法庭的闹剧。简单来说，就是“不得以借钱和其他理由束缚女性，让她们进行卖淫工作，但是，如果基于本人意愿，则不违反规定”。

在 RAA，士兵不会直接付钱给慰安妇们。从他们那里收受金钱的行为，可能会让女性们意识到自己是在“卖身”，而非“为国效力”。据说正是因为“为守护日本女性贞操而牺牲自我”的精神寄托，很多人才愿意去做慰安妇。但是，她们的态度也加剧了从业者非人道的剥削，负面影响同样巨大。

新政实施以后，费用要通过女性转交给经营者。这样一来，压榨也就不复存在。但剥削就没有了吗？还是有的，而且直接变成了“卖春”行为，听起来很讽刺。我会这样认为是因为做过相应的调查，但也只限于知识层面，实际情况却不甚了解。

我似乎用了大量篇幅介绍，接下来就简单做出结论。

就在警视厅按照GHQ的意志行事的期间，卖春行业的增长势头逐步扩大。警视厅为了便于管理，又想搞集娼政策。但要是做过头了，又会引来GHQ的注意。处于两难之中的他们，只得再次使用苦肉计。接待所改为“特殊饮食店”，服务员则称作“员工”，特殊饮食店可以雇佣女性员工，也就是女招待，这就洗白成了正当行业，雇佣关系也被重新定义。另外，划分过去的集娼地带作为指定区域，为了方便区别，就用红笔在地图上圈起来，也就是现在的“赤线”。

从业者能够继续营业，都松了一口气。但是，他们又产生了从未有过的新烦恼。既然是饮食店，不能只卖酒吧，是否需要厨房？客人用餐的桌子和椅子也得有吧？这才能给人留下自己做的不是皮肉生意的印象，那么要准备到什么程度才好？大家都处于摸索阶段。据说，很多业者都把店门口当成大厅，放置桌椅，尽可能装得更像饮食店一点。

以上所述，我也动用了各种人脉，才设法调查到花街在战争时期到战后时期是如何变迁的。

前面说到的仙乡楼就在这个混乱的时期停止了青楼的经营。特殊饮食店的转型手续过于繁琐，年事已高的经营者有感力不从心，因此，趁着这个机会便决定就此隐退。店铺被淑子伯母买下，开了这家梅园楼，时至今日。

在伯母去探店的时候，关于战争即将结束之际，在庭院里发现神秘焦尸的事，前面那位经营者也是知无不言。不过，说起怪谈衍生出的现象，仙乡楼是从未发生过。

话说好像只有一位青楼女，没有说明理由就跳槽去了其他青楼。当她还在仙乡楼的时候，有时会轻声自语。

“此处除了我们以外，好像还有其他的人……”

连载第二回

三　梅园楼

研究过花街和赤线的情况之后，终于要实地进入淑子伯母经营的梅园楼了，夸张地说这叫“明知山有虎，偏向虎山行”。当然我也不会直接就去问三位女招待。要是以前，我也许还会犯下这种愚蠢的错误。不过，这回我已经进行过调查研究，对她们这种特殊职业人群有了初步的认识。所以，要花点时间慢慢接近她们。

她们通常会将人分为两类，可以信任的叫“自己人”，不能信任的叫“外人”。自己人就只有店内的老板和老板娘，以及杂务工和姐妹。外人则是客人和同业者。当然，即便是自己人也不能完全信任，外人也有熟悉之后变成自己人的情况。她们会根据所处的环境与接触对象随时变化。

现在咖啡店的女招待与以前的青楼女没有本质区别。虽然制度有所不同，但生意内容没有变化。两者的想法和心态也都差不多吧。而且，我想取材的三人曾经就是青楼女。

接下来的问题就是我的立场。我是经营者的侄子，店里管经营者叫“干妈”，通常不叫“老板娘”。那么，我也算是内部人员。伯母经过商量之后，把我送进账房帮忙。账房有放置营业额的金库，除却经营者和女招待以外，任何人不得入内。咖啡店的老板和干妈外出的时候，交给信赖的亲戚看管店铺相当普遍。这么说来，我一开始就是自己人。

但是，就算我是经营者的侄子，毕竟资历尚浅，而且还是刚入行的新人。最主要的是伯母已经告知大家，我的本职工作是怪奇小说家，冲着幽女的怪谈而来。唉，她们更不会无所顾忌地对我这样的人打开话匣子。

我这个外行都能预料到她们的反应。深入知晓青楼女所处的特殊世界以后，我就做好了心理准备，不能操之过急，花上多一点时间，慎重地去打探消息还是有必要的。本期连载要是能有点新的素材就好了。不过要是在接触过程中，招致了女招待的逆反心理，就有可能前功尽弃，连载也就此打住。我要尽量避免发生这样的情况。

那么，我先来介绍一下梅园楼的布局和服务类别。

根据淑子伯母所述，从青楼变为特殊饮食店，最需要改建的部分是玄关。以前的花街时期，玄关是照片展示间。店内除了两扇玄关大门以外，有一排格子窗相连，屋里的三合土上，装饰着花魁的照片。现在，店内使用毛玻璃和彩色玻璃做隔离墙，屋内不仅没有三合土，就连摆放祭祀神龛的三夹板都拆掉了，整个玄关被改造成了大厅。大厅里设置了一个吧台，放入五组桌椅。吧台的陈列柜上则摆着许多的洋酒瓶，旁边的台座上放置着一台留声机，看上去有模有样。

从内饰上来看，完全就是漂亮的酒吧。但是，洋酒瓶里面是空的，座椅也不是给客人用餐的，这里只不过是与女招待交涉服务内容的场所。归根结底就是徒有其表而已。唯一真正有用途的，只有陪伴客人翩翩起舞的音乐，以及播放流行歌曲招揽客人进来的那台留声机而已。

客人和女招待在这奇妙的空间里交涉服务内容。赤线区域的服务大致分为三种，分别是“短时”“长时”和“留宿”。“短时”是在最短的时间完事，满足客人光顾的原始目的。“长时”则由客人与女招待交涉决定陪伴的时间，相处时间更为宽裕。“留宿”就是包夜，指的是在女招待的房间过上一夜，玩乐方式就更多了，但也有可能遇到“交换”，就是女招待同时去服务其他客人了。比如，将“留宿”的客人带到屋内，事尽之后，客人满足地沉沉睡下之后，她再返回大厅，寻找第二个“留宿”的客人，再进去别的房间，这就是所谓的“交换”。

顺便说句，服务费需要预付。与客人谈妥后，带领客人进入房间，收取费用。然后，女招待会将收取来的费用带到账房，上交老板和干妈。账房会根据拆账份额，将双方的份额分开保存，称为“玉割”。从账房里回来的女招待则会端着茶水。虽然加上“特殊”二字，但怎么说也还是“饮食店”。所以，还是不能忘了上茶。不过又有多少客人会喝没味的茶呢？大部分客人可能都没碰过杯子吧。

既然要在梅园楼长期潜伏，那么知道多点也不是坏事。这些业内常识对于工作和调查都有帮助。不过另一方面，也让我有点胆怯。女招待们已经非常繁忙，要让她们空出时间讲幽女的事，也许会给她们增添不必要的麻烦。注意到此事的时候我不免烦恼起来。起初我想过给她们钱不就好了。不过，随着跟她们的接触加深，我逐渐不再愿意用钱去解决问题。

我本来是去淑子伯母的店里打杂的。然而，自从我去帮忙以后，伯母的外出变得频繁起来。

“你胡说什么啊？小庄，你又怎么知道以前是什么样子？”

我家伯母的装傻本领可不一般，不过她之前没有帮手倒是真的。

“即便伯母以前想出去，也不能离开账房。现在我过来了，你不就可以抓住机会了……”

“我这不是信任小庄嘛。话说回来，跟女招待再怎么亲近，也不能把账房交给她们。所以啊，交给跟我有血缘关系的侄子我才放心呢。更何况，有您这位伟大的作家老师坐镇，小店也是蓬荜生辉啊。”

眼见局面对自己不利，就会马上吹捧对方，企图蒙混过关，这是我家伯母的惯用伎俩。

“话可不能这么说，要是干妈经常不在店里，那可就乱套了。”

“店内有那三位呢。就算有什么情况，浮牡丹也会处理好的。”

前后矛盾了吧，还是交给女招待了？

梅园楼开业至今，淑子伯母一定非常努力。所以，趁着我去帮忙的这段期间，她打算休养生息几天也无可厚非。只是，如此信任有经验的青楼小姐和外行侄子，怎么说都不太对劲吧。

其实我也能看出伯母具有经营咖啡店的能力。普通的店只招募年轻漂亮的女招待，而伯母却雇佣了一位奇怪的二十八岁女性，试图让以前的花魁“复活”，就凭这点她已经很厉害了。

赤线区域的咖啡店名字，大致分为两类：使用日式词汇“花月”“喜乐”“藤”的店，以及使用外来语“ROMANCE”“STAR”“MONPARIS”

的店。美军占领时期，还是前面日式的店名更多。但是，像梅园楼这样沿用战前青楼名字的例子，实在太少见了。就算店名是日式风格，女招待可不一定穿着和服。因此，店名和女招待没有任何关联。

淑子伯母似乎很早就留意到了。她会时不时地思考，如何运营梅园楼才更适合。可是战后不久，大多数客人跟美军一样，说到底只是想满足自己的性饥荒感。所以只要有女人就会生意兴隆，根本无须多此一举。但是时代是会改变的。东京的有乐町有了“日剧小剧场”。据说是跳脱衣舞的裸体剧场。那么，桃苑是不是也要尝试一些新的花样？

那位女性就在这样的背景下出现了，因为不能暴露她的真实姓名，就称她为山田花子吧。她说家里有生病的丈夫，需要用钱，因此想在这里工作，就来应聘女招待了。

“其实我在战前，曾经在其他的花街干过。为了振兴丈夫不断下滑的家业，狠心闯进了这个世界。我对于这份工作比较熟悉，所以，请您雇佣我吧。”

花子完全不像二十八岁的样子，她显得更年轻一点。不过，也许是曾经在青楼做过的原因，她的身上有种说不出的落魄，偶尔会显露出超出年龄的老态。但那份独有的风韵，更受男人的追捧。

花子的户籍抄本上显示来自于 ×× 县 ×× 町。那是邻县受到空袭损失严重的区域。

“你的丈夫也来了吗？”

伯母同情地问道，她轻轻地摇了摇头。

“啊，也对。你也不方便去那边的咖啡店，所以才来桃苑的。”

要是她在老家的赤线区域活动，难免会碰到认识的人。为了避免尴尬，选了远一点的桃苑，伯母是这么想的。不过，花子再次摇摇头。

“不是？那是为什么？”

“实际上——”

接着，花子讲述了一段饶有趣味的话。

战时某段时期，身陷青楼的她，曾经碰到过一位客人说“你跟桃苑花街梅游记楼的花魁绯樱长得很像”。不过，这位花魁也是第二代，初代绯樱是梅游记楼的前身——金瓶梅楼的所属花魁。能够承继第二代，多半是跟前代长得像吧。当时第二代绯樱可是大受好评。不仅有初代绯樱的熟客，还有很多新客人也在增加，非常热闹。

“当我打算回到这个行业的时候，想到了一件事……因为，店名和经营者都发生了变化，也不知道同样的手法行得通吗？能否迎合时代的潮流？”

“你想承继第三代绯樱？”

“是的。”

花子点头称是，然后转换成柔弱的声音加以补充。

“我的想法是不是太天真了？”

“不，不，听起来不是很有意思吗？”

于是，第三代绯樱就此诞生。淑子伯母也借此良机，让梅园楼的女招待穿上和服，再现旧日花街风情。不过，话说也不可能原汁原味地再现，那都是要花钱的。像现在这样只是穿上和服，也不过是表面上还原而已。

但是，穿惯了洋服的年轻姑娘，经常会抱怨和服。还要效仿花魁那样的姿态，难为死她们了。原本能教她们的也就只有花子，也很难说她能教得好，这事从开始就有点勉为其难。

伯母正欲放弃的关头，从金瓶梅楼时期就在本店工作的浮牡丹、月影、红千鸟几人突然到访。说是听闻第三代绯樱的传言，就想回曾经住过的老巢看看。三人前后脚到来，似乎只是巧合。伯母没有放过天赐良机。她暗中打探三人的情况，发现她们都在桃苑的其他咖啡店做女招待。伯母就邀请她们跳槽到梅园楼，三人也都没有异议。现在，早就没有契约什么的了，女招待随时可以跳槽去其他店。

就像追随着三人的步伐，名叫雪江的女性也来了。她从金瓶梅楼时期，就一直在做女佣。听说那些熟悉的姐妹纷纷回归老巢，想着自己是不是也能被雇佣就跟来了。伯母认为这是缘分，却否定是偶然的巧合，她认为其中一定有什么内在原因。因此，雪江也被雇佣了。

伯母将梅园楼的女招待分为和、洋两种。咖啡店路线依旧维持，然后又加上了花街风情。

在同行里没有什么反响，大家都在等着看淑子伯母的笑话。但是，此举大获成功。怀旧的客人们蜂拥而至。虽然玄关部分经过改建，但梅园楼的建筑本身，相比前面的两个时期，并没有什么变化，恐怕这也是造成轰动效果的原因之一。

那些瞧不起大龄业者的年轻女招待，也争先恐后地想穿和服。可是前青楼女依然抢手。毕竟，只是模仿外表，没有内涵，很难长时间保持人气。因此，客人点过一次冒牌货，下次就不会再点名这位姑娘。以前可不是这样，只要点名试过就会变成熟客延续下去。

结果，梅园楼就像伯母所想，在两种模式的运营下，直至今日，可谓是顺风顺水。但是，如果……如果没有那位担任过两楼鸨母的喜久代多嘴的话……

我进入梅园楼之前，曾造访过一次喜久代经营的小酒屋“梅菊”。帮忙管理账房后，也曾去过好几次。取前工作场所的“梅”，再将名字换成同音的“菊”，如此构成店名。

初次踏入狭小脏乱的店里，我喝着稀奇古怪像是洋酒一般的饮品，试探着打听金瓶梅楼和梅游记楼时期的事。不知道这算不算意外，喜久代打开了话匣子，即使话题涉及战前的花街，她依然说得有声有色，甚至还会探出身子热忱地描述。

“以前的青楼女也有自尊和骄傲。固然因贫穷而卖身，但她们是为了家乡的父母和兄弟姐妹，怀着相当的觉悟和坚韧的意志出卖色相。战后呢？女招待只会发出些聒噪不堪的尖叫声，挽着美国兵的手腕，毫不忌惮其他人的眼光，只顾卖弄风骚，尽是没有骨气的女人，可悲啊。”

“战前的花街是怎样的呢？”

听到我试探性的提问，喜久代喜逐颜开。

“小哥，那可跟如今的咖啡店大相径庭。”

接着，喜久代将她花魁时期的事，以及担任鸨母时的事迹，如数家珍般地娓娓道来。讲到关键的地方，经历过花街生活的上了年纪的客人也会附和几句，店内的氛围越来越热闹，每一位客人都心情舒畅地醉了，除了伺机打听幽女的我……

我始终找不到插嘴的机会。别说插嘴，根本就没有引入幽女话题的机会，结果我越来越焦躁不安。

然而，似乎是熟客的中年男人生驹，突然想起什么似的，说道：

“对了，以前还叫金瓶梅楼的时候，最红的头牌通小町，从贵宾室跳楼摔死了吧。”

没想到他的话锋一转直奔那个话题。

“是自杀的吗？”

机不可失，我赶紧向他追问。

“据说是因为老家的结婚对象寄了封信给通小町，说要娶新娘了，所以……差不多就是这样的传言。不过啊，说到花魁的身世，也不知有几分真假。”

生驹说着苦笑起来。不过，他很快又一本正经地继续说道：

“但是啊……通小町之后，绯樱，还有，呃……那个谁来着……月……月……月影！嗯，想起来了，是叫月影。这两人也步其后尘接连跳楼。”

三人里居然有月影，我听后很是惊讶。也就是说她得救了？到底怎么回事？我很想继续追问生驹，却又不知道如何开口。

“三人接连跳楼？”

我没有直接问月影的事，而是绕了个圈子。

“可能隔了些日子，不过三人都是从别馆三层跳下的。”

“跳下去还不都得死了？”

我继续若无其事地试探。

“……不，绯樱和月影没事。”

信息量比我想知道的还多。原来，初代绯樱最后也得救了。

“那两位又是因为什么跳楼啊？”

“那我就不清楚了。被什么召唤了……好像有这样的传言。”

“被召唤？被什么召唤？”

“生驹先生！”

还没等生驹回答，喜久代喊了他的名字。话说，自从生驹滔滔不绝地讲到现在，喜久代一直一语未发。

“你要是再聊那种不吉利的事，我可就要请你回去了。”

“啊……”

生驹闭嘴之后，似乎还想抗议。不过，见到对方的表情后就放弃了。他照喜久代说的付了钱，垂头丧气地离开了梅菊。

我缩了缩头颈，不敢正视喜久代。要是被认为犯下同样的错误，就不能出入此店了。即使无法取得幽女的情报，与喜久代保持良好的关系也是很有必要的。

万幸我没有被撵出店里，以后也还能继续光顾。但是，我再也没能听到过有关跳楼的话题。

不过，我有次正要踏入梅菊，店内只有一位客人，正是生驹。正在我犹豫再三的时候，听到店里传来谈话声。

“老板娘为什么讨厌提起金瓶梅楼时期的跳楼事件？”

“又不是什么好事。”

“呃，话是这样没错。但都是过去的事情了。”

“不是啊。梅游记楼也发生过类似事件，生驹先生，你没忘吧？”

“好像是啊，不过是很多年以前了。”

喜久代没有接这句话，而是反问道：

“你知道金瓶梅楼和梅游记楼的继任者，开了一家什么样的店吗？”

“……呃，是叫仙乡楼吧。”

“不是那家，再后面，就是现在这家店。”

“啊，啊，梅园楼吧。说是重现过去的青楼风情，现在好评如潮。对了，对了，据说还有第三代绯樱，我心痒痒地也想去光顾一次。”

生驹开玩笑地说着。不过，喜久代的回话却令人惊恐。

“所以啊，过去的事情还没有结束。”

“啊？什么意思？”

“初代绯樱和第二代绯樱都与各自时期的跳楼事件有关。”

“……咦？”

生驹满脸困惑的表情，突然明白了对方话里的意思。

“你是说……”

“梅园楼有了第三代绯樱，谁知道什么时候又会发生跳楼事件？”

“这……”

生驹也不知道该怎么回答。随后，喜久代接着发出极其低沉的声音道：

“幽女还在那里啊。”

四　女招待

那位跳槽离开仙乡楼的青楼女曾说店里好像还有其他的人。喜久代则说幽女还在那里。

我进入梅园楼以来，只取得了这两份幽女的情报。而且，前者是听淑子伯母转述，后者则是偶然偷听的结果。连载第一回时，我还说什么经过实地取材记述事件，现在想想可能要食言了。梅园楼也不是完全没有取材的机会，所以我才觉得自己没用，暗自深刻反省。

我每天都要跟女招待打几次照面。时间也相对固定，比如客人登门之前白天和傍晚的时段，她们都会到账房来。不过，似乎伯母一个人在账房的时候，她们来得更频繁。我到账房帮忙以后，女招待就不怎么来闲坐了。

不过，她们还是会来，因为账房里有一台收音机。大厅里放置的是留声机，如果想要听广播节目，就只能到账房来了。所以，我们并不缺少交流的机会。多聊上那么几次，距离也会逐步拉近。

经常跑到账房来听收音机的人也有浮牡丹、红千鸟和月影。不过，我跟她们还没有达到可以回溯过去的交情。而且，相较年轻的女招待，她们三位其实并不怎么常来，浮牡丹更是如此。既然如此，还是更加主动地去搭话比较好吧。是啊，我也是这么想的，可就是因为害羞做不到。

目前就是这样的僵局，不过我也有关系不错的女招待。不是那三个人，她叫幸子，今年二十岁。她属于梅园楼的洋装组，温柔和善，客人都很喜欢她，虽说还是新人却赚得可不少。

“老师您很像是我小时候邻居家的幸男大哥哥。”

自从幸子满脸笑容说出这番话后，我们就熟络起来。貌似幸子这个名字，也是出自那个幸男的“幸”字。我跟她说不用客气，结果换来了“哥哥老师”的外号。而且，这个外号还在洋装组的女招待中传开了，实在是让人难为情。

跟幸子聊天很开心。不过，每次聊完之后，我的情绪就会低落，质疑自己不务正业。我可不是为了跟可爱的女招待聊天才来咖啡店帮忙的。虽然交到朋友很开心，不过开心之余，我也对自己毫无进展的近况担忧。

但是，与幸子聊天的时候，收获了意料之外的情报。

我前面也说过，青楼女和女招待都会区分“自己人”和“外人”。不过，即便是自己人也分许多类型。其中，最亲近的还是姐妹。无关背景和过去，大家都是出来卖的，长久以来形成了如同战友般的感情。与战友不同的是——今天的朋友也许就是明天的敌人，她们之间的关系错综复杂。干这行的皆是以身体为资本的独狼。她们心里免不了潜藏着只能依靠自己的悲壮气概。

不过，平时姐妹之间还是会交流，但不会触碰过去的经历，这也算是约定俗成的规则。女人嘛，很少有不会说漏嘴的。不过，等她们反应过来的时候，已经开始互诉衷肠了。当然，其中也有不少谎言，但事实也有不少。

说回幸子，她不仅对客人好，对待姐妹也很好，所以，大家都很喜欢她。前花魁们经常向她虚心求教外面世界的事。因她非常惹人喜爱，因此，那三人也经常会跟她讲金瓶梅楼和梅游记楼的往事。

“哥哥老师也想听以前花街的事？”

“别这么叫我。”

正值梅雨季节某日的午后，乌云密布。账房里只有我和幸子两人。淑子伯母照例外出，其他的女招待不是午休，就是出门，梅园楼一片静寂。

“您是在调查过去的怪谈，然后将调查的内容写成书稿是吗？”

“嗯，可以这么说……”

其实，我已经把本稿内容，也就是连载于《书斋的尸体》中的《所谓幽女之物》拿给幸子阅读，只给她一个人看过。虽然伯母也买杂志，但她不会去读。据幸子说女招待里会阅读的人也就只有浮牡丹。

“您既然打算写这方面的内容，为何至今都不曾向姐姐们取材，所以，我在考虑要不要替您去问呢。”

“可是……”

我从心底感谢她的心意。但是，同时我也会担心，如果她替我取材的事暴露了，那么幸子在梅园楼的处境会不会变糟呢？

“哦，怎么了？你优柔寡断的方面也跟幸男哥哥一样呢。果然是哥哥老师。”

“那个，幸子啊，毕竟……”

无法招架的我，只得和盘托出刚才内心的不安。幸子听了我的担忧之后，淡淡一笑。

“没关系啦。其实，姐姐们还在疑惑您怎么迟迟没有开口呢？”

“啊？真的吗？”

似乎跟预期的不一样呢。我本以为她们讨厌被问到关于幽女的事。如今，被幸子这么一说，犹如醍醐灌顶。

“您还指望姐姐们上门来跟您说吗？牡丹姐性格拘谨矜持，她不会这么做。红姐虽然像是会这么干的人，不过她有自己的小算盘，可能在等待时机。比如，接受您的采访以后，索要取材费什么的。”

“我跟伯母也说过，她说让我按照客人的标准付钱就好。”

“哦，那样的话，红姐那边就没问题了。牡丹姐可能不会收钱。

不过，月影姐嘛，我觉得不是钱的问题。她好像在害怕什么……”

“毕竟她自己也曾跳下去过？”

此话一出，轮到幸子惊讶了。

“您是怎么知道的？”

我将上次偷听到的话全部说给幸子听。

“您说的是鸨母喜久代嬷嬷的店吧。话说，只有月影姐偶尔会去那家店呢。”

“诶，是这样吗？”

要是在店内碰到月影会怎么样呢？如果生驹也刚好在场……我忍不住想象起了这样的场景。

“月影说过她跳楼的经过吗？”

“她说自己记不得了，但是……”

幸子说到这里欲言又止，她直勾勾地盯着我。

“但是，根据红姐的叙述，说月影姐在跳楼的前夕，刚在暗小屋里堕掉腹中的孩子……”

“暗小屋？”

听了幸子的说明，我的背脊阵阵发凉。那个小屋不就是战争结束之前，发现神秘焦尸的地方嘛。

幽女的尸体……

我的脑中好像突然想到什么，就像得到了某种暗示。

“您怎么了？”

无意之中表情凝重起来，幸子凑过脸来关心地问。于是，我就说出了神秘焦尸的事，幸子的脸色难看起来，但很快就转为困惑，因为那三个人从未说过这件事。

“也许发现焦尸的时候，她们已经都不在店里了。”

“不会啊，三个姐姐都留守到店被转手之前才离开。”

那么，她们为什么没有说过？比起幽女，尸体的话题更加现实吧。

我陷入沉思的时候，幸子说了一句奇妙的话。

“也许……庭院里面有什么。”

“什么？”

“月影姐在跳楼之前，曾在暗小屋待了一晚。而且，那位名叫通小町的花魁，貌似也在跳楼之前，去过那个祭祀稻荷大神的祠堂。”

暗小屋的那块区域现在是空地，附近杂草丛生，倒是旁边的稻荷大神的祠堂依旧保留着原来的风貌。

“通小町为何会去祠堂？”

“说是去埋葬从故乡婚约者那里收到的信。好可怜啊。”

生驹也是这么说的，我抑制不住内心的兴奋。

“那么初代绯樱呢？她在跳楼之前也去过庭院？”

见我兴奋的样子，幸子略带歉意地说道：

“对不起，我还没问绯樱的事。”

“……啊，哦。不，不，是我太着急了。”

我不知不觉地把幸子当作了知晓全部事情的当事者，这点我也要深刻反省。

“请您等待几天，我找机会去向姐姐们打听。”

幸子马上又接了这么一句。

“谢谢。但是，千万不要勉强哦。而且，我也打算正式进行取材。”

这次谈话促使我做出决定，幸子充满活力地给我打气。

“那我更要帮老师了。如此一来，我就是作家老师的助手了。”

“呵呵，好啊。报酬嘛，也就只能请你吃顿饭。”

“真的吗？”

她开心得像个孩子，我反而更加难为情。

“那，算是约会吧？”

“嗯！”

我只是下意识地点了点头，她欢呼雀跃起来。幸子那天真无邪的样子，让人倍感欣慰。等到拿到稿费，我就去找家好吃的餐厅吧。但是，我可不知道哪家餐厅好吃。就算去找人问，也就只有伯母能帮上忙。不过，这个约定还是对她保密比较好。要是找她商谈这事，也不知会被她怎么说呢？目前最重要的还是尽快展开取材。

到底该怎么跟那三人接触呢？不过，关于这点，幸子的话很关键。据她所述，我大概知道了那三个人的性格。

浮牡丹沉着冷静，知性聪明。虽然，她已经快四十岁了，但是浑身上下依然散发着宛如深闺小姐的风范。传言说她出自没落华族，也许是真的也说不定。她从战前就信仰基督教，非常虔诚，算是原教旨主义吧。

她是由于无法抗拒的理由才沦落青楼吧，可是当她参照基督教教义的时候，对于自己的谋生之道，又是怎样看待的呢？说来我有点多管闲事。不过，有时候信仰越深，越会陷入自我矛盾的精神状态。但是，她会给人留下内心非常强大的印象，可能正是因为她的信仰。

红千鸟就像浮牡丹的反面。她好热闹，讲排场，穿着打扮完全看不出已经近四十岁了，该说是适合她吧。她的性格说好听点叫开朗，说得不好听就是没脑子。保持旺盛的好奇心是好事，不过，正常来说也不会去偷窥吧。她不考虑别人的想法，甚至无所顾忌地践踏别人，我行我素，与其他女招待经常发生摩擦，让人头疼不已。若是跟她关系好的话，足以令人放心。但如果投奔敌营，可就颇为麻烦。

而且，麻烦的不止她自己。有一位叫作漆田大吉的四十多岁的男人，常常出入梅园楼。据淑子伯母的说法，他是红千鸟的相好。而且，从金瓶梅楼时期他们就保持着这样的关系，完全可以说是孽缘。有段时间他竟然堂而皇之地出入账房，据伯母说每次都会赶走他。说到底他只是小混混。可是一不留神，也许就会失窃，伯母再三叮嘱我要提防此人。

可他偷不成钱财就偷色。这个漆田大吉还会趁着女招待更衣、入浴，甚至如厕的时候，伺机偷窥，简直是不折不扣的变态。年轻的女招待还提出过强烈抗议，让我不得不去找红千鸟抱怨。

“哼，才多大点事就抱怨，所以说咖啡店的女招待就是不行啊。”

本以为她多少会为相好的变态偷窥癖感到羞耻，然而人家完全不在意。事实上，女招待中也有人怀疑漆田是不是红千鸟派来监视自己的“间谍”。红千鸟想要抓住大家的把柄，达成操控梅园楼所有女招待的野心。话虽如此，也没必要偷窥入浴和如厕，但这样的怀疑未必就不可信，因此也不能放松警惕。

于是，我再次向红千鸟申明，让她注意一点漆田。没想到她却突然翻脸了。

“你找他说去不就好了？我又不是那家伙的妈妈。好吧，就算我是，他又不是三岁的小孩子。”

“当然，我会跟漆田沟通，但是，红千鸟你也要……”

“又不是我指使他做的，为什么让我去说？很奇怪吧，你不这么认为吗？是吧，老师？”

红千鸟毫不掩饰地露出满脸坏笑，我已经确信了。漆田的偷窥行为果然是她唆使的。偷窥入浴和如厕可能出于他的变态趣味。他最初的目标一定是搜寻女招待的房间，借以掌握把柄。但是，苦于没有证据，即使逼问漆田，他也不会老实招供。

没办法了，我只得抓住漆田本人，非常严厉地警告他——若是再有女招待提出抗议，从今往后就禁止他踏足梅园楼。那个时候，我们还会通报行业工会，可就不仅仅是梅园楼自家的问题了。

漆田听了这话，皮笑肉不笑，摆出令人厌恶的表情说道：

“喔唷，喔唷，老师，我知道了。别那么严肃嘛。那些春光我也欣赏得差不多了，不管什么看多了都会腻。正好，我也在考虑是不是就此收手。对了，我有个赚钱的买卖，老师，您有没有兴趣参与啊？”

接着，他说起了任谁听了都会生疑的投资话题。我当即断然拒绝，然而漆田没再纠缠我，出乎我的意料之外。无论如何，红千鸟和漆田大吉两人，都是必须留意的人物。

月影比起另外两位前花魁，存在感就低太多了。即使放眼整个梅园楼，她也毫不起眼。但是，有的客人还就喜好这样的，所以，这个世界非常深奥。要是她是现代风格的打扮，恐怕就不会有客人了吧。

她以传统花魁的形象亮相，就受到了客人的欢迎。而且，那种本该让人不喜的厌世性格，增添了花街时期的悲情花魁的气质。

总而言之，月影总是哭哭啼啼的，就像是刚被卖到花街来的幼小少女。她也不是嚎啕大哭，只是泪眼婆娑。她的泪腺非常脆弱。如此一来，我倒是担心起别人会不会嫌弃她是鼻涕虫，不过是我杞人忧天了，月影反而招来了其他女招待的好感。月影会像亲人般聆听她们的遭遇，陪她们一起落泪。

我的取材对象就是这么三位个性迥异的人。其中难度最低的应该是浮牡丹吧。她绝对不会拒绝我，而且还会认真地聆听。不过，我感觉她不会告诉我幽女的事。果然，我的猜测中了。

与幸子聊过之后，又过了几天的午后，我叫住了很少来账房的浮牡丹，向她提出取材的请求。

“请说。”

她先低下头去，然后抬起头注视着我的脸。

“老师到底想调查什么事？”

“呃……可以说是……幽女的真面目。”

“……”

“如果不行的话，那能否说说两家青楼发生的跳楼事件的真相。”

“……”

“哪个都不行吗？”

我忍不住询问低头不语的浮牡丹，只见她轻轻地摇摇头。

“不是说不可以，只是说与不说都没有意义。”

“为什么？就算没用我也想知道。”

听到我的请求，浮牡丹的脸上划过片刻犹豫，但她已经答应接受采访，就将发生在两家青楼的六人坠楼事件，详尽地告诉了我。

“这……到底是怎么回事……”

屏气凝神，侧耳倾听她的叙述，叙述结束后的瞬间，我无意中喃喃自语。随着细节逐渐清晰起来，我有种说不出的古怪感觉。该说是厌恶吗？不，不是，要不然就是恐惧。总之，这种感觉难以形容，莫名其妙。

现在已经归属梅园楼的别馆的贵宾室，已经发生过六起坠楼事件，无论怎么考虑，都不可能是意外。但是，又无法断定是杀人事件，更别说是往连续杀人事件的方向考虑。但是，全部以自杀和事故结案，其中也有很多令人不解之处。总之，这肯定不是普通的坠楼事故。好了，这次又回到了起点，还兜起了圈子。

关于六人的坠楼事件，其实该向读者详细地说明，不过，还请稍安勿躁。为了尽量秉持客观的记述，等我向三人取材之后，再行讲述比较妥当。

“我也觉得非常可怕。金瓶梅楼时期的三人坠楼之后，梅游记楼接着又发生了连续坠楼事件。当时的那种氛围只能让人觉得是非人之物所为。”

面对我的反应，浮牡丹使用了肯定的措词。

“但是，六个人跳楼的动机和原因，就像我刚才说的都很清楚。”

“是吗？那样能算清楚吗？”

浮牡丹接着又否定了自己的观点，我趁机提出了异议。她又说明起了几个事件的结论。

“在金瓶梅楼时期的连续坠楼事件中，通小町为自杀，绯樱和月影是突发性精神错乱的结果。梅游记楼的时期，T 是自杀，巫妓雏云和第二代绯樱也是精神错乱。所以，全员都有动机。”

顺便说下，T 来自普通人家，此处隐去真实姓名。为何普通女性会沦落梅游记楼？关于这点，我在详述六人坠楼事件的时候会进行说明。

我不敢苟同浮牡丹的观点。

“通小町的自杀事件尚有故乡婚约者的信作为证据，可以说是证据确凿。其他人呢？其实并没有明确的证据，不是吗？”

“嗯，嗯，老师您说得对。”

她不否定，先是赞同我的意见，接着开口说道：

“不过，倒是有一个可以说明大家状况的证据。”

“幽女？”

我随即向她追问，她流露出一点点困惑的样子。

“原因是否归咎于此，暂且放在一边。绯樱对通小町的自杀产生了同理心，她受到情绪的感染，冲动地步其后尘。而月影呢，则是因为堕胎受到刺激。T 也同样适用，因为她是被迫生产。”

“你是说深究当事人的心理状态，跳楼的原因就能够解释？”

“至少不是牵强附会。”

“那么，雏云和第二代绯樱怎么解释？她们两个又受到了什么刺激？”

浮牡丹的表情又增添了一层困惑。她不是无法解释，而是不知怎么说才能传达自己的想法。

“雏云……”

浮牡丹略微犹豫了一下，不过还是开口说道：

“我觉得是因为巫妓的身份。”

“所以，幽女会缠上她？”

“是的，不过……那种东西到底存不存在？我不清楚。但是，作为巫妓的雏云，能够感知到吧。她将那种东西当作现实存在之物，而且还会受到影响。”

她是受到巫妓身份的拖累。

“这种影响，从金瓶梅楼时期就一直存在。然后，发生了T的坠楼事件，雏云遭受到了非常大的打击。”

“也就是因为幽女……”

“不，只是雏云自己相信那个东西存在。同样，第二代绯樱也是一样。”

“就跟初代绯樱和月影一样，她们也是精神错乱。不同之处在于引起错乱的原因，雏云她们受到了超自然因素的影响。但是，幽女到底存不存在，无从考证，也可能毫无关系。没错吧？”

浮牡丹点点头。我绝没有瞧不起前花魁和女招待。原本在她们之中，我一直觉得浮牡丹有点特别。不过我没想到，她竟然能如此客观地解释这些事件。

“但是……”

我硬着头皮提出反论。正因为对方是浮牡丹，我才会提出疑问。

“没错，你的假说可以说明所有的跳楼事件，不过，为何接连发生跳楼事件，依然还是谜。而且，金瓶梅楼和梅游记楼在更迭经营之后，仍然有跳楼事件发生。现场都是别馆三层的那间贵宾室，前后共计六人，甚至初代和第二代绯樱都卷入了跳楼事件，情况完全一致。”

“关于连续发生的问题，只能说前一次是下一次的诱因，才会产生连锁效应……”

“那其他的相同之处呢？”

“这个，我也……”

浮牡丹的声音变得柔弱下来，然后摇了摇头。

“你不认为是幽女作祟吗？”

“那个，怎么说呢？”

“你认为幽女不存在吧。”

“不……不好说。只是……”

话到一半，她没有继续说下去。不过，那表情不像是在踌躇。她突然严肃地注视着我，像在劝我一样说道：

“我觉得吧，过去的事就不要再追究了。”

“为什么？”

“……我不知道该怎么说，多一事不如少一事，别多管闲事，眼不见心不烦，无知者无畏，差不多就是这些意思。”

完全不认同幽女存在的浮牡丹，突然说出一长串的谚语，让我吃惊非小。

“你是觉得梅园楼出现了第三代绯樱，再提幽女的话题不吉利吗？”

“大致如此。”

“你认为还会再发生跳楼事件吗？”

“说不好……”

嘴上这么说着，却也没有完全否定发生的可能性。她脸上交替着困惑和不安的表情。

浮牡丹是不是知道幽女的什么……

这是我那个瞬间的预感。逻辑思维如此清晰的人，到了最后却含糊其词，怎么想都觉得奇怪。不过，就算直接问她，她也不会如实地回答。为了追求真相，我只能硬着头皮继续取材。

“我再调查看看吧……”在下挠着头说道。

“还是尽早收手为好。”浮牡丹对我毕恭毕敬地行了一礼，留下这句提醒之后走出账房。

说是调查下去，眼下能做的也就是去找红千鸟和月影两人。况且，月影没什么值得期待的，红千鸟又太过难缠，也不知道能不能问出什么……

对了，雪江那边怎么样呢？由于她的性格迟钝，至今都把她排除在取材对象之外，但她也是经历过两家青楼的知情者。女佣的身份让她掌握了什么线索也说不定。虽然希望渺茫，不过，取材对象越多越好。

啊，还有，还有漆田。他是编外人员，但这种人往往比内部人员知道的事更多。而且，这家伙见钱眼开，给他点好处就什么都说了。虽然，不知道要花多少钱才够，稍稍有点不安，不过，值得一试。

想到这里，取材大计似乎有了前进方向……就在此时，某个突发事件打乱了我的计划。

那位漆田大吉，从别馆的贵宾室坠楼死了。

连载第三回

五　第一位坠楼者

七月第一周的星期三，碰巧迎来了梅园楼的休息日。星期二的夜宿客人在星期三早上离去之后，直到星期四的傍晚才能再来光临，这段期间是女招待的休息日。时间长度约有一天半左右，平日工作繁忙积累下相当多的疲劳，因此睡上整天的人比较多。女招待中也不乏打扮得时尚靓丽去逛街的。总之，休息日的咖啡店相当寂静。

休息日的夜晚到第二天的早上更是如此。由于没有留宿的客人，万籁俱寂。无论是白天出游回来的人，还是留在店里休息的人，所有人都贪恋着属于她们自己的空间，安然入睡。

本人在紧邻账房的和式房间里铺好被褥睡下了。起初我还在租屋与店里之间往返。不过，随着淑子伯母外出频率的增加，我不知不觉就住了进来。顺便说下，伯母的私人住所在别馆的一层。我到这里之前，她也住在本馆的和室房间。因此，别馆一层差不多呈现封闭的状态。独自居住的话，实在有点太大。

星期四的早上七点，我被玄关处的敲门声吵醒，只好起身去开门，面前站着略显激动的年轻警官，他说有个男人倒在我们店的门口。

“怎……怎么了？”

我惊讶地问道，年轻警官指着倒在路上的男人。

“你认识吗？”

仔细一看，正是漆田大吉，我的脑袋一片空白，完全不知所措……

“我……我……我家的客人。”

没过多久，刑警们陆续赶到，开始现场勘验，我和伯母被安排在和式房间进行问话。总之是手足无措。回想起那个时候，可是千载难逢地近距离观察警察办案的机会，可惜当时完全没有那样的从容。

没想到自称左右田的年轻刑警，居然是《书斋的尸体》的忠实读者，警察也会读那本杂志让我很是惊讶。

“老师的作品我全都读过。”

趁着其他前辈转身的空当，左右田刑警悄悄地对我说道。

由于这层关系，他还私下告诉了我警方秘密搜查的情况。不过，没有什么机密事项，汇总之后如下所记。

漆田大吉的死亡推定时间是星期四的早上五点到六点之间。

死因是头部受到强烈撞击导致的脑挫伤，应该是从梅园楼别馆三层的贵宾室坠落所致。

尸体的发现人是其他咖啡店的客人，返家途中，经过梅园楼前发现的。

很晚才被发现的原因，是因为从咖啡店返家的客人，虽然看到了尸体，不过，很多人都把尸体当作了醉酒的人，便没有去理会。

坠落现场的血迹被昨晚的降雨冲洗干净了。错将尸体当作是醉酒的人，也是因为被害人的周围没有发现血迹。

被害人生前曾摄入大量的酒精。有证言表示漆田大吉虽然饮酒，不过酒量绝对不好。

被害人是什么时候倒在店前的，无法确定。目击者不在少数，但在赤线区域，有人出来作证的可能性微乎其微。

但是，向附近的店家打听得知，有个人比较可疑。那人屡屡在阴雨天的早上，路过这里仰望梅园楼的别馆。调查的结果表明，那人正是在桃苑经营“梅菊”的增田喜久代。

警方就找来增田喜久代问询，她说只是散步路过。顺便说下，她以前曾是梅园楼的前身——金瓶梅楼和梅游记楼的鸨母。

当时，住在别馆三层的山田花子服用了安眠药在熟睡。因此，被害人是什么时候入室，是否还有其他人一起，她根本一无所知。据她所说，她平时不怎么服用安眠药，但休息日会打乱作息时间，所以她偶尔也会服用。关于山田花子的习惯，梅园楼的所有人都知道。

贵宾室内的水壶里检出安眠药的成分。不过，根据花子所说，她不记得是不是将药直接放入水壶里饮用的。这里说上一句，花子服用的安眠药在黑市遍地都是。还有，如果女招待的服务对象是与医疗行业相关的客人，安眠药倒也不难得到。

星期三的夜晚到星期四的早上，梅园楼的一层会上锁。外部人员没有可能进出。

被害人坠落的那个时间，梅园楼除了我、淑子伯母、女招待、女佣、被害人，还有一位男性。那位男性的身份非常特殊。他是金瓶梅楼老板娘的儿子，曾担任梅游记楼的监督——半藤周作。

他当时正在浮牡丹的房间。根据当事人浮牡丹所述，他们会选休店的日子在外头碰面。但是，她这一天刚好身体不适，因此周作才到店内留宿。两人发展成超出客人与女招待的关系，据说已经一年多了。

警察正从两个方面——梅园楼内部，以及被害人出入黑市的外部，调查漆田大吉的人际关系。

以上便是案件至今为止的梗概。

无论如何，我都没想到那个房间真的又有人坠楼……

事件带来的震惊，以及应付警方的盘查，让我毫无喘息之机。不过，随着事件逐步平稳，我的脑中又浮现出——这该不会是梅园楼版的不可思议的连续坠楼事件的序幕吧。

也就是说，漆田大吉是第一个，后面还有第二个人，甚至第三个人坠楼。

怎么可能……但是，过去在金瓶梅楼与梅游记楼，都有三个人从别馆的贵宾室跳下。而且，那两次都有名叫绯樱的花魁牵扯其中。如今的梅园楼是否也具备了触发事件的条件？

不过，话说回来，也有值得注意的新发现。这次第一个坠楼的是男性。以前坠楼事件中的被害人都是女性。而且，被害人都有跳楼的动机和原因。从过去的例子参考，漆田大吉并不符合呢。他的死跟过去的坠楼事件也许毫无关系。

事件过去数日的某个夜晚，左右田刑警上门拜访。我将账房交给沉着脸的淑子伯母，领着左右田刑警来到别馆。说起来伯母为何总对坚守账房面露难色呢？我早就想说她作为经营者太不负责任了。但是，话到嘴边又嫌麻烦，从来没有说出口。

在别馆一层的和室内坐下，左右田刑警诚惶诚恐地施礼。

“老师，没给您的工作带来不便吧？”

“没有，没有。店里的工作完全就是副业。”

我马上回复道，他苦笑了一下，显得很难为情。

“刑警才比较忙呢，有什么事吗？”

“嗯，其实这次拜访有一半也是为了工作。”

私下找我绝非为了搜查工作，他应该有什么特别的想法。看来我果然没有猜错。

再次寒暄之后，左右田刑警打开了话匣子。

“我想也就是这几天吧，漆田大吉的死亡会被判定为自杀。”

“是吗？”

我随便附和一句。放下心来的同时，又觉得如鲠在喉。

“警方曾考虑过漆田的偷窥癖是杀人动机，被他抓住把柄的某个女招待将被害人从贵宾室推落。但是，调查过所有的女招待以后，没有发现任何疑似动机的理由。当然，也没有人会犯傻自暴吧。侦讯她们的过程中，警方也逐渐发现漆田要是掌握了什么秘密，她们姐妹中间肯定有人会知情。”

“原来如此，有可能呢。咖啡店里的女招待很容易变成对手。不过，她们之间也有类似姐妹的情感。长时间生活在同一屋檐下，萌生出了类似亲人的感情吧。”

左右田刑警对于我的说明连连点头，不过接着他又说出了令人吃惊的话。

“我们也问了漆田的相好红千鸟，她说漆田没有抓到任何人的把柄。”

“啊？她竟然承认了暗中打探的行为？”

“是的。她还大言不惭地说自己是前辈，掌握年轻人的生活情况是天经地义的事。当然，实际上就是偷窥狂嘛。”

说着，他又苦笑起来。我只是呆呆地望着他。

“但是，根据红千鸟所说，漆田也有可能掌握到了某些线索，只是没对她说。”

“吃独食吗？”

“是的，不过我也说了，我们警方也进行过详尽的侦讯，并没有发现这样的事实。另外，从外部的调查中得知，漆田大吉在黑市上惹了麻烦，正一筹莫展。”

“那么，他是走投无路了？”

“漆田没有解决麻烦的办法。这么下去他就惨了。他是一个平日坏事做尽，心术不正的小混混，遇到麻烦有如热锅上的蚂蚁无可奈何，最后就从情人的咖啡店顶层纵身一跃。”

“他会不会是被人寻仇推下去的呢？”

“那些人要干掉他，早就在黑市里解决了。事后把尸体处理掉，当成失踪人口，或是干脆把尸体遗弃到其他地方。而且，事件发生那晚，这里的一层可是锁着的，从外部进来费点劲呢。”

“啊！是哦。”

我挠挠头，问出了最在意的事。

“漆田在坠楼之前，见过红千鸟吗？”

“嗯，漆田好像在她房内。不过，红千鸟说她那晚睡到了天亮。漆田大概是在黎明时分悄悄离开房间，独自去了贵宾室吧。”

“红千鸟是不是也被暗中下了安眠药？这样的话，在绯樱的水壶里投入安眠药的可能就是漆田？”

“警方也考虑过暗中投入安眠药的情况，不过，已经被否定了。”

“为什么？”

“从尸检来看，漆田生前摄入大量的酒精。但是红千鸟的证言是他们在就寝前没有大量饮酒，那么漆田是在红千鸟睡下后才开始独自饮酒，而醉酒状态也被当作是冲动自杀的证据之一。”

“也就是说，胆小怕事的漆田不会去做自杀的准备。那么，水壶里的安眠药是绯樱放的？”

“是的。漆田跑到绯樱房间的时候，并不在意绯樱是不是醒着。那时候他也没有余力考虑那些事情。这是警方的见解。”

左右田刑警的话音刚落，屋里传来了女招待娇柔的喘息声。漆田这才过世几天啊，这里那么快就恢复男欢女爱的行为了。自己似乎已经能欣然接受了，我不禁感到愕然。

“由此，结案。”

刑警像是在提醒沉默不语的我，用肯定的语气说道。

“但是……”

听闻此言，我也很自然地脱口而出。

“作为刑警，您是不是无法接受这样的结果？”

“老师您怎么想？”

左右田刑警的反问非常犀利，不过我还是坦率地说出了自己的想法。

“也许我的说法有点奇怪，怎么说呢，幸好漆田有自杀的原因……”

“怎么回事？”

“如果没有女招待推他下去，那么就是自杀或者事故。但是，考虑到地点在贵宾室，时间又是早上五点到六点之间，发生事故的可能性很低。那么自杀的情况呢，要是找不到动机，他的死就会变成悬案。”

“无论真相如何，被当作自杀结案，反而是件好事？”

我顿时语塞，左右田刑警赶忙低头致歉。

“老师，不好意思，说过头了，请原谅我的失礼。”

“不，如您所说，我也是这么想的。虽然无法接受自杀的结论，但却像是松了口气。毕竟……”

说到这里，我整个人都僵住了，左右田刑警接着我的话说了下去。

“如果否定了自杀的可能性，那么幽女又要出现了……是吗？”

“嗯……”

没错，这位左右田刑警是《书斋的尸体》的忠实读者。那么，他一定读过连载的《所谓幽女之物》。

我怀着忐忑的心情问他，只见他摆出难以形容的表情。

“我拜读过老师的作品。但是，这篇文章的内容无法在搜查会议上提出……”

“不……不可能。”

我用力地摇头的时候，脑中闪过一个想法。对方可是刑警，怎么可能。即便是拙作的读者，也不可能混淆文章和现实。这可是现实发生的事件，现役刑警不可能会有这样的想法。

内心极力否定，却怎么也管不住自己的嘴巴。

“……难道刑警先生，您觉得漆田的坠楼事件与幽女有关？”

左右田刑警没有正面回答问题，而是避开了我的视线。

“刑警先生，您这次非正式的来访，难道也是出于同样的疑虑？”

我感觉他微微地点了点头，却又犹豫不决的样子，我实在判断不出他此行的目的。

“我的父亲，曾经是宪兵队的特高课长。”

左右田刑警毫无征兆地开口了。

“啊，是吗？”

我暂且附和着他。如果曾在宪兵队任职，战后肯定会受到处理。父亲的身份对儿子就业没有影响吗？为什么他突然跟我说这些？尽管满腹疑问我却没有出声。

“父亲的工作场所就在这条街上，当时名为桃苑花街。”

啊！我差点就叫出了声。他接着说的话更加让我无比震惊。

“当时，宪兵队的驻地在此，父亲还跟梅游记楼的坠楼事件扯上了关系。”

“啊？”

“老师，您在连载中引用‘T’代替名字的女性。便是父亲办过的那起案子里的关联人物。”

我终于明白了。当时，T的丈夫是陆军士官，公公是军部高官。

“据说她是非自愿怀孕的……因为是公公造的孽，没有办法才去麻烦梅游记楼的老板娘。”

“老师，您果然知道啊。”

“这点我在连载中也说过了，等我取材完毕，就会详细介绍六起坠楼事件的主角。”

“上边受到T的公公施压，发下命令让家父多留意T的动态。”

“然而，最后T还是落得跳楼自杀的下场。当时她住在别馆一层，就算再怎么注意也……”

左右田刑警想说他的父亲没有直接责任。只见他缓缓举起右手。

“不，那件事对父亲的地位没有任何影响。”

“那不好吗？”

话说出口，我就对自己的冒昧感到羞耻。

“但是……父亲也要适当地处理T的坠楼事件。就算有什么疑点，也绝不可以公开。”

“因为他公公的原因吗？”

“正是。”

“难道，令尊怀疑是杀人事件？”

“当时也研究过这样的可能性，而且还锁定过嫌疑人，但始终找不出动机。”

“就是说令尊最后接受了自杀的结论？他提起过什么吗？”

“这个，呃，没有……父亲没有主动说过。我会知道梅游记楼的事件，源于父亲留下的记录。”

“类似日记那样的物品吗？”

“那是记录宪兵队时期，父亲参与过的案件的备忘录。当上警察之后，我也曾私下调查过部分事件。”

“令尊现在……”

“他在桃苑的空袭中遇难了。”

我行了一礼告慰亡者，左右田刑警也还以一礼。

“如果坠楼的人只有T，父亲也不会如此关注该事件。但没过多久紧接着发生了青楼女雏云的坠楼事件，又将父亲拉回了那次事件。”

“然后，第二起坠楼事件也被认定为自杀？”

“是的。但实际上，这起案件比起T的那个更像杀人事件。同样，也有锁定嫌疑对象，最后仍是找不到动机。”

“也当自杀处理了？”

“不是，这次略有不同。”

左右田刑警显得有点悲伤。

“父亲认为如果雏云是他杀，而T的坠楼同样也是杀人事件。父亲推测虽然T有自杀的想法，但不排除有人在背后推了一把。雏云正好目击到了这一幕，因此，雏云也被杀害了。”

“也就是说，如果把雏云的死当作杀人事件处理，就会波及T的坠楼事件。如此一来，就会启动重新调查的程序，T的公公不可能同意啊。”

“是啊，父亲当时就只能以自杀结案了。”

“……令尊一定很遗憾吧。”

“毕竟父亲不是警察，遗憾与否不得而知……从他留下的备忘录来看，梅游记楼的记录特别得多。他对于这个事件格外重视吧。”

“第二代绯樱也遭遇了坠楼事件？”

“嗯，此事备忘录里也有记载。虽然父亲没有亲赴梅游记楼现场调查取证，不过还是详细地记录了当时的情况。”

“那……金瓶梅楼的事件，令尊也记录了？”

“是的，全部汇总在备忘录里了。”

“令尊没有写下他的推测或者想法？”

左右田刑警顿了一下，才回答道：

“备忘录的最后留下了一句话。”

“什么？”

“不可思议。”

沉默降临在两人之间。也许左右田刑警回想起了去世的父亲。我再次分析起他此次来访的原因，心里不由得忐忑不安。

“那……那这么说的话……”

率先打破沉默的是我。

“刑警先生，您在怀疑这次的坠楼死亡事件，与过去的那些坠落事件有关？”

“……坦率地讲，我还不能确定。”

左右田刑警非常困惑。他突然探出身子。

“可是，有件事我很在意。金瓶梅楼、梅游记楼，还有梅园楼，三个时期的三起事件里，总有那几个人的事。金瓶梅楼老板娘的儿子，也是梅游记楼的监督——半藤周作，金瓶梅楼和梅游记楼的鸨母——增田喜久代，前花魁浮牡丹、红千鸟、月影，还有女佣雪江，以上六人。”

“莫非，其中有……”

“杀人犯吧。我也曾这么考虑。但是，金瓶梅楼的坠楼事件已经过去了十六年，梅游记楼的事件也是十一年前的事。如果这是连续杀人事件，那杀人凶手实在太有耐心了。而且，六位坠楼的当事者，到底谁才是真正的被害人？被害的动机又是什么？解决了这些疑问答案就会浮出水面。不过我推测不出来。”

“要把这些事件当作是同一个凶手犯下的连续杀人案，未免太过牵强。”

“不过，我的刑警前辈曾经说过……”

“说过什么？”

“杀人是会上瘾的。”

“借由杀人解决问题的人，出现其他问题的时候，还会再次用杀人解决？”

“不愧是老师，理解能力好强。”

“没，没什么，让您见笑了……”

就在严肃的谈话当中，突然受到刑警的称赞，实在是让我消受不起。他却丝毫没有在意，继续说了下去。

“首先，在金瓶梅楼时期，凶手出于某种理由打算杀害三名被害人中的一人，或者两人，甚至三人。同样的事件再次发生在了梅游记楼时期。然后，时至今日，第三次再度上演。虽然每次的动机有所差异，不过凶手是同一个人。”

“杀人会上瘾……说得好啊。”

“从凶手的角度分析，比起连续杀人，称为同一凶手犯下的不连续杀人更为贴切。”

“说得有理。”

不知不觉中，我对事件逐渐丧失了实感，只是当作小说里描写的虚构事件。这样的心情是不是也传递到了左右田刑警那里？

“话说回来，这只是一种猜测而已。实际上有可能发生吗？太不可思议了吧？”

左右田刑警自嘲地说道。刚才探出的身体也缩了回去。

“如果发生在西方，倒是还有可能。荒郊野外的某处，住着杀人成瘾的精神异常者，长年诱拐经过此地的旅行者，杀害他们后再将尸体隐藏起来。那边就算发生这样的事件也不足为奇。”

“十九世纪八十年代，美国的芝加哥有一家名为‘福尔摩斯城’的旅馆。旅馆的经营者名叫亨利·霍华德·福尔摩斯，他将留宿在这间旅馆的客人逐一杀害，并将尸体遗弃在秘密房间和地下室。”

“精神异常者？”

“他以前靠四处诈骗为生，还是靠女人吃软饭的家伙。犯过重婚罪。染指杀人也是在那个时候。但是，他的本领还是旅馆建成以后发挥出来的。根据本人自述，他杀害了足有二十七个人。”

“可以算是屠杀了吧。虽然还够不上可以称为屠杀的人数，不过，精神异常的类型也大不相同。那么，日本这个国家，而且还是在花街之中，有可能发生那种事件的翻版吗？”

“当然，没人可以断言说完全不可能。但是，连续坠楼事件，其中存在着无法解释的要素……”

“幽女吗？”

“可以算是。不过，幽女可以视为心理作用，但无法解释的谜题还有很多。比如花魁绯樱与这件事背后的关联，还有当事人一定会去本馆庭院的祠堂和暗小屋，然后前往别馆的贵宾室等，杀人狂的说法还是站不住脚。”

“如老师所言，漆田大吉的死到底是自杀还是他杀，我无法释然的最大理由，正是这些无法解释的谜题。”

“请等一下。”

话已至此，我忽地想起一件事情。

“在漆田事件之前的坠楼者均为女性，但这次是男人。我想这是最大的不同。说起来漆田没去过庭院吧。那么，也就是说，他与过去的那些坠楼事件，完全没有关联……”

我还没有说完，只见左右田刑警摇了摇头。

“漆田去过庭院了。”

“啊……”

“庭院祠堂的附近发现了漆田大吉的钱包。准确地说，钱包掉落在曾经的暗小屋附近，我们的搜查员发现的。”

“啊……”

“至于他什么时候掉落的钱包，不得而知。根据红千鸟的证词，她曾在房间里见过那个钱包，也就是说是漆田出屋后才掉落的……”

“也不一定是去贵宾室前掉的吧。”

“没错。问题在于他去那种地方干什么？为什么钱包会掉在那里？”

“关于钱包的问题，警方是怎样考虑的？”

“与漆田有纠纷的人来梅园楼找他，他选在可以避人耳目的庭院会面。漆田掏出钱包打算拿钱解决，可是对方将他的钱包打落在地，不接受那点小钱。然后还威胁他准备一大笔钱，否则就干掉他。所以，陷入绝望的漆田，豪饮之后，借着酒劲跳楼自杀。”

“既然编出了这个情节，警方断定漆田是自杀咯。”

“所以说啊，面对如此具有现实感的假说，以前那些无法解释的坠楼事件，父亲备忘录里的相关记载，根本起不到任何作用。更别说幽女的传言……”

“是啊！完全说不出口啊。”

我嘴上这么说着，内心却极度不安。因为，漆田大吉坠楼之前，同其他人一样，从本馆庭院的暗小屋旧址到别馆的贵宾室，走过了通往冥府之路，得知这个真相的瞬间，我其实受到了相当大的冲击。

不知不觉，我与左右田刑警两人都陷入沉默之中。

我们毫无疑问遇到了异常的事件，但真相仍在五里雾中。尽管如此，警方还是结案了。但是，其实什么都没有搞清楚。因此，我很担心如此恐怖的事还会不会继续。

左右田刑警也同样感到了不安和恐惧。还有，我们两人都不知道接下来该如何是好。

“啊呀，已经这么晚了，不小心坐太久了。”

因为左右田刑警冷不防地起身，我慌忙上前阻拦。

“怎么突然就要走吗？不是才要谈正题吗？”

“嗯……”

左右田刑警维持着弯腰的动作，回了一句。然后，他又坐了回去，语带绝望地说道：

“老师，您有何见解？”

“啊……”

“我拜访您，本意是想跟您一起探讨这个事件。但再次回顾这些事件，我认为再怎么试图寻找真相也不会有结果。”

“怎么会呢……”

“唉，我真是没用。只会徒增老师的不安，什么忙都没帮上……”

左右田刑警深深地低下头行礼，待他再次起身，我赶紧抓住机会问道：

“你有……有什么建议吗？无论是以警察的身份，还是作为令尊备忘录继承者的身份。什么立场都可以。”

听闻此言，左右田刑警稍稍地考虑了一下便说：

“有没有根据不好说。但是，回顾过去的坠楼事件，第三代绯樱可能会有危险。”

六　第三代绯樱

关于漆田大吉之死——不，该说是发生在别馆贵宾室的第七起坠楼事件，仍然没有实质性的进展。左右田刑警留下那句忠告就回去了。他特地赶来就是打算跟我肆无忌惮地交流案件，但结果并不理想。

他是警方人员，私下接触我难免遭人非议。要是有人在背后借题发挥，也许对他今后的工作和升迁都有影响。变成那样的话，那位留下备忘录的父亲，九泉之下也不会安息吧。

虽然只有瞬间，我为找到了战友而欢欣雀跃，但转瞬之间却又失望，回归孤军奋战的状态，心头涌起莫名的惆怅。不过，第二天的早上就没事了。

“早上好，老师。”

幸子的声音将我拉回了现实世界。

“对哦，我还有一个助手嘛。”

跑到账房来的幸子，或多或少拯救了我。

“侦探老师的助手——岛崎早苗前来报道。”

听到她突然自报本名，让我稍显惊讶。在此声明，“岛崎早苗”

依然是化名。

“不过哦，幸子毕竟是店里的名字。担任先生助手的不是幸子，而是岛崎早苗。因此，只有我们两个人的时候，叫我早苗就好。”

“……嗯，好，明白了。”

“奖励的约会，约我也是岛崎早苗哦。”

“明白了，那就这么说定了。”

早苗紧紧地盯着我，我有点儿没反应过来，显得呆愣。她又改换成严肃的语气说道：

“那么，老师，您有任务交给助手处理的吗？”

“请你留意第三代绯樱。”

由于时间关系，我将昨晚的对话简明扼要地说了一遍。

“绯樱姐会成为第二位被害人……”

“不，还不确定，但是可能性很高。换句话说，现阶段除了她之外没有值得留意的对象。”

“什么意思？”

“如果其他人是第二个，她就有可能是第三个。目前无法准确地预判出顺序，所以只能多加留意第三代绯樱。”

“啊，原来如此，不愧是老师啊。”

听到早苗发自内心地表示佩服，我尽力掩饰起自己的虚荣与羞愧。

“取材进展得怎么样了？”

接下来她问起了最关键的部分。

“我跟浮牡丹谈过了，她建议我不要再挖掘尘封的旧事了。”

“嗯，很符合牡丹姐的风格。”

“红千鸟和月影尚未接触。”

“如今要向这二位取材有点难度。”

根据早苗所述，因为漆田大吉的死，红千鸟受到了相当大的打击。倒不是感情的原因，而是作恶多端的搭档的死亡方式过于怪异。这次事件似乎很像金瓶梅楼和梅游记楼发生的连续坠楼事件，让她惶惶不安。

月影那边则是惊恐。别说本馆庭院，她甚至不在一层如厕。她好像打算跳槽换家店，还叫上浮牡丹一起走。

“牡丹姐没有答应，说是在等一起事件。”

为什么要等呢？

她想亲眼见证第二个和第三个人跳楼之后再离开吗？

但是，浮牡丹是怎么想的？

屏气凝神集中精神思考的时候，早苗又说出了我差点忘了的人。

“雪江的口风可紧了。”

“喔唷，对了，还有她呢。”

“老师，您是不是把她忘了？虽说她以前话就不多，不过漆田事件以来，只要触及以前的坠楼事件，她更是绝口不提。”

“也许只是害怕吧。”

“不好说呢。她不怎么表露感情。”

“对了，说起漏掉的对象，还有半藤周作。”

“牡丹姐的相好吧。我后来才知道他的身份，吃了一惊呢。”

“他是金瓶梅楼老板娘的儿子，还有一个妹妹，也就是梅游记楼的老板娘。他担任起了梅游记楼的监督。”

“老师，您要去取材吗？”

“周作现在是客人，取材的话，还要再找机会。”

“况且，他还是牡丹姐的客人呢。”

“是啊，我认为他已经从浮牡丹那里听说过我的事情。正面突破只会引起对方的警觉。而且，他当时的工作内容和性质也不一样，也不知道了解多少？”

“老师的意思是不能抱有太多期待？”

“目前还不好断言，如果可以，我想把他留到最后。”

即便希望渺茫，我还是试着去问了三位女性。首先找红千鸟取材的时候，我以为只要付给她取材费就不会有问题，没想到完全不是这样。

“我没什么好说的。老师！他才刚死，您就来挖掘过去的事，作家的脑子是不是都有问题啊！”

拜访红千鸟的时候，我遭到当头一棒，被拒绝了。但我察觉到她是在虚张声势。红千鸟好像在畏惧什么。以前发生的那些不可思议的坠楼事件，说白了都跟自己无关，而这次却发生在她相好的身上。突如其来的变故，让她饱受折磨也说不定。

“我不想谈论过去的事情。还有，坠楼的事也不要再问我。”

月影只是不停地说着同样的话。没有任何线索。就在我准备放弃，转身离开月影的房间的时候，她提出了想要换店的想法，我让她自己去找淑子伯母商量。不过，她似乎又不想独自离开。

其实，胆小的她怎么可能想回到这个留下可怕回忆的地方，估计是浮牡丹和红千鸟当初决定跳槽的时候强拉她来的。她不愿意经历恐怖的体验，但更害怕孤伶伶的一个人。

然后说说雪江，我们完全无法沟通。

“啥啊，早就忘了，昨天的事我都不怎么记得。”

无论我怎么问，雪江都是如此回应。她似乎真的不记得了，但又像在装傻，更为棘手。我甚至都觉得她比红千鸟的演技更高，这未免又太高估她了。

深感束手无策的我，只得去拜访第三代绯樱。非当事人的她也不会知道多少以前坠楼事件的情报，而且还会徒增她的恐惧。要是最终导致她跳槽，伯母那边可就不好交代了。所以我换了一种思路，就是尽量不触及过去的事件，只问问她现在的感受，以及她对贵宾室的看法。

“哇，老师就是厉害！”

要是告诉早苗的话，她又会钦佩不已地猛夸我一顿。因此，我鼓起勇气向贵宾室进发。

但是，寒暄之后我突然语塞。第三代绯樱，呃，名字略微长了一点，后边简称花子好了。花子与其他前花魁不同，她没有参与过去的事件，谈不上什么体验。我也不知道她到底掌握了何种程度的信息。虽然我想谈当下的事，但要怎么切入话题呢？好为难啊。

我还在后悔没有准备周全再来的时候。

“您是来问……幽女……的事吗？”

花子反客为主地问了出来。

“你果然知道。”

“红千鸟说的，她告诉我你会来。”

“哦，难怪。”

这很像红千鸟的风格，所有人基本都有共识。

“那么，知道漆田大吉坠楼的时候，你是否也受到了打击？”

“是的。”

花子低下头去，身体不住地颤抖，我赶紧慌忙地说道：

“对不起。没有考虑你的感受。”

“没事。”

花子微微地摇了摇头，接着，又像是下定决心似的抬起头来。

“那个漆田的死……果然跟……名为幽女的可怕之物有关吗？”

“我也不是很清楚。”

“哦，是吗？”

花子在失望之余透露出些许的安心。她的心情似乎相当复杂。

“你听红千鸟说了什么吗？”

“她说这里的前身叫作金瓶梅楼，那个时期有三人坠楼。后来改为梅游记楼，也有三人坠楼，而且都是从这个房间的窗户跳下去的。”

“说得没错。”

“而且，无论哪个时期，初代和第二代绯樱都会被牵扯进去……”

“所以，她来提醒你了？”

只见花子再次微微地摇了摇头。

“她说，不管是承继第三代的花名，还是住在这间屋子，她都绝对不会做的。其实我也不愿意啊，当初我跟干妈说过的。后来才知道屋子里曾经发生的事，那时候生意越来越火，要是突然中止的话……如果干妈明明知道以前的事，还故意对我隐瞒，又另当别论，但她又没有这样做。”

伯母好像没有说神秘焦尸的事情，那我也没有必要告诉她。

“你知道那些事情之后，有没有觉得害怕？”

“当然害怕。直到现在我也还是恐惧。”

这个问题问得没有意义。怎么可能有人不害怕？可是花子要给生病的丈夫治病，她要赚钱。所以，即便害怕，她也不能放弃收入明显好于其他女招待的第三代绯樱的角色。

“非常抱歉，我失言了。”

虽然同情花子的心情，不过我还是提出了那个问题。

“你住的这个房间可有什么异常？”

“让我想想……”

原以为花子要么生气要么发呆，她居然愿意认真地回想。

“被老师这么一问，我试着想了一下，没有什么异常的现象或事情。”

“没有感知到什么气息吗？”

“至少在红千鸟过来之前，也就是我尚未得知坠楼事件和幽女话题的时候，我从来没有觉得房间奇怪。”

“那……聊了之后，有什么异样的现象？”

面对咬文嚼字的我，花子报以苦笑，说道：

“我也是个普通女人。听说了那样的事，就算有什么风吹草动我也会害怕，但您要说是不是幽女的原因倒也未必……”

她是理性主义者的事实让我安心不少。即使幽女真的存在，她也不会受太大的影响。

我说出了自己的想法，她满脸严肃地回应。

“幽女是不是存在，又跟坠楼事件有什么关联，我完全不清楚。倘若真有幽女，完全感知不到的我也许能毫发无损呢！”

“这么说也没错吧。”

我先是安抚花子，让她安心，随后为了以防万一向她提出忠告。

“不过，请你尽量不要去本馆的庭院，尤其是东侧祠堂的周边更不要接近。”

“为什么？不能去参拜祠堂吗？”

“你已经参拜过了？”

见到焦急起来的我，她淡淡地加以否定。

“没有，还没去过。战争结束以后，我还没有去拜过神佛。”

“呼，那就没什么问题了。”

接着，我告诉她——坠楼事件里的所有人，都是沿着本馆庭院至别馆贵宾室的路线通往冥府。

“通往冥府……”

“是的。只要走过这条路，就会被死亡缠身。”

“好像这条路上有路魔伺机出动……好恐怖啊。”

“啊，不，这只是一个比喻。”

花子好不容易剔除了自身对幽女的恐惧，然而我却又多此一举平添她的烦恼。我迟早会为自己的轻率付出代价。

“迄今为止，你也走过上述路线的走廊和楼梯吧。”

“是、是的。”

“不过，没有碰到过什么奇怪的事情吗？”

“没有。”

“那样的话，你应该不会有事。”

“嗯，是的。”

花子终于再次相信自己会安然无恙。

“从你刚才说的判断，我想你没有什么需要担心的。但如果发现了怪异现象，哪怕只有一点征兆，请你马上通知我。”

“好的，那个时候，还请老师多多帮忙。”

刚进房间取材的时候，那种异常的紧张感，现在已经松弛了很多。即使她主观地认为自己不会有事，但是没有他人的保证也是枉然。我的安慰虽然对于取材没有帮助，至少减轻了她的心理压力。

开店的时间即将到来，我正准备告辞，雪江送来了一封书信。

“刚刚有个男人叫我把这封信交给绯樱。”

信封上没有邮票，也没邮戳，不知是哪位客人写的情书。我的内心暗暗觉得好笑，如今还有如此复古的人。但是，我也不能让绯樱把信拿来给我看看。

“差不多该去做准备了。不好意思，耽误了你开工前的宝贵时间。谢谢！”

向对方表达谢意之后，我和雪江一起走出贵宾室。

时至今日，我都非常后悔……那个时候，就算失礼也好，要是能够提出借阅那封信件……事已至此，说什么也没有用。即便读了信件的内容，也不见得就能阻止事件发生。

次日早晨，花子竟然从贵宾室纵身跃下……

连载第四回

七　模拟体验的实验

现在盘踞在脑中的只有对自己的疏忽大意的后悔，以及对于意外的错愕。承继第三代绯樱的花子，虽然我早就预见到了她的危险。可是，与其交谈之后，我误以为她能够回避危险。但她还是跳楼了。开头说的疏忽大意和错愕就在于此。

幸运的是花子捡回了一条命。上一篇结尾处写得好像花子已经跳楼身亡，那只是行文习惯，还请读者见谅。事实上花子得以活命，仰赖于早苗的大显身手，她阻止了花子跳楼。接下来且听我慢慢说。

我拜托早苗留意第三代绯樱，她听说花子收到书信时，似乎就有不好的预感。因为，这类书信大部分都没什么好事。女招待不知道是不是都有这样的直觉？

次日清晨，心情忐忑不安的早苗，从厕所出来后就去本馆的庭院巡视一圈。她发现祠堂旁边的地上，就是以前暗小屋的附近地上插了一支香，而且只有一支香，缭绕的烟雾正不断地缓缓上升。

坏了！早苗赶紧从内梯跑到本馆的二层，穿过连廊，进入别馆，似乎有人登上了三层的贵宾室，早苗赶紧跑过走廊，冲上楼梯，用力打开贵宾室的纸门。

房间中央躺着睡相不雅的客人，而另一边则是第三代绯樱正在打开那扇正面西侧的窗户，准备跨到露台上去。

“绯樱姐！不可以！”

早苗大喊一声，冲进房内，伸手想将花子拽回房间。但是，花子却以巨大的力量摆脱了她。早苗急忙抱住花子的腰部，不过这样撑不了太久，力气用尽之后她就无法阻止花子跳楼。

早苗绝望地都快哭出来了。危急时刻，留宿的客人被早苗的哭喊惊醒，将两人拉回了房间里。

向客人言谢和赔礼，然后安抚其他受到惊吓的女招待，淑子伯母叫上我和浮牡丹，三人一起去询问花子事情经过。起因果然是那封信，信里说她久病的丈夫已然过世。失去了生存意义的第三代绯樱，打算追随丈夫而去。在庭院里上的香，也是为了亡故的丈夫而为。

但是，失魂落魄的花子，突然冒出这样一句话。

“也……也是为了祭拜以前坠楼的那些人。我是这么想的。”

话音刚落，我的脖颈泛起一层鸡皮疙瘩。这个绯樱宛如另一个人。

“你在说什么鬼话！”

伯母怒气未熄的怒吼惊醒了我。

“就算你要追随丈夫而去，也要精心吊唁一番，尽到妻子的责任。有空在院子里上香，还不如快点回去陪伴活着的人！”

乱七八糟的逻辑，不过，伯母的心意传达给了花子。面无表情、呐呐而言的花子，突然放声大哭起来。姜还是老的辣。

结果，第三代绯樱的招牌被撤下，花子要暂时休养。坠楼风波以来，都是浮牡丹负责照顾她。早苗说浮牡丹很早以前就很关心花子，像她这样的好人实在难得。

早苗不仅受到梅园楼所有人的赞扬，那个吝啬的淑子伯母还发了红包给她。

“早苗，谢谢你，多亏了你发觉得早。”

“我可是老师的助手呀。”

我发自内心的感谢，竟然让她罕见地害羞了。

“花子去庭院是偶然吗？”

“什么意思？”

接下来我说出的话，让早苗收起了笑容。

“丈夫病死对她的打击很大，甚至彻底击垮了她。她想追随丈夫而去也是真心的。但是，庭院里的那个地方，是不是加剧了她的悲观情绪……”

“加剧？”

“没错，就是提升了她跳楼的欲望。”

“老师，别再说了。”

“而且，就像以前那些坠楼事件一样，同样的地点，同样的时间……”

“老师，好可怕啊。”

“而且，就像以前那些坠楼事件一样，同样的天气，那天早上也是乌云密布的阴天。”

“老师，请您别说了。”

“所以……”

“老师！！！”

她的脸上早已经全无笑意。

“啊……抱歉！”

我向她道歉的同时，说出了刚想到的两个计划中的一个。而另一个不能对她言明，因为她一定会反对。

“我想调查这里过去的历史。”

“金瓶梅楼时期吗？”

“不是，更早。这栋建筑刚刚建起，当作青楼营业的时期。只有追溯到那个时期，也许才能掌握到幽女的全貌。”

“哦，我明白了。”

早苗像是茅塞顿开，双手在胸前一拍。不过，她的脸色马上阴沉下来。

“估计是以前有个名叫绯樱的青楼女，曾在庭院的暗小屋堕胎。那个时候遇到了什么情况……致使她从别馆三层坠楼自杀。”

“那就是幽女的本体，一切事情的起源吗？”

“不是吗？”

“不是，我觉得你的推测很有道理。”

我摆出一本正经的态度附和说道。但是，我相信事情绝不会这么简单。没有证据，但我知道自己必须做好心理准备。

“所以，请你吃饭的事情，请再等等。”

“是约会呀！”

早苗最后留下了一抹笑容，转身离去。梅园楼休息日的第二天清晨——也就是在后天，我决定实施另一个计划。最快也只能是那天了。取材走进死胡同的当下，就要换种角度试试。顺便说句，虽然与案件无关，不过，母亲有点不耐烦了，她会时不时地唠叨我还要在店里待上多久？

关于第一个计划，不在梅园楼也能进行。其实，离开梅园楼反而更加方便。但是，另一个计划只能在此进行。

无论如何，我都希望通过这个计划让事情能有进展。如果我写的是小说，即可发挥无穷的想象力。可惜现实之中难以实现。那么，就只有豁出自己了。

另一个计划大致如此：首先，清早我进入梅园楼本馆的庭院，在祠堂的周围绕几圈散步，充分融入那里的氛围。然后，从后门进入本馆，沿着那些坠楼之人的相同路线，途经走廊，登上楼梯，最后抵达别馆三层的贵宾室。进入房间，打开正面西侧的窗户，跨上露台。尽量探出身子看看正下方，但是不是有做到这一步的胆量，只有到时候才知道了。

关键的是，我要尽可能地体验他们的经历。也许尝试之后，就能知道什么，发现什么线索。至少能够激发出前所未有的心灵感受。再怎么说，我都是一位作家。

实施这场模拟实验之后……

※

启事

本稿作者佐古庄介老师突然离世。本连载的第四回稿件便是老师的绝笔。经过与家属商讨之后，决定将老师的稿件全文刊登。

鉴于诸多事宜，连载就此中止，还望读者见谅。

最后，愿佐古庄介老师安息。

编辑部

1　铭酒屋是以贩卖名酒的酒馆为幌子的妓院。明治二十年（1887年）前后首次出现在东京浅草，后来发展到全日本各地。一直延续到大正年代。

第四部 4 侦探

——刀城言耶的解读

阿崎婆，她们全都背向日本，
长眠在那里……《望乡》

一

“久疏问候。”

刀城言耶走进客厅，落座之后，行礼致歉。

“您客气了。”

半藤优子低下头还礼，言耶接着又行一礼。

“老师，繁文缛节就不必了，这样下去，寒暄会没完没了的。”

优子说着忍不住笑出了声。

“嗯，不过以前我也说过不用叫我老师……”

“您过谦了。像您这样了不起的作家，毋庸置疑就是老师。”

“啊，我没有您说得那么了不起。”

优子俏皮地默默聆听着言耶的辩解。言耶越是认真，优子的笑意越浓。

“老师您的意思，我明白啦。”

“不、不，所以……”

优子丢下还想接着辩解的言耶，离席去外边泡茶了。

“唉，没有办法。”

言耶叹了口气，视线转向窗外的庭院，外面是颇为讲究的葫芦形的池塘。池塘周边的茂密草木随着春风摇曳，围墙外面，远处是连绵起伏的丘陵。这里是一片恬静的风景。

言耶不禁被眼前的景致深深地吸引，优子这时端着托盘回到了席上。

“希望合老师的口味。”

优子熟练地招呼言耶喝茶和享用茶点，然后回到位子上坐好。

“那么，老师，我开门见山地问了，调查是不是已经有结果了？”

“……啊，嗯，不……是啊。”

瞬间，刀城言耶本来放松的表情，变得阴沉下来。

这里是半藤优子在某县某所的住家。她在市内开了一家名为“梅花”的小店，不过居所还是建在市外的田园区域。正值春季，住所周围的樱花树上盛开着漂亮的樱花。来访的言耶穿着牛仔裤。迎接访客的优子，则穿着飞白花纹的平纹粗绸和服，很符合料理店老板娘的英姿。这次已经是言耶第三次来访了。

初次拜访是来向半藤优子借阅日记——也就是战前桃苑花街“金瓶梅楼”的花魁、初代绯樱的日记。第二次则是向战时担任“梅游记楼”老板娘的半藤优子求教往事。而第三次拜访则是来说明某家青楼和佐古庄介坠楼事件的调查结果，以及提出发生在三家青楼的不可思议的连续坠楼事件的解释……事实上，这部分的进展并不顺利。

事件的开端是这样的。

距今七年前，怪想舍出版发行的侦探小说专刊《书斋的尸体》七月号到十月号，其中有一篇怪奇小说家佐古庄介执笔的《所谓幽女之物》，这是一篇风格怪异的连载，说不上是随笔，也不太像采访。内容是他伯母经营的咖啡店，疑似有被称为“幽女”的某物，作者试图去查证真伪。不幸的是，因为连载作者的突然离世，连载不久后再无下文，而佐古庄介的离世也显得诡异至极。

怪想舍当时计划围绕着这位怪奇小说家的死因做上一期特集。但不是因为想博取读者眼球，单纯只是为了悼念该社出道的新人作家佐古庄介。但是遭到了家属的强烈反对，这个企划只得中断。另外，由于作者没有什么代表作，佐古庄介的名字很快就被读者淡忘，怪想舍的编辑之间也不怎么提及他的名字了。

时间荏苒到了今年，怪想舍打算推出《书斋的尸体》新人赏作家特集，于是多年以后，佐古庄介的作品又在编辑部里出现了。某位编辑重读佐古庄介的绝笔《所谓幽女之物》之后，便产生了想请其他作家撰写《解决篇》的企划。这位编辑不是别人，正是言耶的责任编辑——祖父江偲。因此，她想委托谁来撰写昭然若揭了。

刀城言耶，笔名东城雅哉，专门执笔怪奇小说和变格侦探小说的作家。然而，他因为兴趣和实际效益的关系，探访各地收集怪异奇谈的时候，总会遇到当地的怪奇传说引发的诡异神秘事件，然后他常常不经意间担任起了业余侦探的角色，结果解决了很多起事件。不知从何时起，在某部分圈子，比起“作家东城雅哉”，“侦探刀城言耶”似乎更加有名。怪想舍编辑部正是考虑到他的这层身份，想出了补写疑案结局的企划。

不过企划在萌芽阶段就戛然而止。倒不是刀城言耶拒绝，他反而很有干劲地全身心投入其中。而是编辑部当初对于解决篇的内容与截稿日期思虑不周。随着言耶取材的深入，发现事情远没有想象中的那么简单。言耶根本赶不上杂志的截稿日期，推导不出结论或者解决办法。没有办法，只得从特集中抽出本次取材的事件，作为独立企划执行，让言耶继续取材。

刀城言耶最初拜访的是佐古庄介的家。本来已经做好被他父母拒之门外的心理准备，令他意外的是对方没有拒绝。他们说言耶是儿子最敬爱的作家。

“刀城老师莅临寒舍，如果他泉下有知一定会开心的。”

言耶在佛坛前上过香后，听到庄介的母亲带着哭腔说道。因此，言耶也尽可能地多说了些他对作家佐古庄介的回忆。在佐古家做客期间，比起母亲提供的信息，言耶说的种种轶事似乎更多，但言耶觉得这些轶事能够安抚两人，因此也不在意。

拜访佐古家之后，言耶接着就去拜访庄介的伯母——以前在桃苑的赤线区域经营“梅园楼”咖啡店的佐古淑子。不过，这里也没能得到更有用的信息。

因此，言耶便将取材对象转为曾在梅园楼工作的女招待们。特别是浮牡丹、红千鸟、月影这三位前花魁，以及与庄介比较亲近的幸子（岛崎早苗），遗憾的是言耶费尽心思依然无法找到其中任何一人。

由于昭和三十二年（1957 年）和昭和三十三年（1958 年），通过两个阶段施行的《卖春防治法》，赤线区域的灯火已然熄灭。原来的女招待们或是从良，或是跳槽到其他风俗场所维持生计，各谋出路。有人很轻松就找到了新的工作地点，有人就此下落不明。不巧的是，言耶要找的那四位，都属于后面的情况。

于是，言耶就决定去拜访至今还在桃苑前赤线区域营业的“梅菊”。目标是在桃苑花街时期的金瓶梅楼和梅游记楼担任鸨母的增田喜久代。从庄介原稿的描述来看，言耶知道她不愿意提到幽女的话题。但纵然多花点时间，他也要磨出一些情报。

俗话说功夫不负有心人，言耶在与增田喜久代的交流之中，得到了时任金瓶梅楼老板娘的女儿，也是梅游记楼的老板娘半藤优子的居住地。虽然已经不怎么联系，喜久代每年仍会寄新年贺卡给她。

随后，刀城言耶才来拜访半藤优子，请她读了连载着佐古庄介文章的《书斋的尸体》，拜托她协助调查幽女之谜。起初，优子还是犹豫的态度，得知增田喜久代给佐古淑子的忠告之后，她更是面露难色。

“不要跟那个扯上关系比较好……”

言耶也是花了很长时间来说服面露恐惧的她。结果，优子同意接受取材，不过提出了一个也是唯一的条件。

“如果，老师能够解开幽女之谜的话……”

言耶听了这个条件，赶忙摇头，嘴里念叨“做不到，做不到”。当然，如果能够得到优子的取材协助，就有可能取得进展。他无法轻易地应下没把握的事。而且，如果那是对方开出的条件，更是不能满口应允。

“我也不是一定要老师解开所有的谜题。只是，老师经过调查之后，说说您的推理就可以了。”

言耶反应过来的时候，才发现被说服的是自己。

结果这天言耶借走了初代绯樱的日记，将《书斋的尸体》的七月号到十月号留给优子。相互交换日记和杂志之后，他们约定择日再约探讨。

此后，刀城言耶在另行约好的日子再度登门拜访，半藤优子已经决定全盘说出。她详细地讲述了梅游记楼时期的经历。

原梅游记楼老板娘漫长的叙述结束后，言耶惊讶地说道：

“战前、战时、战后的三个时期；金瓶梅楼、梅游记楼、梅园楼这三家店；名为初代、第二代、第三代的三位绯樱。还有，横跨各个时期发生在贵宾室的三起连续坠楼事件……简直就像被‘三’这个数字缠上了呢。”

优子向言耶请教今后的调查方向，言耶说调查焦点将会集中于两个问题。

“首先是佐古庄介老师的坠楼事件。在九起坠楼事件中，只有这起事件不知详情，因此，我想尽办法去查明当时的状况。另一点则是金瓶梅楼以前的店。所谓幽女，或说是幽女的传闻，到底从何而来。如果能够调查清楚，可能会有新的突破。初代绯樱的日记、老板娘的叙述、佐古庄介老师的原稿，所欠缺的，就是我刚刚提出的这两个方面。”

如今，刀城言耶是第三次拜访半藤优子，但在对方问起的时候，言耶却前言不搭后语地支吾起来。

“老师，调查进展不顺利吗？”

面对优子略显忧虑的提问，言耶微微行礼说道：

“也不是，有些成果。”

“但没得到有用的情报？”

优子疑惑地问道，言耶再次行礼说道：

“我认为是我的能力不足。如果单以结论而言。”

“老师……请你不要这么说。”

言耶委婉地做了一个手势阻止优子。

“首先，我要向您报告佐古庄介老师的坠亡事件。我拜托警界的朋友，也是管辖原来桃苑赤线地区的当地警方，查阅了当时的侦办资料，可说是完全真实可信。但是——”

“……嗯。”

优子屏气凝神。

“警方的结论是意外死亡。”

“不慎从露台跌落吗？”

“坠亡的时间是半夜，当时淅淅沥沥地下着小雨。因此，坠落现场的露台相当湿滑。再加上建筑物已经老旧，似乎也不稳固。”

“露台其实也不宽敞，空间狭小到容不下一个人。”

“庄介大概就像原稿里写的那样，把身子探了出去。结果，手脚打滑，身体失去平衡，从露台摔了下去。因此警方的解释是没有任何犯罪嫌疑。”

“老师的判断呢？”

“……我也持相同意见。”

时间瞬间凝固了。言耶的结论是，如果要追求合理的解释，佐古庄介老师的死只能是意外事故。

“哦，意外身亡虽然让人遗憾……坦白说，我稍稍地松了一口气。”

“我明白您的心情，毕竟不是自杀和他杀。”

“老师既然这么说，让我安心多了。”

眼前的优子毕恭毕敬地行了一礼，言耶脸上浮现出无法言喻的表情。

“不过，我们这些知情人还是觉得有无法释怀的部分。”

“嗯……”

“感觉事件始终都伴随着幽女的影子。”

“但，但是警察……”

“嗯，警方不可能承认的。即使承认这种东西，也不可能当作杀人事件搜查。”

“所以，老师才会去调查幽女的过去。就像佐古庄介老师写的那样，金瓶梅楼出现以前，有位名叫绯樱的青楼女在庭院的暗小屋内堕胎，当时发生了什么可怕的事，逼迫她从别馆三层跳楼。老师，您也希望找到这样的前因吗？”

“话虽没错……”

言耶两肩一沉，像是打起了精神。

“江户时期的桃苑之地，隶属 ×× 藩领地，禁止在城下町经营花街。似乎因为在历史上发生过青楼引发的事件，这里对于花街根本就是敬而远之。不过，与本次事件无关，省略不谈。客人要找青楼姑娘寻欢作乐，就要跑到路途遥远的白锅花街。知道这些就足够了。”

“母亲和我经营的那个年代，白锅花街还在营业。不过，规模比桃苑花街要小一些。”

“桃苑花街的繁盛是从进入明治时期以后。商业嗅觉敏感的白锅花街的青楼老板，争先恐后地纷纷向地理位置更优越的桃苑进发。到了明治中期，白锅花街的衰落反衬出桃苑的繁荣。不过，即使如此，白锅花街也没消失，是因为那里还有需求吧。”

“那是从江户时期持续至今的花街，很受部分客人的喜爱。”

“接下来就是金瓶梅楼那栋建筑……”

言耶严肃起来，优子也稍稍端正坐姿。

“本馆是明治中期建成的，正是桃苑刚开始繁荣的时期。当时叫作‘梅花楼’，据说是桃苑最大的青楼。”

“……梅花楼？跟我现在的店一样呀。”

优子有些兴奋，不过言耶只是不动声色地点了点头。

“梅花楼前后经营了十几年，然后转手更名为‘梅林楼’。别馆是在那个时期落成的。顺带一提，这两任经营者并无特殊关系。基本上是完全没有关系的两个人。也就是说，梅花楼和梅林楼，仅仅只是青楼的店名相似，并无其他共同之处。”

“起名字的时候刚好相似。或是转手以后，参考以前的店名稍作改动。是这个意思吗？”

“没错，正是如此。无论哪个时期都有一个‘梅’字，就像是某种暗示……”

“嗯，老师所言极是。”

言耶凝视优子片刻，继续说了下去。

“不过，梅林楼也没经营很久便关门歇业，好像是因为老板投资其他事业失败，详细原因不得而知。总之，青楼被出售了，而接下来的买家就是您的祖母半藤知穗女士。”

“祖母买下以后，店名叫什么？说来惭愧，我完全不知道过去的事……”

“叫三梅楼。”

“啊……”

“因为是继梅花楼和梅林楼之后的第三家店，所以起了这个店名。”

“也就是说三梅楼没有特别的含义？”

“……是的，没有。”

“可是三番两次使用‘梅’字，不觉得有点可怕吗？而且，后来的店名也都有‘梅’字……”

优子投来寻求认同的眼神，但见言耶沉默不语，马上致歉。

“啊，老师，非常抱歉，打断了您的话。”

“不，没关系……”

“明明老师正要进入重点，我却胡乱插嘴。我不会再打断您了，请老师继续说下去。”

其实，比起过意不去而行礼的优子，言耶不知为何更加惶恐，他难以启齿地说道：

“不管是梅花楼还是梅林楼，我都找不到老板或从业人员，就连那些姑娘们也……”

“这个行业，人员流动相当的快，不追究她们的过去是业内行规，所以找起人来非常困难。况且还隔了一场战争。”

“是的。”

“如果母亲在世，还能介绍三梅楼时期的人给老师，这点非常遗憾。母亲好像在等赤线的灯火熄灭一样，突然就离世了。”

“没能拜见令堂甚是无缘。不过，令堂可能也会像增田喜久代一样，即使知道什么，也不愿对我透露。”

“也许吧……”

优子满脸沉思的表情。

“以前我店里的那些姑娘，有的还会寄新年贺卡给我。但是，我家祖母和母亲的个性都很冷漠，她们卸下老板娘的职务后，很有可能和青楼的人就断绝了往来。”

“哦，这么说也没错。”

“而且我自己也是，我和樱子……哦，不好意思，我是说初代绯樱，我也只知道她婚后五年左右的情况而已。她祖母离世的那次，是我们最后一次联络。那些姑娘们主动联络我还好，不过反过来我去问她们的近况，可能会给别人添麻烦。”

“老板娘的顾虑没有错。”

“那么，结果……”

结果是以前的事什么都没查到吗？优子想这么问的吧。不过，她又顾忌言耶没法直接问出口。所以，优子就变得含糊其辞起来。

“不是……”

言耶摇了摇头，优子看似有点惊讶地说道：

“呃，莫非老师找到取材对象了？”

“我判断找不到青楼的相关人士以后，便转为搜寻花街的客人。”

“啊！客人！”

“我断定去桃苑周边地区打听，总能遇到以前的客人。那些频繁光顾桃苑的客人，战后也还会住在当地。”

“老师，您果然厉害。梅花楼、梅林楼还有三梅楼的客人，您是怎么打听到的？请教了什么人吗？”

优子饶有兴趣地发问，言耶看似尴尬地挠了挠头。

“起初，我选在了喜久代的店。佐古庄介老师的原稿里提到有个叫生驹的客人，他知道以前的花街。”

“那您是在‘梅菊’问的？”

“在那家店里不方便与客人交谈。只能瞧准时机将我认准的客人约出去。然后，我报出三家青楼的名，提出取材要求。”

“还顺利吗？”

“在找到第一个人之前，花了不少时间，后面就轻松许多。请他们再介绍朋友和熟人，循环几次，取材对象就会丰富起来。我最后问了近二十个人。”

“哇，厉害，这么多呢！”

看着惊讶的优子，言耶会心一笑。

“对于那些接受取材的男性而言，花街是他们的青春回忆之地。因此，所有的取材对象都非常愿意配合。只需稍微问上一句，他们就会滔滔不绝地叙述出来。因此，我产生了一个疑问，倘若我取材的对象是青楼经营者、从业人员或是原花魁，他们能否也会像这些客人一样，肆无忌惮地跟我畅所欲言？”

“或许就像老师说的，而且要谈的还是有关幽女的话题。”

“说到这个幽女……”

忽然，言耶脸上的笑容一扫而空。

“从梅林楼时期似乎就有了诡异的传闻，但不清楚是不是指幽女作祟。只是客人从陪客的姑娘那里听来的，都是没有具体内容，像怪谈一样的传闻，比如‘这里好像有幽灵’‘有人看到过奇怪的东西’‘某间屋子在夏天也很阴冷’。”

“暗小屋呢？”

“没有人提到这个名字。但是，提起‘体罚屋子’和‘堕胎小屋’

的人，倒是有好几个。不过，他们只是嘴上说说，没有人亲眼目睹过。”

“这也是没办法的事。关系再怎么密切的老主顾，也不可能如此深入青楼内部。最多也就是跟姑娘熟识以后，从她们的嘴里听到些许内幕。”

“漆田大吉是很特殊的一个人。”

从言耶嘴里蹦出这人名字的瞬间，优子的表情变得扭曲，然后，她愤愤不平地说道：

“那种男人到哪里都是一样。”

“也许下场都很相近吧。”

言耶指出以后，优子似乎才想起来，漆田大吉也是神秘坠楼事件的牺牲者，不由得浑身打颤。

“言归正传，实际上从梅花楼时期，就已经有青楼的怪谈。可以说是在梅林楼时期，内容逐步发展为‘幽女’作祟，但也不能认定幽女就起始于梅花楼时期。”

“这是因为您无法从客人们那边打听到具体内容吗？”

“也不是。”

言耶干脆地摇了摇头，语气沉重地说道：

“大家都传言说有人不堪责打或因堕胎失败而离世。说得还相当具体。什么受到酷刑的姑娘，诅咒青楼而亡，却没有被像样的祭拜。从梅花楼到三梅楼，这样的例子多少都发生过。”

“那么，他们说的花魁指的是绯樱的原型吗？她死于非命以后？”

“……变成了幽女？我以前也是这么想的。”

“咦？难道不是吗？”

优子的眼神中流露出困惑，言耶注视着她的眼睛作出结论。

“但是，经我多方打听下来，根本就没有叫作绯樱的青楼女。”

二

“没有叫绯樱的姑娘啊……”

半藤优子目瞪口呆，哑然无语。刀城言耶略带担心地继续说道：

“刚开始有人说不知道什么绯樱，也没有太在意。但是，随着打听的人数的增加，我逐渐变得焦虑起来。他们的反应完全超乎我的意料，令人难以置信。那时候，我觉得很快就会有人念叨‘啊，你说绯樱啊’这样的话……”

“结果一个人都没有。”

“正是。我反而碰到了三名完全否定绯樱的男子。”

“老师，请等一下，就算再怎么常来花街的客人，要记住所有姑娘的名字也未免……”

“是啊，他们不一定记得。但是，绯樱不仅只是以前的某个青楼女，而是抱着极其强烈的怨念而死，不是吗？那么，既然是怀恨而死的姑娘，不可能没有人记得吧。”

“若是青楼隐藏了绯樱的死讯呢？”

“那么，要是某位熟客经常点名的姑娘突然从青楼里消失了，不会引起客人的怀疑吗？如此一来，就会流出传言，反而会加深客人的印象。”

“……您说得对。”

伴随着微弱的附和声，优子低下头去。不过，她很快又抬起头来。

“那么，幽女到底是什么？”

说到一半，只见优子情不自禁地颤抖起来。

“在佐古庄介老师的原稿中——”

言耶拿起《书斋的尸体》十月号，放在自己和优子的中间，视线落在翻开的那页。

“岛崎早苗对于幽女有过推测，曾经有位名为绯樱的姑娘，在庭院的暗小屋内堕胎，那时发生了骇人的事情，于是她就从别馆三楼纵身跳下，形成了整个事件的导火线。庄介赞同她的推测的同时，觉得事情没有那么简单，要想深入了解就要做好觉悟。这是庄介作为作家的第六感，但却完美地说中目标。”

“那就没有办法了吗？”

“遗憾的是，关于这件事的调查，无法更进一步了。不，越是深入谜团就越增多。以前就从未存在过什么绯樱，那为什么从初代到第三代绯樱，都跟不可思议的坠楼事件有关？”

“完全搞不清楚……”

“事到如今，除了找到三家青楼的工作人员，从他们那里取得突破，否则就束手无策了。”

“老师也解不开谜题吗？”

言耶露出困惑的表情

“……说来，我自己也没有把握。”

“什么意思？”

“调查陷入僵局，看不到新的希望，都是事实。”

“嗯。”

“不过，虽然没有证据，但事实上，我们需要的资料和素材已经搜集齐全了。”

“啊？请老师快快道来。”

“其实现在已经可以试着解读了。”

“但是，本次事件的核心部分，与以往不同吧。”

“诶？”

言耶略显惊讶地注视着优子。

“老师，本次的幽女事件，是不是出现了您在解决其他案件中没有碰到过的要素呢？”

“说来惭愧，我没有解决什么事件啊——”

“您就别谦虚啦。虽然有点失礼，我当初很想知道老师解决的那几起事件，就联系了东京的怪想舍，接电话的女性编辑非常热情地推荐我阅读您的著作，说是只要读过就能了解刀城言耶老师的名侦探事迹。”

“您说的是祖父江偲吧。”

言耶苦笑起来。

“没错，没错，正是那位。提到老师，她简直说个没完。后来，我还收到了她寄来的信，也是厚厚的一叠。”

“好吧，她是我的责编。”

“可是老师，要说她的狂热程度，比起责编，更像是您的忠实读者。不，甚至像是……”

说到一半，优子忽地支支吾吾，话锋一转。

“总之，我已经非常清楚老师您是一位名侦探。如此厉害的您，已经搜集到了所有线索，却在解谜阶段犹豫不决，证明了本次的幽女事件与您以前碰到过的所有事件有着决定性的不同吗？”

“老板娘的慧眼，我实在佩服啊。”

言耶深深地低下头去，又缓缓地抬起。

“且不说我是不是名侦探。目前为止，我在民俗采访的当地，遭遇过很多不可思议的怪奇事件，也是事实。另外，围绕案件展开调查的时候，误打误撞地找到了真相。但是，我充当侦探的角色都是偶然，而且也没能解开所有缠绕在事件中的谜题。特别是当地流传的怪异事物引发的奇怪现象，最后仍然还是谜。我大概只能解开人为引起的事件而已。”

言耶讷讷地说着，优子只是安静聆听。

“啊……也不能这么说，这么说好像只要是人类有计划的犯罪，无论多么困难的案件，我都能够解决。当然是不可能的！但是……”

言耶慌忙地辩解，优子只是报以浅浅的微笑。不久，言耶又恢复常态。

“不好意思。回归正题，其实至今所遭遇的事件中，也存在超过人智的不明之物。而且，那种东西与事件纠缠在一起的例子也不少。然而，若是杀人事件，就必定会出现被害者。像什么密室犯罪现场、异样尸体装饰、疑似模仿杀人、凶器消失之谜、嫌疑人全体有不在场证明等等的现实问题会不断地涌现出来。话说回来，需要解决的问题，难易度也是各不相同，有些案件的线索是很明确的，所以即便是业余侦探的我，也能将之解开。”

言耶说完，停顿了一下。

“但是，这次的幽女事件则完全不同。发生在三个时期，分别发生在三家青楼，涉及三名同样叫作绯樱的花魁，正是一而再、再而三地反复出现的坠楼谜团，模糊了现实案件与非现实怪异之间的边界，让事情变得扑朔迷离。”

言耶说完做出投降的姿势。

“被她打败了呢。”

虽然听来像是开玩笑，不过言耶的表情没有丝毫笑意。

“更叫人无可奈何的是九起坠楼事件，全都还有像模像样的解释。”

“……这么说来，是啊。”

优子小声嘀咕起来，好像在逐一回忆起每一起坠楼事件的样子。

“金瓶梅楼的初代绯樱，呃，为了避免混淆，就称她为小畠樱子。她还是新人的时候，攀爬过别馆庭院中的李子树，还窥视过贵宾室，目睹过通小町读信流泪的场面。另外，根据月影所述，通小町曾经做过千草结。从这些证言来看，通小町有意瞒着别人，私底下惦记着家乡的婚约者。正因如此，收到未婚夫的婚姻函时，她才会想不开从贵宾室纵身跳下。警方最后的判断也是基于这点。实际上，樱子在日记上也记录了千草结上的男性名字，与寄信人的未婚夫姓名相同。”

“通小町系自杀……其实，我也是这么认为。”

“第二个坠楼的是樱子自己。发生于金瓶梅楼时期的事件中，她的坠楼是最不可理解的。不过，她的日记里保留了本人详细的证言。内容非常神秘，但毋庸置疑是她自己记录的，我们当然没有理由质疑。

若是强行解释的话，可以视作她受到通小町自杀的影响，一时冲动地追随姐妹跳楼而去。不过换作别人就不一定了，樱子幼年的时候就被卖身，成为日思夜盼的花魁以后，理想和现实之间的巨大落差击垮了她。也就是说，若是没有跟她相同的经历，大概也不会跟着跳楼吧。”

“也可以认为是……处于那种精神状态的樱子，心里产生了缝隙，让幽女给缠上了？”

“若是追求合理解释以外的真相，这样的判断或许可行。而樱子日记的内容，也可以说是佐证。”

“是啊……”

“但是，樱子的坠楼已经找到了合理的解释，没有必要再搬幽女出来了。”

优子欣然接受了言耶的解释。不过，她依然显得不安。言耶的推理基本上说得过去，但难道就没有受到一点幽女的影响？

“第三个坠楼者是月影……”

言耶没有停顿，继续说了下去。

“她本来就是悲观主义者。怀孕在她们之中被当作是一种耻辱，然而她还真的怀上了。而且，她还试图自己进行堕胎，结果失败，损害了身体。这才有了后边喜久代在那间暗小屋给她堕胎的事，然后月影陷入精神错乱状态，冲动之下纵身跳下。这个行为也在情理之中吧。”

“比起樱子的事件，月影的冲动原因更加真实。”

优子用沉重的语气，以非常熟悉当事人的老板娘口吻说道。

“接下来是梅游记楼时期。其实登和的坠楼，疑点最多。”

“为什么呢？”

“公公趁其丈夫不在，强行导致其怀孕，对她来说，肚子里的孩子毫无疑问是‘鬼孩子’。登和的意愿是尽快剥离掉‘鬼孩子’。总而言之，这是她当时唯一的愿望吧。”

“没错。虽然当时没有什么机会跟她交谈，不过，她内心的想法正如老师您所说的。”

“既然这样，顺利生产，愿望达成以后，她为什么还会跳楼呢？矛盾啊。”

“宪兵队的左右田课长也是因为找不到跳楼动机而苦恼。”

“是啊，没错。不过，那个时候左右田先生所转述的喜久代的解释，也非常有说服力。孕妇生产的困难远超男人的预期，无论从肉体上还是精神上，都是非常严峻的考验。更何况，登和的情况还另有隐情。在那种精神状态下，她生活在青楼的一隅，在庭院的暗小屋内诞下婴儿。恶劣的环境对于登和内心深处的影响不可估量。因此，诞下婴儿不久，她精神错乱，冲动地做出跳楼的行为，也没有什么不可思议的。因为我没有生育经验，不太清楚。不过，能够做出这样的解释和分析，很有说服力啊。”

“我也没生过孩子，也不能说自己好像有这方面的经验，不过，我认为喜久代说的话可信。”

“月影与登和的处境大不相同，不过，她们跳楼时的精神状态，大概极其相似吧。”

“嗯，没错。可是登和的坠楼……”

“是的。她坠楼前的最后一刻，有人可能从身后推了她一把。”

“左右田课长将浮牡丹、红千鸟、月影、雏云，还有周作哥哥列入嫌疑对象。其中，嫌疑最大的是我的哥哥。”

“但是，这五个人中无论谁是凶手，动机都太过薄弱。我也持相同意见。”

“不过，第二个坠楼的是雏云……”

“所以，登和是他杀的可能性再次被提及，但左右田先生当时的立场，无法推翻前面提出的登和自杀的结论。”

“左右田先生是一位认真负责的课长。他的内心很有可能充满了愧疚。”

优子像是回忆起什么似的。

“鉴于事件的经过，貌似还有重新审视两人的坠楼真相的余地。就如同左右田先生指出的，某人趁机杀害登和的那一刻，被雏云所目击。因此，雏云就被伪装成了第二个坠楼的牺牲者。事件也就变成了连续杀人。”

“还是动机的问题。”

“是啊。就算有人侥幸逮到机会完成杀人，那么，谁有明显的杀人动机呢？”

“所以，果然登和还是自杀，那么，雏云到底是……”

“雏云和第三个坠楼者——也就是第二代绯樱，为了分辨，以下就用糸杉染子称呼。这两起事件必须要跟前面的坠楼事件分开讨论。”

“为什么呢？”

“因为雏云是巫妓，而且，染子也被当作是具有相似能力的人。”

“染子在连廊，以及透过贵宾室的窗户……看到过幽女吗？”

言耶点头认同。

“这种情况下，幽女是否存在已经无关紧要。问题在于雏云和染子认同幽女的存在。”

“也就是说，她们两人的坠楼是因为妄想？”

“不是，对于她们两人来说，梅游记楼发生的怪异现象，无疑是现实的。因此，她们受到了一定的影响，却又无法逃离其中。所以，雏云和染子的坠楼可以归为幽女所导致的结果。但是，幽女本身并不存在，根本没有必要认同幽女。”

“不管有没有涉及幽女，结果不都是一样的吗？”

优子的思路有点混乱。言耶和颜悦色地说道：

“我们分成两种情况，其中一种是自身属于灵异体质，受到影响跳楼；另一种是陷入自认为是灵异体质的妄想，受到影响跳楼。实际上两种情况截然不同。但对于我们社会的法律来说没有区别，都是死于意外。虽然，染子并未死去。”

“意外……”

“就算是受到幽女的蛊惑跳楼，也是出于她们的自身意志。她们不能算作自杀，两人也完全没有自杀的动机。所以，最恰当的解释就是意外。从这层意思上来说，樱子也好，月影也好，都是无限接近于意外坠楼。更准确地说，她们都是看似自杀的意外死亡。”

“我好像有点明白了。”

对于其中含糊不清的地方，优子仍然有所胆怯。

“那么，最后我们来说梅园楼时期。漆田大吉无力解决在黑市里引发的纠纷，他怕遭到残酷的报复，甚至夜不能寐，导致他自我了断。

然后是第三代绯樱山田花子应聘女招待，为了给生病的丈夫赚取医药费，没想到丈夫撒手人寰，她一时想不开纵身跳下。最后，佐古庄介老师打算调查幽女，在被雨淋湿的狭窄露台上，不慎坠落致死。比起前面两个时期的坠楼事件，梅园楼时期的事件原因更为清晰。”

“嗯，您说得是。”

“根据以上所述，九起坠楼事件都有现实的解释。虽说还残留了某种程度的不可思议和恐怖的要素，但对于部分坠楼事件的解说，也不是轻易能推翻的。”

“是的。”

“一般来说，如果某人的死因成谜，但却能做出合理的解释，那么，事件就算解决了，也不会留下什么问题。但是……”

“呃……”

言耶停顿片刻，两人四目相接。

“关于这次的幽女事件，我不认为已经结束了。尽管九起坠楼事件的解释都能说通，但是放眼全局，就会感觉事实并非如此。如果问我到底哪里不对劲，却又答不上来，只是有种不可言说的违和感。”

“果然……很不自然吧。如同老师您说的，关于三个时期、三家青楼、三位绯樱，以及循环上演三次的三人坠楼事件。”

“要说金瓶梅楼时期的三起坠楼事件，算是偶然。那么，加上梅游记楼和梅园楼各有一人跳楼，勉强可以说是那个建筑物本身有问题……别馆的贵宾室很可怕什么的。但是，接二连三上演坠楼的戏码，实在难以说是偶然，或是因缘巧合吧。然而，却又逼着人如此解释，不断地循环往复。”

“我……觉得有点冷。”

优子因为惶恐不安打起寒战，言耶则直接抛出了新的观点。

“不仅如此，还有人目击到了幽女。”

“……是啊。”

“自不用说，关于这个幽女，毫无疑问是这一连串坠楼事件的最大谜团。”

“嗯，细数接近过幽女的人——有金瓶梅楼时期的福寿和雏云，梅游记楼时期的染子和我，还有以前从仙乡楼跳槽的姑娘。”

“不，只有您的目击证言比较关键。”

“诶……为何？”

言耶的回答让优子从心底里感到惊讶。

“福寿的说法不是出自本人的证言。雏云本来就被当是巫妓，染子似乎也有灵视能力。那个从仙乡楼跳槽的姑娘不过是传言。因此，只有您一人的目击情报有可信度。”

“我？只有我吗？那么，从别馆三层和二层的窗户外面窥视室内的花魁的说法，都是谎话？”

“我没这么说。就像刚才说的，对于雏云和染子来说这是事实。但是，如果相信这样的目击情报，那么，就会阻碍我们做出合理的解释。所以，反而该排除这些情报。”

“因为我没有那种灵异能力吗？”

“正是。您在二层的房间，听到过正上方的贵宾室有谁的脚步声。还跑到贵宾室去打探情况，但室内却空无一人。还有，您在别的时间，还目击到有人从贵宾室里出来。可是，那个人影在下内梯途中消失了。这不都是您的切身体验吗？虽然难以定论，但染子进入连廊时所见——也就是那个神秘的花魁目击事件也放进来比较好，因为，老板娘您当时也正好在场。”

“但……但是老师……”

优子的表情变得既困惑又恐惧。

“幽女所致的坠楼事件，大体上都有了解释。您要解释幽女本身了吗？”

“我要解释事件全部。”

“诶……”

“我要解释发生在三个时期，三家青楼的全部的不可思议之事！”

“可、可、可是……”

“当然，解开所有的谜团我也办不到。即使请来受到大家传颂的昭和名侦探冬城牙城，他也无法办到。”

“那位名侦探也办不到……”

“不过，对于这些违和感十足且又不可思议的现象，若是投以明光也许可以照亮黑暗的真实。”

“即使解不开所有谜题，但也能说明八成吗？”

“几成我可说不好，不过只要有一个突破点，便可打通其他关节，就算留下一些疑点也无关紧要，其他部分可以用偶然和因缘巧合来解释。”

“只要有一个突破点……”

“是的。只要发现那个事实，自然而然就会得出解答。”

“哪个事实？”

优子不由得探出身子来，言耶摆出一本正经的表情答道：

“只需要一句话便可说明的极简事实——”

三

“请您告诉我！”

半藤优子战战兢兢地应了一声，刀城言耶点了点头说道：

“在此之前，我要揭晓幽女的真面目。”

“啊？什么？”

“不是，并非真的幽女，而是老板娘您见到的是假幽女。”

“假幽女？我见到的？什么意思？”

优子满脸疑惑。

“老板娘，您从别馆的贵宾室开始追逐的那个东西，在通向本馆的内梯途中消失了。浮牡丹和红千鸟也有佐证，我认为她们两人不会合谋骗您。首先，老板娘后来又感受到了好几次那个气息。而且，那个东西消失的方向，若无其事的花魁和女佣经常路过。所以，您才会认为那个东西是超越人智之物，也就是所谓的幽女。”

“不、不是吗？除此之外还有什么解释？”

“很简单啊。只要认为所有人都在撒谎，装作不知就好。”

“……啊？为……为什么？”

“藏匿逃兵……”

“啊！”

优子的嘴巴微张，半天说不出话来。

“老板娘您也说过。花魁中的很多人，同情那些年纪轻轻就奔赴战场的士兵。有不少想陪着士兵同赴战场，从军出发。老板娘还提到过，你察觉到梅游记楼的幽女出现之前，桃苑花街曾发生过逃兵风波。”

“……嗯，我记得啊。”

“痴心于年轻士兵的花魁，如果发现了逃兵，她们会怎么做呢？”

“当然是藏起来。但要藏在哪里？”

“这只是我的推测，本馆内梯的后面，还有进入内玄关的右手边，恐怕也有可供藏匿的暗间。”

“不可能有这样的……”

“这栋建筑物始建于明治中期。当时，四面八方而来的三教九流聚集于此，打着喝花酒的名义，实则暗中赌博，警察为了取缔他们，时不时会现场突查。那个时候，青楼为了藏匿这些人建造了暗间。”

“母亲和喜久代知道吗？”

“我认为是知道的。不过，逃兵的事她们可能不知情。藏匿逃兵需要所有花魁与女佣串通。逃兵也要吃饭，所以瞒不住女佣。虽然干的工作不同，但大家都是来奔生活的，花魁很容易就能说服女佣。她们都是女性相对方便，所以绝对不会去找茶壶和门房帮忙。”

“说得有理。但是，为什么逃兵会跑到贵宾室？”

“如果是藏在内梯下的房间，那是非常狭小的吧。长时间躲着有可能窒息，同时还会运动不足。他们便瞄准全店人员休息的午后时间，从花魁提供的藏匿处出来活动一下，呼吸外面的空气。话虽如此，随意在店里走动也不太现实。当时，贵宾室被封闭了，没人使用，逃兵就顺理成章地躲进了贵宾室。”

“原来那个声音是士兵发出来的。但是，我跑去贵宾室查看，没有发现什么逃兵啊。”

“他躲在了窗外的露台上。再拉上窗帘的话，只在外面窥看室内的老板娘是发现不了他的。正面的窗户比较惹人注目，他当时是躲藏在庭院那侧的露台吧。”

“要是让本馆那边不知情的人发现，还不引起骚动？”

“该说是运气好吗？别馆庭院里不是有樱子曾经爬过的李子树嘛，枝头正好伸到贵宾室的窗户边。树枝上的枝叶恰巧遮住了他的身影。”

“逃兵穿着花魁的和服，毕竟他也没有其他衣物，即使被发现了，也可以说是花魁混淆视线。”

“是的。但没想到却让您误会了。她们庇护逃兵的谎言，让您以为幽女现身了。”

“如果只有红千鸟，我会存疑，但我没想到浮牡丹也会说谎，完全没有想到。”

“信仰基督教的她，说谎是很严重的禁忌吧。不过，作为烟花女子，她跟其他花魁对待逃兵的态度没什么不同吧。”

“话说回来，逃兵后来怎么样了？”

言耶的脸色凝重起来。

“这也是我的推测。战时被燃烧弹焚毁的暗小屋里，发现的神秘焦尸，大概就是那个逃兵的尸体。”

优子停顿了一拍回道：

“……有道理啊。”

“老板娘她们离开梅游记楼之后，也许士兵就住进了暗小屋。那个小屋可是藏身的绝佳场所。”

“嗯，没错。”

“出入花街的审查非常严格，警方还是没能查明那具焦尸的身份，大概是因为战争快要结束的原因吧。而且，出入花街的人员，只能追溯到一个月前的名单，如果逃兵在那之前逃跑并藏匿起来，那就查不到了。”

“就算如此，当时的驻军怎么会轻易放走逃兵？”

“我也注意到了这点，才去调查了一番，结果发现花街上藏匿逃兵的事例，还有几例。其中，甚至还有青楼老板知情不报的例子。而且，直到战争结束的那一天，有人藏了超过一年以上，实在惊人。”

“真的？”

“那个逃兵藏在梅游记楼的时间，我认为还不到两个月。因为，喜久代好像察觉到了些许异样……”

“是吗？”

“老板娘和喜久代交流了遇到幽女的事之后，喜久代说从一个半月前她就觉得店里有什么怪异。”

“不愧为喜久代。她凭直觉就知道了店里的氛围变得不同以往。”

优子对于鸨母喜久代非常钦佩。

“想想那个时期，敢于藏匿逃兵的那位青楼老板和梅游记楼的花魁，实在是勇气可嘉。”

优子甚至称赞起素不相识的青楼老板。但是，她又转为悲伤的口吻道：

“不过，被藏在梅游记楼的士兵，最终还是在空袭中丧生。”

“说起来很是遗憾。但是，他如果没做逃兵，而是奔赴战场，也有可能埋骨他乡。那么，在花魁的照顾下落叶归根，也许还算不错。”

“这么说也可以，他本人的在天之灵也能瞑目了吧。”

话至一半，优子轻唤一声。

“啊！那么，染子在连廊里看到的花魁也是……”

“应该不是。”

“为什么？”

“因为时间对不上啊。从其他青楼的例子分析，即使藏匿时间再长，差不多也就是从战争结束前的一年左右开始。”

“……说得也是。”

优子接纳了这种说法。不过，她突然像是被吓了一跳。

“那……那个花魁，难……难道是幽女？”

“要这么认为也可以。但是，同样也有简单合理的解释。”

“真的吗？”

“为什么会形成那种不可思议的现象？其实怎么解释都行。”

“不可能的！”

“犯人——暂且这么称呼他，躲在本馆二层连廊附近的房间。那时候老板娘和染子正好上楼，犯人便在房间窥探情况，刚好女佣安美叫住了老板娘。于是，犯人趁着被染子发现之前，迅速躲进别馆的连廊，只留下了背影给染子。犯人推测好奇的染子会转入连廊的转角处。即使染子没有转入连廊，只要见到花魁从自己的眼前消失，能起到这样的效果就好。”

“确实，当时我很害怕，那犯人是如何从无法通行的连廊逃走的？又是从哪儿离开，去了哪里呢？”

“打开连廊采光的窗户，俯视窗外，正下方是隔开本馆和别馆的围墙顶部。犯人翻窗跳到围墙之上，再跳到狭窄的通道，从厨房的后门逃至本馆。”

“只有猫咪才做得到。”

“倘若沦落花街之前，她曾经在马戏团做过表演走钢丝和跳火圈的儿童杂技演员呢？”

“……”

老板娘差点再次沉默，忽然，她猛烈地进行反驳。

“不可能的。月影那时跟其他的花魁聚集在一层的化妆间。怎么会躲在二层的房间呢？”

“是吗？”

“那可是一层和二层的区别啊。”

“问题不是场所，而是月影的不在场证明。您能断言她当时在一层的化妆间吗？”

“喔唷，这……可是……”

优子突然吞吞吐吐起来。

“用喜久代的话说月影的存在感很低，她即便是在化妆室，也很难被察觉到。”

“……确实如此。”

优子暂且认同了这点，但很快她又拔高了音量。

“她为什么要这么做？月影到底想干什么？细想一下，老师，您不觉得奇怪吗？”

“是的。她完全没有这么做的动机。”

“啊？”

言耶轻而易举地相信了优子说的话，令优子困惑不已。

“从可能性的角度考虑，要让人消失的方法有很多。但她为什么要做这样的事？也就是动机的问题。”

“那个花魁为什么要消失呢？”

言耶重重地点了点头。

“关于这起连廊事件，其实我很困惑，想着要不要做出合理的解释。老板娘没能亲眼目睹，染子似乎具有某种能力。这两点让我一直很在意。您的叙述很有张力，起码让人觉得染子她一定是看到了什么有实感的东西。”

“……是啊，那个时候的染子很害怕。我绝对不会看错。”

“其实，我也不知从什么时候开始考虑，只想抓住这个接连出现在连廊的幽女，只要解开幽女之谜，就能找到突破口。”

“那么，您找到突破口了。”

优子说的不是问句，而是在寻求确认。

“我认为是的。”

“洗耳恭听。”

“染子目击到的花魁，也就是在无法通行的连廊里忽然消失的花魁，从一开始就不存在的！”

“啊？”

“因为她撒了谎。”

“等等，请等一下。”

优子明显地焦急起来，言耶也不管她，继续说下去。

“那么问题来了。她为何要撒谎呢？那是因为老板娘给提了个醒，您说不能走那边。染子当时非常吃惊，甚至脸色都发白了。现在回想起那时的情况，她的反应似乎有点过头。”

“啊……”

“正是因为超过她自己预期的反应，接下来为了挽回无意间的失策举动，她撒了谎。”

“失策？”

“当她正要进入连廊的时候，被您叫住说不能走，通常情况，她不会有那么大的反应。但是，染子错乱中谎称连廊有人，主张自己行为的正当性。听说连廊被禁止通行的时候，染子无奈地感叹了一句。”

“我……老师，我不懂您的意思……”

“染子是为了掩饰她的失策！”

“为什么？”

“因为她害怕被识破。事实上，她不是第一次到梅游记楼。”

“啊？”

“因为她害怕被发现糸杉染子就是小畠樱子。”

“啊……”

“其实三名绯樱全都是同一个人。无论是第二代糸杉染子，还是第三代山田花子，其实都是初代小畠樱子。”

四

“这、这……这太荒唐了！”

半藤优子说完，第三次哑口无言。

“樱子日记里记载过按规定新人的房间会被安排在别馆二层的最里面。因此听说您要带她去房间时，她不自觉地就会拐过去转入本馆二层的连廊。”

刀城言耶从包里拿出取材笔记，继续说了下去。

“就在这个时候老板娘叫住了她。通常听到有人说那边过不去，只要回应一句就行，最多也就是问句为什么。但是，樱子当时相当慌乱，她顿觉没有人引路自己却直奔连廊的行为会被怀疑，然后又听说了金瓶梅楼时期还能通行的路线走不通，才有了那句下意识的惊呼。脱口而出的这句，更是让她意识到自己是在自掘坟墓，不禁发出疑惑的感叹，后面就没再说话。她的心里难免会紧张，然后就谎称看到有人在那边转过弯角，自己因为好奇就跟了过去。但实际上，没有人会往死胡同走吧，她的说法存在矛盾。只不过在当时的情况下，她也没有什么更好的办法。”

言耶停顿了一下，继续说：

“当时樱子的解决方法就是全都嫁祸给幽女。所以，她才在您的贵宾室里，故意装出害怕的样子，像是能够感知到什么。那是在误导您认同她的灵异能力。你们两人不是还约定不对其他人提起，当作是两个人之间的秘密？尽管如此，樱子还是有意无意地将此事透露出去，转眼间就传遍了整座青楼。樱子也如愿地被冠以‘巫妓’的名号，借此隐藏真实的面目。顺带一提，她在担任初代绯樱的时候也曾说过相似的谎。她要被安排进贵宾室的时候，就曾说见到过陌生的花魁从本馆经过连廊直奔别馆三层而去。如今成了第二代绯樱，她还想故技重施来摆脱危机。”

言耶注视着沉默不语的优子。

“如果糸杉染子——方便起见暂用糸杉染子和山田花子称呼吧。换句话说，如果她真的具有灵力，那么引荐染子的中介屋狭川怎么可能会不知情？那些人贩子可是以眼光尖锐著称。据说他能够看穿卖身女的各种疾患。

“呃……”

优子依然保持沉默，只在此时有了反应。

“而且，对于初来乍到的染子来说，她怎么会知道转入连廊的是花魁？老板娘问她对方体貌特征的时候，她只是沉默不语，又是怎么判断出那人是花魁的呢？如果那次是她初入梅游记楼，应该还没见过花魁的照片墙。因为，低调的中介屋狭川总是习惯避开正门，从厨房的后门或是内玄关进店。既然是狭川领来的，那么她没见过照片墙的可能性比较大。即便见过，也只是透过格子撇过一眼。”

“……”

“从某种意义上来说，染子在入住贵宾室后也说过差不多的话。她为了展示自己的灵异体质，说窗外有像是什么栗子似的东西，也就是变相地说目击到了插着簪子和笄的花魁。可是，就连公认的巫妓雏云都没说过如此详尽的目击情报，你不觉得奇怪吗？那是染子为了增加她那灵异体质的可信度，再一次编造的谎言。”

“……”

“喜久代也表示绯樱以前的客人见到染子没有陌生感，还说她学习能力强，那可是素日里尖酸刻薄的鸨母罕见的赞美。而老板娘也评价染子虽然未经世故却上手很快，以及游刃有余地妥善处理姐妹的嫉妒问题。实际上，这不正是初代绯樱时期积累下的经验吗？”

“呃……”

“老板娘与染子只接触过很短的时间，另当别论。为何喜久代和女佣都没有认出染子呢？红千鸟曾对出嫁前的樱子说过离开花街的人都会改头换面后回来，而且当作噱头的第二代绯樱，正好成了掩盖身份的烟雾弹。第二代嘛，就算很像初代绯樱也属正常，这种想法甚至影响到了人们的判断，蒙蔽了所有人的眼睛。但是喜久代不一样。提出第二代绯樱计划前，她曾看过染子的照片。而且，她作为优秀的鸨母，不可能忘记初代绯樱的长相。关于这点，起初我也是百思不得其解。翻了好几遍老板娘的陈述笔记以后，问题就迎刃而解了。喜久代在您母亲隐退之前，眼睛、耳朵，还有腰、脚都出了问题。当时，在老板娘指出糸杉染子和小畠樱子长得相像以前，喜久代根本就没有察觉，说明她的视力恐怕退化得相当严重。”

“户……户籍。”

优子终于发声，说了一句像是挤出来的话。

“您是指糸杉染子的户籍抄本是如假包换的吧。”

言耶马上就明白了优子要说什么，而优子表示认同地点了点头。

“也该试着整理一下小畠樱子究竟发生了什么事情。当然，这纯属我的推测。”

“……嗯，明白。”

“樱子与飞白织介婚后四年，飞白屋的生意每况愈下。就如她在履历中所说的一样，又过了一年左右，夫家的生意迅速衰退。婚后五年的时候，对她甚是疼爱的织介祖母撒手人寰。”

“啊……”

“我认为一定是这样。我有预感如果那位祖母仍在，樱子恐怕不会再度坠入苦海。飞白屋的经营恶化，祖母也已不在人世。当时，织介的叔婶是不是又开始煽风点火，怂恿她回到花街，赚取起死回生的救命钱。”

“太过分了。”

“当然，织介会反对吧，但是，奈何他的叔婶独断专行。最后，也许是樱子主动提出回到花街的吧。”

“大概……就是这样吧。”

优子以难以忍受的口吻附声说道。

“但是，樱子无论如何都不想回桃苑花街。因为赎身之前，红千鸟说过很多令人难以接受的话。”

“即使没有红千鸟说的那些话，不想吃回头草的心情也是能理解的。事实上，回归梅游记楼的那位飞梅就遭到了严重的欺凌。”

“可是就算去其他花街，她也不愿意使用飞白樱子的身份。因此，她便借用了嫁给其他县的和服批发商的织介妹妹——糸杉染子的户籍。”

“飞白屋少爷的妹妹？”

“织介是祖母养大的，他的名字也是祖母取的。织介源于‘织絣’，取编织出花纹之意。飞白则指的是部分染色的丝线编织出的碎白花纹。织出花纹的形式称为‘织絣’，而染出花纹的形式则叫‘染絣’。祖母便给哥哥取名织介，妹妹则叫染子。”

“那么染子去哪了呢？随意使用别人的户籍，不会给本人造成麻烦吗？”

“织介说过她家妹妹从夫家离家出走了，祖母非常担心。她怕妹妹再做出同样的举动，下次可能就回不来了。当时就是这样的情况。”

“樱子就是利用这一点……”

“老板娘说过跑到花街卖身的女子，如果是未成年人则需要取得父母的承诺书，但只要户籍抄本是真的就没问题。染子小姐已然是成年人，又是本人自愿卖身，更是如此。樱子以前从新人做到花魁，深谙其中的道理。所以她就打算借用糸杉染子的户籍，决定前往其他花街重操旧业。

“那怎么又回到了桃苑？”

“中介屋狭川那里出了差错吧。”

“啊！好像是哦……”

优子似乎想起了什么，目瞪口呆。

“老板娘曾说过中介屋狭川先生好像没有说清楚，染子本来不想来桃苑花街，当时还面有难色。直到讲了第二代绯樱的计划，她才转变了态度。樱子起初是想让狭川介绍她去其他花街。但是，没想到回到了桃苑，樱子本来是打算拒绝的，但听说了第二代绯樱的计划，她想即便隐藏身份去其他花街，也不是没有暴露的可能，还不如顺势扮演第二代绯樱，这样一来，起码不会被识破是初代绯樱。相似点越多反而越好，甚至完全不用扮演。”

“她真的很聪明……”

优子的情绪逐渐稳定下来，像是回想起了以前在别馆的一层，周作哥哥指导樱子学习的场景。

“至于山田花子的户籍，说实话没有查明。不过，佐古庄介老师的原稿里写明她来自于 ×× 县 ×× 町，那里正是遭到空袭最严重的区域。那个战后的混乱时期，只要去公务所提出申报，很容易就能取得户籍。可能是未雨绸缪，樱子取得了假的户籍。也就是说，她提前做好了第三次回归花街的准备，如果是这样的话……”

言耶欲言又止地低声说道：

“可以看作是前花魁的求生本能吧。”

“山田花子初入梅园楼的时候，她说是为了帮助丈夫振兴生意，曾在其他青楼做过，说的就是作为糸杉染子在梅游记楼工作的事。”

“没必要说谎的地方，她都尽可能地说了真话。所以，她说丈夫抱病，穷困潦倒的事情，实际上是指织介卧床不起。”

“飞白屋呢？家业被叔婶给强占了吧。她被迫以糸杉染子的身份进入梅游记楼，使用第二代绯樱的名号拼命赚钱，足以说明问题。”

“为了生病的丈夫，她第三次投身苦海。即使不是叔婶的原因，那家店可能也早已转手他人。”

两人之间陷入沉默。

“庄介在原稿中——”

言耶打起了精神，继续说道：

“他说花子的外貌比户籍上的年轻。但也许是从事过青楼行业，略显疲惫什么的。喜久代眼中的染子不也是这样吗？”

“是啊，染子那时多报了两岁，花子的时候少报了四岁，虽然在两个时间点她都虚报了年龄，但完全没有不自然的地方。她本来就是娃娃脸，再加上有曾做过花魁的经验。”

说到这里，优子惊呼了一声。

“对了，那个漆田大吉曾在樱子的大腿上刺过一个‘吉’字。但染子的大腿上则刺了哥哥的名字，到底是……”

“樱子在回归花街之前，为了隐藏身份做了充足的准备，包括刺青的事。假如大腿上刺着‘吉’字的事传开了，有可能会暴露她的身份。于是，她便在‘吉’字的周围，加上一个同字框。”

言耶在笔记本的留白处写上了“冂”，在同字框中写了一个“吉”。

“如此一来，她请刺青师写成了像是‘周’的文字。”

“不可思议……”

“根据樱子的日记，漆田大吉说他刺的字有点小。那么，即便给‘吉’字加上框，也没有什么不自然。不过，樱子还是不怎么放心，便在‘周’字下面又刺了一个‘作’字。这是她灵光一现的点子，借用了您兄长的名字。但她万万没有想到，她回去的地方居然是原金瓶梅楼改名的梅游记楼。”

“那么，哥哥和染子的密会？”

“不可能的。如果两人有那种关系，也只能是染子入住梅游记楼以后的事。可是染子的生意那么好，她哪有去刺青的时间？”

“那哥哥的对象是？”

“浮牡丹啊。”

“呃？”

“我推测他们从金瓶梅楼时期就彼此爱慕。”

“呃……”

“金瓶梅楼更名梅游记楼的时候，前老板娘任命周作出任监督的时候，您还对他的答应感到非常意外。他就任梅游记楼的监督以后，就能顺理成章地见到浮牡丹。”

“哥哥他……”

“实际上，浮牡丹是花魁大姐头，她偶尔也会去别馆找周作先生。但是，由于登和突然住进别馆，两人暂时就无法约会了。因此，周作先生焦躁起来，以至于让您误以为令兄的行为举止变得奇怪。”

“那么在梅园楼，哥哥去浮牡丹的房间也是……”

“我认为他们从金瓶梅楼时期就产生了关系，但是他们顾虑周围的看法，就把交往时间改到一年前蒙混过去。”

“樱子作为山田花子工作的时候，刺青倒是没被人发现。”

“喜久代发现染子刺青的时候，为时已晚。她还叹息自己作为鸨母的失职。那时，老板娘还夸染子隐藏得好。喜久代则表示第二代绯樱的手腕高明。也就是说，樱子冒充花子的时候，也会非常谨慎地隐瞒刺青。”

“呃！”

优子重重地叹了口气。

随着言耶揭开三位绯樱的秘密，优子首先是非常惊愕。而樱子沦落至如此境地，自己的心情也是相当复杂。然而，优子心里不仅充斥着悲哀、愤怒、难过的心情，还交织着感叹与称赞。樱子骗过了店里所有的人，还包括几百位客人。这让优子深感佩服。

“那么……”

优子刚准备开口，表情变得严肃起来。

“初代绯樱之前，并不存在花魁绯樱的谜题，可以算是解决了吧。”

“嗯，没错。”

“……”

“但是，三家青楼在不同时期的坠楼事件，为何都跟绯樱有关？樱子又起到了什么作用呢？”

“果然，还是避不开这个问题。”

优子默默地低下头去，时间仿佛凝固一般。

“请告诉我，樱子到底发生了什么事？”

优子缓缓地抬起头，以做好了觉悟的坚定语气说道。

“金瓶梅楼时期的坠楼事件，就是我解释的那么回事。”

如同回应优子的觉悟，言耶立刻开始说道。

“而且，无须挖掘其中的犯罪成分。另外，梅游记楼时期的登和坠楼，喜久代的判断也大抵正确。至少没有需要提出异议的地方。但是，登和的坠楼是开端。”

“登和？她不是自杀的吗？”

“宪兵队的左右田先生曾做出过推理。他认为登和企图自杀的时候，有人在背后推了她。然而，那个瞬间被雏云目击到了，凶手为了封口，想办法将雏云从贵宾室推了下去。”

“如您所说，如果登和是自杀，那左右田课长的推理不就错了吗？”

“没有，他的推理说中了一半。”

“一半？”

“雏云目击到的不是登和被推下去，而是恰恰相反的行为。”

“相反……”

优子满脸困惑，言耶面带沉痛地说道：

“雏云当时目击到的是染子试图救助登和的场景。”

“啊？”

“雏云当时说的一模一样，是指初代绯樱拼死阻止想跳楼的月影，与第二代绯樱想要阻止登和的场景相像。”

“我不明白。”

“雏云是觉得初代和二代绯樱阻拦跳楼的姿势——抱住两人腰部的动作简直就是一模一样。所以，她才会自言自语。”

“呃……”

“仅仅一瞬之间，她还不至于看穿染子的伪装。但是，至少雏云有了怀疑。所以，雏云才说要去调查什么。其实她是要去调查染子的来历。”

“呃……”

“后来，两人之间发生了什么，时至今日已无从调查。雏云到底是套话，还是旁敲侧击？总而言之，雏云最后调查出了染子就是樱子。”

“不过，就算这样，雏云也不可能胁迫染子……”

优子一脸难以置信，言耶摇了摇头说道：

“雏云并没有胁迫染子。”

“诶？她从贵宾室坠落是……”

言耶又摇了摇头。

“不，是染子推下去的。”

“可……可是老师您刚才还说……”

“染子的动机并非是受到了雏云的胁迫。我觉得雏云反而跟她约定帮她保守秘密。”

“既然这样，为何雏云还会坠楼？”

“染子不相信对方，她认为雏云早晚会说出去。金瓶梅楼时期的雏云，作为巫妓受到姐妹重视。但大家又很怕她，不敢过于接近。因为，雏云经常不经意地泄露别人对她倾诉的烦恼和秘密。”

言耶的眼神再次落在摘抄在笔记上的初代绯樱日记，做出以上解释。

“樱子是担心雏云会不经意间透露秘密呀。”

“说实话，我没有自信理解这个动机。即便有红千鸟说的那番话作为铺垫……但是，花街环境的独特性，青楼女之间的特殊关系，实在是过于奇特。”

“我也曾是青楼的人，跟老师是同样的心情。”

优子有气无力地回应。

“等，请等一下。”

她像是突然想起什么似的，注视言耶。

“根据左右田课长的解释，染子好像有什么……对了，不在场证明。雏云从别馆贵宾室坠落的时候，染子正在本馆的庭院中。也就是说，她不可能把雏云推下去，不是吗？”

优子眼中瞬间浮现出希望的光芒。即使优子认同了三位绯樱的秘密，也不愿意相信染子杀过人的事实。

但是，言耶的表情毫无变化，刚才那丝光芒也随之烟消云散。

“难道不是吗？”

“第二代绯樱如果是糸杉染子本人，不在场证明得以成立。但是，染子其实是小畠樱子，不在场证明也就不成立了。”

“为何？”

“杀害雏云是有计划的犯罪。”

“怎么可能……”

“登和坠楼以后，雏云不只是说过那句话吧。”

“是的，除了那句，还说过这次也会是三个人吧。”

“经过左右田先生的调查取证，我们得知前面那句还有别人听到过。但是，后面那句只有染子一人听见。”

“……她说谎了？”

“我认为她是情急之下想到的，为了让雏云变成第二个坠楼的人，就要附加上某种必然性。”

“实在是……”

“证据就是她向您提出找人给贵宾室做法事，却拐弯抹角地拖延时日。因为，雏云坠楼之前，房间就被做了法事，不利于她的解释。那样会降低诡异事件的可信度。”

“呃……”

“关于此事，她料定您不会去问雏云，所以并不担心谎言会被揭穿。不过，她还是谨慎地找到雏云约定不要说出去，再谎称那是雏云的话。”

“不在场证明呢？您说糸杉染子就可以，小畠樱子则不行，到底是什么意思？”

“家境宽裕的环境下长大的糸杉染子做不到，但是，小畠樱子可以爬上别馆庭院里的李子树。”

话音刚落，优子像是没有即刻理解。

“诶……”

但是她马上惊叫起来。

“那棵李子树的树枝能够伸到别馆三层的贵宾室，可以攀爬登上南侧窗户的露台，初代绯樱的日记里写得很清楚。同时，日记里也写过樱子以前曾经轻松地攀爬过好多次。”

“……”

“那位叫中衫的客人离开以后，染子就让雏云到贵宾室等她。然后，她巧妙地引诱雏云至临街窗户那边，找准时机推她下去。由于对方是巫妓，诓骗她去发生过怪奇坠楼事件的现场并非难事。将雏云推下楼后，染子赶紧爬上南侧露台，撩起和服掖在腰带里，从李子树上滑下来，进入本馆那侧的通道，佯装是从里面跑到梅游记楼外面的样子。”

“……”

“后来，她主动跟您提出要搬离贵宾室，主要是不想住在自己亲手杀过人的房间吧。而提出暂停营业，大概是滑下李子树的时候，脚上受了擦伤。她又说不想住在青楼，老板娘给她安排了别馆一层的房间。那段时间的饮食和入浴，都只有她一个人。而在独居的期间，大部分的伤都已愈合，不过，还是被喜久代发现了没有痊愈的部分。”

“……”

“幸运的是那些伤痕，被误认为是染子自己跳楼时留下的伤。但在当时，令兄周作先生说过，阻止她跳楼的浮牡丹和月影，毫发无伤。”

“呃……”

“跳楼未遂会擦伤大腿吗？若是平时还会留有疑问，但是，当时喜久代满脑子都是染子大腿上刺的‘周作’。所以，没能注意到那个方面也就可以理解了。”

“那照您的意思，染子的跳楼也是……”

“她的自导自演。”

“呃……”

“染子谎称雏云预言这次也会跳下去三个人……如果她当时已经设计好了自己跳楼的戏码，简直是太高明了。不管怎样，她打算自己扮演第三个人，以此拉上第二次连续坠楼事件的帷幕。”

“……老师说她是自导自演，场面可不像假的。虽然我没有直接见到坠楼现场，但我冲进贵宾室的瞬间，那股紧张和压迫交错的氛围，相当强烈。”

优子一口气反驳道。

“如果是装作跳楼，就必须要有人阻止吧。她那时刚好被浮牡丹和月影发现……”

言耶轻轻地摇摇头，优子自然也不再说什么。

“其实那并不是偶然。我们可以参考红千鸟的话，她说第二代绯樱的脚步晃晃悠悠，撞到了拉门和柱子。所以才引起了她们的注意，最后救下了她。虽然救人的是浮牡丹和月影，但是红千鸟的证言是关键。”

“染子故意制造出了动静？”

“从暗小屋到贵宾室还有段距离。所以，染子算准了途中会有人醒来去救她。她有可能参考了月影和登和的经历。两人都发出了声响，才被樱子和其他姐妹注意到的。”

“但……但是，要是出个意外……”

“染子杀了人，是为了隐瞒犯罪事实，怎么也要冒点风险。然而，她最大限度地利用了特殊的环境与局势，巧妙地隐藏犯罪手法。本来不该称赞凶手，但是相当厉害。”

“……也许吧。”

优子似乎还没完全接受。

“染子为什么会跳楼？当时老板娘听了染子的解释，也是大为震惊。”

“呃？”

“您说染子的体验与樱子日记写到的情况相似。樱子跳楼未遂的原因可能是真的。但是，染子只不过是在模仿自己过去的体验。”

“呃……”

“而且，染子还有补救措施。”

“补救？”

“初代绯樱的日记里有这样的描述。”

言耶将视线落在取材笔记上。

“关于青楼女腰带的叙述。花魁的腰带不会打结，只在腰间缠了一块布，然后塞进腹部位置。这样的腰带能有效防止客人拉着花魁殉情，即使被客人抓住，也可以转动身体逃脱。染子自导自演之前，其实替换了这款腰带，而且牢牢地绑紧打结，生怕别人抓不住她，腰带脱离身体。”

“老师……就像您亲眼目睹过一样呢……”

“当然，我依然只是推测。不过，差不多就是这样。因为染子替换腰带，浮牡丹最后把她拽了回来，让她怀疑起了染子是不是在自导自演。”

“什……什么？”

“浮牡丹是因为腰带的问题怀疑上的染子。”

“浮牡丹识破了第二代绯樱的本来面目？”

“什么时候，又是怎么识破的，我还无法确定。但时，浮牡丹至少是发现了什么。所以，她听闻梅园楼出现第三代绯樱之后，便决定返回老巢。”

“浮牡丹回巢的原因是樱子？”

“她听到第三代绯樱的传言，想到了可能是樱子。月影呢，大概是敬仰这位曾经的花魁大姐头吧。另外，红千鸟回巢的动机不明，可能是受到了两人的影响。”

“女佣雪江差不多也是同样的理由。”

“我推测浮牡丹知道三名绯樱的秘密，源自佐古庄介老师的原稿。庄介当时醉心幽女的调查，但浮牡丹并不认可。而且，她很有逻辑性地合理解释了过去的坠楼事件。另一方面，她还间接地反对庄介调查幽女，接连说了好几句劝他打消念头的俗语。逻辑清晰的解释与不认可的态度，浮牡丹的反差让庄介心生奇怪。”

“樱子，不，浮牡丹是担心山田花子的身份暴露，才不想让庄介继续调查下去的吗？”

“是的。不过，阻碍她的人不是庄介，而是另有其人。”

“……您是说漆田大吉？”

“没错。”

询问的优子也好，回复的言耶也罢，两人的语气都产生了微妙的变化。

“那又为何？漆田到底发现了什么？”

“他发现了金瓶梅楼时期，自己刻在花子大腿上的刺青。”

“啊……”

“他向来偷窥成癖，大概是在澡堂或者厕所，瞄到了花子的大腿。当然，原本的‘吉’已经变成了‘周’，而且还变成了‘周作’。但是，漆田大吉一定察觉到了。”

“那种男人……”

“庄介也提到过。红千鸟表示漆田发现到了女招待的秘密，却没有告诉她。”

“那种男人……”

优子又重复了一句。

“漆田大吉去勒索花子了吧。”

“他大概是说目前只有自己知道什么的，要求花子给她封口费。”

“花子就……”

“杀人会上瘾。”

听到言耶的回答，优子不由得避开视线。

“花子跟他约在黎明前的贵宾室见面，首先用酒菜招待了他，然后就把他从那扇窗户推了下去。她巧妙地往房间的水壶之中混入安眠药，然后装作不知情的样子。如果漆田大吉被怀疑是他杀，她也可以蒙混过关。”

“她果然很聪明。”

“漆田大吉的钱包掉落在暗小屋周边，也是花子做的。钱包既可以当作被害人曾被叫去过庭院的误导，还能引出幽女作祟的怪谈，简直是一箭双雕。要是警察判断是他杀，就不会是幽女所为。可是，同样的事发生过了那么多次，只要是似有似无的状况，就是相当有用的烟雾弹。花子一心不愿暴露自己的身份，才费尽心思地制定了全盘计划。”

“月影考虑跳槽离开梅园楼的时候，浮牡丹让她再等等，也是担心花子吧。”

“该说是担心、不安和害怕吧？”

“害怕？”

“浮牡丹害怕继续下去，还会出现第二个、第三个坠楼的人。”

“是，因为花子……”

“杀人上瘾。”

“……”

“我不是说花子是杀人狂魔。浮牡丹是担心如果再出现察觉到花子身份的人，她可能会犯下同样的罪行。”

“所以，浮牡丹想阻止她？”

“是的。漆田大吉坠楼死亡之后，庄介与花子有过一段谈话。说是从本馆庭院到别馆贵宾室的路径，就像通往冥府之路。花子听完之后提到了路魔。其实是花子无意之间，想到了佐古庄介老师的《路魔之路》。”

“此时出现路魔这样的词略显唐突呢。”

“庄介听到幸子，也就是岛崎早苗说过在《书斋的尸体》上连载的‘所谓幽女之物’，只有浮牡丹有可能会读。也就是说他认为花子根本就没有读过。”

“实际上，其实她已经读了一遍。花子想知道佐古庄介老师调查到哪一步了。”

“结果，她的丈夫去世了。”

“飞白织介……”

“万念俱灰的花子，这一次是真的想跳楼。”

“跳楼前去庭院上香，果然……”

“她说自己也许是在祭拜以前跳楼的那些人，她应该是发自内心说的真话。她对雏云的那份罪恶感尤其强烈。”

“是的，一定是这样的。”

优子祈祷般地低吟道。

“樱子为了帮助家乡的祖母、父母和年幼的弟妹，被卖到了金瓶梅楼。嫁入飞白屋后，又为重振飞白屋的经营，再次投身苦海。最后，为了赚取生病丈夫的医药费，她第三次卖身到了梅园楼。诚然杀人不是什么好事，但她也有想要保护的东西。这份艰辛我也可以理解……我……我……”

优子一口气说完，哽咽并且沉默。那个樱子，曾经跟她一起学习的樱子，那个形同姐妹一起玩耍的樱子，如同跑马灯般再现眼前，让她百感交集。

“那，接着……”

优子还是战战兢兢地开口。

“佐古庄介老师的坠亡，是因为……”

“我认为是事故，没有其他的解释。”

言耶的语气没那么自信。

“……也是哦。”

但是，优子像是强迫自己接受似的，僵硬地点了点头。她突然好像忘了什么大事般说道：

“花、花子——不，樱子现在怎么样了？您知道她的下落吗？”

“这个……”

言耶还没回答之前，优子回想起来，言耶说过他这次取材并未找到任何从业人员或是前花魁。

“是啊，您说过没找到她的下落呢。”

“不过，我猜樱子和浮牡丹在一起。”

“诶？”

“庄介在原稿中说浮牡丹以前就很关注花子。据此可以推测浮牡丹早就发现了花子的真面目。”

“樱子和浮牡丹在一起……”

“她们是不是还在从事夜间工作，我就不清楚了。不过，我预感她们两人会彼此扶持一起生活下去。”

其实，言耶除了安慰优子，他自己也是如此希望的。

“不。”

没想到优子否定了。

“她们应该已经不会从事那个工作了。”

“诶？何以见得？”

面对言耶的提问，优子稍稍显得有点犹豫。

“老师，我非常信赖您。所以不妨就告诉老师吧。”

“嗯。请说。”

优子看着言耶正襟危坐、洗耳恭听的态度，露出略显滑稽的笑容。

“差不多一年前，我收到过哥哥周作的信。哥哥似乎跟浮牡丹在一起生活。”

“是这样啊。”

“信上没有提到他们现在住在哪里，又过着怎样的生活。信封上也没有留下住址，也只能从邮戳推测出他们的住处。不过，他有提到浮牡丹的情况。因此，我乐观地认为两人同居了。如果真的像老师推理的那样，那么樱子一定也住在一起，或许就住在附近。”

“一定是这样，没错。”

优子的脸上忽地现出安心的表情。

“老师。”

不过，她又变得严肃起来。

“您刻意没有去飞白屋，以及织介妹妹的糸杉家取材，我真的非常感谢您。”

优子说完深深地低下头去。

“呃，不，碰巧……”

“像老师这样的人，不可能存在碰巧的事。我虽然做不来侦探工作，但也知道想要调查三代绯樱的身世，掌握证据，就要去那两家探访取材。但是，若是找上门去，难免会给樱子带来麻烦，或是揭开她的痛苦回忆。因此，老师才没有去飞白屋和糸杉家。”

“哎呀，我果然不适合做侦探，总是在关键时刻差一步。”

言耶难为情地苦笑着挠挠头。

“不，老师这样的人才适合做侦探。对于杀人凶手，老师会缜密地思考犯罪动机，反复推敲，不会为了收集破案的证据影响凶手的人生，而是从其他角度寻找事件真相。您有善心，也有肩负侦探职责的担当，实在是了不起。”

“您过誉了。”

言耶低下头去，优子回礼以后，两人心平气和地寒暄一番，直到笑逐颜开。

优子站起身来换茶，言耶眺望着窗外的庭院。春风吹拂，池塘里的草木摇摇曳曳。言耶仿佛听到，哪里传来了可爱的少女的嗓音。

嘭、嘭、嘭……往脸上扑粉的声音。

季节还是春天。据说在夏天盂兰盆节的时候才会盛开的合欢木，部分地区被称为绣球花的淡桃色花朵，已经围绕着池塘的周围尽情地开放……

刀城言耶沉浸在幻视之中，心驰神往地想起那位曾经的青楼女子。

◎ 追记

第四部总算告结，加上前面的“序言”和三个部分，全文整理记录完成，差不多用了十年的时间。其实这份记录本该由我亲手封存，直到可以发表的那天。不过，我想在这里附上一份“追记”。

前些日子，我偶然读到专攻风俗研究的尾上櫂的《花街放浪日记》。其中，有不少令我非常在意的记述。本书是作者四年前的花街探访纪实，翔实地记录下了实地到访游玩的战前花街的情况，依照地区不同分章介绍青楼概况。文中亦有提及青楼女的病死、殉情以及自杀，以下这段文字让我愕然许久。

（前略）另有桃园梅林楼的 HISAKURA，卖身不久便遭遇不幸，其存在也被埋葬于黑暗的青楼女。

上文提及的“桃园”莫不是“桃苑”的错误写法？“梅林楼”的 HISAKURA 写作汉字，是否就是“绯樱”？

本想找到尾上老师见面详谈，没曾想作者已于去年秋天驾鹤西去。虽然幸运地联系到了本书的责任编辑。不过，编辑也只是知道本书的内容，其他一概不知。

以前我向花街客人取材的时候，并非问的假名 HISAKURA，而是汉字的发音“绯樱”，所以，大家才会摇头否认？或是她卖身不久便遭不幸，所以才没有人记得。不，我最初苦苦寻觅的“真正的初代绯樱”，也许就是这个“HISAKURA”也说不定。

所谓幽女之物到底……

如果以后能够找到新的情报，我将会以“追记”的方式加入本篇记录之中。

参考文献

竹内智惠子——《昭和游女考》（未来社）

竹内智惠子——《驱鬼　续　昭和游女考》（未来社）

竹内智惠子——《鬼灯火的果实是红色的　游女口述花街往昔》（未来社）

森光子——《吉原花魁日记　萌芽发出光明之日》（朝日文库）

森光子——《春驹日记　吉原花魁的日常》（朝日文库）

福田利子——《吉原是这样的地方》（筑摩文库）

冈崎柾男——《洲崎花街物语》（青蛙房）

日比恒明——《玉之井　花街柳巷的社会与生活》（自由国民社）

前田丰——《过去有一条称为玉之井的街》（立风书房）

小林大治郎 / 村濑明——《无人知晓的国家卖春命令》（雄山阁）

藤野丰——《性的国家管理　买卖春的近现代史》（不二出版）

下山耿史 / 林宏树——《探花街》（筑摩书房）

上村敏彦——《花街・色街艳街　色街篇》（街与生活社）

木村聪——《循迹赤线　探访消失的梦幻之街》（筑摩文库）

广冈敬一——《战后性风俗大系我的女神们》（小学馆文库）

永井良和——《风俗营业监督》（讲谈社选书 METIER）

加藤政洋——《花街异空间的都市史》（朝日新闻出版）

吉村平吉——《吉原糜烂生活》（筑摩文库）

上原荣子——《新篇黄金时代的路口》（时事通信社）

今西一——《游女的社会史从岛原、吉原的历史到殖民地的“公娼”制度》（有志舍）

克劳斯（FriedrichSalomonKrauss）——《风俗原典研究会编译”名著绘题性风俗的日本史”》（河出文库）

图书在版编目（CIP）数据

如幽女怨怼之物 /（日）三津田信三著；邵懿译 .—
北京：文化发展出版社，2020.10（2022.12 重印）
书名原文：幽女の如き怨むもの
ISBN 978-7-5142-3127-4

Ⅰ .①如… Ⅱ .①三… ②邵… Ⅲ .①推理小说－日本－现代 Ⅳ .① I313.45

中国版本图书馆 CIP 数据核字 (2020) 第 179338 号

版权合同登记号　图字：01-2020-5667
Original Japanese title:YUJO NO GOTOKI URAMU MONO

Original Japanese paperback edition published by Kodansha Ltd.
Simplifiedl Chinese translation rights arranged with Hara-Shobo Co.,Ltd.
through The English Agency (Japan) Ltd. and AMANN CO., LTD., Taipei

如幽女怨怼之物

[日] 三津田信三 / 著
邵懿 / 译

出 版 人：武　赫　　责任编辑：周　蕾
责任校对：岳智勇　　责任设计：郭　阳
责任印制：杨　骏　　特约编辑：欧阳博　张录宁
版式设计：刘艳秋　　封面设计：顾瀚允 / T-Workshop.com
封面绘制：崔晓东

出版发行：文化发展出版社（北京市翠微路 2 号　邮编：100036）
网　　址：www.wenhuafazhan.com
经　　销：各地新华书店
印　　刷：嘉业印刷（天津）有限公司
开　　本：880mm × 630mm　1/32
字　　数：336 千字
印　　张：16
印　　次：2020 年 12 月第 1 版　　2022 年 12 月第 2 次印刷
定　　价：68.00 元
I S B N：978-7-5142-3127-4

◆　如发现任何质量问题请与我社发行部联系。发行部电话：010-57735441